表象の現代

文学・思想・映像の20世紀

関 礼子・原 仁司 編

翰林書房

表象の現代　文学・思想・映像の20世紀——◎目次

はじめに …… 5

文学篇

火野葦平の「戦場」——表象する権能をめぐって …… 井口時男 15
中上健次とジェンダー——主人公の表象にみる挫折の軌跡 …… 内藤千珠子 41
桐山襲論——〈南島イデオロギー〉と八〇年代の日本文学 …… 原 仁司 65

思想篇

「朕」の居場所 …… 篠崎美生子 99

経験の実験／一九九五年——荒川修作＋マドリン・ギンズ『養老天命反転地』から……永野宏志 132
語ることと沈黙すること——昭和史論争と歴史のポイエーシス……山崎正純 174

映像篇

物語る身体——田中絹代と戦前・戦後の映像空間……関 礼子 207
喪の失敗——新藤兼人『原爆の子』と「戦後」／ヒロシマ……深津謙一郎 249
司馬遼太郎と映画——一九六〇年代におけるプログラムピクチャーの変容……紅野謙介 269

＊

あとがき……300

はじめに

一九世紀とは、内省によっていよいよ研ぎ澄まされるいっぽうの個人的意識に対し、集団的意識のほうはますます深い眠りに落ちてゆく時代であったことを指摘したのはヴァルター・ベンヤミン（「都市の遊歩者」、『パサージュ論III』）であった。自分の属する時代がどのようなものか、渦中にいる人間に明瞭にわかるはずもないのだが、二〇世紀が数十年を経た頃に行われたベンヤミンのこの洞察には私たちの思考を「自己の属する時代」に誘う牽引力があるように思う。たとえば、このような個人的意識と集団的意識の深い亀裂への注目は、戦時期の太宰治にも見られる。

私は、映画を、ばかにしてゐるのかも知れない。芸術だとは思つてゐない。おしるこだと思つてゐる。けれども人は、芸術よりも、おしるこに感謝したい時がある。そんな時はずゐぶん多い。（中略）日劇を、ぐるりと取り巻いてゐる入場者の長蛇の列を見ると、私はひどく重い気持になるのである。「映画でも見ようか。」この言葉には、やはり無気力な、敗者の溜息がひそんでゐるやうに、私には思はれてならない。

（太宰治「弱者の糧」）

雑誌『日本映画』の一九四一年一月号に発表されたこのエッセイに、太宰という作家個人の韜晦やアイロニーを読み取ることは、ここでは必要ないだろう。ここで指摘したいのは、ドイツと日本という二つの相異なる歴史的文脈のなかから、ある共通項をもって立ち上ってくる「個人的意識」と「集団的意識」をめぐる対立の生々しい身体感覚である。一九四一年とは日本で映画法が成立してから二年目、集団としての「時代が見る夢」の痕跡をパサージュという街路や公衆のなかに見出そうとしたベンヤミンは前年にはすでに悲劇的な死を迎えている。一方、太宰は同じ引用文の他の箇所で「新佐渡情話」(清瀬英次郎監督、一九三六年)や「兄いもうと」(室生犀星原作、木村荘十二監督、一九三五年)を観て思わず泣いてしまったことを率直に記している。

モダニズムとファシズムの時代、個人的意識の鋭敏さにおいては同時代の他の誰からも引けをとらなかったはずのベンヤミンや太宰などが、このように街路や公衆のなかで「深い亀裂」とともに体験した身体感覚を、私たちも共有したいと思う。なぜなら私たちが生きていた二〇世紀の文化表象を語るとき、その語りの文脈は、彼らと同様、自己の身体が二つに引き裂かれるような疎外と幻惑のなかにあることが確かに予測されるからだ。

むろん、私たちが彼ら二人と同じであるはずはない。私たちは彼らより後発の非力な存在であり、しかも「個人的意識」がより希薄化した二一世紀の現在を生きる者である。だが、私たちはそうした時代に「生」を送ることを強いられた存在であるからこそ、借り物の概念や知見によるのではなく、彼ら二人が戦時下という歴史的文脈において、文字通り身体感覚で語ったその地点から思考をはじめたいと願うのである。

本書の執筆者は文学研究という言語による表象体系のなかで、それと格闘することで自らのスタイルを構築してきた経歴をもつ。しかし同時に、私たちは他の表象体系に魅了されながらもそこから距離を置くことで自己のスタンスを獲得してきたこともまぎれのない事実である。文字の連鎖やその行間から立ち上るイメージによって、さらには読後に脳裏に刻まれる心象によって、捕捉される数々の「見えないもの」をつかんで言語化することに主力をそそいできた私たちにとって、そこで多くの場合に禁欲の中心となったのは、「見えるもの」「実在するもの」にもとづく視覚的イメージであったことはほぼ間違いないだろう。

しかし、視覚的イメージと言語的イメージはほんらい対立するものなのだろうか。もしかしたら、私たちはある転倒のなかで言語的世界を形成してきたのかもしれない。近年の知見が示すように、一次的な「声の文化」のあとに形成された「文字の文化」、その近代的な成立ともいえる活字による明治・大正期につづく昭和初期の文学市場の成立という枠組みのなかで、少なくとも私たちは思考してきたのではないか。言い換えれば、私たちは市場形成の結果による「文学的なもの」のイニシアティヴのなかで、それと対抗的に視覚的なものや音声的なものを「副次的なもの」として対峙してきたということである。

二一世紀の現在は文学的なイニシアティヴに代わり、二次的な「声の文化」や視覚的イメージとそのイメージを補完する音声が制覇する「音と映像の時代」を迎えている。そのような事態を声高に批判するつもりは少しもないが、本書の主たる関心はどこの岸辺へ漂着するか測り知れない二一世紀の表象のゆくえではない。私たちが対峙したいのは、私たちを魅了しつつも時に戦慄させて止まなかった二〇世紀という時代の表象とその内実である。ファシズムと戦争、戦争と占領等々、暴力や汚濁ともけっして無縁でない表象に満ちた二〇世紀という時代を、私たちは自分たちを形成してきた文字表象の歴史性から目を背けることなく、私たちの武器であるはずの文字表象の力で、臆せず語ろうと思う。

次に本書に収録された論文について、いささか解説めいたことを述べてみたい。これらの論文は「表象」という視角から現在私たちがもっとも関心のある領域から各自が思うところを述べてみる、というゆるやかなコンセンサスから執筆された。執筆者のひとりである原仁司の書名『表象の限界』にもあるように、表象のあふれる現代だからこそ、その表象を捕捉し、その限界と可能性を見据えること。私たちは「主体」と分かちがたく結びつく「表現」にではなく、時には「主体」を裏切り、「主体」から遠く隔たることもありうる手に負えない側面をもつ「表象」に着目することで、はたして何がほんとうに「リアル」なのか判然としなくなった時代の表象とその彼方にひそむものをつかまえたい。

結果として集まった九本の論文はそれぞれ三本ずつ文学・思想・映像という視角から、論者の問題意識に沿って二〇世紀の表象が意味するものを考察している。

文学表象については第二次大戦期から一九八〇〜九〇年代までの時期を対象として火野葦平・中上健次・桐山襲という、その固有のスタイルにおいて差異はあるものの、均しく時代と先鋭に向き合ってきた作家たちの営為が取り上げられている。

たとえば、井口時男は一般的には「兵隊文学」と括られる火野葦平の文学を「表象する権能」という文学者の表象する権力＝能力の問題として再定義しようとしている。それは大文字の権力と対峙しつつ、それに捻じ伏せられる後退戦までも見据える両義性として問題構成されている。井口の独創は、時にはイデオロギーすら超えてしまうテクスト自体の力を自らの読みにおいて具体的に示すことで火野葦平論を展開したことである。

中上健次は、一般に私小説性と物語性を統合した日本近代文学の主流に連なる作家といわれながら、その内実は紀州という知的に再構築された空間（共同体）やそれらの空間形成に不可避的に関わる他者としての女性ジェンダーとの結合によって定型としての物語を脱構築してきた作家である。内藤千珠子は今まで男性批評家たちの死角であったこのような中上のテクスト戦略におけるジェンダー偏差の問題を、女性を主人公とする「紀伊物語」と男性を主人公とする「千年の愉楽」という二つのテクストを詳細に比較することでその差異を鮮明に浮かび上がらせている。

いっぽう桐山は、周知のように一九九二年にあたかも自裁するかのように病死した作家である。原仁司は、一九八四年の『パルチザン伝説』にはじまる桐山の作家的営為を、時代の文化表象がサブカルチャー化する一九八〇年代への切実なる違和として「南島イデオロギー」を視座にして描き出している。ここでは、桐山の文学表象の源泉が六〇年代末から七〇年代に至る一連の政治的出来事との緊張関係において形成されていたこと、時代が消費主義やバブル経済に覆われて失速するとき、桐山の居場所がなくなったことが鮮明に分析されている。思想を扱った三本の論文のうち、二本は期せずして「転向」に関する言説をもとに戦中／戦後／現代の問題が探求されている。

そのうちの一つである篠崎美生子の論は「朕」というかつて帝国日本の政治的・法的な主体として君臨してきた天皇が戦争終結とともに何時の間にか人々の「内面」にその居場所を作った経緯を考察している。それは私たちに「他者の転向」ではなく、「自己の転向」を問う新たな地平を提出している。「転向」という視座は政治だけでなく、文学・思想・映像その他、種々の表象体系のなかで対象化されてこそ、真に生産的な言説形成の意味を持つことを篠崎の論文は明晰に示している。

永野宏史の論文はもっとも現代に近い。二〇世紀末の一九九五年にこの国に起きた阪神淡路大震災やオウム事件後に、建築という領域から特異な表象の営為を行った荒川修平の一連の営為を論じている。いっけん「転向」とは遠く隔たる地平に位置する「建築」は、その隔たりにおいて実は私たちの無意識の政治的選択を含意している。永野はこのような時代の無意識の欲望や表象を可視的に表現する媒体を通じて、私たちの思考を閉じられた個の枠組みから解き放つのひとつの可能性を提示している。

ストレートに「転向」という視座への理論的・歴史的な意味づけを試みたのは山崎正純の論考である。ここではかつて歴史学の領域で行われた昭和史論争を切り口に、「戦争とファシズム」の時代であった戦前の昭和が、戦後の「平和と民主主義」の昭和とどのように接合するのかが、従来の転向論の空白ともいうべき沈黙の領域をあぶりだすことで「見えないもの」を表象する力への可能性が問われている。その際、山崎は転向論のパースペクティヴにおいて重要な役割を果たした松田道雄や吉本隆明などを意欲的に再読することで、この問題の現代的意味を再考している。

最後は映像を論じた三本である。文学・思想を論じた論考がおおむね「個人的意識」の表象を語ることに主眼があったのに対し、ここでは私たちの身体性とそれに根ざす集団性とに深くむすびつく表象としての映像を考察した論文を収録する。それは文字表象を選んだ私たち自身が領域的かつ歴史的に抑圧してしまった身体性を回復する試みでもある。むろん、ここで言う「身体性」とは個的な意味での「身体性」にとどまらない。それは文化表象を担う主体という点では、篠崎や山崎が鮮明に問題化した知識人／大衆という既存の二項対立を超える試みにも通じるはずである。

かつて戸井田道三は映像的人間への期待を次のように高らかに表明していた。

現在の状況の中で疎外された人間が復権するのは十九世紀的な個人に戻ることではない。文学的な自己にもどることでもない。自己の中に自己を監視する空間を設定し、孤独な自己に充足していた人間から、連帯性をもつ空間へ出て、事実を芸術へ飛躍させる時間に参加しなければならないのであろう。問題は心情のモラルがどう結果のモラルと結合するかにかかっている。つまり文学的人間にかわって映像的人間ともいうべきものが生まれてこなければいけないのではないか。

（『祭りからの脱出』一九六三年）

この文章が、一九五〇年代という日本映画の二回目の黄金期の成果のうえにあったことを想起しよう。残念ながら、歴史は彼が期待した「映像的人間」が「テレビ的人間」へと後退・拡散したことを示している。しかし、戸井田の生きた戦後映画の時空こそは「文学的人間」と「映像的人間」が、互いが互いを参照しつつ切磋琢磨する稀有の時間と空間であったといえる。私たちはこの時代を、過渡的な移行期として忘却するのではなく、むしろ戦前からの連続と切断の両面をふくむ、矛盾が矛盾として露呈されつつもそれゆえの豊穣な文化表象にあふれていた時空でもあったことを確認したい。

そのことは田中絹代という表象をひとつの指標として、戦前・戦後の映像空間を論じた関礼子の論文に表われている。女優という表象は、本質的には映画を構成する一パーツにすぎないが、言葉に還元されないイマージュに満ちたその表象は映像を語る可能性のうえでは他の構成要素をはるかに超えている。この論文で方法的な視角とされているのは「女性観客」である。むろんジェンダー偏差を孕む「女性観客」という視点の設定には慎重でなければならないが、ここではサイレント映画からトーキーに至る映画技法の変容のなかで、田中絹代という身体表象が語るものが凝視されている。

深津謙一郎の「喪の喪失―新藤兼人と広島三部作」は、「ヒロシマ」という未だ私たちがその全貌を所有してはいない歴史的＝現在的な対象を、映画という表象体系によっていかに捉えうるかという問題を提起している。広島生まれで、三十二歳の一九四一年に呉市の呉海兵団に入隊し、翌年一等水兵で敗戦をむかえた新藤は、戦争の対象化を原爆映画を取り続けることで試みている。深津は今年九五歳にしてなお現役監督である新藤の戦後作品を丁寧に読み解くことで、歴史性と映画性が交差する一瞬をとらえようとしている。

いっぽう紅野謙介「司馬遼太郎と映画―一九六〇年代におけるプログラムピクチュアーの変容」は、司馬遼太郎を軸に時代劇という映画ジャンルを考察した論考である。紅野はこのジャンルが司馬遼太郎という表象をどのように引用・変形したか、映画資本という枠組のなかでの監督・俳優・スタッフなど映画を構成する諸力への周到な目配りやテレビ映像との比較によってあきらかにしようとする。大衆性と強く結びつく「時代劇」という映画ジャンルは、歌舞伎や新派などの様式性を摂取しながらマキノ映画時代劇によってそのスタイルを洗練させてきた。「政治性」とは無縁に見えるこのジャンルの変容およびその受容の様相にこそ、私たちの無意識の「政治性」が介在していることを紅野は丁寧に検証している。

＊　＊　＊

以上、本書の基本的な姿勢とそれぞれの論文の概略を記した。これらの論文から構成される本書がどのような旋律を奏でているか、それは読者の判断を待つしかないが、「自己の属する時代」への考察は執筆者たちだけでなく多くの読者に向かって開かれていることを付記しておきたい。

関　礼子

文学篇

火野葦平の「戦場」——表象する権能をめぐって

井口時男

1　火野葦平の戦場

若松港の石炭仲士玉井組の「若親父」だった火野葦平は、昭和十二年九月に召集を受け、陸軍伍長・玉井勝則として出征した。十一月五日、激しい戦闘を経て杭州湾に敵前上陸。次いで南京総攻撃に左迂回隊として参加し、南京陥落に一歩遅れて十二月十七日に南京城入場式だけ済ますやたちまち杭州攻略を命ぜられ、二十六日、杭州に入城した。

杭州駐留中の十三年三月、「糞尿譚」の芥川賞受賞の報が入った。「糞尿譚」は前年七月七日の「事変」勃発前に書きだしたものの書きあぐね、入営前日にやっと脱稿して同人誌「文学会議」に載せたものだった。小林秀雄が「文藝春秋」特派員として中国に渡り、杭州で陣中授賞式が行われたことはよく知られたエピソードだ。

小林は「杭州」で、このときの火野の印象を次のように書いている。

《火野君は、見るから九州男子と言つた面魂の、情熱的な眼つきをした沈着な男である。服には洗濯をしてもとれない黒い油の染みの様なものを方々にこしらへ、ズボンの尻には色の変つた大きな継ぎをあて、靴も膏薬だらけといつた恰好だ。ずる分ひどかつたらしいなと言ふと、この靴は三百里歩いとるからの、と靴の底を見

せ、継ぎは当つとるがどうもなつとらん、軍隊の靴は丈夫だの、と言つた。》

作家・火野葦平というよりも、陸軍歩兵伍長・玉井勝則の風貌である。

小林はまた、ともに西湖に船を浮かべたときの、「わしは当分何も書かぬ。戦争をした者には戦争がよくわからぬ」という火野の言葉を書きとめている。小林の文章はこうつづく。

《そして彼はこんなことを言つた。杭州湾の敵前上陸で、完全に燈火管制した暗黒な船の中で、お互に手を握つて決意を固め、上陸地点を示す信号燈を睨んで息を呑んだその時までは、恐怖の心に見舞はれたが、その時を限つて戦のなかに飛び込んだ後は、恐怖といふものは一切覚えなかつた。今から思へば、死なないかつたのが不思議な様な目に屢々会つたが、さういふ場合でもまるで平気だつた。冗談を言つたり女の話をしたりしてゐた。だが、その全くの平静さが、今から思へばどうもをかしいのだ。例へば敵のトーチカを、危険に曝され乍ら観測する時でも、少しもあわてやしない、悠々と正確に見て取る。処が、占領後しらべてみると、非常に遠方にあるトーチカを直ぐ眼の前にあるとその時思つてゐた事が判明する。まあこれはほんの一例だがの、と彼は微笑した。》

「わしは当分何も書かぬ。戦争をした者には戦争がよくわからぬ」というのは、死地を夢中でくぐり抜けた者の正直な述懐だったろう。しかし、皮肉なことに、芥川賞受賞がきっかけとなって、火野は中支派遣軍報道部に転属を命じられる。『火野葦平選集』第二巻の著者自身による「解説」によれば、最初、火野はこの要請を言下に拒絶している。「これまで生死をともにして来た兵隊たちと別れることが私にはどうしても出来なかったのである。」だが、軍命抗しがたく、とうとう報道班員として徐州会戦に従軍すべく杭州を離れる日が来る。

中隊では火野のために送別会が開かれることになったが、その前夜、兵隊たちが自分たちだけの送別の宴を開いてくれた。

《四ヵ月あまり暮らした杭州を離れることも感慨深かつたが、なによりも、私は私の兵隊たちと別れるのがつらく、飲みながら、酔いながら、涙が出てしかたがなかつた。昔も今も、私の泣虫はなおらない。兵隊たちも泣いていた。そして、「軍の大馬鹿野郎、おれたちの班長を命令でもぎあげるなんて」と、師団をさかんに罵倒した。》（『火野葦平選集』第二巻解説　傍点原文）

火野は部下を「私の兵隊たち」と呼ぶ。玉井組の「若親父」として荒くれのゴンゾウ（仲士）たちを愛し信頼もされて束ねてきた火野は、戦地にあっても、その実践倫理において、良き兵隊、良き伍長、良き班長だった。

徐州会戦従軍記「麦と兵隊」は「改造」昭和十三年八月号に発表され、九月に改造社から刊行された単行本は百万部を超えるベストセラーになった。以後、火野は「兵隊作家」と呼ばれ、多くの兵隊ものを執筆することになる。

火野は「麦と兵隊」発表に際して、「前書」を付している。そこにはこんな言葉がある。こう書きながら、火野は小林秀雄との対話を思い出していたかもしれない。（引用は手元の改造社版単行本『麦と兵隊』（昭和十三年九月十九日発行）による。以下、「麦と兵隊」からの引用はすべてこの単行本からの引用である。）

《私は戦場の最中にあつて言語に絶する修錬に曝されつつ、此の壮大なる戦争の想念の中で、なんにもわからず、盲目のごとくになり、例へば私がこれを文学として取り上げる時期が来ましたとしましても、それは迥（はる）か先の時間のことで、何時か再び故国の土を踏むを得て、戦場を去つた後に、初めて静かに一切を回顧し、整理してみるのでなければ、今、私は、この偉大なる現実について何事も語るべき適切な言葉を持たないのであります。私は、戦争について語るべき真実の言葉を見出すといふことは、私の一生の仕事とすべき価値のあることだと信じ、色々な意味で、今は戦争については何事も語りたくはないと思つてゐたのです。》

「麦と兵隊」はたんに戦場を記録した従軍記なのではない。それは何より、「言語に絶するもの」「なんにもわからず、盲目のごとくに」なることを強いるもの、語りえぬもの、すべての言葉を座礁させるものとの戦いの記録である。いわばそれは、現実の戦場のリアルな記録であるとともに、作家にとっては書くという行為そのものが表象困難なものと格闘する「戦場」にほかならないことを如実に示すものとして、それ自体が「戦場」であるような作品なのだ。我々は、そのような作品を他にもたない。

2　表象と権力――石川達三「生きている兵隊」

「麦と兵隊」という「戦場」の特質は、石川達三の「生きている兵隊」と対比するとき、その特色がはっきりする。

「生きている兵隊」は、「麦と兵隊」に先立つこと五ヵ月、「中央公論」昭和十三年三月号に発表された。掲載誌は発売と同時に発禁処分を受け、作者には禁錮四ヵ月、執行猶予三年の判決が下る。以後の戦争文学が書きうること、公表しうることの限界は、この筆禍事件によって明示された。

「生きている兵隊」は北支から転じて南京攻略戦に参加した部隊を描いている。戦場での残虐行為のみならず、軍隊の尻にくっついて濡れ手で粟の儲けをたくらむ抜け目のない商人たちや、占領地区の難民の姿、慰安所風景にまで目配りを欠かさないその視野は広い。つまりこれは、ブラジル移民の悲惨な実態を描出した「蒼氓」で第一回芥川賞を受賞したこの〝社会派作家〟が、「蒼氓」と同じ手法で、つまり、調査見聞に基づいた創作として、戦場という「社会」を暴露しようとした作品だった。人間の行くところどこにでもできあがる「社会」というものが、イデオロギーの美名によっては隠蔽しきれないどんな雑多な醜悪さを同伴してしまうか、それが余すところなく描かれている。こういう視野の広さは、以後の戦争文学からは失われてしまう。

この視野の広さは、いわゆる「三人称客観」としての語りの設定と切り離せない。それはこんな語りだ。

《彼は物も言わずに右手の短剣を力限りに女の乳房の下に突きたてた。白い肉体はほとんどはね上がるようにがくりと動いた。彼女は短剣に両手ですがりつき呻き苦しんだ。ちょうど標本にするためにピンで押さえつけた蟷螂のようにもがき苦しみながら、やがて動かなくなって死んだ。立って見ていた兵の靴の下にどす黒い血がじっとりと滲んでいた。》

女を「徴発」しに出かけた兵隊が、スパイらしき「姑娘（クーニャン）」を裸に剝いて刺殺する場面である。もがき苦しむ女を「標本にするためにピンで押さえつけた蟷螂」のようだと見るのは語り手である。この非情のまなざしが戦場という世界を俯瞰している。そして、このまなざしは、兵隊たちをも、あたかも「標本」のように「ピンで」止め、配置するのだ。

《笠原伍長にとって一人の敵兵を殺すことは一匹の鮒を殺すと同じであった。彼の殺戮は全く彼の感情を動かすことなしに行われた。たゞ彼の感情を無慙にゆすぶるものは戦友に対するほとんど本能的な愛情であった。彼は実に見事な兵士であり、兵士そのものであった。彼には西沢大佐のように高邁な軍人精神はなかったが、平尾一等兵のように錯乱しがちなロマンティシズムもなく、近藤医学士のように戸惑いしたインテリゼンスもなく、さらに倉田少尉のような繊細な感情に自分の行動を邪魔されることもなかった。彼はどれほどの激戦にもどれくらいの殺戮にも堂々としてゆるがない心の安定をもっていた。要するに彼は戦場で役に立たない鋭敏な感受性も自己批判の知的教養も持ちあわせてはいなかったのである。そしてこのように勇敢でこのように忠実な兵士こそ軍の要求している人物であった。かつまた平尾一等兵や近藤一等兵たちも永い戦場生活のあいだにはしだいに笠原伍長のような性格になって行くようでもあったし、ならずには居られないものでもあった。

謂わば笠原伍長は戦場へ来るまえから戦争に適した青年であったのだ。》

故郷の町の小学校の教員だった小インテリ（倉田少尉）は激戦のあいだにも内省的な日記を書きつづけ、医科大学を卒業して研究室に勤めていた医学士（近藤一等兵）はまじめな学生が悪く都会ずれするように戦場慣れしはじめ、新聞社の校正係だったロマンティックな青年（平尾一等兵）の神経は戦場の荒々しさに耐えきれず人格崩壊の様相を呈し、農家の次男の無学な男（笠原伍長）は戦場の暴力に何の反省もなく適応する。

彼らは出身階層、出身地域、教育レベル等々によって類型化されている。エンゲルスのリアリズム論に倣って、石川の方法は「典型的な情勢における典型的な性格」を描こうとするものだ、といってもよい。このリアリズムにおいて、現実の細部にわたる観察は副次的なものにとどまる。それはあくまで、作家の「思想」によって人間の諸性質を抽出して再構成するのである。（この「思想」が社会主義の政治的理念（イデオロギー）であるなら、それは「社会主義リアリズム」と呼ばれるだろう。）

私はここで、戦後に書かれた大西巨人の「神聖喜劇」を思い出す。軍隊内務班という閉ざされた「社会」を描いたこの長篇で、左翼経歴をもつ知識人の主人公は内省し、都会の享楽に染まったグループは軽薄かつ卑劣にふるまい、被差別部落出身の二人が最も高潔な倫理性を示し、農村出身で野戦帰りの大前田軍曹はひどく暴力的である。大西もまた、彼の「思想＝政治理念」によって出身階層（階級）に基づく「典型的な性格」を造形し配置した。だが、「正名（せいめい）と自然」（『悪文の初志』所収）で書いたように、大西のこの性格設定は大西の一貫した言語思想によって裏打ちされているのだし、ことに、戦場というものの不気味さを背景にした大前田軍曹の人格は、数多い登場人物中でもとりわけ分厚い肉付けを獲得している。

一方、出身階層による性格設定は類似していても、「生きている兵隊」の兵隊たちには類型を超えるほどの肉付けはまったくない。たとえば、大前田軍曹はたんに農村出身だから暴力的なのではないが、笠原伍長はたんに農村出身だから暴力的である（としか読めない）。笠原伍長が農村出身の兵隊たちを表象（代表）できないのは自明であるにもかかわらず、彼は出身階層に基づく「典型」であるかのように他の兵隊たちとともに配置されてしまうのだ。そうやって作者は、軍隊という「社会」の簡略化された俯瞰図、いわば「地図」を作るのである。作者の「思想」によって作成されたこの「地図」のなかに、人物たちは、その行動も内面も容赦なく監視され手際よく要約された類型として、つまりは「標本」として、「ピンで」止めるかのように配置されるのだ。

作家の表象する権能はつねに一種の権力として機能する。この権力は、自らの表象行為の対象によって見返されるときに初めてその倫理性が試されるのだが、たとえていえば、大西巨人は大前田軍曹から見返されてもたじろぐことなく対話関係に入れるが、石川達三はそもそも、自分が「ピンで」止めた「標本」の一つたる笠原伍長がまなざしを返してくるなどと思ってみたこともあるまい。

たしかに「生きている兵隊」は戦争遂行権力と確執を起こした。しかし作者は自らの表象する権能についてはかけらたりとも疑っていない。この確執は、いわば、戦争を遂行し戦争にかかわるあらゆる表象を統制管理する権力と、その現実を表象する一人の作家の権力との、自己の全能性を疑うことなき二つの権力の確執である。

3　「麦と兵隊」という「戦場」

発禁処分を受けた「生きている兵隊」と大ベストセラーとなった「麦と兵隊」とはまるで正反対の運命をたどったわけだが、そもそも両者は戦場に対する向き合い方がまるで異なる。たとえていえば、「生きている兵隊」が「社会」と「地図」を描いたのに対して、後者は「共同体」と「自然」を描いた。「共同体」とは兵隊たちを同士的友愛の相でとらえていることを指す。「自然」が圧倒的な麦畑の風景としてせり出しているのはいうまでもあるまい。しかし、根本的には、両者における表象のあり方がまるで異なるのだといわなければならない。

「改造」誌上で活字化された「麦と兵隊」は、火野が数えたところでは、末尾の中国兵捕虜三人の斬首場面を含めて、二十七ヶ所削除訂正されていたという。大本営報道部の検閲が入ったからである。検閲は伏せ字や書き換えではなく、削除して削除個所の前後の文をつなぎ、削除の痕跡を隠してしまうというやり方でおこなわれた。火野はそのことに後になって気がついた。だが、裏を返せば、書いているとき、火野は検閲のことなどほとんど気にかけていなかったということだ。もちろん、軍報道部に所属する身として、何が許され何が許されないかに無自覚だったはずはないが、少なくとも、そのことは火野の書く手を縛ってはいない。「生きている兵隊」とは違って、検閲権力との戦いが作家としての彼の主戦場ではなかったからである。しかし、火野は逆に、石川達三などのまるであずかり知らぬ戦いを戦わなければならなかった。はたしてこの戦場は表象しうるか、自分は戦場を表象する権能をもつか、という問いとの戦いを。

「麦と兵隊」の語り手は、最初から、表象不可能なものにおびやかされている。彼をおびやかすものは主として二つある。

一つは、この戦場が見通せないことだ。

《見渡すかぎりの茫漠たる麦畑のまん中に投り出され、地図を調べたり、羅針器を出して方角を按じてみたりしたが、現在、どの地点に居るものやら、目標になるものがないのでまるきり見当が立たない。》（五月八日）

「地図」も「羅針器」も役に立たない状態で茫漠たる世界のまん中に放り出されてあること――これがこの作品の世界と自己との関係だ。位置も方向も見失った「私」に世界を俯瞰することなどできるはずもない。この語り手は、火野自身が「前書」で述べたとおり、「なんにもわからず、盲目のごとくに」世界と関わるしかないのである。

実は単行本は、「前書」の後、本文の手前に、一葉の手書きの地図を挿入している。それはあたかも、本文の強いられた盲目性を補償しようとするかのようだ。大本営の立場からすれば、徐州攻略戦の赫々たる勝利を伝える文章が盲目であってはならないのである。また単行本は、同行した写真班員の撮影した多数の写真を掲載しているが、その中に麦畑の風景も数葉含まれている。だが、上半分もしくは三分の一あたりに地平線を設定したそれらの構図では、まなざしは決して閉ざされることなく、広漠たる世界にきちんと眺望を確保できているかの印象を与える。一眼の視点の対応物として無限遠点を内蔵してしまうカメラという光学機械が与える錯覚だ。この光学的錯覚において、写真は、地図とともに、あくまで世界表象を保持していると主張する大本営のまなざしを代理するのである。

一方、人間の身体に組み込まれた視線によってしか世界を描写できない本文は何を代理するか。この世界に投入された兵隊たちのまなざしを代理する。私はかつて、富士正晴の戦争小説に託して書いたことがあるが、同じことをここでもくりかえしておく。「兵卒は一般に時計を持たないし地図も持たない。兵卒はただ世界の中に投げ入れられ、命令によって動くだけである。時計は士官と分隊長が持てばよい。地図は隊長のみが持てばよい。」（「正名と自然」『悪文の初志』所収）世界の全体像を把握し未来という時間を予測するのは指揮官の仕事であって、兵隊は世界を俯瞰できないし、予測可能な未来もない。

こうして、「麦と兵隊」では広大な麦畑の圧倒的な量感だけが迫り出してくる。中国の難民化した農民たちも日本の兵隊も、この異貌の自然の巻き添えにされたように散らばっているばかりだ。そして、それでも「私」が世界を記録し描写しつづけようとするのであれば、超越を禁じられたまま、「私」は、寄る辺ない盲目者のように、この世界を体感し、触知し、手探りし、そうやって少しずつこの異貌の自然と感応しあい、馴致していくしかあるまい。それが、平時において描写の技術だけは訓練してきた作家というものの方法である。

この盲目者の方法は、やがて、ひとつの認識に到達する。

《この麦畑は正に恐るべきものである。（中略）この一本一本はことごとく支那農民の手に依つて種撒かれ、育てられたに違ひないが、見わたして居ると、盛りあがつて来るやうな土のすさまじさに圧倒されさうになる。私は蚌埠（ぼうふ）難民大会で見た村代表の百姓達を思ひだした。あの鈍重な不屈の表情と八角金盤（やつで）のやうに広くて大き

い掌とがこの麦畑を完成した。それは大地そのものである人間のみが初めて成就し得ることである。》（五月九日）

恐るべき麦畑の異貌性は、こうして、中国農民たちの鈍重にして不屈の表情と重なり合い、それはまた、幾度も理不尽に踏みにじられながらも強靱な生命力を失うことのない大地そのものという形而上的な意味をも担うにいたる。

だが、ここに、表象する権能を脅かす二つ目の問題が出現する。この中国農民たちの顔が、日本人によく似ているのである。

《私はこれらの朴訥にして土のごとき農夫等に限りなき親しみを覚えた。それは、それらの支那人が私の知つてゐる日本の百姓の誰彼によく似てゐたせいでもあつたかも知れない。》（五月七日）

農民にかぎらない。

《衛兵所の柱に捕虜が一人繋がれて居る。剽悍な顔付をして居る。通訳が色々と聞いて居る。誰やらに似てるなと思つたら、ふいとAの顔が浮んだ。色が少し黒いがそつくりだ。》（五月十一日）

《捕虜が入口の門の木に四人縛られて繋がれて居る。（中略）何時でもさう感じるのだが、私が、支那の兵隊や、土民を見て、変な気の起るのは、彼等があまりにも日本人に似て居るといふことだ。しかも彼等の中に我々の友人の顔を見出すことは決して稀ではないのだ。それは、実際、あまり似過ぎてゐるので困るほどである。これは詰らない感傷に過ぎぬかも知れぬが、これは、大きな意味で、我々と彼等とは同文同種であるとか、同じ血を受けた亜細亜民族であるとかいふやうな、高遠な思想とは全く離れて、眼前に仇敵として殺戮し合つて居る敵の兵隊が、どうも我々とよく似て居て、隣人のやうな感がある、といふことは、一寸厭な気持である。それは勿論充分憎むべき理由があると思ひながら、この困つたやうな厭な気持を私は常に味はつて来たのであ

る。》（五月十四日）

敵と味方の二分法による分類なしに戦場は表象できないのだが、この類似性はその二分法を揺るがしてしまうのだ。このとき、敵として境界の向こう側に排除できない彼らは、「私」を見返すまなざしをもってしまう。「麦と兵隊」が大本営報道部公認の従軍記となるために、火野の文章は彼の表象する権能を脅かすこの二つの困難を克服しなければならない。克服は次のようにして遂行された。

まず、異貌の自然が美的官能性へと馴致され籠絡される。

《皓皓たる月夜である。満月である。（中略）兵隊は高粱の殻を敷いて、月光の中に眠つた。》（五月十二日）

《私達は自動車の中に四人寿司詰になって這入りこみ、忙しさうな工兵隊のざわめく声を聞き、杭を打つ音が森に谺するのを聞いてゐるうちに、美しい東洋の満月のさしこむ硝子張りの水族館のやうな箱の中で何時の間にか眠つてしまつた。》（五月十三日）

《月はよいし、のんびりしたやうな気持になつて、色々と無駄話に花を咲かせて居るうちに、美しい東洋の満月のさしこむ硝子張りの水族館のやうな箱の中で何時の間にか眠つてしまつた。》（五月十五日）

《眼が醒めると、扉（ドア）の隙間から明りがさしこむので夜が明けたと思ひ表に出ると月光であつた。石榴（ざくろ）の木に繋いだ驢馬が念入りに鳴いて居る。表に出ると、麦畑が海のやうである。誰も居なく、静かなので、故郷の夜のやうである。》（五月十九日）

月明への言及はいたるところにある。引用はほんの一部にすぎない。それはただの満月ではなく「故郷」日本の夜空にかかったと同じ「東洋の満月」である。月明は激しい戦闘の痕を浄化し、異貌性を消去して、風景を郷愁に染めるのだ。

なお、五月十三日と五月十五日の記事がそっくり同じ表現を使っているのは、私の筆写まちがいではない。本文そのものがそう書かれている。むろん表現者としての迂闊であり推敲の不足にはちがいないが、火野のペンのこの迂闊な滑りが、世界を官能化する月光の美とともに生じていたことは確認しておきたい。

もう一つの克服は戦闘とともに遂行される。

《我々の同胞をかくまで苦しめ、且つ私の生命を脅してゐる支那兵に対し劇しい憎悪に駆られた。私は兵隊とともに突入し、敵兵を私の手で撃ち、斬つてやりたいと思つた。私は祖国といふ言葉が熱いもののやうに胸いつぱいに拡がつて来るのを感じた。》（五月十六日）

「祖国」の名において、敵と味方の紛れることなき二分法がこうして回復する。これは最も単純な、しかし戦場の本質に関わって最も強力な、克服だ。

二分法になじまぬものは、境界のこちら側と向こう側の両方の性質を帯びて両義的である。ほんとうは火野葦平はそうした両義的なものをこそ愛し、ペンによって慈しむことのできる作家だった。たとえば彼の出世作「糞尿譚」が表題に据えた糞尿とは、排泄物として自分から切り離されながら疎ましくもなお自己の一部としてかすかに郷愁を誘うもの、あるいは、食物として人を養った果ての残り滓でありながら再び土に還されれば生命を養い育てる肥しとなって世界の最底部から死と再生の循環をつなぐもの、すなわち最も卑俗にして最も親密な両義的存在そのものにほかならない。また火野は、戦中も戦後も、大きな仕事の休息のように河童を主人公にした短篇を数多く書いたが、河童もまた水棲でありながら陸上を歩行し空中を飛行するものとして（若松の河童は空を飛ぶ）、あるいは、忌むべき妖怪でありながら愛すべき小童として、越境的かつ両義的なのだし、さらに付け加えれば、ぬるぬるしていて臭い、と語られる河童はもともと糞尿に似ているのである。

二分法や類型によって世界を表象するのが作家ではない。作家のペンは、本来、単純な表象を逸脱する微細にして豊富な差異の描写においてこそ生動すべきものだ。しかし、というより、だからこそ、戦場とその表象を管理する権力は、そういう両義的であいまいな領域で作家のペンが生き生きと走ることを禁じるのである。（戦場において敵と味方の両義的性質を帯びる者、およびその両義的存在に感応する者は、間諜もしくは潜在的な裏切り者にほかなるまい。）

そして、最後の決定的克服の場面がくる。徐州を攻略した部隊が移動を開始する。

《石榴の丘から私は見て居た。一面の淼淼（びょうびょう）たる海のごとき麦畑の中を、遠く、右手の山の麓伝ひに行く部隊もある。左の方も蜿蜒と続いて行く。中央も長蛇の列をなして行く。東方の新しき戦場に向つて、炎天に灼かれながら、黄塵に包まれながら、進軍して行くのである。私はその風景をたぐひなく美しいと感じた。私はその進軍にもり上つてゆく逞しい力を感じた。脈々と流れ溢れて行く力強い波を感じた。私は全く自分がその荘厳なる脈動の中に居ることを感じたのである。私はこの広漠たる淮北の平原に来て、このすさまじい麦畑に茫然とした。その土にこびりついた生命力の逞しさに駭いた。しかしながらそれは動かざる逞しさである。私は今その麦畑の上を確固たる足どりを以て踏みしめ、蜿蜒と進軍して行く軍隊を眺め、その溢れ立ち、もり上り、殺到してゆく生命力の逞しさに胸衝たれた。》（五月十九日）

《多くの生命が失はれた。然も、誰も死んではゐない。何にも亡びてはゐないのだ。兵隊は、人間の抱く凡庸な思想を乗り超えた。死をも乗り超えた。それは大いなるものに向つて脈々と流れ、もり上つて行くものであるとともに、それらを押し流すひとつの大いなる高き力に身を委ねることでもある。又、祖国の行く道を祖国とともに行く兵隊の精神でもある。私は弾丸の為にこの支那の土の中に骨を埋むる日が来た時には、何よりも愛する祖国のことを考へ、愛する祖国の万歳を声の続く限り絶叫して死にたいと思つた。私は、この脈動する荘厳なる波の中に置かれた一粒の泡のごとく、石榴の丘に立つて居た。》（五月十九日）

もはや説明の要はあるまい。動くものと動かざるものという截然たる二分法によって、彼は、この戦場の現実を、のみならず戦場の理念を、厳密には理念化された現実を、表象する権能を獲得したのである。このとき彼が小高い丘に上って俯瞰していることに注意しよう。初めて彼は、世界を展望する位置に立ったのである。盲目性を強いたあの恐るべき麦畑を踏みにじって進軍する軍隊のように、彼もまた、この戦場の全体を表象支配する位置を確保したのだ。現実には小高い丘の上であるその位置は、理念的には、もはや個人の肉体に局限された視点を超えて、大いなる超越性としての「祖国」と一体化した全体性の位相にほかならない。堂々の行進をする帝国陸軍と同じく、彼のペンも、異貌の自然を支配し、よく似たものを踏みにじり切り捨てる資格を獲得したということだ。

表象する権能をめぐる「麦と兵隊」の戦いはここで完了した。だから、作品はここで終わってもよかった。そうすればおそらく、「麦と兵隊」は、帝国陸軍の戦闘の記録であるばかりでなく、一人の作家が表象をめぐる孤独な戦いの果てに、「祖国」という全体性と一体化することで国家公認の作家、すなわちまぎれもない〝国民作家〟へと成長するプロセスを記録した典型的作品として、歴史に名を残しただろう。

しかし、実際には記録は五月二十二日までつづく。そこには、城壁の前の壕に積まれた中国兵の屍骸の山を見て「ふと、私が、この人間の惨状に対して、暫く痛ましいといふ気持を全く感ぜずに眺めてゐたことに気づいた。私は愕然とした。私は感情を失つたのか。私は悪魔になつたのか」（五月二十日）という感慨を含み、五月二十二日、三人の中国兵捕虜が広い麦畑に連れ出されて斬首される場面を目撃して、「私は眼を反（そら）した。私は悪魔になつてはゐなかつた。私はそれを知り、深く安堵した」と結ばれるのである。（その斬首場面そのものの描写は検閲で削除されたが。）

いわば火野は、「石榴の丘」のクライマックスの後に、アンチ・クライマックスとしての長いエピローグを書き連ねたのだ。それを、なお一人の作家であることに踏みとどまろうとする火野の良心と呼んでもよい。

ところで、「麦と兵隊」には、いまだ本格的な戦闘に遭遇する前に、読み過ごされてしまいそうなこんな描写があった。

《兵隊も食事の用意に取り掛る者もある。襯衣(シャツ)一枚になつて三々五々柳の樹蔭で休息してゐるのもある。洗濯しない襯衣は泥と汗に彩色されて赤い色をして居る。彼等は、行軍間の膨れ面は何処へかやつて、盛(さかん)に冗談を飛ばし、賑やかに談笑して居る。それは戦場のひと時のやうではなく、平穏な日に故国の職場で昼飯後取交す談笑のやうに、たのしげである。死の戦場から戦場への僅かな休養の時間に於けるこの快活さは一見不思議のやうでもある。しかし、彼等は戦闘に従事してゐる時と、疲れてゐる時との以外には常に快活である。私はそこに逞しい不敵さを感じるとともに一種の不気味さをも感じるのである。兵隊は例によつて凱旋の日のことなど話し合つてゐるのかも知れない。》（五月十日　傍点井口）

同士的友愛に満ちた兵隊たちの談笑風景のなかに一点の染みのように紛れこんだ「不気味さ」の一語に注意したいのだ。それは意味内容としては、死の戦場から死の戦場への移動のつかの間の休息において、彼らの見せるこの快活さが通常の理解を絶するという意味だろう。だが、「不気味」という一語が使用されるのは「麦と兵隊」の中でこの一ヵ所だけである。そして、「不気味」と類似した形用語は一貫して、大陸の異貌の自然に対して使用されている。「（揚子江の流れについて）すさまじい潮流である」（五月五日）「すさまじい蝿の群である」（五月五日）「この麦畑は正に恐るべきものである」（五月九日）「盛りあがつて来るやうな土のすさまじさ」（五月九日）というふうに。では、日本兵に、しかも戦闘場面でもない行軍途中の談笑風景に「不気味さ」の一語が紛れ込んだのは、これも作者のペンの滑りか。しかし、作者のペンを滑らせたのはいったいなにか。

あたかも果てしない行軍のあげく異国の大地の異貌性に感染してしまったかのように、この一点の染みは、同胞たる兵隊たちの風貌を異貌化してしまう。それは、敵であるはずの中国農民や捕虜たちの風貌に同胞の面影を見出したことの、いわば鏡像的反転作用にほかならない。〝彼等〟の顔に〝我々〟を見出してきたまなざしが、いま、

〝我々〟の顔に〝彼等〟を見出すのだ。

「不気味」なものはおそろしい。それはしかし、力として直接に脅迫するものの恐ろしさではない。「不気味」なものは得体が知れない。それは「敵」「味方」といった象徴的分類を平然とすり抜け、混乱をもちこみ、分類と認識の秩序そのものを危うくするもののおそろしさだ。現にこの染みのような一語は、検閲の眼をすり抜け、無数の読者たちの眼もすり抜け、ひょっとしたら書き記した作者の眼すらもすり抜けて（私は火野がその効果を明瞭に計算してこの一語を記したとは思わない）、いま、この私の眼の前にある。

ジャック・ラカンならばこの染みを、象徴界の秩序に忍び込んだ現実界の砕片なのだというだろう。象徴界の秩序は、戦場を俯瞰し整理し分類して理念化された公認の言語秩序を構成するが、現実界としての戦場は、どこまでも作家の体感の裡にとどまり、ただ作家のペンの滑りを介して露頭するのである。そのペンの滑りをあえて統制しなかったことにおいて、「麦と兵隊」における火野葦平はまぎれもなく誠実な作家だったのであり、「麦と兵隊」は書くことをめぐる作家のペンの戦いの痕をくっきりと刻みこんだ無比の作品たり得ているのである。

4 「兵隊」の運命

以下、私は「麦と兵隊」の構成に倣って、アンチ・クライマックスのエピローグを少し書き継ごうと思う。

昭和十八年、逼迫する戦局のなかで、文学報国会の九州支部幹事長の地位にあった火野は、「九州文学」三月号の巻頭言に「文学は兵器である」と書いた。（引用は鶴島正男『河伯洞発掘』より）

《祖国日本が歩く道をわれわれもともに歩き、その決意を文学に表現することこそ、文学者の栄誉である。大悲哀のさなかに立つて、愛国の情熱をたぎらせ、兵隊が笑つて死ぬるごとき決意に立てば、文学がどうして道をふみ迷ひ、力を喪失することがあらうか。

文学は今日もはや、兵器である。たぐひなく美しき兵器である。（中略）

殉国の志をおいて、日本人の生きる道はなく、文学の生きる道はない。》

もちろん、「兵器」だと宣言されたこの文学は、もはや表象する権能をめぐって戦場の現実との格闘を戦うのでもないし、作家の権能に賭けて戦争遂行権力との確執を戦うのでもない。それは「祖国」という全体性の観念において戦争遂行権力と協働して戦うのである。

だが、同じ年の五月、火野の学生時代の詩を集めて編集した詩集『青狐』が出版されたとき、なかの一篇、「兵隊」が検閲で削除を命じられ、詩集は該当ページを切り取って刊行された。それはこういう詩だった。（私の手元にあるのはページを切除された『青狐』である。引用は池田浩士『火野葦平論』による。）

兵隊

一　兵隊なれば、兵隊はかなしきかなや、
　　ひねもすを、ひたぶるにいくさするすべををさめつ。

二　春なれば、兵隊はかなしきかなや、
　　時じくに花は咲けども、花の香を聴くやはろばろ。

三　夜なれば、兵隊はかなしきかなや、

おもかげを夢にみつ、いやましぬわがおもひかな。

四　雨なれば、兵隊はかなしきかなや、
抱けるはすずろなるすさまじき銃。

五　月なれば、兵隊はかなしきかなや、
しかはあれ、いまはただ銃のみにきみの香ぞして。

六　兵隊なれば、兵隊はかなしきかなや、
きみはなし、花はなし、いまはただ夢だにあだし。

詩はもともと昭和三年に同人誌「燭台」に発表したものだ。おそらく、この年、早稲田大学を休学して一年間福岡歩兵第二十四連隊に幹部候補生として入営したときの体験にもとづいているだろう。つまり、この「かなしき」兵隊は十五年前の若き日の火野の自画像である。（なお、火野はこのとき、入営中にレーニンの訳本を隠れて読んでいたことが発覚し、除隊時には軍曹から伍長に格下げされた。除隊後は復学するつもりだったが、玉井組を継がせたい父親が彼に無断で退学届けを出していた。彼は若松に帰って玉井組の印半纏を着、沖仲仕たちを束ねる「若親父」の役割を引き受けることになる。）

詩集『青狐』は、陸軍報道班員として比島派遣軍に従軍中の火野を慰問すべく、友人・原田種夫が企画し尽力して上梓したものだった。つまり、火野の直接関与しない場所で、火野の十五年前の作品が、公認イデオロギーに抵触するものとして抹殺されたのである。

だが、鶴島正男の『河伯洞発掘』によれば、火野は杭州駐屯中の従軍手帳の余白に、「兵隊の曲（琴歌）」と題して、この詩とほぼ同じ詩を書きとめている。おそらく、若き日の詩を記憶によみがえらせながら推敲していたのだ。手帳では第一連の二行目を「人ころす」と書いて抹消して「いくさする」に書きあらためたりしている。それなら、手帳の「かなしき」兵隊は、戦地の現実に触れた火野の実感である。そのときそれは、もはや過去の多感な一青年の自画像にとどまらず、寝食を共にし生死を共にする彼の部下たち、「私の兵隊たち」をも含みこんで、銃を持たされ「人ころすすべ」「いくさするすべ」を教えこまれて戦野に送られた現在の兵隊一般の像にまで拡大し昇華していると読むべきだろう。

おそらく、『青狐』を検閲する昭和十八年の「祖国」の検閲官もそう読んだのだ。そして、「祖国」はその「かなしき」兵隊の像の公表を許さなかったのである。

それにしても、なにゆえの削除か。この「かなしき」兵隊の像が厭戦的で戦意を殺ぐからか。だが、その程度の読み方は文学というもののおそろしさをわかっていない。

「きみはなし、花はなし」という、その「きみ」とは誰か。文脈上は、夜毎に夢に見る「おもかげ」の人、銃の代わりに抱きしめたい女性だろう。実際、十五年前「燭台」に発表された初出形では、「兵隊」というタイトルの左脇に、「鈴木美智子よ、かかる琴歌はなきや」と女性への呼びかけの一行が記されていた。（初出形は河伯洞記念誌「あしへい」の第八号に復刻されている。また、「鈴木美智子」というのは学生時代に結婚まで考えてともに暮らした恋人・鈴木美智にちなみ、この時期の火野がペンネームの一つとしても用いていた名前である。）

だが、杭州駐屯中の従軍手帳でも詩集『青狐』でも、「鈴木美智子」への呼びかけは消えている（『青狐』の「兵隊」から呼びかけの一行を削除したのが火野の判断だったか原田種夫の独断だったか、私はつまびらかにしない）。

この呼びかけの削除によって、詩は青春の感傷を離脱したのだが、しかしそのとき、詩の意味にも決定的な変容が生じるのだ。

「いまはただ銃のみにきみの香ぞして」という。しかしそもそも、「すさまじき」銃に女の香を嗅ぐことなどできはすまい。木と鉄の歩兵銃でかろうじて香に縁のあるのは、鉄に刻まれた花たる紋章の菊花だけである。ならば歩兵銃に「きみの香」が香るというこの「きみ」は「大君」、すなわち天皇にほかならないではないか。その「大君」の「おもかげ」を夜毎の夢に見つつ、しかし、「きみはなし、花はなし、いまはただ夢だにあだし」というのなら、ではこれは、戦場の死が決して「大君の辺」の死でありえぬことへの絶望の表明ではないか。

『万葉集』の大伴家持の長歌の一節は、昭和十二年十月、信時潔の悲壮な曲を得て「海ゆかば」としてよみがえった。それは天皇の「臣民」たちの心にフロイトのいう「死の欲動」を掻きたてながら「海ゆかば水漬く屍／山ゆかば草生す屍／大君の辺にこそ死なめ／顧みはせじ」と歌う。だが、火野葦平の「かなしき」兵隊たちは、「大君の辺」から遠く隔てられた異貌の戦野に「草生す屍」を晒すしかないのだ。

私は、これが火野のこの詩に託した〝真意〟だといいたいわけではない。私はただ、「枯菊」という俳句の季語にさえ不敬を摘発した悪意ある検閲官のように読んでみただけであって、むしろ私の読みは火野の〝真意〟に反するだろう。だが、作者の〝真意〟などやすやすと裏切ってしまうのが文学というもののおそろしさである。イデオロギーもおそろしいが、文学もおそろしいのだ。そして、文学の自由というものが、究極的には、作家の自由ではなく言葉の自由をこそ擁護するものであるかぎり、文学はいつもこのおそろしさとともに在りつづけなければならない。

5　再び、よく似ているということ

戦中の火野の「殉国の志」に掛け値はなく、火野の「かなしき」兵隊たちへの愛情にも偽りはなかったろう。だが、国家と兵隊とのあいだには、ひとりひとりの兵隊のかなしみなど歯牙にもかけぬ強大な権力が介在し、政治が介在し、経済が介在し、利権が介在し、上は大将から下は二等兵までの厳然たる階級序列と指揮命令の目くらむような階梯が介在する。戦局の悪化につれて、火野は彼の内なる理念化された「祖国」と兵隊たちの置かれた現実とのよじれや軋みに耐えなければならなかった。

そして、敗戦を迎える。

火野は昭和二十年九月十一日と十三日に朝日新聞に「悲しき兵隊」と題するエッセイを発表した。その主旨は次のようなものだ。――兵隊たちは、かつて歓呼の声に送られて出征し死を賭して国家のために戦いながら、いま悄然として人々の冷たい白眼視の中を故山に帰る。日本の敗因は「道義の頽廃と、節操の欠如」にあった。平和国家建設は「道義の確立と節操の樹立」から始めねばならない。私は依然として「兵隊の立派さ」を信じている。長く道義と節操の柱石だった「兵隊の精神」こそ祖国再建の礎でありうるはずだ。

どこまでも「私の兵隊たち」と共にあろうとする火野の立場は揺らいでいない。私は火野がここに示した戦中戦後を一貫しようとする節操を尊重する。だが、「日本人の道は一つしかない」といい、「戦争中は勝利へと驀進した。戦争が終れば、平和へ驀進する」とつづけるとき、それは結局、戦争中には昭和十六年十二月八日の開戦の詔書「億兆一心国家ノ総力ヲ挙ゲテ征戦ノ目的ヲ達成スルニ違算ナカラムコトヲ期セヨ」を戴き、戦後には昭和二十年八月十五日の敗戦の詔書「総力ヲ将来ノ建設ニ傾ケ道義ヲ篤クシ志操ヲ鞏クシ誓テ国体ノ精華ヲ発揚シ世界ノ進運ニ後レザラムコトヲ期スベシ」を戴くことにほかならない。道義と節操の根幹は「承詔必謹」の精神であって、それをいいかえれば、戦中戦後を一貫するかにみえるこの精神は、とりもなおさず、天皇への「臣従」において行う「転向」の表明でもあるということだ。

火野は昭和二十三年五月、公職追放の処分を受けたが（二十五年解除）、実際のところ彼の文筆活動にはほとんど支障がなく、旺盛な執筆を展開した。しかし私は、火野が最も精魂を傾けたはずの「青春と泥濘」（二十四年）にも「魔の河」（三十二年）にもそれほど感心しない。

長篇「青春と泥濘」は、十九年に報道班員として自ら志願従軍した体験に基づいてインパール作戦の惨状を小説化したものだった。後に「白骨街道」と呼ばれたその退却路に文字通りの累々たる「草生す屍」を晒すことになるインパール作戦は、火野がどうしても書いておきたかった戦場である。火野はここに、異貌の山中を幽鬼のようにさ迷いながら師団長暗殺をねらう兵隊を登場させてもいる。上層部の「道義の頽廃と、節操の欠如」を最前線の兵隊たちの困苦の様相から告発するものだ。

また、「魔の河」は、昭和七年二月、満洲事変から飛び火した上海事変に際して上海の苦力がストライキに入ったため、軍命令を受けて玉井組が三井物産の船で上海に石炭を運んだが、その時の体験に基づいている。火野は前年八月、若松港沖仲仕労働組合書記長として、組織になじまぬ荒くれの沖仲士たちを統率して、日本労働運動史に特筆さるべき三日間の大規模な港湾ストを闘ったばかりだった。しかし半年後、火野の立場は逆転する。池田浩士が『火野葦平論』で指摘するとおり、玉井組の上海行は中国の日雇港湾荷役労働者たちの闘争に対する「スト破り」にほかならないからである。

いずれにせよ、これは火野にとっての初めての中国体験だった。かなりの虚構を含むと作者自身認める「魔の河」には、すべてを平然と呑みこむ揚子江の不気味な流れへのおびえが記され、「兵隊と苦力と仲士との奇妙な類似に、異様な混迷をおぼえた」という主人公の感慨も記される。低賃金労働を強いられている中国人苦力への同情や軍と結託した資本への不信が語られ、ストにおいて無言無表情であった苦力たちが暴動において表情と叫びを回復し、さらに暴動の混乱の中で主人公と中国人女性のつかの間の、死の想念と交錯する交情も語られる（火野はおそらく、書きながら、横光利一の「上海」を意識していただろう）。

つまり、「青春と泥濘」にも「魔の河」にも、戦時下には書けなかった戦争遂行権力への批判があり、加えて「魔の河」には、「麦と兵隊」では無言無表情の〝客体〟でしかありえなかった中国民衆の、部分的とはいえ、〝主体化〟がある。いずれも戦後の〝自由〟が可能にしたものだ。

しかし、作家は〝自由〟であれば良く書けるというものではない。〝自由〟は火野の言葉に、弛緩と放埓と通俗化をも許容してしまった、というのが私の評価だ。なるほど戦後の〝自由〟は、火野の表現に政治的な〝正しさ〟をも可能にした。しかし、文学は政治的な〝正しさ〟によって生きるのではない。

たとえば火野は、『火野葦平選集』第四巻の自筆解説にこう書いている。

《私は、戦場で、自分の任務を遂行しなかつた兵隊を、人間として尊敬することは出来ない。それは、人間の責任に関する深い問題であつて、帝国主義、軍国主義、軍閥などの想念とはまつたくかけ離れた根柢的な人格論である。（中略）戦争中とはまつたく正反対の反戦的戦争小説が次々にあらわれ、それこそが真の戦争文学であるとして、圧倒的に、世間から支持された。任務を遂行せず、戦線から脱出する卑怯な兵隊が主人公になり、それがヒューマニズムの権化として、英雄のように迎えられた。私は、梅崎春生君の「桜島」「日の果て」、大岡昇平氏の「野火」「俘虜記」などを傑作と考えている。しかし、それにすら、私はどこかに、一抹、反撥するものを感じないでは居られなかつた。》

実践倫理として火野は正しい。生死をともにする戦士共同体にあっては、一人の卑怯無責任は必ず他の全員を死の危難に晒すのだ。だが、それでも我々は認めなければならない。文学は実践倫理によって生きるのでもないということを。

戦後の火野の筆は、少なくとも一度だけ、緊張したことがある。昭和三十年四月、インドのニューデリーで開催されたアジア諸国会議に日本代表団の一人として参加した火野は、そのまま中国からの招待を受けて、一行とともに香港から中華人民共和国に入り（北朝鮮を経由して帰国）、その見聞を「赤い国の旅人」と題して発表した。その文章においてである。

そこには、こんな息苦しい言葉が並ぶ。

《なつかしいというよりも、恐ろしいところに来たような奇妙な気遅れを感じた。十六年前の思い出が或る苦しさをともなつて、一挙に私の脳裏で廻転した。》(四月二十一日)《中国を征服していた時代のたかぶりおごつていた愚かさを、今さら悔いてもしかたがないし、謝罪してみてもなおさらはじまらぬことであろう。歴史はそんな甘さを冷酷に蹴とばしている。私はおびえて来た。》(四月二十二日)《私は中国にわざわざ拷問をかけられに来たような気がしはじめた。》(四月二十二日)《文字どおり、足がすくんでそこから一歩も動けないような苦しさだつた。》(四月二十二日)《人間を翻弄する歴史の妖怪性は、私がじかに攻略のために踏みこんだ土地ではない土地に来ても、執拗に私にこびりついて離れなかつた。》(四月二十四日)

一方、火野の二年後に中国を訪れた野上弥生子は「私の中国旅行」にこう書いている。

《広州から北上した汽車の沿線で、戦争のあいだきき馴れた土地の名を耳にするたびに、また河北に入って、両軍の攻防戦がくり返された大行山脈の、灰紫の長い尾根をいつまでも右の車窓に眺めた時、あらためて、どういう国に来たかを思い知らされた。しかし、その土に血とともに浸みこんでいる恥じと、悪の追想に打ちひしがれるのをまぬがれたのは、戦争中もどうにか保った私の良心のおかげである。》

戦時下にかろうじて「良心」を保ったという野上は、火野を苦しめ苛む「思い出」や「罪の意識」をまぬがれている。だが、文学の価値は作家の「良心」によって決するものでもない、とここでも私はくり返さなければならない。田中艸太郎は『火野葦平論』で、「私は私たちの戦争期の庶民的シンボルとしての火野の『中国旅行』の中から、野上の知性的シンボルとしての『中国旅行』よりも、それが誤りに満ち、それゆえ恥じに満ち、新中国に対する肯定と否定とに満ち、おのれの過去に対する弁明に満ち、守旧の頑固さに満ち、自嘲に満ち、自己嫌悪に満ちていることによって私たちの心に触れてくるものを感じる」と書いているが、私は田中にまったく同意する。

そもそも、罪と恥に満ちた過去を引き受ける必要のない野上の旅行記は、相手が見せたがっているものしか見ていない（その点では、野上のさらに三年後に訪れた大江健三郎の旅行記「日本青年の中国旅行記」もまったく同じだ）。しかし火野は、たとえば広東で、「新中国からは悪い考えのものはみななくなったのです。ドロボウ、バクチ、売春、乞食、金貸し、ボス、贅沢」といった公式見解を開いた後、ホテルを出て、暗い河べりにたむろする売春婦たちのなかを歩むのだ（四月二十一日）。

何より、過去を思い出さずに現在を見ることのできないことが、火野に、相手の意図とは別のものを見せてしまう。彼は〝彼等〟の現在に〝我々〟の過去とよく似たものを見てしまうのだ。それが作家・火野葦平のリアリズムである。

《奇妙なことに、私は戦時中の日本大政翼賛会を思い出した。無論、その根本精神は正反対なものだが、外形はすこぶる似かよっている気がした。》（四月二十四日）

《最近、瀋陽で百八名を密告した女性が密告模範として表彰されたという一文がその後にあった。（中略）私は密告のもたらす人間の不安を考えると、表面の現象を支えている力に疑義がわく。（中略）百八人も密告した気味の悪い女が、模範としてほめたたえられるような国は、住むところではないような気がする。こういう陰惨さや権力の圧力がなければ、わずか五年ほどの間に、新中国がこんなにも変ることはできなかつたにちがいない。（中略）新中国の変化の背後の力は、私には明朗なものとはなかなか思えなかつた。》（五月二日）

《作家の生活はたしかに羨むに足りるが、保護されているのは国策の線に添う御用作家ばかりであつて、自由奔放な作品を書きたい作家はうけ入れられないのである。それのみか反革命といつて批判されたり粛清されたりする。私はこの圧力には到底耐えられない。（中略）戦争中、軍と大政翼賛会との統制下にペンを鎖でしばられた体験は、思いだしても身ぶるいのする地獄であつた。》（五月三日）

《（北京で「話劇」の上演を観ながら）私はさつきから胸をえぐられる気持がしていた。舞台で活躍している人民軍の兵隊と、嘗ての日本の兵隊といかに似ていることか。いや、まつたく同じなのであつた。その祖国愛も、犠牲的精神も、苦労も、勇気も、勇敢な行動も。しかし、中国兵の方は英雄であり、日本兵の方は「日本帝国主義の手先となつた鬼子兵」なのである。私もその鬼子兵の一人であつた。私はこれらの兵隊たちの演技を見ていることが苦痛でならなかつた。》（五月三日）

火野はたんに社会主義の理念に共鳴しない頑迷な「思想」において新生中国を批判しているのではない。自分の恥と罪とを剔抉する同じまなざしが、〝彼等〟の差し出す理念化された自画像の背後に、〝我々〟の恥と罪とによく似たものを透かし見てしまうのだ。これは戦後の日本人が書いた中国見聞記の最もすぐれた文章だと私は思う。

火野葦平はこの五年後、敗戦前後の体験を描いた自伝的長篇「革命前後」を完成させてまもない昭和三十五年の一月二十四日未明に死去した。死因は心筋梗塞とされていたが、十二年後に、自殺だったことが遺族によって公表された。

中上健次とジェンダー——主人公の表象にみる挫折の軌跡

内藤千珠子

物語は死なない。たとえ主人公や重要な登場人物が死んでも、語り手が唐突に死を遂げたとしても、当然のことながらそれは物語の死を意味するわけではない。あるいは、書かれ、語られているさなかに作者が亡くなっても、読者や聞き手が途中で聞いたり読んだりするのを放棄したとしても、誰かが未完の物語の続きに接触することによって、物語は再生せずにはいないだろう。物語はその形式ゆえに、どこまでも生き延びる。

物語の形式について、もっとも自覚的であった小説家の筆頭に中上健次がいる。その魅力を誰よりも熟知し、物語に身をゆだねるようにして小説を執筆する一方で、物語こそが差別と抑圧、悪意と毒に満ちた運動そのものであり、小説から自由を奪う力学を内在させているのだと知り抜いていたのが中上健次という作家であった。その中上は、物語の定型について次のように語っている。

［……］小説から自由を奪うもの、これをとりあえずきょうは「物語」と言いますが、その小説の自由を奪う物語というものに、定型があるんじゃないかと思っているわけなんです。［……］で、いま自分がいる立場と状態から、物語の定型ということを考えますと、その定型を暴露することが、つまり自然の秘密みたいなものを暴露することにもつながるんじゃないか。［……］あるいは自然が結果的に孕んでしまう差別、被差別、そういう部分を暴露することである。*1

「物語」は、いくら抗おうとしたところで、その抵抗の運動さえもあらかじめ組み込んでいるのであり、物語の定型とは、差別、被差別の構造そのものに等しい。こうした発言を中上健次は繰り返しており、たとえば「現代小説の方法」と題された連続講演のなかでは、「物語の枠組み」はそこからはみ出るものを「絶対許さない」のだし、物語は「反物語」さえもあらかじめ包摂してあり、「物語というのはずっといろんな形で延命し生き続ける」、といった説明が聞かれる。そのような意識の延長で、「無意識の器」としての物語を破壊するためには「意識的に覚める」ほかなく、「覚めれば覚めるほど無意識は濃くなる」と述べる中上健次の描いた物語は[*2]、「小説の中で非常に僕はその物語性の強い作家で、つまり物語をこう二倍か三倍ぐらいのスピードで早く回転さす[*3]」という表現に象徴されるような自覚のもとに成り立ち、テクストには物語のねっとりとした重層性が認められるだろう。

これまで、中上健次のテクストに宿った物語の両義性とその格闘の軌跡に関しては[*4]、さまざまな角度からすぐれた批評が積み重ねられてきたように思う。同時代を生きた柄谷行人をはじめとして、渡部直己[*5]や四方田犬彦[*6]、絓秀実[*7]などの批評、髙澤秀次による評伝や編著[*8]、あるいは生前の中上健次の意志を継承する「熊野大学」における活動など、中上健次の文学に言及しようとするときに参照すべき批評的蓄積は、枚挙にいとまがないほどである。

むろん、重ねられてきた批評や活動の意義と功績は疑うべくもないのだが、にもかかわらず、没後の中上健次をとりまく構造がみせたあからさまなまでのホモソーシャルな連帯が[*9]、批評における死角と触れてはならない一点を温存してしまったことは確かであろう。たとえば、熊野大学のシンポジウムで浅田彰が中上の小説における「複雑」なジェンダーの問題に触れ、両義的に表象されたジェンダー関係について解説した上で、「男根中心主義的強姦幻想を中上健次が無批判に反復しているというフェミニストの批判は当たらない」と、「フェミニストの誤解」を強調する発言にみられる通り[*10]、もしくは、ニーナ・コルニエッツに向けて、中上のテクストに対する「レイプまがいの暴力を好んで扱っているといった俗流フェミニストの批判」について口にする渡部直己のコメントが、「俗流フェミニスト」の「素材論的」な批判が「テクスト的な多様性」を軽視した誤解に基づいているという指摘を含意するように、[*11]中上健次を取り巻く批評状況には、フェミニズム批評やジェンダー研究による読解を排除し、抑圧する力が間違いなく働いていた。

そうしたホモソーシャルな批評的連帯に対し、リヴィア・モネは、浅田彰の言い分が「現在進行している中上に関する討議へ、フェミニズム的に介入する可能性そのもの」を「閉め出している」こと、「作家に対する正しい読解を法制化する権利を暗黙裏に占有」していることなどを、的確に批判した上で、すぐれたフェミニズム批評を展開している。[*12]だが、結局のところ、それに後続する議論が百出するということにはつながらず、フェミニズム的な議論を封殺する力は延命した。つまり、複雑に編み込まれたジェンダーの両義性を称揚する批評以外は、あらかじめ「誤解」として退けられるという磁場がその後も機能し続けたということである。

中上健次の小説がジェンダー論的にみて問題があると一方的に非難したいわけではない。ただ、強く濃く働いた物語性が複雑に交差するテクストの上に、女性登場人物が被る暴力の「素材論的」な問題点や定型にはらまれた性差別の構造など、物語のなかの出来事を支える即物的次元は確実に存在しているのだから、テクストに宿る「男根中心主義的」な幻想について、それを批判的に検討するというフェミニズム的観点を切り口として、テクストの構造について議論する余地はいくらでもあったのではないだろうか。

他方で、二〇〇〇年の熊野大学シンポジウムでは、『岬』『枯木灘』『地の果て 至上の時』の秋幸三部作における限界が指摘されたり、中上の晩年の作品群に対して「劇画的」な傾向を後退戦略とみて批判したりと、中上健次の文学における臨界点の問題が議論されないわけではない。さらにいえば、このとき絓秀実は路地の主人公秋幸に大逆事件の幸徳秋水ではなく、「管野すが子」的なものを注入できなかったこと、「女性的な抵抗を導入」できなかったことを、中上におけるひとつの「限界」として指摘するのだが、その指摘には「(笑)」の記号と「なかば冗談ですけどね」というフレーズが伴われている。[*13] すなわち、批判が禁止されているわけではないが、その批判は男性化する批評共同体に共有され、認知されたものでなければならず、[*14] ジェンダーをめぐる問題系に関しては、笑いを共有しうる男性たちによって客観的に批判するならよいが、「俗流フェミニスト」が素朴な実感から真剣に批判をするのはよろしくない、[*15] といった判断基準が働いていたのが、没後十年を迎えようとする時期にかけての批評空間に保持された構造だったのだ。[*16]

しかしながら、二〇〇〇年代半ばをすぎると、渡邊英理や倉田容子、浅野麗といった若手女性研究者たちが、ジェンダー論的な議論をふまえつつも、それぞれ固有のテーマ設定に基づいて、中上のテクストにみられる両義性や可能性を新しい角度から検討した論考を学会誌を主要な場として続けざまに発表するようになり、新たな局面が開かれることになった。[*17] こうした研究は、先に触れたリヴィア・モネの議論が批評共同体の連帯に走らせた亀裂と異議にひそやかに呼応しつつ、研究と批評の交差する地点を創出しながら、[*18] 封じられてきた議論を自由度の高い領域へと開き、中上健次の文学のもつ可能性を更新しようとするものだといえるだろう。

本論では、このような流れを自覚した上で、あえて中上健次の小説にみられるジェンダー表象の両義性の、マイナスの価値を測定することを試みたい。具体的には、最高度の批評性を携えた男性主人公「秋幸」ではなく、路地の物語の代表的主人公、『千年の愉楽』の「半蔵」を一方の軸とし、その「半蔵」の記号を媒介に相関的な結合をみせる『紀伊物語』の女性主人公・道子をもう一つの着意点として分析を進めてゆく。本論は、ジェンダーにまつわる批評の拘束力から解かれた地平で、中上が定型を暴露しようとした営みに宿る過剰な限界をめぐる一考察であり、表象の限界点に兆した問題を拾い、その論理や因果を考えることによって、物語の現在時について素描しようとするものである。

1　逆転するジェンダー――『千年の愉楽』をめぐって

中上健次の小説には、その物語設定において、転倒や逆転の運動がはらまれている。『紀州　木の国・根の国物語』には、次のような記述が見られる。

その差別、被差別の回路を持って私は、紀伊半島を旅し、その始めに紀州とは鬼州であり、喜州でもあると言ったが、いまも私にはこの紀伊半島そのものが輝くほど明るい闇に在るという認識がある。ここは闇の国家である。日本国の裏に、名づけられていない闇の国として紀伊半島がある。日本を統ぐ(すめらぐ)には空にある日ひとつあればよいが、この闇の国に統ぐ物は何もない。事物が氾濫する。人は事物と等価である。[……]

国家とは〈木〉と〈根〉の混淆する場所でもある。この紀伊半島を旅して書き記したルポルタージュをテキストとして、根という鍵言葉を元に読解してみるなら、根とは決してレベル以下のものを指していない事に改めて気づく。被差別部落を根の国と読み換え、天皇を差別被差別の統括と考え両方を併せ持つ神人の一人と考えることは、レベル転倒の事でもある。[*19]

紀伊半島を「日本国の裏」にある「闇の国家」とみる中上健次の発想は、逆転された国家としての被差別部落を、「路地」というトポスとして物語に設定することにつながっている。人と事物とが等価の記号と化し、「事物が氾濫」する場所では、〈木〉と〈根〉、すなわち視界のなかにはっきり見えるものと、地中に埋まって視線がとらえられないものとが混淆する。そのような場にあって、被差別部落と天皇とを接続させた上で、レベルを「転倒」させるという運動は、物語の定型に含まれる、聖なるものが汚れに通じ、汚れが神聖なものに通じるといったアンビバレントな両義性を効果的に使用し、逆転された差別／物語を夢想したものだと言いうるだろう。

こうした発想の元に創出された物語舞台としての「路地」は、差別と被差別という回路を、転倒や逆転といった運動そのものの上に可視化する。それを可能にしたのは、オリュウノオバという語り手であり、[*20]この語り手が編みなす視点や時間が路地をめぐる基本的構造を成り立たせている。

床についたきりのオリュウノオバが、日がな一日、眠っているのか眼覚めているのか定かでない状態で、死んだ者やまだ生きている者をあれこれ思い浮かべているのだろう、と路地の者が想像したのは、そもそもオリュウノオバが達者な時に、過去から今にいたるまでいや未来の姿まで頭の中に畳み込み、折りにふれて話していたからだった。

オリュウノオバの通夜の今日は、到るところに散った路地の出の者だけでなく、誰もが、どんな時代に生きた者も集まる。達者な時は小さなまるまげを結い、寝込んで体が衰えはじめてからは手入れもままならぬと髪をザックリと切ってしまったオリュウノオバの頭に、どんなものがつまっているのかと話をした。到るところの土地とあらゆる時間、それはまるで都会の摩天楼のように入り組んだ景色だと誰もが噂する。

（「カンナカムイの翼」『千年の愉楽』）

「過去から今にいたるまでいや未来の姿まで頭の中に畳み込み、折りにふれて話していた」オリュウノオバは、物語のすべてを頭のなかに携え、それを路地の者たちに語り聞かせる存在である。どの出来事をどのような順序で語るのかに定められた規則はないのだから、彼女の語りにおいて、時間は過去から未来に向かうようなまっすぐした時間軸を描かず、出来事の配列は定置されない。また、ときにその物語の登場人物ともなり、ときに語り手と化すオリュウノオバの視点は、どこにでも遍在し、時空を越えることが可能なので、物語の境界線を出入りしながら、時間を巻き戻したり、早回ししたりする。

年齢を数えることができないほど高齢であるオリュウノオバは、生と死の境界上の存在でもあり、「到るところの土地とあらゆる時間、それはまるで都会の摩天楼のように入り組んだ景色だと誰もが噂する」ような光景を体現する。世界の規則を象る種々の境界は、たえず動揺にさらされ、溶解し続けるのだ。

線条的な時間軸を崩壊させ、遍在する視点によって地上の法則を無視した景色を現前させるオリュウノオバという語り手が織りなす『千年の愉楽』にあっては、路地というトポスを舞台に、逆転された王としての中本の一統の男たちが主人公に据えられる。この主人公たちに与えられているのが女性的な傾向であり、[*21]そこにみられるのはジェンダー表象の逆転である。

二人の子を連れて銭湯に行ってからふと浴衣のまま外に出ようとして自分の湯上りの体から湯上りの男の肌がにおってくるようで厭で女房の白粉を脇腹と肩に薄くはたき、いつか後家が半蔵の体を待ちこがれていたように片膝立てて酒を飲んでいる半蔵を後から抱き、「また違う女抱いてきてついでにここへ寄ったんやねェ」と言ったのを思い出した。違う女の移り香が体についているのではなく半蔵が汗くさい男の臭いが厭でつけた女房の白粉が先のものとは違う種類だというだけだった。

半蔵はまるでその白粉のにおいに誘われるように早い歳から性の味を知って、女をもてあそび女にもてあそばれて二十五の歳まで来た自分に欲情したように外へ出て、路地の山道を浮島の方へ急いだ。いつぞやのように背中が寒く首筋に誰かの手が触れるような気がするが、半蔵は関わる筋合いではないと道を先に歩いた。足早に白粉のにおいを立てて歩く自分が蔭間のような気がした。

（「半蔵の鳥」『千年の愉楽』）

愛人である浮島の後家のもとを訪れるのに際し、「女房の白粉を脇腹と肩に薄くはた」いた半蔵の身体表皮は、女の香りによって彩られる。「男の肌」のにおいを厭うた半蔵の皮膚は、「女房の白粉」を媒介として、女の肌になる。半蔵という記号の表皮は、表象の上で女性ジェンダー化されるのだ。加えて、ジェンダー規範にあって女性ジェンダーこそ「美」によって有標化された存在であることを重ねるなら、美しい男として設定された半蔵は、美と粧いと、二つの位相で女性ジェンダー化されていることが指摘されよう。

女の白粉のにおいに誘われて性を知った半蔵は、「女をもてあそび女にもてあそばれて二十五の歳まで来た自分に欲情」する。いわば、半蔵の身体は、女との関係において、主体化と同時に受動化を被っている。こうした二重性には、冒頭でも触れた、浅田彰の整理する秋幸に与えられた複雑なジェンダー構造、中上の描く登場人物にわかちもたれるジェンダーやセクシュアリティの両義性に通じるものであろう。*22 中本の一統の男たちが女性たちを性的に征服しているようにみえて、その実女性たちから支配されてもいるのであり、「足早に白粉のにおいを立てて歩く自分が蔭間のような気がした」のは、浮島の後家に性を売ることを余儀なくされた物語上の位置を比喩的に暗示しているかのようである。

だとすれば、近代の消費社会において、主体化されるのと同時に受動化される女性の位置と、*23 浮島の後家に消費される半蔵の性の構造とは、遠景において同期していることになり、半蔵が表象のレベルでも、物語構造のレベルでも女性ジェンダー化されていると解釈することができるだろう。

さて、浮島の後家のもとに居合わせた男と三人で性交した際、後家もその男も性的に征服した半蔵だったが、帰宅する際に、思わぬ逆転が起こる。

半蔵がそう言うと男は切端つまった顔で一緒に帰るから待ってくれと言うのだった。方向が違う、浮島の遊廓の脇から山に上って路地へ降りると言うと、男は心底おどろいた顔をして「長山から来とるのか」と路地の別名を言い、牛の皮はぎやら下駄なおしやら籠編みらが入り混っている長山から兄さんは来ていたのかと感心するように繰り返し、急に自分が優位にでも立ったように「男前やのう」と言う。「おおきに」と半蔵は言ってから、また可愛いがってやるとヘラズ口を返してから男の尻の穴になど突っ込むのではなかったと後悔した。女にもて遊ばれ女をもて遊ぶならかまわないが、他の土地の男に蔭間のように男前だからともて遊ばれるのはまっぴらだと半蔵は唾を吐き、自分が恋しい路地の朋輩のために体を売って来た優男のように思え傷つき、また唾を吐きながら路地の山道をのぼった。

（「半蔵の鳥」『千年の愉楽』）

「切端つまった顔」で半蔵に語りかけた男は、半蔵の路地出身であることを知ると「心底おどろいた顔」をみせ、事態を「牛の皮はぎやら下駄なおしやら籠編みらが入り混っている長山から兄さんは来ていたのか」と反芻し「感心」してみせ、自らの「優位」をかみしめるように「男前やのう」と半蔵の美を愛でる。男の態度の変化に、「路地」を「長山」という固有名で呼び変えるという、言葉による名付けの問題が露呈しているのも興味深いが、路地が固有名詞によって呼び直されることによって、逆転された国家がもう一度反転し、差別をめぐる現実の回路が再浮上していることに留意したい。

ならば、「女にもて遊ばれ女をもて遊ぶならかまわないが、他の土地の男に蔭間のように男前だからともて遊ばれるのはまっぴらだ」という半蔵の述懐に込められている意味は、回転して物語の布置がもとにもどってしまった地点にあるということになるだろう。ここにあらわになる問題は、半蔵におけるジェンダー構造逆転の位置どりが、女性ジェンダーを枠づける規範に依拠しており、非対称で権力化されたジェンダーの対構造を基準とするからこそ成り立っているという一点に尽きる。

「他の土地の男」の言葉の力によって無効化された半蔵の逆転をともなう両義性とはつまり、標準化されたジェンダーである男の側からジェンダーの構造を反転させ、反転によって有標化された印そのものが剰余としてこぼれおちるという、その表象の過剰さがジェンダーの非対称性を可視化するという効果であった。その効果を、女たちとの関係性は倍速させるが、男との関係はときに失速させてしまう、というわけだ。

標準化され、一般的なジェンダーとして無印のままある男性ジェンダーが、中本の一統の半蔵的主人公たちにあっては、美や化粧、あるいは階級をめぐる疵とによって有標化され、女性ジェンダー化されている。こうしたジェンダーの逆転は、表象のレベルで、現実のジェンダー規範との激しいせめぎあいを生み出すといえよう。とはいえ、それが女たちによって加速されるというしくみには、規範に再横領されかねない危うさが透け見えている。おそらく、規範の力によってあらかじめ有徴であることを定められた女性が主人公となった場合を考えることで、その危うさについてより詳細に議論することが可能となるだろう。

2　女性主人公にみられる逆転——『紀伊物語』をめぐって

路地の女性主人公として、『紀伊物語』の道子は、「女版秋幸」とも評されてきた。[*24] この『紀伊物語』は、一九七七年から翌年にかけて執筆された第一部「大島」と、五年間の中絶期間をおいて書かれた第二部「聖餐」とをあわせて、八四年に単行本として上梓されている。「大島」と「聖餐」の間には、『地の果て 至上の時』が『枯木灘』の続編であるというのと同様の批評的関係が認められるだろう。[*25] この中断期に『枯木灘』(一九七七年)『紀州』(七八年）『千年の愉楽』（八二年）が書かれたことの意義を中上健次自身が述べていることも念頭に、検討してみたい。「大島」では、道子は視点人物として語りが特権化する主人公である。

道子は夜眠るたびに自分がこの大島を好きだ、と思い、ぽつんと果物のような形をして波に浮いている島を思い浮べた。この大島が自分で、そこから母が逃げ出した、と思った。噂が幾つもあるのを知っていた。祖母の語るキクの話は、道子には、桜色の長じゅばんと桜の花が重なって気色悪かったが、祖父と祖母がどうしてもキクを家に置くまいとイビリ出したという話からは、道子はきれいな母を想像できた。大島に一つある灯台を想い出した。それは白く小さな灯台で、海にむかって立っていた。（「大島」『紀伊物語』）

「大島」から「聖餐」への過程とは、「この大島が自分」と思っていた道子が、「路地は道子そのものだった」と自覚する過程にも等しいのだが、第一部の「大島」での道子がとらわれているのはただ一つ、「オカアサン」の物語にほかならない。

道子は乳飲み子の頃、自分をおいて出奔した母・キクを「気色悪い」と忌み嫌いつつも、「きれいな母を想像」し、思慕している。彼女はつねに、鏡に向かって自分の顔に母の影を読み取ろうとし続ける。女郎であった母の性と、自らの性とを「血」と「女陰」という記号によってつなぎあわせ、まるで「キクの血」をなぞるように、ほとんど何も知らない男である良一に身体を委ね、「オカアサン」に見られていることを意識しながら、道子は少女から女性へと性的な成長を遂げてゆくのだ。

ジェンダー論的に読解するなら、見られることを意識しつつも、見せる身体を自分の意志によって象ろうとする道子の、化粧する身体の両義性、あるいは、女性の月経をめぐるイメージの両義性など、テクストにしかけられた重層性が「大島」の読みどころの一つとなるだろう。とはいえ、娘による母恋いの物語は、男の子による母恋いの定型を逆転させたものであるにしても、男性のみに性的な奔放さが許容されるという現実の性規範、いわゆる性のダブルスタンダードをゆさぶるしかけが脆弱であることは否めない。そのため、誰にでも身体を開く娼婦としてイメージ化されたキクは、男たちが次々と女と交わることが支配力の証として叙述されるのとは異なり、いくら「男と女は根本的に違っていて、女は男の百倍も千倍も愉悦に感応できるのだから男の料簡で女を縛ってはいかん」(「聖餐」)という認識が後続しようと、負のイメージをあてられた「淫乱」「淫売」の記号によって過剰に意味づけられ、それを反復しようとする道子もまた、娼婦的イメージをストレートに刻印されざるをえない。すなわち、「誰とでも寝る」女を非難する定型的構造と女の意志を暗示する表象のしくみとが拮抗したところに、テクストが成立しているといえるだろう。

第一部の終わりで、道子は路地に赴くことになる。偶然知った良一は、路地出身の若者だったのだ。「聖餐」の舞台は路地へと移りゆき、道子は死の直前にあるオリュウノオバと接触する。良一とともに訪ねた道子に対し、オリュウノオバは、定男との子を孕んだのなら臆せず生め、という不可解なことを告げるのだった。

モンはその話を耳にするだに怖気がふるい、路地の裏山の中ほどにある家で老衰しつづける老婆が、尋常では思いもつかない事を夢想し、それを現実のようにありありと見、土の中に消え大気の中に還っていくのだと思った。だがそれが大気の中に還っていく者のこの世にありつづける者への悪意なのか、それとも狭い土地に生きる者らが知らずに犯してしまう過ちをゆるそうとする事なのか、はかりかねた、モンでさえ二つ、それを知っていた。そのうちの一つはモンの生涯の秘密だった。今ひとつは路地の誰もが知っていた。モンもソノノイネも、それにオリュウノオバを看護する一人であるタミエも、良一に連れられて路地や新地にやって来た道子が、半年ほど前に起ったその誰の眼にも哀れを誘う事件をそっくり反復すると怖れたのだった。
（「聖餐」『紀伊物語』）

定男とは、路地で「静子」と呼ばれたキクの血をひく、道子の異父兄妹であり、「誰の眼にも哀れを誘う事件」とは、路地で起こった兄妹心中のことを指している。つまり、オリュウノオバの示した「尋常では思いもつかない事」とは、兄妹の間で子をなせ、というメッセージにほかならない。『千年の愉楽』を参照するなら、オリュウノオバによって「現実のようにありありと見」られたものは、語りの地平において現実そのものと等価になる。それが「悪意」なのかゆるしなのかは決定不能だが、道子は路地にあって、まだその兄に出会う前から、兄妹心中の主人公として路地の者らに欲望されることとなるだろう。「聖餐」では、語り手から道子への距離は変化し、道子は特権化された視点人物ではなくなり、路地で噂に吸引され、噂の語り手たちを魅了する主人公となる。

ほどなく道子は静子という名でキクが路地で死んだことを知るが、大島には戻らず、母の物語を反復しつつ、兄妹心中の悲劇をも反復するという位置につく。道子は良一との関係も続けながら、物語によって定められた相手である定男にも惹かれてゆくことになるのだが、そのとき道子の傍らに現れるのが、半蔵の子のタケシ、「半蔵二世」と呼ばれる少年である。

半蔵二世や定男は、「死のぅ団」というバンドを結成し、路地の住人に向かって「マザー、マザー、死のれ、死のれ」と禍々しく誘いたてるのだった。

マザーというのが母親を指す言葉だと説明されて、ソノノイネは幼くして死んだ子が彼方の黄泉からこちら側の現実にいる母親を呼んでいる声のように聴え、日が当り物という物が隈取り濃くくっきりとあるのに半蔵二世の辺に黄泉の昏りが立ち籠める気がし、妙な不安に駆られた。[……]ソノノイネは十六になったかならないかの半蔵二世が、本能のように、かつて路地の不精者の若い衆が他所へ出て女らをたぶらかしたような事をしたいと、死のれ、一緒に死のれ、と歌い出したのだと思った。だが半蔵二世が本能の命ずるまま歌っているのを一等正確に受け止めるのは、作ったレコードを買わせられる若い音楽狂などではなく、取り壊される運命の決っている路地に住む男や女らだという事をソノノイネは知っている。[……]路地の取り壊しがほどなく始まるだろうと分っている今、路地の年寄りから若い衆まで、誰かが毒を用意し進んで飲みはじめるなら次々飲んでいっても不思議ではなかった。

（「聖餐」『紀伊物語』）

「母親を呼んでいる声」として「大島」に響き続けていたのは、道子の「オカアサン」という呟きであった。ここでソノノイネが聴く半蔵二世の声は、「大島」での道子の声に共振するものにほかならず、それが「幼くして死んだ子が彼方の黄泉からこちら側の現実にいる母親を呼んでいる声のよう」なのだとしたら、生きてある道子の場所と、死者としてのキク／静子の場所とが半蔵の歌声において反転しているとみることもできるだろう。

路地の取り壊しを前に立ちのぼった声は、「半蔵二世」という記号を媒介にして、路地の甘い蜜と毒とを織り交ぜたような物語を呼び起こす。先に確認した通り、『千年の愉楽』の半蔵の性は女にたぶらかされ、女をたぶらかすという能動と受動、男性性と女性性とが相関するものであった。『紀伊物語』に語られる半蔵は、『千年の愉楽』におけるその構図を忠実かつ鮮明に再生する。「半蔵は小さい時から生きた玩具のように女から扱われ女につきまとわれて刺されて死んだが」、「女に一度でも肌を許したら疵をつけられた果実が甘くうみながら腐りつづけるように、女に際限なく肌を許しつづけなければならないのが宿命だった」。だから道子は「半蔵二世の話を耳にしながら、女に玩具のようにされた半蔵が路地で静子と名乗った母親のキクのもう一つの姿のような気が」してしまう。

半蔵二世は「男か女か分らんような奴」「オトコオンナ」などと呼ばれ、明らかに半蔵という記号が持つ両性具有的な意味性を反映した存在となっているが、道子の場合はどうか。

　道子は良一が自分の路地での振舞いをなじるのだろうかと思い、ベッドに腰かけ、正面に置いた大きな鏡に股を広げて男のように腰かけた自分が写っているのをみながら、足を組んでみる。乳房のふくらみがなければ半蔵二世のような美しいカンのきつい少年だと思い、半蔵二世が、マザー、マザー、死のれ、死のれと声を出す時の乳飲み児が乳を吸うような口をつくってみる。（「聖餐」『紀伊物語』）

道子が「男のように」という比喩で叙述されるとき、たしかに半蔵二世や半蔵との近しさが構成されているのが読まれよう。半蔵がキクと重なり、半蔵二世が道子と重なり、ジェンダーをめぐる境界が幾重にも侵犯され、転倒し、テクストの表層に複雑な様相を編み出すことになる。

　しかしここで留意したいのが、男性ジェンダー化された道子のふるまいがすぐさま「少年」という形容を呼び寄せてしまうことである。半蔵や半蔵二世には「女」のイメージが重ねられても、「少女」のイメージが稀薄であるのとは対照的である。つまり、道子のジェンダーが転倒され、男性化されたとき、そこに呼び込まれる「少年」のイメージは、少年も少女もともに「子ども」に分類され、標準化された男性ジェンダーから女と子供が除外される、というジェンダー規範となじみ深い構造を吸引せずにはおかないのだ。

　この点は、明治期の少女小説を対象として「少女」「少年」のカテゴリーについて分析した久米依子の指摘を援用すると非常に興味深い。明治期にあっては、「少年」の概念はジェンダーの別に依らず使用されていたが、ジャンルとしての少女小説の発生と歩みを同じくして、「少女」のカテゴリーが生成する過程では、性的に対象化された「少女」の概念が「少年」のカテゴリーから差異化され、有徴化されるという力学が確認できるという。[*26]道子を少年の比喩で語ることがジェンダー構造を逆転させる運動でありながら、ジェンダー規範とシンクロしてしまうのは、与えられた「徴」を表象の上で剝ぎ取ることが、歴史的生成過程を逆回しすることにも連なり、結果として、女という徴の痕跡がふたたび表層に回帰してしまうという事態にほかなるまい。反転の運動が連鎖して倒錯が生まれるのではなく、逆転の力そのものが殺されてしまうのであり、道子は「男」の位置にはたどりつけない。

一方、「中本の血の半蔵の子、半蔵二世は、道子の気持ちなどとうに読んでいた」と語られるとおり、道子が定男に近づこうとする思い、すなわち物語の粘膜そのものを熟知しているのが半蔵二世である。路地の物語の表面は、路地の登場人物たちを自らの論理に取り込むため、主人公の素養を持つ存在をその表面に粘着させずにはおかない。

その半蔵二世は、「女に手をつければ腐りながら死ぬと本気で思っていたし、生れたその時から女らに可愛いと言われたが結局は玩具のようにもてあそばれるのだと分っていたので、女の子宮のうずきを本当に憎みもした」のだった。つまり、半蔵二世の視点にあっては、路地の物語の力学を自覚し、それを見おろす視座が確保されているということである。むろん、自覚があったからといって物語から距離を取り、その力学から自由でいられるわけでもなく、半蔵二世もまた路地の登場人物の一人ではあるのだが、誰とも性的に交わらないことにおいて、半蔵二世は特権化された視点を得る。道子の物語を眺めるもう一つの視点、中本の血を引く女であり、美しくないことと資本力とにおいて有徴化される成金の娘・喜視と対比してみるならば、事態は瞭然であろう。喜視は道子を中心とする良一・定男との性的三角形に吸収され、物語の最後で死を遂げるが、その一方で半蔵二世は物語のなかに無傷のまま生き残るのであるから。

要するに、『紀伊物語』の道子という主人公の造形において、中上健次はジェンダー表象をめぐる逆転につまづき、挫折しているといわざるをえない。道子をめぐる表象の周辺には、逆転の運動がふんだんにしかけられ、その物語には、物語を早回ししてみせるような過剰さがみなぎってはいるものの、表象それ自体から、失速し、停止した逆転の力がこぼれ落ちてしまうのだ。

半蔵において醸成される女性ジェンダーのイメージが、差別化される側から天皇制の構造を逆転して見せた力学は、『紀伊物語』にはみられない。女性ジェンダーを有標化するジェンダーの階級の力は、中上が企図し、もくろんだ、天皇制と路地をめぐる階級を倒錯させて接続する物語においては、転覆されはしなかった。

3　過剰な定型——ラストシーンをめぐって

このような挫折の軌跡は、構造と表象の齟齬に通じている。ジェンダーの問題も階級の問題も、根底のところでは両者ともに近代社会の差別化の力学を共有しているため、その構造において同型であるとはいえようが、表象におけるあらわれには差異があるということではないだろうか。物語の末尾に現れる問題をとおして確認してみたい。

『千年の愉楽』では、中本の一統の若者たちが、最終的に非業の死を遂げるという物語の定型が反復されている。

> 半蔵は二十五のその歳でいきなり絶頂で幕が引かれるように、女に手を出してそれを怨んだ男に背後から刺され、炎のように血を吹き出しながら走って路地のとば口まで来て、血のほとんど出てしまったために体が半分ほど縮み、これが輝くほどの男振りの半蔵かと疑うほど醜く見える姿でまだ小さい子を二人残してこと切れた。九かさなりの九月九日。
> 流れ出てしまったのは中本の血だった。
> （「半蔵の鳥」『千年の愉楽』）

このように、中本の血の美しさと醜さの両義性と非業の死とが語られ、物語が閉じられるわけだが、「七夕に一日早い七月まだ朝夕肌寒い六日。享年三十二歳。また一つ中本の高貴な穢れた血が浄められた」(「ラプラタ綺譚」『千年の愉楽』)など、『千年の愉楽』では六篇すべてにおいて、中本の一統の男たちが若すぎる悲劇的な死を死んでいる。定型化された悲劇が何度も繰り返されるが、しかし、それらの物語はオリュウノオバという語り／視点によって縁取られることによって、次第に定型からはみ出してゆくことになる。

オリュウノオバは自分が路地そのものであり、自分がどんなに老ボケしても息がある限り、親よりも早く抱き取って産湯をつかわせた生れてきた子らの場所は、女の子宮のようにとくとくと脈打ちつづけるし、自分が冷たくなって動かず物を思い出す事もなく考える事もなくなれば子らの場所は消え、生れて来る者らは永久に場所を持たない流れ者になるのだと思い、オリュウノオバは自分の生命が消える日を考えて火に手をかざしながら涙を流した。

それは今日だった。

死ぬ事を怖いと思わなかったがオリュウノオバは自分の生命がろうそくの炎がかき消えるように消えて死ぬ間際まで、生きている者や生きてくる者だけのために神仏に祈ったと思い、［……］あのまま死んでいると女に葬式まんじゅうと仇名を言われたので憤死したと噂が立つところだったと思って独り苦笑した。

(「天人五衰」『千年の愉楽』)

オリュウノオバの「生命が消える日」が「今日」のこととして息の長い文体で叙述されているのかと思うと、文の途中で事態は一転して、「あのまま死んでいると女に葬式まんじゅうと仇名を言われたので憤死したと噂が立つところだった」と、苦笑するオリュウノオバの現在時へと時空が接続されてゆく。オリュウノオバを視点人物とする語りの位相では、時間がうねるようにあちらこちらの地点を行き来し、増幅し、逆流し、「路地そのもの」とも語られる彼女の視点は、いかなる時空とも逢着可能なのだ。

では、時間のひずみを伴って遍在するオリュウノオバの視点が意味するのは、いったい何か。それは、くり返された死の意味も、物語のなかでの死の意味も、オリュウノオバの視線を浴びて、別の意味として語り直される可能性を持ち続けるということである。事実、主人公たちの非業の死は、オリュウノオバの視点が小説内の別の場所で寄り添い、異なる角度、ちがった認識から焦点化されることにより意味づけ直されもするのであり、定型的意味から脱却する可能性がいつまでも点りつづけるのだ。その意味で、『千年の愉楽』は永遠に完結しない、未完の物語である。その未完性には、豊穣な物語の可能性と、定型の暴力をはらんだ物語への抵抗とが等しく息づいているといえよう。

その一方で、『紀伊物語』のラストシーンには、物語の全く別の風景が映し出される。

誰も歌うものがなく、それで喜視がまた思い入れをして涙を流して歌い、シンゴからジュースを一本もらった。隣の道子からコップについでもらい、次に半蔵二世が自分から進んで「浪曲子守唄」を歌うと申し出ると、シンゴは、見物に集った路地の者らに評判の悪い半蔵二世が、こんなに努力して周りに気をつかっているのを理解してやれと言うように、ことさらに喜び、「まだ子供じゃのに、分るんかいの」と言う。歌おうとするだけで景品ものだと先にジュースを一本、よこした。シンゴの大仰な振舞いにバツ悪げな半蔵二世は、「これ、お前にやる」と隣の定男の前に置く。伴奏が鳴りはじめ、半蔵二世が立ちあがり、「浪曲子守唄」を歌うのに手拍子を取り、曲が終りかかった頃、喜視がジュースを喉が乾いたように一気に飲んだ。定男が道子を促してビンのセンをぬかせて、コップにつがせ、それを飲みながら、「おれの父親みたいな歌じゃね」とつぶやいた。道子が人にみられぬようにひざに手を触れ定男の横顔をみつめると、定男は道子の柔らかな手を強く握り返した。

「みんな俺らにヤキモチ焼いとるんじゃ」定男は気づかれないように耳元でまたつぶやく。手拍子を取っていた喜視は酒に酔いつぶれたように、膳がわりにしていた机に崩れおちた。しばらくして定男が路地の者の前で、大胆に静子の子同士で愛撫するのを見せるように道子の髪に顔を寄せ、物を言おうとするように唇で触れて力なく倒れ込み、道子は初めてそのジュースが何だったのか知り、金切り声をあげた。

半蔵二世のバンド「死のう団」のメッセージに象徴されるように、「聖餐」にたちこめる息苦しいほどの死の匂いは、解体される路地の運命と共鳴しあいながら、物語の末尾で、カラオケ大会での毒入りジュースによる集団死という光景に行き着く。

「路地そのもの」とも意味づけられるが、結局は「大島から進入して来た道子」には、「路地の血は一滴も混っていない」し、仮に道子の血が「中本の血よりももっと濁っている」としても、「他所から来た羽のある者」でしかない（「聖餐」）。路地の末期を彩るラストシーンで、道子は毒入りジュースを隣に座った喜視につぎ、定男にもつぐ。そして最後に死から選ばれたのは、中本の血をひく定男であり、中本の女である喜視であり、女性主人公である道子は、金切り声をあげる傍観者でしかない。道子の金切り声は、最期の瞬間において凍結された地点に、物語を宙づりにする。『千年の愉楽』に見られる未完性と、道子の声が宙づりにする物語の末尾とは、似て非なる質感を携えている。

道子と同様、路地の若衆、シンゴから受け取ったジュースぞ定男に手渡す半蔵二世も、二人の死に際して、死のう団の音楽を「路地の誰もが好む義理人情を歌いあげるようなものに変えようと」する意図を内包するカラオケで「浪曲子守唄」を歌うばかりで、死をめぐる物語からは阻害されている。道子の金切り声と半蔵二世の歌声とが響きあうラストシーンには、生の領域にとどめ置かれた道子の未来が沈殿する。

いわば、路地の部外者として、秋幸とも半蔵とも並び立つ女性主人公を設定したというところに、ここまでの議論の核心がある。逆転の力は、差別、被差別という階級の問題にしてもジェンダーの問題にしても、さまざまなシステムが当然の前提とみなしている構造の見え方を異化するものだ。だが、中上健次の小説にあって、ジェンダー表象の両義性を過剰に演出することで、差別の構造がもつ非対称性を可視化し、現実を穿つ剰余を生み出すことに成功しているのは、男性主人公を基軸として創出された場合に限定されている。

被差別部落をめぐる階級差別において、被差別部落が有標の位置にあるとすれば、天皇もまた有徴化された存在であり、表象体系において逆転した国家を作り出したとき、両者は構造の上で一致したポジションに重なり合うからこそ、「闇の国家」はレベルを転倒させ、現実世界を乱反射させる。それゆえ、ジェンダーにおける表象の逆転も、ともに転倒の運動として同期しあい、物語の機構は二重にも三重にも裏返され、輝きを放つ。

しかしながら、ジェンダー構造においてあらかじめ徴を刻印された側である女性からは、転倒によってその徴を削り取ることはできない。表象の上で女性を有標化する記号は幾重にも織り重なり、逆説をはらみつつ、入り乱れているからである。たとえば、女は「美」によって印づけられ商品化された存在であるが、その意味で美しくあることが前提とされるため、醜い女とは、物語の好む、印を帯びた存在にほかならない、という背理に示されるように。仮に、中本の血を引く美しくない女、喜視を主人公として『紀伊物語』が出発したのであれば、別の展開がありえたかもしれない。

ジェンダー表象の臨界点にあって、死なない女としての道子はしかし、近代文学の流れのなかで不幸な死を死なされ、女性嫌悪により殺されてきた女性主人公たち[*27]とは異なる軌跡を描く。彼女が主人公として路地に招き入れられたとき、路地を縁取る暴力は排除の力をいかんなく発揮し、そして彼女に美しく醜い、悲劇的な死を与えなかった。路地の者らに死を呼びかけつつ生き残った半蔵二世と、生き延びてしまった道子との間に走った裂開点、そこにくっきりと刻まれている中上健次の挫折とは、傷だらけになった鏡面に物語を映し出そうとする試みでもあると思う。その臨界点に貌を見せる可能性を知るために、ゆがんだ物語の姿をこそ味わい抜くべきだろう。

[附記]『千年の愉楽』『紀伊物語』からの引用は、すべて『中上健次全集』(第四・五巻、集英社、一九九五年)に依った。なお、引用文中のルビは適宜省略した。

注

*1 「物語の定型」一九七八年七月十一日、大阪文学学校における講演、柄谷行人・絓秀実編『中上健次発言集成6』(第三文明社、一九九九年)所収。

*2 一九八四年五月から六月にかけて東京堂書店で行われた連続講演。中上健次『現代小説の方法』(髙澤秀次編、作品社、二〇〇七年)所収。

*3 前掲『現代小説の方法』所収の「三島由紀夫をめぐって」(一九八五年十一月十三日、パリ、高等師範学校における講演)より。

*4 柄谷行人『批評とポストモダン』(福武書店、一九八五年)、『坂口安吾と中上健次』(太田出版、一九九六年)など。

*5 渡部直己『日本近代文学と〈差別〉』(太田出版、一九九四年)、『中上健次論——愛しさについて』(河出書房新社、一九九六年)、『不敬文学論序説』(太田出版、一九九九年)、『かくも繊細なる横暴』(講談社、二〇〇三年)など。

*6 四方田犬彦『貴種と転生・中上健次』(新潮社、一九九六年)など。

*7 絓秀実『「帝国」の文学——戦争と「大逆」の間』(以文社、二〇〇一年)など。

＊8　髙澤秀次『評伝　中上健次』（集英社、一九九八年）、『中上健次事典』（恒文社21、二〇〇二年）、『中上健次エッセイ撰集』（全二巻、恒文社21、二〇〇一～〇二年）、『中上健次と読む「いのちとかたち」』（河出書房新社、二〇〇四年）、『中上健次［未収録］対論集成』（作品社、二〇〇五年）など。

＊9　飯田祐子『彼らの物語』（名古屋大学出版会、一九九八年）が指摘した、文学をめぐる男性中心的でホモソーシャルな構造は、現代の小説や、文学研究の領域よりも、批評をめぐる状況において最も強固に残存し続けたといえるだろう。

＊10　一九九四年の熊野大学シンポジウム「差異／差別、そして物語の生成」（柄谷行人・渡部直己編『中上健次と熊野』太田出版、二〇〇〇年所収）における発言。

＊11　一九九五年の熊野大学シンポジウム「固有名と「路地」の場をめぐって」（前掲『中上健次と熊野』所収）における発言。

＊12　リヴィア・モネ「幽霊的な女たち、置き換えられた女性性、そして男性家族小説――中上健次の二つのテクストにおける暴力、ジェンダー、そしてセクシュアリティの政治学1」（『批評空間』一九九六年十月）。

＊13　「シンポジウム　二〇〇〇年の中上健次――秋幸三部作を読み直す」（『早稲田文学』二〇〇〇年十一月号所収）。

＊14　批評共同体において、フェミニズム的な議論が皆無だということではない。柄谷行人の『坂口安吾と中上健次』には「中上健次とフェミニズム」と題したエッセイが収録されているし、四方田犬彦も「男たちの物語」とは別系列にある「女たちの物語」について「蛇淫」から『鳳仙花』に至る系列を指摘し、その延長で『軽蔑』について論じてもいる（『貴種と転生』第七章）。問題なのは、そこに働く力関係であり、フェミニズム的な議論が周縁化される際に非可視化される構造である。

＊15　批評をめぐるこうした構造については、拙文「匿名の笑いとジェンダー」（「火星クラブ」http://www007.upp.so-net.ne.jp/kaseiclub/）を参照していただければ幸いである。

＊16　その後、とくに「大逆事件」をめぐって先鋭化した批評と研究の接点については、押野武志「漱石と『大逆』事件論争の行方」（『日本近代文学』二〇〇二年十月）を参照。

＊17　渡邊英理「性愛と争闘――中上健次『熊野集』「偸盗の桜」「鬼の話」」（『日本近代文学』二〇〇五年五月）、「媒介者の使命――中上健次『熊野集』「葺き籠り」」（『日本文学』二〇〇六年二月）、倉田容子「中上健次『日輪の翼』における移動」（『日本近代文学』二〇〇六年五月）浅野麗「『路地』なき後のアイデンティティ――中上健次『日輪の翼』論」（『日本近代文学』二〇〇八年五月）など。

＊18　研究と批評をめぐるジェンダー構造については、拙文「業界とジェンダー」（『日本近代文学』二〇〇三年十月）において記し

た。

＊19　「紀州　木の国・根の国物語」は、一九七七年七月〜一九七八年一月まで『朝日ジャーナル』に連載後、一九七八年朝日新聞社より単行本として刊行。引用は、『中上健次全集』（第十四巻、集英社、一九九六年）より。

＊20　渡部直己『中上健次論』（前掲、七六〜八六頁）を参照。

＊21　リヴィア・モネ前掲論文にも、両義的な女性性を与えられた登場人物の格好の一例として「半蔵」に対する言及がある。

＊22　注＊10を参照。

＊23　消費とジェンダーをめぐる構造に関しては、小平麻衣子『女が女を演じる――文学・欲望・消費』（新曜社、二〇〇八年、とくに第一章）を参照。

＊24　大岡昇平の『紀伊物語』が「女版秋幸」だという指摘を認めるかたちで、中上健次自身、刊行にあわせた談話のなかで『紀伊物語』が『枯木灘』と同じ時期に出発した小説であると強調している（「なぜ『紀伊物語』なのか」『青春と読書』一九八四年九月、『中上健次発言集成5』第三文明社、一九九六年所収）。また、渡部直己も『紀伊物語』の第一部「大島」と第二部「聖餐」がそれぞれ『枯木灘』『地の果て　至上の時』の直後に執筆されており、「同じふたつの時期に書きあげた秋幸の（いささか図式的な）女性版」だと述べている（前掲『中上健次論』）。なお、『紀伊物語』についてはかつて「物語をうつす鏡――『紀伊物語』試論」（『早稲田文学』二〇〇〇年十一月）において論じたが、本稿では別の角度から改めて取り上げていることをお断りしておく。

＊25　四方田犬彦『貴種と転生』（前掲）。

＊26　久米依子「少女小説――差異と規範の言説装置」（小森陽一・紅野謙介・高橋修編『メディア・表象・イデオロギー』小沢書店、一九九七年所収）、「構成される『少女』――明治期『少女小説』のジャンル形成」（『日本近代文学』二〇〇三年五月）。

＊27　夏目漱石の『虞美人草』の藤尾や、有島武郎『或る女』の葉子など、いわゆる「新しい女」のイメージにも連なる女性主人公たちはことごとく、小説の上で不幸や死の物語に横領されていよう。

桐山襲論——〈南島イデオロギー〉と八〇年代の日本文学

原　仁司

夢からぬけ出すためには、不可能に触れることが必要である。
夢の中には、不可能はない。ただ、無能力があるばかりである。
——シモーヌ・ヴェイユ

1　桐山襲の初期作品

一九九二年三月二二日、享年四二歳で夭逝した桐山襲は、その約一〇年の創作期間において一〇冊の創作集を刊行しており、編共著を合わせれば計一四冊の単行本を上梓している（文庫本をふくめれば一六冊）。が、現在、彼の小説で購読可能なのは、講談社文芸文庫の『未葬の時』（99年）のみであり、他は古書でしか読むことができない。時代は彼を、ほとんど忘却の淵に葬り去ったと言っても過言ではないだろう。かろうじて彼のデビュー作『パルチザン伝説』（84年）が、「不敬文学」の一系列作品として一部年配読者の記憶に残っているに過ぎない。*1

それに、「不敬文学」と言っても、深沢七郎の「風流夢譚」（60年）や大江健三郎の「セヴンティーン」（61年）などに比すれば、その内容はさほど過激なものではない。たとえば前者の「（マサカリが振り下ろされて）皇太子殿下の首はスッテンコロコロと音がして、ずーッと向うまで転がっていった。」（括弧内引用者）等の不穏な表現は、桐山の作品のどこを探しても見つからない。また、『パルチザン伝説』発表の直後、出版社に乗り込んできた右翼団体の抗議も、天皇を「あの男」と表現した点、そして列車爆破による天皇暗殺未遂計画が詳細に述べられていた点の、計二点を「不敬」の理由として上げていたわけだが、桐山も言うように前者は右翼が鉄槌をくだすほどのことではなく、後者もその四年前に出版された『反日革命宣言』（鹿砦社）の中に記されている内容を、桐山が援用したに過ぎなかった。だいいち、深沢や大江らの「不敬」作品がついに単行本化されなかったのに比し、『パルチザン伝説』[*2]は、右翼からの威嚇を受けた後も、作品社という堅実な出版社から堂々と刊行されていること自体、作品内容の水準を物語ってもいよう。したがって右翼の攻撃を誘発したのは、当時の雑誌『週刊新潮』の煽動的な記事内容に与るものが大きかったとする桐山の解釈は、おおむね肯うべきものであったと言える。

ところで、この『パルチザン伝説』の、文学作品としての出来は実際どのようなものであったのか？　まず梗概を簡単に紹介しておけば、「これは一九七〇年代の後半、〈M企業〉爆破事件で地下に潜り、その後爆弾製造に失敗し、アパートから逃げ、片目片手を失って亜熱帯の島にひそみ、死を待っているという男の、兄にあてた手紙形式によって書かれた物語である」（『文学界』83年11月号）という饗庭孝男の概説に、小島信夫の「親子二代にわたって天皇を爆弾で殺害しようとして、タワイなく失敗する話」（『文芸』82年11月号）を付け加えておけば十分かと思われる。伏線として、やや思わせぶりな異父妹の存在などもあるが、こちらの人物造形はまだ十分になれていなかった憾（うら）みがある。江藤淳が『文芸』の選評で述べていたように、この作品は文体は整っているものの、それが描き出す対象はまだ「ひとりよがりの自閉的幻想」[*3]に過ぎず、作者の才能が遺憾なく発揮されたものとは思えない。

ちなみに篠田一士が、「劇画風の小説づくり」（『毎日新聞』83年9月28日）という一風変わった評をこの作に与えている。篠田はその理由を、実質的には殆ど説明してはいないのだが、しかしある意味、彼の評は正鵠を射たものであったように思う。先の小島信夫が「タテカンバンの檄文のようなものが小説の文体として生きた最初の例だ」と述べたことと合わせて、この作品のアジテーション的性格、通俗直截な煽情表現は、作者桐山が少年期に愛読したであろう「劇画」の調子をトレースし、それを小説に応用したものという風に見えなくもない。「昭和の丹下左膳」「昭和の鼠小僧」「異形な者」「〈影男〉はいかなる闇をも見通すことのできる『七つの目』を持っていた」「地の底の大王の如くに」などの誇大な言辞を用いいながら、しかし、全体的には叙述が怜悧な視線で統御されており、ある一定の緊張感を読者との間に作っている。その意味では、老練な書き手であったとも言えよう。

さて、『パルチザン伝説』のもう一つの重要な特徴は、この作品の「時空間」の設定そのものにある。それは、まず「時間」的には作者自身が説明しているように「一九六八年から現在（82年）に至る〈この時代〉というものを考察し、文学的に表出しようとした」[*4]という設定であり、そして「空間」的には「亜熱帯の島」（南島）から本土東京に住む兄に手紙を送りその中に、かつて東京にいたときのテロリスト「僕」の体験を語る、という設定である。六〇年代後半から七〇年代にかけては、沖縄返還とイスラエルのテルアビブ空港襲撃事件（各72年）がありそれを挟むようにしてよど号ハイジャックと七〇年安保、連合赤軍粛清事件・あさま山荘事件（71〜72年）と東アジア反日武装戦線による複数の爆破テロ事件の展開と終息（73〜75年）が、そして、アメリカ軍のベトナムからの完全撤退が七五年で、以後、日本の左翼活動は地下に潜伏しそれに代わるかのようにバブル経済の活況が、国民に幻影としての物質的幸福感をもたらすようになる。注意したいのは、作者自らが申告している「六八年」というその年が、吉本隆明『共同幻想論』の刊行された年であることで、以後、七一年には谷川健一『魔の系譜』、七二年に吉本「南島論」、七七年に島尾敏雄編『ヤポネシア序説』、八六年に谷川『南島論序説』、そして吉本が再び八九年に「南島論序説」を書き九〇年代半ばまでの南島論ブームに、という一連の流れがあり、ちょうど桐山の作家生活全体（と『パルチザン伝説』の時空間）が、この南島論ブームの中に二重の入れ子構造のように内包されていたことになる。すでに『共同幻想論』の刊行時からそうであったわけだが、六〇年代後半から九〇年代まで連綿と間歇的に繰り広げられてきた南島論は、七二年の沖縄返還に誘発されてブーム化した学問思想であるとともに、昭和天皇を玉座にいただく〈日本国家〉を相対化するためのイデオロギッシュな触媒作用の役目をも同時に果たしていた。六〇年代後半〜七〇年代の左翼活動に主体的に参加していた桐山が、七〇年代の左翼運動の挫折と衰退を一つのメルクマールとして、以後、南島論的なイデオロギーへと進出していくのは、この時期の左翼転向者の動向を見るかぎり、何ら不思議なことではない。

実際、『パルチザン伝説』(84年)以後、『風のクロニクル』(85年)『戯曲　風のクロニクル』(85年)『スターバト・マーテル』(86年)『聖なる夜聖なる穴』(87年)『亜熱帯の涙』(88年)『都市叙景断章』(89年)『神殿レプリカ』(91年)そして、絶筆『未葬の時』(94年)と、桐山のすべての創作集が南島論の影響下に成立していたように見えるわけだが、それは、南島論がこの作家にとって、回避し得ぬ重大な意味を負うものであったからに相違ない。村井紀が言うように、六〇年代以降の民俗学ブームや南島論ブームは、安保闘争敗北後の左翼活動家(あるいは左翼系知識人)たちが、危殆に瀕した彼らの精神的支柱を確保するために贖い求めた「内的亡命」のためのアジールであり、また、知的迷彩(カムフラージュ)でもあった。殊に七〇年代の連合赤軍粛清事件と多発した爆破テロ事件、そして全共闘運動解体の経験が左翼活動全般に落とした影響は大きく、見通しを失った〈左翼イデオロギー〉の過半は〈南島イデオロギー〉の方向へと逸散になだれ込んで行った、という見方も成り立ち得る。その意味で、吉本隆明の初期「南島論」(72年)は、国家天皇制を相対化しようとする大胆な企図を孕むとともに、半面、現状の国家権力の趨勢(トレンド)に再回収されてしまう危険と常に背中合わせの、綱渡り的論攷の試みであったとも言えるだろう。

はたして数多ある南島論の試みの、[*5]すべてが「征服/支配」の観点を隠蔽し「深層の日本」という根源的同一性のみを強調するイデオロギーに終始したかどうかは、いまもって再検討の余地があるというものだが、しかし、とはいえこの南島論ブームに聚合した言説が、皇国史観の偏向を正すどころか逆にその補完的役割しか果たせなかったという事実は、少なくともいまの時点では認めざるを得ないだろう。とどのつまり今日にいたるまでの〈南島イデオロギー〉の進展は、この問いささかも天皇制を相対化することなどはできなかった、と断じれる。そして、こうした問題は無論、南島論の影響下にあった当時の桐山もすでに察知しており、八七年の座談会*6（天野恵一・池田浩士・太田昌国・菅孝行・桐山襲）では、彼は自分の初期作品の試みについて次のようなことを述べている。

友人からもよく言われるんだけれど、お前ヤバイもの書いているなァと、そういうことはあるわけですよ。そのヤバさというのは、天皇に関わる事のヤバさっていうことじゃなくて、いま池田さんがふれられたような日本の根源みたいなところで、紙一重間違えると天皇制に行っちゃうところで書いているという、その事を指してそう言われるわけです。本人は全然、そっちに行きっこないと思っているからヤバくもなんともない。本人はそう思っているんですが、ハタからみるとヤバイ。ひとつ間違うと日本浪漫派というような印象を与えているようです。

（『反天皇制運動 Vol 8』87年2月11日）

右の桐山の発言は、池田浩士の質問に応える形でなされており、池田が七〇年代の南島論の現実的有効性を疑問視したうえで、その非―有効性の延長線上に『パルチザン伝説』も位置するのではないかとの問いに、桐山が率直に答えたものである。南島論的な構想は、天皇制との対決において効力を発揮できぬどころか逆にその天皇制の構造に絡めとられる危険すらあるとする見方は、当時のラディカルな左翼活動家・知識人たちにとって、ある程度了解済みのことであったようだ。桐山は、そうした池田の疑問に対して、左翼活動家（または左翼系知識人）としての立場ではなく一小説家としての立場から、フィクショナルな表現行為を梃子に天皇制および皇国史観との対決を目論んでいることを述べたわけだが、この時点では、まだその対決の内実は明らかにされてはいない。（おそらく桐山が企図していたモチーフは、この座談会が掲載された同じ年（87年）の『文芸』春季号に発表された「亜熱帯の涙」において遺憾なく発揮されていたように思うが、座談会が行なわれた時点では、池田はまだこの作品を読んでいなかったか、あるいは『文芸』がまだ発売されていなかったかのどちらかであったのだろう。桐山の文学表現の内実については後述する）。

2 革命思想とユートピア

ところで、暗礁に乗りあげた〈左翼イデオロギー〉が、このように南島論や民俗学の方面に希望の灯を見出そうとする姿勢は、とくだん物珍しいことではない。古今東西に反復される桃源郷（ユートピア）思想を、革命思想に結びつける例は枚挙に遑がないからだ。たとえば、中国の古典『水滸伝』――義賊のユートピア譚――を愛読した竹中労と平岡正明は、辺境からの革命を夢見て『水滸伝―窮民革命のための序説』[7]（共著、73年）を刊行、その中で、「日本現代史で『水滸伝』が成立しうる場は、一九四五年の闇市と、一九七二年の琉球でなければならない。」と声高に宣言した。また、左翼系機関誌『新日本文学』の文芸時評を担当する玉井五一は、島尾敏雄の「ヤポネシアと琉球弧」[8]（70年）を「『日の本』の日本から『ヤポネシア』の日本へという不逞な換骨奪胎の企みは、歴史の深層を空間的に透視して、地味で奔放にわれわれの文学的共和国を構築しようとする、詩的でしかも実践的な構想である。[9]」（70年）と評価。いずれも南の島に革命の拠点と理想の郷（くに）を夢見る、村井紀が言うところの〈南島イデオロギー〉の発想であり、その発想が七〇年代に入って一斉に開花した感がある。また、付足すれば、先頃『吉本隆明　1945―2007』[10]（07年）を著わした高澤秀次も、その原因はいまだ十分に解明されていないがと慎重に断わりを付けながらも、『共同幻想論』に見られる吉本の偽史的世界への接近が、そのような意味で、戦後日本社会の閉塞状況からの強烈な脱出願望を抱いた〝団塊左派〟に、格好の現実離れ（それが日本回帰に帰着しないという保証はない）の糸口を与えたことは事実だ」と言明。これら〈南島イデオロギー〉にまつわる一連の言説は、大塚英志が指摘する「全共闘運動からの転向者たちによって八〇年代のサブカルチャーが担われていったのは歴史的な事実としてある。[*11]」（94年）というもう一つの近接する問題項とも重ね合わせて見たとき、やがて消費資本主義との対決に敗亡してゆく〈左翼イデオロギー〉の、いわば瓦解と敗走を宿命付けられたマジノ線として、この六〇年代後半から七〇年代の時空が位置づけられることを意味している。

それゆえ『パルチザン伝説』の主人公「僕」が、三菱重工や三井物産、帝人などの一連の大企業への爆破テロ（74〜75年）を行なった「東アジア反日武装戦線・狼」グループ（※以下、「狼」グループ）の一員として設定されていたのは、これは、単に作品制作上の素材の問題にのみとどまるものではなかった。なるほど、たしかに「狼」グループは、七四年の「虹作戦」で昭和天皇の御召列車を爆破する計画を実際に立てており、その爆破未遂事件がこの小説の目玉であったことは言うまでもない。現に小説の末尾には「使用した資料」として「東アジア反日武装戦線KF部隊（準）」を著者とする『反日革命宣言』（鹿砦社、79年）が掲げられており、小説の描写（叙述）にもこの本の内容が援用されていたことは、先にも述べた。だが、単に素材上の問題にとどまらぬと私が言うのは、じつはこうした主人公の人物設定自体に、すでに南島論的なモチーフが潜航していたからに他ならない。

ちなみに先の池田浩士との座談が掲載されていた『反天皇制運動 Vol 8』（87年）に、桐山は、「樹木たちと、死者たちとが」という表題のエッセイを寄せている。その中で彼は、「狼」グループらの爆破テロ事件を弁護する言述を行なうとともに、加えてそこに、巨大資本による第三世界の自然破壊というエコロジカルな問題項を盛り込み、そしてこれを全共闘運動の「徹底した精神のいとなみ[*12]」（高橋和巳）と結びつける。もう少しだけ噛み砕いて言えば、桐山は、七五年二月の間組本社への爆破テロ事件を、単に資本による第三世界からの搾取や収奪という問題にのみ限定せず、彼らがテロ行為にいたった真の要因を、地球規模の環境破壊の問題と連関させながら考察をほどこして行くのである。——じつは「狼」グループの「兵士たち」は、このとき「帝国主義打倒」の政治スローガンを叫んでいただけではない、そこにはより深甚にして隠微な目的意識がともなっていたのだということ。また、彼らは自らの爆破計画に、〈キソダニ・テメンゴール〉という日本と外国の二つの峡谷の名前を付与していたわけだが、それは何故なのかということ。以上二点について、桐山の説明を紐解いてみよう。

テメンゴールとは何か？

それは東南アジア最大のダム建設によって水没させられようとする土地であり、広大な樹木たちの王国であり、そして武装ゲリラたちの根拠地である。

キソダニとは何か？

それは戦時中に千余名の中国人捕虜が強制労働をさせられていた峡谷であり、数多くの中国人が飢えと寒さと重労働とリンチによって虐殺された場所であり、いまもなお谷間の到る処で日本というものを呪い続けている土地である。

　このようにして、東アジア反日武装戦線[*13]の間組爆破は、わたしたちの前に〈キソダニ・テメンゴール〉という二つの峡谷の名前を提出した。兵士たちは、何一つ決着のつけられていないこの国の〈戦後〉の時間を遡ることによってキソダニへと行き着き、そして同時に、現在直下の空間をどこまでも進んで行くことによってテメンゴールへと行き着いたのであろう。かつて虐殺された中国人と、現に切り倒されようとする熱帯樹が、兵士たちの中で結び合わされた。そして、爆弾が間組本社で炸裂したとき、その閃光の中に照らし出されたものは、わたしたちだったのである。

　わたしたちはどこに立っているのか。どのような空間の、どのような歴史の中に立っているのか。〈後略〉

（「樹木たちと、死者たちとが」87年、傍点引用者）

テロ行為の正当性を弁ずることよりも、そのテロ行為が結果として、いったい何を我々の目の前に「照らし出」すことになったのか、を桐山は問題とする。一九八七年の「現在」に生きる「わたしたち」は、過去に犠牲となった「死者たち」を忘却するだけに飽きたらず、いまも過去と同じ犠牲者を生みだし、世界の熱帯樹林を濫費し尽くし、そしてその事実を黙許している。それが八七年の「わたしたち」であり、延いてはその「わたしたち」は、この二一世紀の現在に生きる我々の「わたしたち」でもある。――「そのように時空を自由に往還し、歴史の闇の中から幾多の死者を呼び起こし、そのことによって世界を批判しかつ一人一人の人間の存在の根拠を問うてゆく――そういう作業というものは、本来は〈表現〉と呼ばれる領域だったのではないだろうか」。勿論、言うまでもなくテロ行為は誤りであり、許すべからざる犯罪である。だが、じつは極限にまで追い詰められた彼らテロリストたちの「徹底した精神のいとなみ」こそが、翻って「徹底した表現の不在という戦後的現実」を「照らし出」していたのだとすれば、それは、「ささやかな表現者であるわたしにも、いや世界をみつめようとするすべての者たちにも」無縁であるはずはない。

『パルチザン伝説』の主人公「僕」は、逃亡生活の果てに南島（沖縄本島近くの孤島）へと落ちのび、その島に住む七〇歳くらいの「ユタ」（異端の老巫女）と同居し、彼女の言葉を他の島人らに通訳することで、かろうじて自らの「生」を永らえさせていた。この「僕」は、本土の「わたしたち」の共同体から離脱することで、しかし実際には切り離し得ぬ「僕」と「わたしたち」の、歴史的・存在論的な位相をあぶり出そうとするのである。もっとも、『パルチザン伝説』においては、まだこのあぶり出しはすぐれた表現の域にまで達してはいない。そして桐山の言うように、本来は「南島論」に見られるような図式的な相対化の作業をとおしてではなく、文学による表現こそが、このあぶり出しを行なうべき任にあったはずなのである。だが、戦後から現代にいたる文学は、自らその言語表現の主体の在処(ありか)を晦ませ、言語表現にともなうべき責任と倫理とを本質的に放棄しつづけてきた。それゆえ「言葉が扼殺された世界――それがこの国の一九八〇年代の風景である」(『パルチザン伝説』)と語る「僕」の「言葉」は、おそらくは同時代(八〇年代)に生きる「言葉」の力に不信と懐疑をいだく者たちにとっても、また反対にその力に幾許かの信をおく者たちにとっても、ひとしく理解されざるものであったに違いない。

八〇年代後半以降、エコロジカルな命題の浮上とナショナリズムへの回帰とがあいまって、一時停滞気味であった民俗学と南島論への熱い眼差しが、再びもどってきた。すでに『風のクロニクル』(85年)で柳田国男と南方熊楠の確執をあつかい、後者の「精神のありよう」に軍配をあげていた桐山は、九一年に「森の巨人　南方熊楠」(季刊『長陽』)と「森は真紅の闇をまとって」(『エコロジストジャパン』)の二つのエッセイを執筆。その中で、熊楠が起こした神社合祀令への反対運動を、エコロジーの先駆的偉業として評価した。「一九〇六年、いわゆる神社合祀の勅令が公布された。一町村に神社は一つと定め、それ以外の小社小祀は併合廃止してしまおうというのである。つまり、国家神道につらなる神社だけを正統として残し、それ以外の神々は滅ぼしてしまおうというのである。／これは、それぞれの土地で民衆とともに生きてきた名もなき神々の抹殺であると同時に、古い祠を守ってきた神の森への破壊行為であった。／熊楠はこの無謀に対してたち上がった」。中国の革命家孫文との交友があったことで知られる熊楠であるが、はたして彼が革命思想にどれほどの理解を持っていたかは容易には測りがたい。だが熊楠が、「現人神」以前の八百万の神々の棲処(すみか)を守護しようとしていただけでなく、エコロジーの観点からも森林保護を訴えていたのだということは、たとえば次のような彼の文章からも明らかである。「御承知ごとく、殖産用に栽培せる森林と異り、千百年来斧斤を入れざりし神林は、諸草木相互の関係はなはだ密接錯雑致し、近ごろはエコロギーと申し、この相互の関係を研究する特種専門の学問さえ出で来たりおることに御座候。」「(森林伐採後は)もとより跡へ木を植えつくる備えもなければ、跡地にススキ、チガヤ等を生ずるのみ、牛羊を牧することすら成らず。土石崩壊、年々風災洪水の害聞到らざるなく、実に多事多患の地と相成りおり申し候。」(「神社合祀問題関係書簡」[*14] 丸括弧内引用者)。

我々は、社会主義運動に挫折して森林保護の思想家に転身した顕著な知識人の例を、チェーホフの名作「ワーニャ伯父」に登場するアーストロフ医師（チェーホフの自画像とも言われている）の存在でも知っているが、革命思想の息吹に触れた知識人とエコロジーとの間には、何か思想的パイプのようなものでもあるのだろうか。しかしながら、二〇世紀後半の日本に発生した〈南島イデオロギー〉においては、そうしたエコロジーと革命思想とを結びつける観点は殆ど閑却されており、そこには主に日本人の「起源」をめぐる物語――不透明な同一性のそれ――ばかりが反復されていたように見えるのである。（※吉本隆明が、「南島論序説」（89年）で「アフリカ的段階」と新しい「都市論」とを結びつける構想を披瀝しているが、これも二一世紀の現在から振り返れば、バブルの余韻を感じさせる非現実的な構想でしかないように見える。結局、吉本の場合も「起源」に遡行することが彼の最優先課題であって、その遡行が「母胎」へのそれであると彼が主張するかぎり、単に「起源」を求める構想の〈場所〉が、アジアから世界全体［地球］へとスライドし巨視化したにすぎない、とも言える。）

3　人間的価値と消費主義

「起源」への回帰をつねに志向する〈南島イデオロギー〉に比べ、南島に向けられた桐山の眼差しは、一見「非現実的な寓話」を望むものに見えて、しかし、じつは「現実」に根ざす人間的価値への烈しい執着に裏打ちされている。彼にとって南島は、「単に大和を相対化するにとどまらず、大和という存在を常に危うくしてしまう」[*15]強い潜勢力（ポテンシャル）をひめた〈場所〉でなくてはならなかったのである。その〈場所〉は、夢幻架空のユートピア（※語の原義は

「どこにもない場所」）であるとともに、たしかに、事実としてそこにある〈場所〉であり、つまりは「現実」と「非現実」（虚構）とが交錯繚乱する二重拘束的な〈場所〉でなければならなかった。桐山は、そのような〈場所〉の一つと目される「沖縄」について、次のように語っている。

それはヤマトのように単一で均質化された時間と空間ではなく、重層的で混乱にみちた時間と空間の迷宮だった。実際、米軍のトラックが砂煙をあげている那覇の町はヴェトナムと陸続きだったし、妖精のような娼婦たちのいるコザの路地は神話の奥へと開かれていた。八重山の無人の珊瑚礁に立てば原初の轟きは間近に迫り、パイナップル畑では台湾からの出稼ぎ人が千年の汗を流していた。（「無何有郷の光と暗澹」[*16] 91年）

「現実」の効力を担保するために、「言葉」が凍結され、空洞化した八〇年代は、バブル文化が横溢し、あらゆる人間的な価値が皮相な「物語」として消費され、あるいは「人間主義」を冷笑するがためにその価値は便宜的に棚上げされ、その結果、「現実」と「虚構」とが永久に反転しつづける仮象のゆらぎとして世界認識は定着した。S・ヴェイユが予見した[*17]ように、二〇世紀の本質的な特性は、人間的価値が稀薄化し殆ど消失してしまった点にある。とりわけ「善悪の対立」について無関心になり、それに代わって「自然発生とか、真摯とか、無償性とか、富とか、豊かにすることとかいう言葉」が、「つまり価値との対立関係についてのほとんど完全な無関心を含んでいる言葉」が、「善や悪との関係を内包する言葉以上」に頻繁に使われるようになってしまった。要するに、資本主義的な消費価値が人間的価値を凌駕し、皮肉にも消費価値と対決しつづけてきたはずの知識人たち――とりわけ左翼知識人たちが、軒並み消費価値の価値感覚（価値観？）に呑み込まれて行ったというわけだ。したがって、彼らの人間的価値をめぐる主張や議論が大衆に届かなくなったのではなく（そういう面もまったくないわけではないが、どちらかといぅと）彼らが人間的価値を放擲し、「人間」であることから脱離する眼差しを持つほうがより無償の善であると考え、さらにそれを自覚する自分たちのほうが大衆よりも幾分かはマシであると錯覚したところに、そもそもの彼らの誤謬があったと言えるだろう。もっと端的に言えば、知識人や作家の「言葉」が、人間的価値よりも消費価値を優先するようになり、個別固有の人間的価値（罪、倫理、愛）を探究するうえに本来欠くべからざる認識の「主体」（＝中心性）を手離してしまったからこそ、彼らの「言葉」がまったく大衆に届かなくなってしまったのである。

一般的に、二十世紀の文学は本質的に心理学的です。ところで、心理学とは、さまざまな魂のさまざまな状態を、価値の識別をすることなく、あたかも善悪が魂の外部にあるかのごとく、あたかも善への努力がどんな人間の思考のどんな瞬間にも欠けていることがありうるかのごとく、同一平面上に並べて描写することにあります。

作家は道徳の教師である必要はありませんが、人間の条件を表現しなければなりません。ところで、あらゆる人間にとってあらゆる瞬間に、善と悪ほど人間の生に本質的なものはありません。文学が偏見によって善悪の対立に無関心になるとき、文学はその機能を裏切り、優越を主張できなくなります。

（ヴェイユ「文学の責任について」）

桐山は、「言葉の死」（言語の空洞化）をひたすら凝視しつづけた者として、記憶にとどめるべき作家である。彼の二作目『スターバト・マーテル』（86年）は、いわゆる連合赤軍粛清事件（71〜72年）を題材にしたものであるが、メディアを騒がせたあの陰惨なリンチ殺人事件は、とりわけ左翼陣営の人々から「言葉」の力を奪うものであり、それは当時左翼活動に積極的に参加していた彼においても同断であった。年譜をひもとくと、リンチ殺人事件が発覚した翌年の七三年から『パルチザン伝説』を『文芸』に投稿した前年八一年までの記載がまったくの空白になっており、彼がこの時期、一切の「表現」活動を断念し、沈黙の中に身をひそめていたことが窺える。「――この十四人の死を伝えるニュースが国じゅうを覆ったとき、国じゅうの到る処で叫び声が聞こえ、十四人の二倍の人数の者たちが夜の中で狂い、十倍の人数の者たちが完全な盲となり、さらに百倍の人数の者たちがいっさいの言葉を発することを止めていった〈後略〉」(『スターバト・マーテル』傍点引用者)。

おそらく桐山は、バブル経済・文化が氾濫するシミュラークルな「現実」の中に位置していては、もはや「言葉」の力を回復することは出来ないと直観したのであろう。彼の主人公が、しばしば南島を志向し、その〈場所〉に住む呪的な語部(かたりべ)との交信をとおして重唱的に「物語」を語ろうとしたのは、彼が実際に暮らしていた「東京」という時空が、皮相な言語に占拠された、閉塞感をもたらす〈場所〉であったからに外ならない。不思議なことに「言葉」がその本来の力を失っても、「わたしたち」の世界はさらに豊かになり、物質的欲求は満たされ、とどめるべき過去の記憶は在りし日の幻影として消費(忘却)されて行くばかりだった。殆どすべての作家が、八〇年代のバブル文化と消費資本主義に傾斜し吸収されていく中で、桐山は、ひとり左翼系の小説家としておのれの孤塁を守り、日本人がたどった歴史的事実とその誤謬とに、最後までこだわりつづけたのである。

……私の描いたのは、現実と非現実の境い目からにじみ出てくるような島の物語だった。永遠の時間と具体的な歴史との危うい接点に位置しているような物語だった。

私の小説が、一方では「非現実的な寓話」と呼ばれたり、また一方では「歴史的な事実への固執」と言われたりするのは、どうやらこの辺に由来しているにちがいない。

(前出「《幻境》としてのオキナワ」)

『亜熱帯の涙』で作者は、全共闘運動が遺した功罪とその歴史的意味とに固執しながら、しかし、それを合理思想やノスタルジックな感傷で記述するのではなく、詩的寓意と大胆なメタファーを用いて、「現実」と「非現実」とが交錯する独異な世界を造り上げている。文芸評論家の小笠原賢二が、「ラテンアメリカ文学的な超時空の骨太で破天荒な〝ホラばなし〟の活力が本書にも脈打っている」[18]とこの作を評しているが、その壮大なフィクションは、神話か旧約聖書、あるいはホメロスの叙事詩などを連想させ、読む者を唖然とさせる。古代の南島に、理想郷(ユートピア)を一から創設しそれが現代にいたり滅亡するまでの悠久の時の流れを、強引に一冊の小説（約三三〇頁）の中に詰め込む手法については、いささか難があったとはいえ、だが、それが単なる〝ホラばなし〟に終始していないところに桐山の骨頂があった。無人島の開拓と道路建設、日時計の設置、原始共産制、人口急増など創世期のユートピア譚が自在に繰り広げられるとともに、末端肥大の大男比嘉ガジラーチンと大女ムホの恋愛などF・ラブレーの小説を彷彿とさせるユーモラスで奇抜な挿話も多い。その反面、「形容過剰」「荒削りで隙間が多い」文体、「生硬な言い回し」「気迫が空転している」という厳しい評価（前出、小笠原）もあり、それも一概に否定はできないが、しかしそうした短所を踏まえつつもなおこの作品が光彩を放っているのは、おそらくは「現実」に根差す人間的価値への揺るぎない作者の信念が、「語り」の強度を高めているからであろう。

この作品において「語り手」は、もはや作者自身を思わせる「僕」という一人称でも、あるいは呪的な語部(かたりべ)と「僕」とがかたち作る重唱(デュエット)でもなくなっている。あえて言うならば、それは、〈太古の時空〉と〈現代の時空〉とを自由に往還できる、あのW・ベンヤミンが「物語作者」[19]（36年）の中で賞賛していた、N・レスコフ式の「語り」の在り方に近いものである。（実際、桐山はベンヤミンの書物を愛読していた）。その「語り」は、真理の叙事的側面を重視するがゆえに、歴史と経験、記憶の堆積の中から、より深遠な「人間」の叡知を掘り起こそうとつとめる。たとえば主人公比嘉ガジラーチンの「千年が一日のように過ぎていった」というアフォリズムは、「時間」の永遠性と対面したときの自己の卑小さの認知であるとともに、その永遠の「時間相」を吾がものとする視座を、彼と「語り手」に与える契機ともなり得ている。作品のエピグラフと本文の冒頭を確認しておこう。

子供たちよ
よく憶えておくがよい
あの島では
人間がひとり残らず死に果てた
そのことは
三度繰り返されるだろう

（『亜熱帯の涙』エピグラフ）

作品を通読すれば分かることであるが、「三度繰り返され」たのは、南の島に創設されたユートピア[*20]の崩壊と島民の滅亡であり、それが過去（一度）――現在（二度）――未来（三度）と、永続的に、そして円環的に反復されることを意味している。その島にまつわる不吉な伝説（エピグラフ）は、島にやって来る以前から彼らがすでに耳にしていたもので、作品冒頭の本文でも「その島はかつて人間の死に絶えた島――すべての人間の死に絶えた余りにも不吉な島」と、「語り手」によってあらかじめ黙示録的な予言がほどこされている。

作品の前半第一部が、南島における共同体（ユートピア）の創設譚で、後半第二部はその共同体が、日本を連想させるとある軍事国家からの侵略・統治を受け、それに抵抗する島民たちの中から革命軍（パルチザン）が生まれるものの、最後には軍艦からの砲撃と三日間つづいた嵐とで島民たちは全滅、再び島は無人となる、という急転直下のプロットである。作品冒頭で、島にたどり着いたばかりの比嘉ガジラーチンとその妻ウパーヤが目にする「人間の骨で出来ている」「白い砂浜」が、再びラストで同じ「白骨で埋め尽くされた砂浜」に永劫回帰し、「語り手」は、その永遠にして円環的な「時間相」を完成させる。「こうして、亜熱帯の地の底の世界に過去と未来とを視てしまったことによって、革命軍は時間の円環というものを獲得した。あおざめた細い空洞を覗き込みながら、彼らは生まれる前の世界と死後の世界とを、自分たちの瞳によって繋ぎあわせた。つまり彼らは、幾十日も続いた地下の生活の中で、遂に永遠の存在になろうとしていたのだった。[*21]」（『亜熱帯の涙』第二部、傍点引用者）。

すでに天野恵一が指摘していることだが、桐山の創作モチーフの根底には、つねに過去の時間や過去の体験に対する、つまりは「記憶」に対する独特の配慮がはたらいている。「記憶」は彼にとって、揺るがせにできぬ「人間」の知力であって、それはおのずから倫理的なものと繋がっているか、あるいは倫理的なものを発動させるある何ものかである。彼の愛読したベンヤミン流に言えば、「記憶」は「生」の全体に立ち返るための能力であり、また叡智なのだ。あるいはこうも言える。過去（の記憶）は、それを批判（裁定）すべきものではなく、受け入れるものだ、と。したがって、S・フロイトの学説に関わる次のような「記憶」についての記述は、桐山にとっては到底承服しがたいものであっただろう。

> 彼（フロイト）はまた――そして、これは絶対に重要なことなのだが――体験のなかでも特に昔の体験の記憶はあらゆる種類の歪曲を受け、起源の異なる要素を混ぜ合わせてしまうということ、そして、筋道の通った正確なかたちで意識に想起されることはめったにないということも強調した。／〈略〉さらに、確実だとか現実だと見えるものの多くが流砂のような不確かなものに立脚していることを指摘したという点で、フロイトは

「回復記憶ブーム」の父というよりは、むしろポストモダニズムの父と見なされるほうが正確である。

（P・モロン『フロイトと作られた記憶』[*22] 丸括弧内引用者）

「記憶」の不確定性を事有り気に提唱する者は、現在時の観点（判断）を無謬化している、とまでは言わないが、少なくとも現在時の認識（観測点）を最善の拠り所と見なしていることは間違いないだろう。これは現在時を、ある程度まで過去の時間と切り離して定立できることを思考の前提としている。（アドルノが批判する「無時間性」だ）。「記憶」はこの現代において、一般に、歪曲を受けやすいものの改変可能なものとしてほぼ定位されているようだが、それは勿論、P・モロンの言うように、フロイト以降に論理化され、普遍化してきた結果もたらされたある種の通念である。だが、実際にはどうなのか？　フロイトの言うごとく「現実性という確固たる基盤は消えてしまった」「流砂のように」（『精神分析運動史』[*23]）というのであれば、我々はもとより現在時において過去を正当に評価することなどできはしない。これはあまりにも自明である。無論、「記憶」への懐疑と不信は、ポストモダニストの軽薄な一群が示唆していたものでしかなかったとも言えるわけだが、しかし、それが世間知（定見）としてこの現代社会に広く蔓延している事実も否めないはずだ。

桐山は、概してそのような現代風の、ポストモダニッシュな「記憶」理解とは一線を劃している。なぜなら彼にとって、過去から現在、そして現在から未来へと推移する時の流れは、決して切断されてはならない筋のものだからである。彼にとって記憶の母胎たる時間は、「生」あるかぎり実存的に、永遠に持続しつづけねばならず、それゆえ過去の時間は、現在の名において純客観的に対象化され得るようなものであってはならない。過去の時間を現在時と切り離し、別扱いにすることによって必然的に生じる内面性の欠如、そして、現在の瞬間瞬間の感覚（情報）に価値を特化する消費主義的な判断姿勢こそが「人間」の存在を浮薄な昏迷にみちびいているのではないか、というのが桐山の見解だからである。したがって、彼が金科玉条とする「歴史的な事実への固執」とは、「歴史的な事実」に対し差し向けられたクリティークでも、オマージュでも、ましてやルサンチマンでもなかった。それは、過去（記憶）を自らの内面性の課題として深く倫理的に受け入れること——ヴェイユ的に言えば「過去を愛すること」——を指して言った言葉なのである。そしてまた、それこそが「物語作者」にさずけられた、最も基本的にして不可欠な「語り」の能力であったのだ。

天野恵一も自論に引用している「過去（記憶）」についての桐山の考察を、私も以下に紹介しておきたい。これは、一九九〇年五月一九日に、千駄ヶ谷区民会館ホールで行なわれた集会「いま『反日』を考える——『東アジア反日武装戦線』逮捕から一五年目の日に」での彼の発言を、後日、論集に収録したものである。

> こういう物語というのは非常に多いわけです。学生の頃は活発に学生運動をやり、そこでラディカルな精神を身につけて今は企業の改革に努力しているとか、あるいは全共闘体験で、すべてを疑うという精神を身につけたお陰で作家として成功しているとか、まるでラグビー部で身体を鍛えたので今も元気でやってます、みたいな話です。そういう話というのはとても多いんですが、私は大嫌いなんですね。／何故嫌いかというと、過去というものが現在のための単なる栄養になってしまっているからです。過去にこういう栄養がありました、そのお陰で現在はこんなに大きな樹がすばらしく茂っています、という具合に。／そうではなく、過去というものがあったのなら、それから一〇年、二〇年たっている現在、われわれはその過去をもっと豊富にして、豊富化された過去によって逆に今あるわれわれの姿が照らし出される、われわれの歩いていく道が照らし出される、そういうふうに過去を豊富化する作業がなされなければならないと思うんです。
>
> （『反日思想を考える』[*24] 91年、傍点引用者）

「過去を豊富化する作業」とは、単に「過去の事実」を解釈したりそれに批判を加えたりすることではない。と言うのも、桐山の主張する「歴史的な事実への固執」が、もしも散文理論の指示的言語によってのみ執り行なわれるのであれば、それは結句、〈左翼イデオロギー〉が頻々に陥った教条的なラディカリズムに再び帰着するだけのことであるし、他方、そうしたドグマから逃れて地平線の彼方にユートピアを志向するのであれば、それは想像的主体を超えることはできないからである。そして問題は、この二つの方向性（ベクトル）を、日本の戦後思想が内的矛盾を抱えながらそれを内面化させることなくダブルスタンダードのまま推し進めて行ったという、今日にまでいたる経緯（プロセス）である。この経緯（プロセス）は、「自律的主体の漸次的衰滅」[*25]（M・ジェイ）というポストモダン特有の現象過程ともほぼ同根の布置関係にあり、また、村井紀が指摘していた〈南島イデオロギー〉の、あの一貫した「起源」への回帰志向とそれにともなう責任主体の欠如とも類比できる現代の病弊に他ならない。桐山は、こうした現代のアノミーに対して、「過去」を「現在」の変革のための積極的なモメントとして活かしうる可能性を、「物語作者」の根源的な「語り」の力に見出そうとしていたわけだが、その意味で、『亜熱帯の涙』に展叙されていた豊艶な文学表現は、「物語作者」がそなえる「叙事的能力」（ベンヤミン）を、幾分かはこの現代に継承したものであったと言えるだろう。

桐山の小説手法を「神話的リアリズム」[*26]と名付けたのは、文芸評論家の小林孝吉であるが、たしかに神話的な「過去」の時間を「現代」に移植したかのような桐山の小説世界は、単なる始原的世界への憧憬や現実逃避の願望に由来して造られた夢の世界ではなかった。そのアニミスティックで蠱惑的な太古の世界は、しかし、どこまでも現在時との紐帯を失わぬがゆえに、現代（いま）の「わたしたち」を照らし出す一つの跳躍（自己超克）の契機ともなり得ていた。ちょうど『ガリバー旅行記』の寓話世界がイギリスの同時代社会への完膚なきまでの諷刺であったように、桐山の描き出す神話的世界は、近代以降の文明世界の内実——特に日本のそれ——と複雑玄妙なコレスポンダンス

（照応）を形成している。たとえば主人公比嘉ガジラーチンの執拗なまでの時間概念の探究や姓名制度に向けられた諷刺、視覚優先の文明に対するイロニーなど、思った以上にこの作品の登場人物たちの感性は、現代生活に深く根を下ろしている。しかも、それでいて不自然な印象を読者に与えないのは、この作者が個々の題材をいったんは自分自身の「生」の中に深く沈め、そこに溶かし込み、再びそこから錬成されたものを引き揚げるという内的な作業をほどこしているからである。悠久を思わせる無人島の白い砂浜が、じつは「すべて人間の骨で出来てい」たように、つまりアルカイックな手つかずの自然の中に、現代人の「生」の痕跡が覗いていたように（しかもそれは受苦の痕跡に外ならない）。あるいはその逆のパターン。現在時に生きる比嘉ガジュラール・ガジュラール（ガジラーチンの子孫）が古代の書物を読んだときに、まるで「自分が世界の中心に位置している」ような感覚をおぼえ古代人の感受性と同化しつつ、けれどもその書物を現実世界の矛盾を乗り超えるための「真理の書」として過重に受けとめていたように。この作者の「語り」は、時間の階梯を自在に往還しながら、神話的時空の中に招き入れた読者を、しかし、決して夢見心地のまどろみの部屋に幽閉することはなかった。

かつてアドルノが言ったように、大衆文化の基本的性格の一つには、たしかに「歴史的発展に神話的反復を代置する[*27]」という悪しき傾向があり、その傾向は結局、大衆を「現実」から疎外し保守的な「現状肯定の諸勢力」に屈伏させる結果へと多々みちびいた。同様に、日本に発生した〈南島イデオロギー〉の場合も、たとえその目指したものが当初は「国家」「天皇制」の相対化であったとしても、結果的にはその「起源」への遡行は、つねに保守反動路線の補完的な役割しか果たせなかったという事実。この歴史が教示する事実から、我々は決して目を逸らしてはならないだろう。言うまでもないことだが、「過去」は、それを欲望したり感傷的に取りもどそうとしたりするだけでは、結局、皮相な「過去—物語」の消費を反復することにしか繋がらない。それを欲望するのではなく、「愛すること」（ヴェイユ）。「記憶」と「経験」の固有の価値を理解し、それを受け入れること。いみじくも、S・

ソンタグがその卓抜なベンヤミン論の中で指摘していた、ベンヤミンの「記憶」についての思想が、そのまま桐山の思想とも合致しているように思われる。

ベンヤミンは想い出せる過去のすべてが未来を予言するものと考える。なぜならば、記憶の力は時間を崩してしまうからだ（自分を逆向きに読むこと、彼は記憶をそう呼んでいる）。〈略〉ベンヤミンは過去を取り戻そうとしているのではない。過去を理解し、それを空間的なかたちに、未来を予言する力をもつ構造に圧縮しようとしているのだ。

（S・ソンタグ「土星の徴しの下に」[*28] 78年）

大衆好みの神話的時空は、我々をマトリックスな夢の中（ユートピア）へと誘いこみ、自己忘却をうながし、「過去」を「完全な過去」——無時間性の「過去」へと変容させる。だが、すぐれたユートピア思想は、古来よりつねに現状へのプロテストをその要素としてふくむものであったはずだし、また、「過去」をつねに倫理的にとらえかえす眼差しがそこには具わっていたはずだ。「過去」から「現在」への持続する時の流れの中で、我々は記憶を実存的にそして受苦的に受けとめてこそ、はじめて「自己」を擁立することができたのではなかったか。それゆえ、我々「人間」にとって原初的な時間を指す言葉——「永遠の現在」とは、本来、それは畏怖すべきフレーズであったのかも知れない。いわば、神（真理）への「畏れとおののき」（キェルケゴール）。周知のように、ベンヤミンを愛読していた桐山の文学にどすべての論稿には、神学的なアプローチが企まれていたわけだが、そのベンヤミンの殆も、おのずとキリスト教の精神が某かの影響を与えていたように私には見える。もっとも、残念ながら彼の年譜には、そのことに関する記載は一切無い。だが、少なくとも一一歳のときに亡くなった母八重子が厳格なキリスト教徒（メソジスト）であったという事実については、ここで改めて幾許（いくばく）かの注意を払っておきたい。

4　キリスト教の精神

「不敬文学」の烙印を押された作家であるがゆえに、桐山は、生前その経歴は殆ど知られていなかった。没後に作られた年譜の記載も、四九年七月、東京都杉並区に生まれ、青少年期をそこで過ごしたこと。一一歳のときに母八重子が病没し、一五歳のときに父團吉が再婚したこと。二二歳のときに早稲田大学第一文学部哲学科を卒業し、東京都教育庁に就職したこと。そしてその後、幾つかの左翼運動、労働運動等に参加したことなどが書かれているくらいで、処女作「パルチザン伝説」を投稿する三三歳より以前の履歴は、殆ど何も記されていないにひとしい。彼の母親がメソジストであったという事実は、八六年の『文芸』夏季号の特集〝さまざまな〈在日〉〟に寄稿した彼のエッセイ「脅迫状に書かれている幾つかのこと」の中で初めて述べられており、また、肉親の実話が具体的に彼の文章に登場するのは、管見ではこれが最初で最後である。

エッセイの内容は、表題からも推察されるとおり在日外国人の差別問題についての考察であり、母親についての記述はその枕に使われた短い挿話でしかないのだが、しかし、これを読むかぎり母八重子が幼少期の彼に与えた精神面での影響が、かなり甚大なものであったことが窺われる。桐山がまだ小学校低学年だった頃の記憶――在日の生徒たちへの差別は、当時のような戦後まもなくの時期（五〇年代後半）では、少なくとも教室の中では殆ど感じることがなかった、という昔話を皮切りに、次のように彼の回想が順次展開されて行く。やや長きに失するが、煩をいとわず引用しておきたい。

実際、私の担任の教師の口癖は「人間はみんな同じだ」というものだったから、外国籍の生徒たちと私たちの間には、排外的と呼ばれるような雰囲気はなかった。

「人間はみんな同じだ」——この言葉は余程担任の気に入っていたとみえて、繰り返し私たちの前で語られた。だからその言葉は、静かなる外部注入といった風情で幼い私の頭の中にまではいり込んでいたにちがいない。というのは、或る日、下校してから、私は何げなしにその言葉を母の前で言ったようだからである。どのような話の中で私がその言葉を口にしたかは良く憶えていない。だがともかく、私はその言葉を言ったようである。すると、私の話を聞いていた母は、かなりはっきりとした口調で、次のように言ったのであった。

「人間はみんな同じではありません。いいですか、人間はひとりひとり違っているのです。ひとりひとり違っているからこそ、誰もがみんな大切なのです」

——メソジストであった母が、どのような道すじを通ってこのような考えにたどりついたものであるか、いまとなっては確かめる術はない。だがその母の言葉は、実に静かな、深い影響を私に与えてくれたようである。

そして、歴史的にみるならば、その後のこの国の歩んだ道程というものは、私が教師と母から聞かされた二種類の言葉が、共に勝利し得なかった歴史であると言えるのではないだろうか。「人間はみんな同じだ」という普遍の原理は、実はそれ自体が「日本人はみんな同じだ」という旧い言葉の同心円的拡大にすぎなかったという弱点も手伝って、みるも無惨に打ちこわされ、現在では単なるタテマエとしてすら姿を保てなくなっている。そして、私の母が示した個別の原理はといえば——少数の、実に少数の者たちだけに受け継がれながら、この国の人びとの精神に甚だしく反する言葉として、細々と伝えられているにすぎない。

（「脅迫状に書かれている幾つかのこと」傍点引用者）

「人間はみんな同じだ」という「普遍の原理」よりも、この作者が母親の「個別の原理」を上位に置いていることは、余りにも自明である。そして、その「個別の原理」は、キリスト教の精神風土から発祥したものであること、これも明らかであろう。個別固有の人間的価値の探究こそが、母親を経由して幼い彼の頭脳に注入された思想であったのだ。ちなみにメソジストの宗教上の特徴は、①謹厳でピューリタン的な要素、②霊（スピリチュアル）的なものへの強い志向、③現世において神の国を実現しようという強烈な社会変革意欲、などが挙げられるが、[29]これらの特徴のうちどれもが桐山の作品傾向とも符合してくるのである（※殊に『亜熱帯の涙』以降の作品に）。

とりわけ最後の作『未葬の時』は、作者自らの目前の「死」を素材に、まるでキリスト者のような透明静謐な眼差しで「人間」の受苦の姿を写しとっている。この作品は、作者が抗ガン剤を投与され闘病生活を余儀なくされた年の翌九一年八月から書き起こされ、そして、半年後の九二年二月に脱稿している。脱稿した月の翌三月に彼は死去しており、文字通りの絶筆となった。作品の内容は、自分の遺体が火葬場で荼毘（だび）に付され、骨を拾われるまでの数時間の光景―未葬の時―を克明に、しかも幻視的に描きとったものである（文庫本で30頁程の短篇小説）。この作においては、もはやそれまでの過剰未成な表現もしずまり、無駄のない淡々とした、それでいて迫真力のある文体になっている。

作品冒頭のエピグラフ「……されば新（アラタ）に死（シニ）たるまゝにて／未葬（イマダハフ）りあへざるほど……」は、作者が本居宣長の『古事記傳』[30]（巻三〇）から引用したもので、神託に背いて新羅征討を拒否した仲哀天皇が、神霊の祟りで崩御した、その遺体を一時的に安置した場所（殯宮）について、宣長が説明をほどこした箇所からの一節である。このエピグラフで、作者は明らかに自分の「死」を、新羅征討を拒んだがために崩御した仲哀天皇の「死」になぞらえており、さらにそれを、作品執筆の二年前に逝去した昭和天皇の「死」とも対比している。他国を侵略して長生した男の「死」（昭和天皇）と、侵略を否定し早死した男の「死」（桐山、仲哀天皇）とを、対等に並べて比較するアフォリズムになっていることがわかる。

だが、この『未葬の時』においては、もはや右のような批判的な調子（トーン）は目立たなくなっている。そうした調子（トーン）は、すでに滓のように作品の底深くに沈澱しており、代わって透明静謐な緊張感が、作品の全篇には漲っている。そこに描き出されているのは、たしかに自分の「死」、間近に迫る桐山自身の「死」であるのだが、それをあたかも遠い惑星に住む見知らぬ誰かの「死」でも眺めるように、この作者は突き放して描くのである。病院での長い闘病生活の苦痛を、ヒロニムス・ボッシュの宗教的な地獄画に譬える作者は、その闘病の苦しみが、現代医学の進歩のために長く不必要に引き伸ばされてしまったことや、医学の進歩が、結果的に「死」を看取る近親者たちまでをも苦しめていることを憂慮するが、しかし、この作者は「死」にとらえられた自分の運命を、決して自身のためだけに悲嘆することはなかった。

それゆえ火葬係が、「くさいな、癌は」と小さくつぶやいた後につづけられる凄惨な屍体の描写も、リアリズムの筆致でそれを描いたというよりも、その「死」が神の祟り（という誤った歴史―物語）に抗う「死」であることを、「語り手」がただ静かに暗示しているだけのように見える。そう、すべての光景がアレゴリカルで、暗示的なのだ。だから普通の屍体が一時間半で焼き上がるものが、癌患者の場合は二時間以上かかる、とささやく火葬係の迷信臭い話も、なぜか読み手はすんなり納得させられてしまうのだが、その種の不条理な話はいつも、釜の裏手にある火葬係の控室の中で、教会を思わせるステンドグラスの柔らかな光に照らし出されながら、寓話のように淡々と物語られるのである。また、そこに漂う静謐さは、「諦念」と言ったものではなく、「無常観」や「冷厳なリアリズム」と言ったものでもないようである。なぜなら火葬係も、「語り手」も、待合室にいる彼の妻さえも、屍体が奏でる同じ一つの幻想的な楽曲の中に、互いの想いを交差し合っているからである。逆に言えば、じつは主要な登場人物の「声」――思想は、すべて作者桐山襲その人のそれだと断言しても良い。だが、それでいてそのことが決してこの作品の不備になっていないのは、登場人物一人一人の「声」が楽曲における自律した各パートのように、見事なまでに形象化されているからであろう。

ベンヤミンが言うように、[*31] 現代の小説は個別の「記憶」や「経験」に基づくのではなく「情報」の集積によって成り立っている。そのため小説内の事象はある程度までリアルさを強いられ、説明の付かない不可思議な出来事はおおむね淘汰されてしまう。たとえ異常な事件や神秘的な出来事を扱った場合でも、どこかしこに「科学」や「常識」の目を光らせた審判者（ジャッジ）がいて、「語り手」とともにあるいは「語り手」や登場人物と一体化して小説世界（テクスト）の中に彼の居場所を作っている。ところが桐山の小説、とくに『亜熱帯の涙』以降の小説においては、そうした審判者の存在は殆ど影を薄くして、後景に身を引いている。たとえばいま論じている『未葬の時』では、火葬係の男が釜の中の屍体（桐山自身と思われる男）の焼き上がり具合いを点検したときに、まだ「炎の中の屍体が僅かに動いて」いて「死人の二つの耳だけが最後まで生き残っていて、何年も前のじいさんの話を聞いていたのかも知れなかった」と内的独白をする場面があるが、その光景を見ているのは、火葬係という安定した視点人物であるよりも、いっそその光景を見られるはずのない夫（桐山）かまたは「語り手」であるのだろう。しかもそれはあまりにも奇怪な光景（幻影）であるから、その場面に対する読み手の判断が揺れ動き、解釈も多重多層化してくる。ここに言う「何年も前のじいさんの話」とは、火葬係の男と二年前に死んだ彼の老先輩との仕事中の雑談を指しており、それを屍体の耳（しかも耳だけが生き残って！）が聞いたとすれば、「時間」を超越してその話を屍体が聞いたと言うことなのか、あるいは火葬係の記憶の中にまたは彼の内面心理の中に入り込んで屍体の霊が聞いたと言うことなのか、それともじいさんが霊となっていま火葬係の心の中に入り込み昔話を繰りかえしたのか、それともそのような勝手な妄想を火葬係がいだいたと言うことか、それとも死を前にした作者がそのような光景を幻視したということなのか、それとも……という具合におそらく何十通りもの解釈が生まれてくる。勿論、現代小説でもこういった多様な解釈を喚び込む描写が無いわけではないが、それが桐山の場合、格段に多いのである。

もう一箇所だけ見ておこう。火葬場の待合室のざわめきの中、夫（桐山）の遺体が焼き上がるのを待つ妻は、火葬にかかる時間の長さについて、ふと「早ければ早いほど良いのに――」と考え、さらに「電子レンジみたいに、一分か二分でチンと軽やかな音がして、屍体が骨になってくれたらどんなに気が楽か知れない」と奇異なことを思い付く場面がある。これも、妻の内面心理というよりは、どちらかと言えば夫か「語り手」のそれに近いものである。無論、長い闘病生活を支えてきた妻なのだから、疲労のあまりに奇異なことを思い付くことはありうる、とただそう解釈しておけばよいのかも知れない。（そういう解釈が間違いだと言っているのではない）。が、どうもそのようにだけ思えないのは、やはりこの作品においても、この作者の「時間」や「記憶」に対する独特の思想が覗けて見えるからである。たとえばこの場面、長い苦労をかけてきた妻に対して、もうその重荷をおろさせてやりたいという夫の気持ちがまざっている、と自然主義的に解釈することも可能だ。（それも間違ってはいない）。だが、勿論その程度のことではないようだ。なぜなら、話はこうつづくからである。

釜から出てくるあなたの白い骨を見たら、きっとわたしは喪が明けたように感じるわ。三カ月間という腐れゆく肉体の期間が終って、わたし自身、なんだか清浄な処へ戻れるような気がするの。あなたにも分かっているでしょう？　生きている者は誰も、死んだ者が骨に変わったのを見て、はじめてひと安心できるのよ。いえ、安心というより、屍体への恐れから脱け出すことができるのだと思うわ。屍体というものは、なんといっても恐ろしい――。肉や内臓が腐れゆき、骨へと向かっていく道中は、恐るべき暗黒だわ。死人はいつ屍体へと還ってきて所有権を主張するか知れないし、腐れかかった肉体は、いつ口を開いて、何か兇々しい言葉を喋り始めるか知れない。……火葬というのは、きっと、その恐怖の時間を短縮するために発明された技術なのね。屍体を少しでも早く骨にしてしまうこのちょっと暴力的な技術は、だから、生きている者たちのすべてから歓迎されているんだわ。誰も口には出さないけれど、誰もが「早く、早く」と願っているのよ。
　この時間——この待合室の不安定な時間は、まだ生きている者たちが、必死で恐れに耐えている時間だと思うの。まだ葬り終らぬ死者からの穢れに身を固くして、必死で耐えている時間だと思うの。だからこの時間は、短ければ短いほど良いのだわ。できることならば、電子レンジみたいに……。

（『未葬の時』傍点引用者）

　そもそも「時間」が「短縮」されれば良いと、本当に作者は思っているだろうか。「短ければ短いほど良い」と。おそらく、そうではあるまい。妻の心理に寄り添って語られるこの内容は、世俗的な意味合いにおいて作者が容認していることではあっても、作者が心から望んでいることではないはずだ。勿論、「人間」は一般に「死」の事実を凝視することをためらい、これを忌避する。凄惨な場面、醜悪な光景を眺める「時間」は誰でも短いほうが良いと考えるだろう。

　だが、その待合室の「不安定な時間」に耐える「時間」——「死」を見つめるのには十分な「時間」こそが、じつは「人間」の個別の「生」を「伝承可能な形式」つまり「物語」へと変容させることができる創作の母胎（苗床）なのである。その「時間」を、現代人は文明の進歩とともにいよいよ短縮させ、「経験」や「記憶」への敬意とそれらからの学びを手離し、何よりも、「人間」にとって最も本質的な不可能を意味する「死」から目を背けている。ベンヤミンが言うように、[*32] 現代人は、日常生活においては「死を除去された空間に住」み、「「永遠」という新築家屋の壁が乾くまで家賃なしで居住する住人」である。勿論、「死」が訪れれば、即座に「永遠」の家屋から彼らは追放される憂き目に会うのだろう。だが、その瞬間が来るまで、彼らは夢の中に在るときのように、決して本当の意味での「不可能」を知ることはないのである。「永遠の現在」とは、本来、このように「死」（不可能）をするどく覚知したときの世界認識なのであって、夢の中に密封された至福のまどろみを指す言葉などではなかったはずである。――「まだ体を持っている彼らも、実は自分と同じように未葬であるにすぎないのだ」と、すでに霊となって火葬場の煙突から天に昇りつつある夫（桐山）が思う。いま、すべての「人間」がじつは自分と同じ未葬の時をすごしているのだ、と。（そう思っているのは生前の桐山ではあるが）。しかし、一方、妻はどうか。妻は、「ああ、それにしても、なんて不安定な時間なんだろう」と重ねて感覚的にそれを捉えるものの、次の瞬間、意識は夫（桐山）の遺体のほうへともどる。再び日常の現実原則に彼女は還って行くのである。

さて、ここで理屈っぽい現代の読者は考えるかも知れない。その妻の言葉は、妻だけが発した言葉であったのか、それとも夫が妻に言わしめた言葉なのか、あるいはその瞬間、妻と夫は霊的に「思い」を共有し合っていたのか、あるいはそれは夫の生前の幻視にすぎないのか、あるいは……と。桐山のアレゴリカルで多層的な叙述は、その解釈の裁量をほぼ全的に読者の側にゆだねており、そして、解釈を作者の側から一元的に強いるようなことは決してない。裏返せば、桐山の作品における出来事の再現表象は、そのようにして出来事をつねにくだくだしいまことしやかな情報説明から解き放っており、しかもそれら不可思議な出来事の表象が、同時に、我々の日常現実に罪と倫理の根を深くアレゴリカルに下ろしているものだということが分かってくる。だが、繰り返しになるが、そうした叙述の在り方こそが、じつはキリスト教の精神の系譜に連なる「物語作者」の一特長であり、現代の小説に乏しい内面的表現の振幅が得られる「語り」の叙法なのである。桐山の作品、とりわけこの絶筆『未葬の時』は、キリスト教のあの Mement Mori（死を想え）の精神と思想を、メソジストの母親とベンヤミンを経由して、この現代にするどく継承した「物語小説」だったと言えるのではなかろうか。

注

＊1　桐山の文壇デビューは三三歳のときであるから、プロの作家としては創作期間が約一〇年ということになる。その間に刊行さ

れた単行本には、第三書館から、著者の了解なく出版された『パルチザン伝説　座談会コペンハーゲン天尿組始末』（84年3月）があり、これを入れて創作集は計一〇冊になる。第三書館の本は著者本人の了解がないわけであるし、また、作品社版の『パルチザン伝説』（84年6月）と内容が重複することから、数には入れないという考え方もあるが、今回は、講談社文芸文庫『未葬の時』（99年11月）の著書目録（作成・古屋雅子）に準じた。

＊2　大江の「セヴンティーン」は、現在、全集に転載されているが、その続篇の「政治少年死す」（61年2月）は、まだ転載されていない。深沢の「風流夢譚」は誤植が多いもののネットで読むことができる。「政治少年死す」もネットで読める。ここで言う「単行本」は、全集の類ではなく独立した単行本としてのそれを指して言ったものである。

＊3　「劇画風」という評価は、他にも小笠原賢二が、「劇画のように思い切りがよすぎ、いささか鼻白む思いもする。」（『週刊読書人』88年4月4日）と『亜熱帯の涙』の終局部を評している。この「劇画風」という評価については、また別稿で詳論する予定である。

＊4　桐山襲『「パルチザン伝説」事件』作品社、87年8月。丸括弧内は引用者。

＊5　村井紀『新版　南島イデオロギーの発生』岩波現代文庫、04年5月18日。この本の中で村井がこのように述べていると私は感じたし、また、そのような明確な言述こそが村井論文の秀でた処だと私は考えている。

＊6　反天皇制運動連絡会編『反天皇制運動 vol 8』の中の「座談会『パルチザン伝説』をめぐって」87年2月。

＊7　竹中労／平岡正明共著『「水滸伝」窮民革命のための序説』三一書房、73年5月。

＊8　島尾敏雄編『ヤポネシア序説』創樹社、77年2月。

＊9　注＊8に同じ。

＊10　高澤秀次『吉本隆明　1945―2007』インスクリプト、07年9月。

＊11　大塚英志『「彼女たち」の連合赤軍』文芸春秋社、96年12月。初出は『諸君！』94年6月。

＊12　注＊6の『反天皇制運動 vol 8』に掲載されている桐山襲のエッセイ「樹木たちと、死者たちとが」からの孫引き。

＊13　ここでは「狼」グループのメンバーたちを指している。

＊14　平凡社『南方熊楠全集』第七巻、71年8月。

＊15　桐山襲「《幻境》としてのオキナワ」『沖縄タイムス』88年4月14～15日。

＊16　桐山襲「無何有郷の光と暗澹」『現代詩手帳』91年3月。

＊17　シモーヌ・ヴェイユ「文学の責任について」（51年下半期に執筆と推定されている）『シモーヌ・ヴェイユ著作集』第二巻、春秋社、68年12月。
＊18　小笠原賢二「〝革命幻想〟への思い入れ」『週刊読書人』88年4月4日。
＊19　ヴァルター・ベンヤミン「物語作者」（36年）『ベンヤミン・コレクション2』ちくま学芸文庫、96年4月。
＊20　桐山にとっては「共同体」であり、延いては「人類の文明社会」をも暗示している。
＊21　天野恵一「「過去を豊富化する」思想的態度〈方法〉」『インパクション』75号、92年6月。
＊22　フィル・モロン『フロイトと作られた記憶』岩波書店、04年8月。
＊23　ジークムント・フロイト「精神分析運動史」『フロイト著作集』第一〇巻、人文書院、83年。
＊24　東アジア反日武装戦線への死刑・重刑攻撃とたたかう支援連絡会議編『反日思想を考える』軌跡社、91年1月。
＊25　マーティン・ジェイ「審美理論と大衆文化批判」（73年）『弁証法的想像力』みすず書房、75年7月。
＊26　小林孝吉「国家の原型と永遠―桐山襲『亜熱帯の涙』」『存在と自由』皓星社、97年10月。
＊27　注＊25からの孫引き。原典は、Wilder Hobson の American Jazz Music と Winthrop Sargeant の Jazz Hot and Hybrid との書評。Eunice Cooper の助けで書かれ、SPSS IX, I (1941), p. 169に掲載。
＊28　スーザン・ソンタグ『土星の徴しの下に』みすず書房、07年8月。ベンヤミン論の初出は78年である。
＊29　平凡社『世界大百科事典』等に基づく。
＊30　本居宣長『古事記傳』吉川弘文館、明治35年11月。
＊31　注＊19に同じ。
＊32　注＊19に同じ。

思想篇

「朕」の居場所

篠崎美生子

戦争責任を問われて
その人は言った
　そういう言葉のアヤについて
　文学方面はあまり研究していないので
　　お答えできかねます
(中略)

野ざらしのどくろさえ
カタカタカタと笑ったのに
笑殺どころか
頼朝級の野次ひとつ飛ばず
どこへ行ったか散じたか落首狂歌のスピリット
四海波静かにて

(茨木のり子「四海波静」[*1]より)

1 久間発言をめぐる「対立」

「「原爆」は「しょうがない」」という発言に批判が集中し、当時の久間章生防衛大臣が辞任を余儀なくされたのは、二〇〇七年七月のことであった。すでに大きな批判の動きが途絶えた現在、改めて冷静に発言内容を読み返してみると、そこには一九四五年八月の原爆投下をめぐる複数の立場からの解釈コードが、全く未整理のまま並置されているのを見て取ることができるように思う。

米国は日本が負けると分かっているのに、ソ連に参戦してほしくない。ところがなかなか日本はしぶとい。しぶといとソ連は参戦する可能性がある。国際世論もソ連参戦に賛成しかねない。ソ連が参戦して、ドイツを（東西）ベルリンで分けたみたいになりかねない。

だから（米国は）日本が負けると分かっているのに、あえて原爆を広島と長崎に落とした。これなら必ず日本も降参し、ソ連の参戦を食い止めることができるという考えだったが、（長崎に原爆が投下された一九四五年）八月九日に、ソ連が満州その他の侵略を始めた。

幸い八月一五日で終戦となり（日本は）占領されずに済んだが、間違えば北海道まではソ連に取られてしまう。その意味で、原爆を落とされて長崎は無数の人が悲惨な目にあったが、あれで戦争が終わったのだ、という頭の整理で今、しょうがないなと思っているところだ。

米国を恨む気はないが、勝ち戦と分かっている時に原爆を使う必要があったのかどうか、という思いは今でもしているが、国際情勢や戦後の（日本の）占領を考えると、そういうこと（原爆投下）も選択肢としては、戦争になった場合はあり得るのかなと（思う）。

（『毎日新聞』「防衛相発言要旨」二〇〇七年七月一日朝刊）[*2]

二発の原爆投下後、なおも「日本」がすぐには「降参」せず「ソ連参戦」を招いた以上、「米国」の原爆投下は無意味な大量殺戮だったということになるはずだが、ここではそれは見過ごされている。また、「米国」が対ソ戦略のために「日本が負けると分かっているのに、あえて原爆を」投下したという説を採り、原爆によって百万の将兵が救われたとする「米国」でより一般的な原爆観を退けた以上、「あれで戦争が終わった」とは言い難いはずだが、その矛盾も放置されている。[*3]

久間発言は、こうして原爆にまつわる相反する解釈コードを示しつつ、それらがぶつかる地点を回避する。広島に原爆が投下された段階でなぜ「日本」は「降参」しなかったのか、いや、「ソ連参戦」と長崎への原爆投下を経てもなお五日間も「降参」しなかったのはなぜか。そもそもその「日本」という主体は何（誰）なのか。そしてこのような戦争終結と戦後体制との間にはどんな関係があるのか。この発言では、そこが〈空白〉なのだ。それは、例えばつかこうへいの小説「広島に原爆を落とす日」[*4]が示したような国家間裏取引――「原爆を使用する口実を作るために真珠湾を見殺しにした」アメリカが「迫り来るコミュニズムと戦う」意図も込めて、「戦後の日本の高度成長は約束する」代わりに二発の原爆の実験投下を日本政府にのませた――などを、解の一例として想像せずにはいられないような〈空白〉だ。

久間発言の最大の問題点は、個々の指摘の是非にあると言うより、こうした〈空白〉を示しながらそれに対する疑問を「しょうがない」の一言で封殺しようとしたことにあると言うべきだろう。当時ネット上には、久間発言に賛同し、原爆投下がなければ日本はその後も長く戦争を続け、より多くの人が死んだであろうとする書き込み[*5]が多数見られたが、あの戦争を人間の判断でやめることの出来ない天災のようなものとして語るこうした言説を支えていたものこそ、「しょうがない」の感覚だったはずである。

だが、久間氏を批判し、辞職に追い込んだ人々の言説もまた、この〈空白〉を積極的に見据えたものではなかった。

例えば『朝日新聞』『毎日新聞』社説は、ともに、この発言が被爆者を冒瀆するものであるという点に重心をおいて久間批判を展開している。

「しょうがない」と言われて筆舌に尽くしがたい苦しみを味わってきた被爆者がどんな気持ちになるか。そのことに対する想像力が及ばない政治家は失格だ。

（『毎日新聞』「社説」二〇〇七年七月二日朝刊）

原爆投下を容認するかのような発言は、被爆者の痛みを踏みにじり、日本の「核廃絶」の姿勢を揺るがすものだった。辞任は当然である。

（『朝日新聞』「社説」二〇〇七年七月三日朝刊）

被爆者の生命や生活と領土保全を天秤にかけて後者を優先しようとする久間氏の語りは、確かに被爆者を甚だしく冒瀆する。しかしそれに対し、その「良心」の欠如を糺すことでは、被爆者の命、個人の生命よりも大きな価値があるとみなす言説自体を相対化することは難しいだろう。それはそれで別の「良心」の上に成り立っているという理屈も成り立つからである。

例えば『読売新聞』の「社説」（二〇〇七年七月四日朝刊）[*6]は、久間発言の「軽率」さを批判しながらも、「米国の核抑止力」支持の立場からその内容には基本的に賛同していた。恐らくは、「米国」の武力／権力によって「日本の安全」を守ることが「良心」だとするこのような立場の前では、被爆者の思いを語る言葉は「冷静さを欠いた」[*7]ものとしか写るまい。議論は平行線である。

このような嚙み合わなさを解消し、脱構築するためには、個々人の存在が最も激しく踏みにじられた地点に立ち返り、なぜそのようなことが行われたかを検証する方法が、最も容易かつ有効であろう。つまり、あの〈空白〉の検証である。しかしそれは、少なくとも今回、大手メディアの舞台では行われなかった。むしろ、まるで議論が嚙み合うことを恐れるかのように、それぞれの「良心」に基づき、それぞれの思想的領土に閉じこもった賛否の言葉が繰り出されただけであった。久間発言をめぐる「対立」とは、結局「「原爆」は「しょうがない」」ことを暗黙の前提にした見せかけの「対立」に過ぎなかったのではないか、と思わせるほどにである。

尤も、これは驚くにはあたらない。約三〇年前に原爆について質問された昭和天皇の返答も、またそれに対する人々の反応も、今回と大差はなかったからである。

一九七五年一〇月三一日、アメリカ訪問直後の昭和天皇の会見があり、中国放送記者（秋葉利彦氏）が「戦争終結に当って、原子爆弾投下の事実を、陛下はどうお受け止めになりましたのでしょうか」と問うた時、彼はこのように答えた。

原子爆弾が投下されたことに対しては遺憾には思っていますが、こういう戦争中であることですから、どうも、広島市民に対しては気の毒であるが、やむを得ないことと私は思ってます。[*8]

この「原爆やむを得なかった[*9]」の発言は大きな注目を引き、『朝日』『読売』『毎日』『日経』といった大手の新聞は全て一面に見出しを掲げ、詳細を伝えた。「戦争中にはいろんなことが起こるから、陛下として〃どうしようもない〃という意味」だとする宇佐見宮内庁長官の補足[*10]に代表される天皇擁護の記事もあったが、どちらかというと批判的論調が多くを占めていたようだ。そもそも擁護記事の存在自体が、この発言の問題性を露わにしていたとも言えるだろう。

しかし、それら紙上の批判が「被爆者達の実感」に照らして「もっと、ご表現に工夫があった方がよかった[*11]」というようなもの、つまり認識の根本的な誤りを指摘するのではなく、表現の適不適を問うに留まっていたことには注意しなければなるまい。つまり、久間批判の言説と同様、人々は天皇に対して、被爆者への配慮しか求めなかったのである。そして新聞は、こうした追究さえほんの二、三日でやめてしまった。[*12]

昭和天皇は本来、少なくとも形の上ではポツダム宣言受諾の決定権を持っていた主体、換言すれば、当初ポツダム宣言を「黙殺」し、広島に原爆が投下されても「降参」せず、「ソ連参戦」を受けても長崎に原爆を投下されても、なお五日間「降参」しなかった「日本」という主体そのものであったはずである。その存在に対して被爆者への配慮以上のものを求めないということは、彼を原爆被害の責任から免責し、「原爆やむを得なかった」との考えを彼と共有することを意味するだろう。久間発言をめぐる「対立」は、この変奏に過ぎないわけだ。

こうした中で、被爆経験を持つ詩人栗原貞子の批判は趣を異にしている。栗原は、被爆者への配慮の有無ではなく、天皇の過去の発言とこの時の発言との矛盾を問題視したのだ。

終戦の詔勅に見られる原子爆弾の残虐性への非難は消え失せ、原爆投下の容認となっているのは、単に三十年の年月による風化を意味するものではないだろう。（中略）

「パール・ハーバーを忘れるな」と米国の原爆投下と日本の真珠湾奇襲攻撃とを相殺しようとする米国のナショナリズムに対して「原爆投下は戦争中のことでありますから、やむを得ないと思います」と答えた場合、米国民は拍手でもって迎えるであろう。しかし、それを日本国民に向けた場合、抵抗なく受け入れられるはずはなかった。とりわけ広島・長崎の被爆者にとって「原爆はやむを得ない」と容認した天皇発言は衝撃であった。[*13]

栗原が言挙げしているのは、「終戦の詔勅」中のこの一節だ。

…然ルニ交戦已ニ四歳ヲ閲シ朕カ陸海将兵ノ勇戦朕カ百僚有司ノ励精朕カ一億衆庶ノ奉公各々最善ヲ尽セルニ拘ラス戦局必スシモ好転セス世界ノ大勢亦我ニ利アラス加之敵ハ新ニ残虐ナル爆弾ヲ使用シテ頻ニ無辜ヲ殺

傷シ惨害ノ及フ所真ニ測ルヘカラサルニ至ル…（傍線篠崎）

「裕仁」の名で書かれ、いわゆる「玉音放送」として流されたこの詔勅の中では、このように原爆の「残虐」さが民族滅亡の危機と結びつけられ、ポツダム宣言受諾の大きな理由として位置づけられている。にも関わらず、三〇年後に天皇の口から容認発言が出るのは、確かに筋違いである。

しかし、天皇発言の矛盾よりももっと大きな問題は、「日本国民」ならば「原爆はやむを得ない」という発言に「抵抗」を覚えるはずだ、という栗原の予測がはずれたことにあるのではないか。紙上に示された天皇発言への違和感は、「『気の毒』だが『やむを得ない』」という認識を基本的に承認しながら、「気の毒」の部分をもっと強調して語るべきだという一点に集約できてしまうのだ。新聞が語るように、被爆者自身からもそのような「声」があがったとすれば、それはもどかしくも驚くべきことである。

もちろん広島の人たちは、限られた短い時間で、天皇陛下がお気持ちを十分に尽くすことが出来なかったことに同情しながらも、「もっといたわりのお言葉がほしかった」という声があった。*14

天皇の判断による（可能性の高い）終戦の遅れで被爆し、長い年月を患いながら、かえって天皇に「同情」し、「いたわりのお言葉」しか求めない人々と、「いたわりのお言葉」すら発しない天皇とのすれ違いは、原爆の被害を一層「残虐」なものにしている。

2 誤読され続ける「玉音放送」

原爆には限らない。天皇の「臣民」に対する「いたわり」を信じて彼に一方通行の「同情」を向ける人々の姿は、「玉音放送」享受の場でも露呈していたと思われる。

朕ハ時運ノ趨ク所堪ヘ難キヲ堪ヘ忍ヒ難キヲ忍ヒ以テ万世ノ為ニ太平ヲ開カムト欲ス（傍線篠崎）

傍線部は、「玉音放送」の中で最も有名な一節である。難解な漢語に満ちた詔勅の中でここだけが聞き取り可能であり、それで敗戦を察したと回想する当時の人は少なくない。しかしその一方で、この部分の主語が「朕」であり、ここが敗戦を受け入れざるを得ない天皇自身の苦悩を語った部分であることまではっきりと理解していた人は、案外多くはなかった可能性がある。

例えばジャーナリストの田原総一朗は、小学五年で放送を聞いた時の記憶を、ラジオ番組でこう語っている。

雑音も多かったし、「堪へ難キヲ堪へ忍ヒ難キヲ忍ヒ」だから我慢して戦争を続けるんだと思った。だから戦争が終わったと聞いて、僕はガックリときた。*15

「聖戦」の勝利を信じていた少国民にとって、敗戦がいかに受け入れがたいものであったかを示すエピソードだが、私がより興味をひかれるのは、辛うじて聞き取った「堪へ難キ〜」の一節を、田原少年が自らを主語とみなして解釈している点である。恐らく当時の彼には、天皇から発せられた言葉は自分たち「臣民」の苦労を思う「いたわりの言葉」であるに違いないという思いこみがまずあり、それがひいては、「玉音放送」全体を戦争継続のメッセージとして聞き違える主因になったのではないか。

そのような仮説をもとに見返すと、「堪ヘ難キ〜」を自分たちを主語にして「誤読」した敗戦回想記が、非常に広く世に出回っていることに気づかされる。

（一）玉音放送は、戦争が終わったというようにも聞こえたし、「さァ、これからが大変だから、忍び難きを忍んで頑張れ」と戦意を高揚させているようにも聞こえた。（当時中学二年）*16

（二）敗戦を知ると、中隊長は『あくまで戦う』といい、仲間も血書を書いて『最後まで戦う』と忠君愛国に燃えていました。しかし私は、『こうなったら天皇陛下のご命令に従って、堪えがたきを堪え、敗戦後の日本を建て直すことに努力すべきだ』といって、皆を説得しました。東大生はわりとさめていたと思います。（当時大学生、入隊中）*17

（三）ふり返って、大東亜戦争が終結した当時の日本を思い浮かべると、終戦の詔勅が出されて以来、一発の銃声も聞かなかった。あれは私たちが腑抜けだったからではなく、「国民と共に堪え難きを堪え、忍び難きを忍び」との天皇の大御心の深さに感じての戦意放棄であった。（当時三四歳）*18

確かに「玉音放送」の中には、わずかにせよ「臣民」の「衷情」を思いやる箇所があり、最後には「総力ヲ将来ノ建設ニ傾ケ」るよう命じた所もある。しかし、「堪ヘ難キ〜」の一節は、決してこれらにあるように「臣民」を思いやって呼びかけた箇所でも、「国民と共に」苦しむ意志を表したものでもない。

このような「堪へ難キ〜」解釈は、「玉音放送」よりもむしろ、一九四五年九月二日の降伏文書調印式当日に東久邇総理から発された「謹話」の文脈に極めて近い。

然し乍ら、既に詔命は下り、帝国は降伏を甘受したのであります、情に於て如何に堪え難く、如何に腸が煮え返る想ひがありませうとも、臣子といたしまして承詔必謹、忍び難きを忍び、堪え難きを堪えて、潔く降伏の現実を直視し、勅を畏み、飽くまでも冷静秩序を持し、政府及大本営より命ぜらるる所に遁由して、大道を誤らざる行動に終始しなければなりません、我々は今こそ、真に日本人たる本領に生き、難きを忍ぶ真勇、大勇を発揮すべき秋であります[*19]

東久邇宮稔彦親王は、敗戦直後の総理大臣として所謂「一億総懺悔」の国会演説で戦争責任の所在をうやむやにしようとしたことで知られる人物である。この「謹話」はその三日前のものだが、「玉音放送」の聞き手にとって最も（唯一）記憶に残る一節を繰り返し用い、その主語を天皇自身から「国民」にスライドさせるこの語りは、天皇の苦衷がすなわち「国民」の苦衷であるかのように偽装し、それゆえに忍ばねばならぬと説く、巧妙な発語戦略に貫かれている。東久邇政府が、雑音の多いラジオを聞いた小学生のように「玉音放送」の意味をとり違えるなどということがあるはずはなく、主語の入れ替えは意図的な操作である可能性が極めて高い。

が、最も重要な問題は、東久邇政府の欺瞞にあるのではない。以上のような、誤解や戦略に基づく主語のすり替えが行われていたことを、またそれが「片恋」とでもいうべき「臣民」から天皇への一方的な信頼に支えられたものであったことを、後日人々が見過ごし、言挙げせずにきたことにこそ問題はある。人々のそうした意識は、敗戦後長い年月を経てから書かれたと思われる先の（二）（三）の回想に、また、「堪へ難キ〜」の一節を用いて敗戦後の自らの苦難を語った大量の回想文に象徴されているだろう。彼らは小学生時代に「朕」を主語とする教育勅語の暗唱を課された結果として、天皇と自分のアイデンティティ境界を融解させていたのではないかと疑いたくなるほど、そこには抵抗の跡が見られない。先に挙げた栗原貞子の批判は、まさに「臣民」が捧げた愛に天皇がみじんも応えないことに対する告発だったと言えようが、自らを天皇の延長と感じるこうした人々が、栗原の告発に同調しなかったのは尤もかもしれない。

しかし、このような天皇への「片恋」と「玉音放送」の「誤読」が、戦後世代から現代の若者にもある程度共有されているらしいことは、一層不気味な現象だ。

例えば、一九四八年生まれのある国会議員のメールマガジン[*20]には、あの一節が、以下のように引用されている。

思えば、明治維新以来、我が国家は、国家存亡の危機を実感した国民と指導者により、薄氷を踏むように運営されてきた。

百年前の五月は、「皇国の荒廃、この一戦にあり…」と決戦に立ち向かい、

六十年前の八月は、「堪え難きを堪え、忍び難きを忍び…」と、敗戦国の悲壮な決意を呼びかけた。

そしてこの危機感が、我が国を勝利させ勃興させ復興させたのである。

「朕」という本来の主語が無視され、「指導者」が「国民」を主語にして彼らの「復興」の努力を呼びかけた文であるかのように説明されている点で、これは先の回想(二)(三)と類似している。

またこうした解釈が、一定の政治的立場をとる人のみによって行われているのでないということも重要だ。例えばある大学教員(一九六四年生)のブログには、別の立場からの以下のような引用例を見出すことができる。

ところで、一般に「原爆投下」という表現がよくされている。この表現に、私は納得のいかないものを感じる。「投下」というと、何かを落としただけ、正当な行為、という感じがする。実際に行なわれたのは、いうまでもなく「核攻撃」であり「住民の虐殺」である。それなのにそう言えないところに、広島の、そして日本の「堪え難きを堪え、忍び難きを忍び」という苦しみを感じる。[*21]

「堪へ難キヲ堪へ忍ヒ難キヲ忍ヒ」の本来の主語を奪い、そこに自ら（を包括する主体）を代入することは、一見天皇をないがしろにする行為のように見えるが、必ずしもそうではない。むしろこの入れ換えは、こう発語したときの昭和天皇の「内面」をその人が理解し、共感し、ある意味で代行した時にこそ可能になる行為、少なくともそのように解釈され得る言語行為であるからだ。公教育の場で教育勅語を暗唱させられたわけでもない戦後世代が、その政治的立場の差異に拘わらず、自らの「内面」に「朕」の居場所を作っているとすれば、それは一体なぜなのか――。

戦後世代の「玉音放送」の享受について考えてみよう。今日、小森陽一『天皇の玉音放送』[*22]やウェブサイトの充実によって、「玉音放送」を聞くことも読むことも容易だが、特にそれに深い問題意識を寄せているわけではない多くの戦後世代は、あの放送を、映画、ドラマ、いわゆる八月の戦争ドキュメンタリーなどによって、様々な映像と共に聞いてきたと言えるだろう。だが、様々なとは言え、そのシークエンス自体は、少なくとも一九七〇年代以降、極めてステレオタイプなものであった。広島（長崎）の原子雲と玉音放送をセットにした数秒――爆音とともにきのこ雲が立ちのぼり、それにかぶさるように天皇の声がかすかに響き始め、映像は焼け跡（広島或いは東京だと思われる）又は、宮城前で泣く人々へと変わり、そしてそれを背景にあの「堪へ難キヲ堪へ忍ヒ難キヲ忍ヒ」の声がくっきりと耳に流れ込んでくる——という見慣れたシークエンスである。

この映像構成は、二〇〇七年の夏もドキュメンタリー「城山三郎・〝昭和〟と格闘した作家」（NHK）や、ドラマ「私は貝になりたい」[*23]（日本テレビ）などで採用されていた。ジャンルに関わらず、「敗戦」を示す記号のように流されるあの数秒は[*24]、まず、「あれで戦争が終わったのだという頭の整理」を視聴者に強いる。その上で、原子雲と焼け跡において「堪へ難キ」辛酸をなめた我々——その体験のない者にとって、それは明らかに想像上の集合体なのだが——に思いを向けさせ、次には声の主、我々の苦難を見届け、そのことに「堪へ難キ」思いを抱いて聖断を下してくれた天皇と感情を共有するよう促すのではないか。

四方田犬彦が大島渚の言葉を用いて指摘したように[*25]、「玉音放送」はあくまで「声」だけで姿は欠落しており、ゆえに却って「超越性」を内包してしまう。「玉音」は、有無を言わさず天から降ってくる神の声なのであり、その権力性は、同様に有無を言わさず上から降ってくる原爆の破壊力とシンクロするだろう[*26]。つまり、あのおきまりのシークエンスの中では、欠落した天皇の像の代わりを原子雲の映像が果たしているのである。この状況に「去勢」された天皇像[*27]を読みその痛みを引き受ける、という井口時男のとった道から免れようとすれば、天皇とも原爆とも戦わず、その「しょうがない」力に寄り添っていくほかはないだろう。そのようにして自覚のない「片恋」と「誤読」を演じている点で、所謂「自虐史観」を廃そうと願う人々も、その動きに批判的な人々も、大した差はないのだ。

私は言葉は不適当と思うが、原子爆弾やソ連の参戦は或る意味では天祐だ。国内情勢で戦をやめるということを出さなくてすむ[*28]。

原爆と天皇、原爆と敗戦の因果関係については、今日まで、様々なうがった言説や証言が、書物その他のメディアによって紹介されてきた。原爆は敗戦の言い訳を用意した点でむしろ天皇にとって都合がよかった、という先の米内光政の言葉なども、そのうちのひとつである。だが、そうしたものはなぜか人々の頭には残らない。映画『日本の悲劇』[*29]は、早くも一九四六年の段階で、天皇が「軍服」姿をいつの間にか改めて「平服」の平和主義者に変わったことを言挙げする映像を組み込んでいるが、そういう類のものは、毎年毎年見せられるこの数秒のシークエンスの影響力にかなわない。〈空白〉の内実を見極めようとする人々の意志は、今日すっかり麻痺させられている。この現象が、現体制に肯定的である人かどうかに関わらず共通して見られることは、久間問題において見てきたとおりである。むしろ、表面上の「対立」が、〈空白〉の存在を第三項として、人々の意識の外に追いやっているかのようなのである。

〈空白〉を温存させる天皇への「片恋」——個人としての生存権を最も激しく脅かされながら、脅かした当の存在（少なくともそのように名乗っていた存在）に限りなく譲歩し、むしろその「内面」を慮ろうとする心的機制は、一体どのように出来上がったのか。要因はひとつではないだろう。人々が自らの「内面」に「朕」の居場所をつくり、維持するようし向けた数々の要因を、映像から、文学から、思いつく限り雑多にかき集めていくことから始めねばならぬ、私は思っている。

3 「朕」の「内面」を読むことのジレンマ——「五勺の酒」

以前、芥川龍之介の「鼻」の読まれ方を契機に、いわゆる「「内面」の発見」[*30]が権力者のアリバイ装置として働く可能性を見たことがある。内道場供奉という王権に極めて近い地位を持つ主人公の、おろかともいえる「内面」

を暴露したこの小説から、読者の多くはなぜか汎権力的な志向を見出さず、「彼の「内面」を自分と同じく弱いものと想定し、そこに感情移入して、彼を許してい」[*31]った。もしかすると「人間宣言」後の天皇に対してもそうした力が働き、天皇の「内面」を読み取って許すという「不敬」[*32]な「文学」的行為が、結局は天皇を戦争責任から免罪する方向へ人々を向かわせたのではないか、と説いてみたのである。

敗戦後は、天皇の「内面」を読む行為自体が小説化されもした。例えば中野重治「五勺の酒」[*33]は、天皇の「内面」を過剰に読み取るあまり、自らの「内面」が「朕」で埋め尽くされているかのような主人公（語り手）が登場する小説である。共産党の新人会[*34]に入ろうとしたこともあったというこの中年の中学校長は、一九四六年一一月三日から数日後のある日、憲法特配の五勺の酒を飲みながら、敗戦後さかんに露出する天皇の映像に「天皇個人」への「同情」を募らせる。

それは千葉行幸で学校だの農業会だのへ行く写真だつた。そして、あいもかわらぬ口うつし問答だつた。しかしそのとき、僕はあらためて、言葉はわるいかも知れぬがこの人を好きになつた。少なくとも今まで以上好きになれる気になつた。新聞が書くようにこの人は底ぬけに善良なのだ。善良、女性的、そうなのだ。声も甲高い。そして早くちだ。そして右ひだり顔を振つて見さかいなしに挨拶する。愛敬を振りまくのではない。そんな手くだのあるものではない。何かを得ようとして媚びてるのでは決してないのだ。口うつしだ。それ以上、そうするのが本人に気がらくなのだ。（中略）

そこで甲高い早くちで「家は焼けなかつたの」、「教科書はあるの」と、返事と無関係でつぎつぎに始めて行つた。きかれた女学生は、それも一年生か二年生で、ハンケチで目をおさえたまま返事できるどころではない。そこでついている教師が――また具合よく必ずいるのだ。――肘でつついて何か耳打ちをするが、肝腎の天皇はそのときは反対側で「家は焼けなかつたの」、「教科書はあるの」とやつているのだからトンチンカンな場面になる。そうして、帽子をかぶつたと思えば取り、かぶったと思えば取り、しかしどうすることができよう、移動する天皇は一歩ごとに挨拶すべき相手を見だすのだ。そうして、かぶつては取りかぶつては取りして建物のなかへはいつて行つた。歯がゆさ、保護したいという気持ちが僕をとらえた。もういい、もういい。手をふつて止めさして、僕は人目から隠してしまいたかつた。

校長は、天皇の一挙手一投足に注目し、ぎこちないその言動に、「底ぬけに善良」で「手くだ」のない人柄、「口うつし」こそ「本人に気がらく」である様を、いちいち確信を持って想像していく。天皇を「保護」し「人目から隠してしまいた」いと彼が言う時、この校長の「内面」は、「朕」の居場所を有するというより、ほとんど「朕」に明け渡されているかのようだ。

ただし、渡部直己が指摘したように、この小説には「じかに描くことそれじたいが、対象への批判と化すような小説の生動」[*35]がある。つまり、この中学校長が感情移入し、「保護」したいとすら願う程度の卑小な存在に、天皇が貶められているということだ。「満洲国皇帝日本来訪のときのニュース」でも、天皇は「一歩ずつ横歩きして、かたかたつと止まつて、顔をぴよんと落して一人ずつ引きあわせる」という「才覚」のない姿であったと語られているが、校長（語り手）はこうしたオノマトペの反復によって、はからずも「不穏さをいわば暴力的にひきたて」[*36]てしまったようだ。

いや、校長は、もっと意図的、積極的に、外見上の見苦しさ以上の天皇の「羞恥」を暴いているのだと見ることもできよう。彼は、敗戦後に「満洲皇帝が来て法廷に立つた」時、いかに「関東軍は横暴」でも「命ほしさに傀儡になつたことでそのことの責任がのがれられるとでも思いなさるか」と弁護士が皇帝を責めたことを嘆いてこのように言う。

日本でも名高い弁護士が、傀儡と傀儡師、満洲皇帝と日本天皇との比較、関係に全く不感でしかけているあの汗ばんだながいサディズム、それを天皇と国民とそろつて眺めている醜怪さについてなぜ『アカハタ』が鐘をたたいてゆすぶらぬだろう。国民として堪えがたい。おろかなりし人間の一人として堪えがたい。

校長は、「日本天皇」を「満洲皇帝」の「傀儡師」と名指しし、「傀儡」の問責を黙って見過ごすことの「羞恥」を「堪えがたい」と言う。「堪ヘ難キヲ堪ヘ」たはずの天皇の無恥に対し、一「臣民」が「堪えがた」さを感じるとは、痛烈な皮肉だ。

南京陥落のとき、僕は県代表で東京へ提灯振りに行つたものの一人だ。(中略) あのとき僕らは、これで戦争がすむ、これですんでもらわねばならぬ、と希望を入れてよろこびで振つたのだ。天皇も同じだつたろう。虐殺と暴行が南京で進んでいた。しかし僕らは、僕らも天皇もそれは知らなかつたのだ。(中略) もし天皇が不幸な旧皇帝を訪問して、日本の現在許されるかは別として、しかし許されるだろう、ふたりの不幸と不明とを抱き合つて悲しんでわびたのであつたら。事実として、天皇その人の天皇制が、提灯を振つたことでの愚かさを、たとえば玉木にわびるチャンスさえ僕から奪つて行つたのだ。もし彼がそれをしたのだつたら、僕はまつさきに、少なくともそのことを彼に許し、そのことで、僕自身許される慰めをつかむ機会を決してのがさなかつただろう。天皇は旧皇帝を訪問しなかつた。

「同じだつたろう」「知らなかつたのだ」――校長はここでも天皇の「内面」を断定的に語る。「あの天皇が、僕らの少年期の終りイギリスに行つた」と言う校長は、敗戦時に四四歳の天皇とほぼ同世代のはずだ。一方この世代は、妹婿や若い同僚や教え子を戦地に送りながら、わずかな年齢差で召集を免れて生き延びた世代でもある。かくして彼は、「虐殺と暴行」に知らずに荷担したことを「わび」て「許され」たいと願う自らの「内面」を、「個人」としての天皇に重ねようとするのだ。しかし天皇はわびない。「おろかなりし人間の一人として」「旧皇帝を訪問」し、「不幸と不明とを抱き合つて悲しんでわび」ることはしない。天皇にそれをさせず、「天皇が存在として国民の名誉を毀損」する事態を招いているのは何か、それこそ「天皇個人」を束縛する「天皇制」ではないのか――、「天皇個人」への「同情」と「天皇制廃止」の主張は、こうして校長の中で結びあう。

ほんとうに気の毒だ。羞恥を失つたものとしてしか行動できぬこと、これが彼らの最大のかなしみだ。個人が絶対に個人としてありえぬ。つまり全体主義が個を純粋に犠牲にした最も純粋な場合だ。

このように読むとき、「五勺の酒」は、単に天皇に感情移入する「右翼的」繰り言からは遠く隔たるばかりか、単に「天皇制から天皇を自由にしてあげ」「ひとりの人として重んじる」「まっすぐ」[*37]な気持ちの表明とも言い切れぬ、一種の告発の棘となって天皇または天皇制を刺すだろう。校長は、「朕」と自分を重ねることで、天皇と自らを同時に刺しているのだと言ってもよい。今は「保護」を要する「大人に囲まれた迷子かなにかのやう」でしかない天皇に一人前の「内面」を付与することで大人としての責任を引き受けさせ、それによって、天皇を「シンボル」とせざるを得ない新憲法下の「国民」の名誉回復をめざそうという小説の像が、ここにあぶり出されてくるはずだ。

「同情」的な語りの皮一枚下でそれを転倒させるこのような構造は、小説が引用しているニュース映画のつくりとも似通っている。「天皇陛下　千葉県巡行」[*38]は、実際に一九四六年に上映されたニュース映画で、そこには確かに「銚子商業学校」で「戦災に焼け出された市内五つの学校の生徒達」が天皇と面会する場面が写し撮られている。下問されるのは女学生ではなく男児だが、会話の内容は、小説に書かれたこととほぼ同じである。

「家は焼かれなかったの?」（無言）「え?」（焼かれました）「あ、そう。本は大丈夫でしたか?」（無言）「よく勉強なさいね」

このシーンの後には、以下のようなナレーションが流れる。

陛下のお言葉に涙ぐむ女学生の姿も、いつわらぬ国民の感情のほとばしりではありましょう。しかし、陛下はやはり今度の行幸でも、ありのままの国民の姿と国民の声に触れられたのでしょうか。
ともあれ天皇の戦争責任の有無、あるいは天皇制の存廃など、國の内外に沸騰する議論の最中に、陛下のご巡幸は、またまた世界の輿論の上にも大きな話題を投げかけたのであります。（傍点篠崎）

このニュース映画に対して、実際に、校長の生徒が投げかけたような「女学生が泣いて万歳をいうのは天皇を神としてあがめる方向へ観客を導くものだ」という批判が巷にあったのかどうか私は知らない。しかし、天皇に会えた感激で泣く女学生や緊張で言葉につまる児童らと、機械的な「口うつし問答」[*39]を繰り返す天皇との対比は、ナレーションとあいまって、むしろ「片恋」の悲喜劇を露わにするだろう。引用されるこうした映像と合わせ見るとき、

「天皇（制）」というものについてラディカルな議論が可能であった時代のざわめきを再現し、〈空白〉の存在を指し示してくれるこの小説の力は、より一層強まる。

しかし、「五勺の酒」の持つこうした可能性は、発表以来六〇年間抑圧され続けてきたと言ってもいい。最も極端なものは江藤淳のように、この小説に「天皇に対する同情、いや愛情」[*40]だけを読み、しかもそれを「作者の真情」と位置づけるタイプである。江藤は作者の中野が転向作家であることを殊更に重視してこう言う。

> その中野重治——戦後間もなく日本共産党に再入党し、新日本文学会の発起人となり、やがて党中央委員に選出された中野重治が、いま戦後最初に発表した「五勺の酒」という小説で、転向し、天皇に忠誠を誓うとは、天皇とあの「恥ずかしさ」「情なさ」「自分に対する気の毒なという感じ」を、共有するということにほかならないことを自認している。

「肝心の「天皇の仕草」の描写部分」を「きれいに削除」[*41]した上、「天皇制廃止」の言葉すら見ぬふりをする江藤論の強引さは、渡部直己らの既に指摘するところだが、語り手であり主人公である校長を作者中野重治を重ねることで小説を矮小化し、その可能性を奪う論法自体は、江藤らとはスタンスの異なる多くの論者も、案外共有してしまっている。

例えば大江健三郎は、語り手の校長の言葉を借りて、「五勺の酒」の主題は「民族道徳の樹立」にあるとした上で、「村の家」や中野の転向体験を参照しながら、以下のように説明する。

それは天皇を頂点とし民衆の末端までをつらぬくタテの軸の構造を、自分の理論によって批判しえても、しかし、そのなかに生きて来た・生きている民衆を、いま現在まるごと否定はできない（中略）自分らが、この窮境を乗り超えて、新しい社会を作り出した時、その時こそ、新しい人間としての自分らを誇りを持って認め合おう。それ以前に、現にある古い社会の古い人間を笑うな、それをやるとすれば恥知らずということだ、というのが、中野重治の、じつに美しい廉恥心です。[*42]

大江がこの直後に、

敗戦後すぐの日本にくらべれば、日本独特のタテの軸につらぬかれた国家像はあらためて色濃くなっています。その頂上に天皇を置く、そしてその上で、公、おおやけというイデオロギーをあたりまえのものとしようとする勢いも盛んです。

と憂慮を示していることからしても、彼と保守文人を代表する江藤とのスタンスの違いは明白である。にも関わらず、作家に感情移入して語る枠組みは両者に共通しており、そのことで「五勺の酒」は、ひたすら天皇を庇い、許す小説へと読み縮められてしまっているのだ。自動化した世界を揺るがす小説の不穏な力、天皇への徹底的な「同情」を梃子にした批判力が、その発揮を望んでいるはずの人によっても削がれてしまっている、と言ってもよい。

こうした構図は、「五勺の酒」をめぐる近年の論争においても、反復されている。「戦後作家としての中野重治」は「車谷よりもっと私小説作家の資質を貫いた」のだとし、「五勺の酒」は「自身の「転向」を乗り越え」た上での「中野の小説家としての宣言」だとする山岡頼弘[*43]に対し、山城むつみは「中野を小ぶりの志賀直哉のようなものとして評価してみてもつまらない」と述べ、山岡の「『政治的煩悶』か『私小説作家の資質』か、という問題[*44]」の立て方自体に古風な欺瞞を見出す。が、その直後に山城自身も「中野は人間を描いただけだ。生活を描いただけだ。政治を描こうとしたのではない。政治性を文学に導入しようとしたのでもない。」と、「中野」を主語に語り上げ、中野の代弁者を演じてしまうのだ。

こうした言説のパターンは、結局小説の力の広がりを、その作者のイメージの枠の内側に制限してしまう。もちろん、論者の抱くその作家へのイメージや評価には差異があり、特に中野重治のような「プロレタリア文学者」「転向作家」の場合、その差は激しいだろうが、結局それだけのこととも言える。例えば、中野を非常に高く評価する論者の場合でも、そのことがかえって、この小説の言葉を酔っ払った一登場人物の私信として相対化することを妨げ――つまりフィクションであることを忘れて、校長／中野の舌足らずを惜しむような結果に陥りがちだ[*45]。

つまり、中野を好きか嫌いか、どれぐらい評価するか、というみせかけの「対立」の裏で、作家にまつわるプレ情報を利用して、当然のように作家（当初の発話者）を代理／表象し、その権威を借りつつ、その言葉を己の理解の範囲に翻訳して矮小化するという行為が、批評・研究の方法として温存されているということだ。一九五〇年代、反自然主義・反私小説派の人々による文学史観[*46]が支配的になり、それに従って漱石・鷗外中心主義が国語教育の世界を席巻しながら、その実、伝記を参照しつつ「作者の言いたかったこと」を子供たちに読ませてきた歴史[*47]が、今ここでも再演されている。その中で、「陛下、殿下折々のおことばを真摯に受け止め、そのお心の内を[*48]」代弁しようと試みる作家すら現れているのが現状だ。

ただし、「天皇」というものが「内面」読みの応酬に加わり、人々の「片恋」を受け入れてくれるかどうかは、やはり疑問である。

奇しくも昭和天皇は、一九七五年一〇月三一日のあの会見の席で戦争責任について問われ、このように答えていた。

そういう言葉のアヤについては、私はそういう文学的方面はあまり研究もしていないので、よくわかりません。（傍点篠崎）

一見「トンチンカン」なこの回答は、もしかすると字義通りに解釈してよいことなのかもしれない。言葉を通して「内面」を読むという「文学」的営みにとって、昭和天皇は全く他者だったということである。俗語革命と「文学」によってナショナルアイデンティティを持たされた「国民」[*49]のただ中で、天皇一人がその中心に向けて排除され、そうしたトレーニングを積まなかった可能性はある。だとすれば、人々がいくらそれぞれの中に「朕」の居場所をつくっても、「朕」の中に人々は不在なのだ。「朕」から「いたわりのお言葉」が発せられない理由もわかるというものである。

林淑美は、「五勺の酒」の校長が、いわゆる天皇の「人間宣言」を「わけても残酷」と語っていることを受け、また「人間宣言」の中で初めて「朕の臣民」が「国民に格上げされ」ていることを受けてこう述べている。

天皇が人間になるのと臣民が国民になるのとは対応しているのだが、しかしこの国民は「朕ハ爾等国民ト共ニ在リ」という言葉を与えられる国民である。つまり言い換えれば、この、「朕」と自らを呼ぶ存在は国民の一人ではないということなのであり、そうした存在に「新日本ヲ建設スベシ」と命じられるのがこの「元旦詔勅」における国民である。（中略）

「詔勅」は「天皇ヲ以テ現御神」とするのは「架空ナル観念ニ基クモノ」であると述べたが、しかしこの「詔勅」を出す昭和二十一年元旦の天皇も架空の観念によってそれを出す資格を持ちうるのである。言うまでもなくこれは勅語だ、「五勺の酒」でいえば元旦詔勅だ、「御名御璽」——おおみなおおみしるし、と最後に署名押印され、新聞紙上にそう印刷されたこの文を「架空ナル観念」によって授けられた資格でなしに誰が出しうるのか。形式自体からして自らが述べたところを否定している「元旦詔勅」の文章は、論理上の正しさを持とうとしない文面に表さない意図を隠し持った下等な文章である。そうした下等な手管、狡猾さにおいて、「爾等臣民」は「新日本ヲ建設スベシ」といわれたら、その国民は蒼ざめるほどの侮辱を感じないであろうか。[*50]

この「侮辱」を「侮辱」として感じる苦痛——「奴隷」の苦痛から目をそらすためには、「朕ト爾等国民トノ間ノ紐帯」「相互ノ信頼ト敬愛」を信じ、「人間」としての「朕」の「内面」を読み続けるしかない。「朕」は「架空の観念」、つまり〈空白〉であってその内部に人々など存在しないため、「朕」から「国民」への応答はない（一九七五年の会見が明らかにしたように）。それでも「侮辱」をカムフラージュし続けようと思えば、人々は、そうあってほしい「朕」の「内面」を想像で充填し、自分の中の「朕」の居場所を肥大化させていくほかない。傷つけられた人々が、その傷の痛みを和らげる最も安易な方法として選んだのが、「朕」という〈空白〉に、都合の好い過剰な意味を読み込み、それによってその〈空白〉を不問に付す、という行為だったのではないか。こうして、様々な見せかけの「対立」の向こうで、「朕」の居場所だけが安穏なのである。

4　「朕」の新しい代弁者

昭和天皇の「内面」を過剰に読む営みは、今日も続けられている。

例えば、スクーロフ監督による映画「太陽」[*51]とそれに対する解釈の数々にそれを見ることができよう。イッセー尾形演じる昭和天皇は、時に状況を無視した饒舌に陥り、侍従の言葉をヒントに取って付けたように対米開戦の理由を語ってみたり、敗戦間近の御前会議では、戦争継続の意志を述べる前に、明治天皇御製「四方の海〜」（開戦時に引用されたと言われている）を引用しながら意味不明の言葉を垂れたりして、常にノイズを発し続ける人物としてスクリーンに現れている。その上、渡部直己が『映画「太陽」オフィシャルブック』の鼎談[*52]で述べたように、独特の口の動きや「あっそう」の返事が戦後の昭和天皇自身を彷彿とさせ、「似てしまうこと自体」の「モデルに対する一種の批判力」を生み出していると言えよう。敗戦間近の昭和天皇の「内面」とは実はこのように常軌を逸したものだったのだ——と示した、極めて「不敬」でスリリングな映画として見ることが可能なのである。

ところが先に挙げた鼎談の参加者たちは、こうした「不敬」な要素にやや違和感を示しつつも、一方ではそこに「ヨーロッパのマッチョ的な権力行使者」とは異なる「すごくたおやかなもの」（島田雅彦）を読んだり、スクーロフが「天皇を愛している」（上野昂志）結果を見たりしている。「五勺の酒」受容の場合と同様、「不敬」の表現がかえってその人を許す手がかりになってしまうというメカニズムがここにも見いだせるのである。

このような二重の解釈が併存しうるのは、恐らく、昭和天皇像のタイムラグが映像とオーディエンスとの間で共振を起こしたからであろう。

そもそも、島田の言う「たおやかな」天皇像は、敗戦後の産物である。昭和天皇は「戦時下において」「「厳父」

と「慈母」というジェンダー化された二つの顔をもっていた」[*53]が、「玉音放送」によって「女性的」で「甲高い」（「五勺の酒」）肉声を露わにした後、軍服で白馬にまたがる大元帥としての表象を捨て、「たおやかな」な姿を前面に出したのだった。マッチョな男性（父性）から無力な女性（母性）へのジェンダー転換は、当時の人々に天皇の責任を忘れさせる大きな要因になったことであろうが、その構造は、「たおやか」というよりほとんど幼児的でさえあるこの映画の昭和天皇像が、オーディエンスによってやすやすと受け入れられた状況と重なる。

　しかし、この映画で最も印象的なのは、戦後期の女性（母性）ジェンダー的天皇像ではなく、より後世の「天皇御一家のおやさしいおじいさま」[*54]像を象徴する、彼の口の動きである。「裕仁のこの有名なモグモグが明確に観察されるようになったのは一九七〇年代に入ってから」[*55]であるらしいが、一九八九年の死去の時まで（或いはそれ以後も）テレビにおいてさらされ続けたこのいかにも老人らしい仕草は、彼がかつて「日本」という主体そのものとしてマッチョな表象を負っていたことを、あるいは、敗戦後「母性」の体現者として戦争の傷を負う人々のヒーラーの役割を負ったことすらも忘れさせてしまう効果を持ってしまったのではあるまいか。父性／母性から母性へ、そして「おじいさま」へと、「朕」の〈空白〉を埋めるジェンダーがより無害、無力な者へとみごとに移り変わる中で、その重い責任を問い直そうとする動きが、起こる都度ずらされてしまったのではあるまいか。幼児のような天皇を恥じて、一人前の「内面」を付与しようとした「五勺の酒」の語りとは正反対の欲望が、天皇を守っている。

　こうして父殺しも母殺しも無効になった地点で最も安易な選択は、弱々しい「おじいさま」によりそいながら、その権威を着ることであろう。例えば、先の鼎談で「たおやか」な天皇像を語った島田雅彦は、二〇〇五年に『おことば――戦後皇室語録――』[*56]という本を出版した。昭和天皇の「玉音放送」から「平成十七年四月」に行われた「紀宮清子」の誕生日のコメントにいたるまで、皇室関係者の言葉を切り取り、そこに島田が読み取った「一族の人々の真実の声」「皇室の方々の心の奥」を付したもの、まさに〈空白〉の代弁だ。

中沢新一（一九五〇年生）は、島田との別の対談の中で、『おことば』を評価しながらこう語っている。

　僕らの世代にとって、天皇というのは生身の存在です。昭和天皇がごくごく近くで肉声を放っていましたからね。さらには人間天皇の全国巡行の中で、多くの人々が間近に天皇を見て、発することばを聞いています。つまり「おことば」ははじめから「肉体性を持った何か」であるという感覚がありました。このあたりの感覚があるせいで、網野さんなどの抱いている天皇観と微妙なくいちがいを生んでいるのを、子供の頃から感じていました。網野さんの抱いているような、天皇という存在に対する何とも度し難い憎しみの感情を、僕はどうしても共有できなかったのです。[*57]

一九六一年生まれの島田もまた、テレビを介して「生身」の天皇を感じ、「一歳年長の皇太子」に感情移入する形で「おじいさま」への親しみの「感覚」を醸成していったのかもしれない。そうした島田の所謂〈無限カノン〉三部作は、「『源氏物語』を現代に蘇らせ[*58]」たとの宣伝や前評判とは裏腹に、皇太子妃候補と主人公は結ばれることなく、「国民の健康と安全」を案じ続ける皇太子の人格が想像され、讃えられるに過ぎない。これははたして「文学」の仕事なのか。それとも「文学」を殺す営みか。

　日本の近代小説は確かに「内面」を発見し、人を等しく「内面」を持つ存在として発見したはずだった。しかし気づけば、読まれているのは権威の「内面」ばかりである。人は都合よく作家の意図を語り、天皇の気持ちを語ってその権威を着る。その前提の上に、みせかけの「対立」を消費している。

　中村光夫はかつて、日本の近代小説が島崎藤村「破戒」の開いた道を進まず、田山花袋「蒲団」の後を追ったとして、そこに決定的な歴史の錯誤を見たが、読むべき「内面」を間違えた地点こそ、近代文学のもっと致命的な分岐点だったと私には思えてならない。

こうした状況を脱構築することは、恐らく「文学」に関わる人間の責任である。その力が「文学」に残っているかどうかは心許ないとしても。

注

＊1　茨木のり子「四海波静」（『ユリイカ』一九七五年一二月）。引用のあと、「黙々の気味悪い群衆と／後白河以来の帝王学／無言のままに貼りついて／ことしも耳すます／除夜の鐘」と続く。

＊2　二〇〇七年六月三〇日麗澤大学にて行われた講演の内容で、各新聞社が紹介したが、字句は各社で少しずつ異なっている。

＊3　久間発言を受けて、ロバート・ジョセフ核不拡散問題特使（前国務次官）が行った「原爆の使用が終戦をもたらし、連合国側の数十万単位の人命だけでなく、文字通り、何百万人もの日本人の命を救ったという点では、ほとんどの歴史家の見解は一致する」（七月三日）という発言は、トルーマンに始まるこの神話に基づくものと言える。

＊4　角川書店　一九八六年一二月刊。戯曲版とは設定が異なる。

＊5　例えば、「ＪＪ雑記　社会的に問題となっていることへの感想記録（http://jj5585.blog.ocn.ne.jp/blog/2007/06/index.html）」二〇〇七年六月三〇日の書き込みに、「もし原爆が投下されずあのまま戦争が続いたら、九州上陸で各県しらみつぶしに侵攻され、今度は列島上陸、ソビエトは北海道に上陸するでしょう。「一億火の玉」だとか「生きて虜囚の辱めを受けることなかれ。」というとんでもない思想に逆らえない状況なわけですから、原爆で亡くなられる人以上の日本人や連合国兵士が死ぬこととなり、私も生まれてなかっただろうと思うわけです。」とあり、さらに賛同のコメントも寄せられていた。もっともこの見解は、原爆が百万の将兵を救ったとする別の見解（注＊3参照）に近く、ソ連参戦を防ぐための戦略として原爆を位置づける久間発言の（前半の）論旨とは異なる。このように、「しょうがない」につながるものを、そのプロセスの如何に関わらず吸収してしまう所に、久間発言の悪質さがある。

＊6　ここでは、原爆投下について米国に謝罪を求めようとする民主党の主張が、「米国の核抑止力を必要としている現実」から批

判されている。

＊7　注＊6に同じ。

＊8　「日本記者クラブ会見　アメリカ訪問を終えて（一九七五・一〇・三一）」より。

＊9　『読売新聞』一九七五年一一月一日朝刊第一面の大見出し。

＊10　『毎日新聞』「〝政治〟避け戦争責任言われず」（一九七五年一一月一日朝刊）。

＊11　『毎日新聞』「社説　両陛下の初のご会見を聴いて」（一九七五年一一月二日朝刊）。

＊12　当時を知らない世代にとっては、『昭和天皇独白録』などの一部の書物を除き、この発言を知る機会は限られたものになってしまった。久間発言との関連性も、少なくとも大手メディアではほとんど指摘されなかったのである。なお、ウェブ上では、久間氏辞任以後も長期にわたってこの問題が取り上げられており、「昭和天皇発言」との類似を指摘する声も見られた。が、管見によれば、類似を指摘しながらも、例えば「人望」の差によって天皇の発言は許される、としたものが比較的多く、同様に批判の俎上にあげたものは稀であった。逆に、天皇発言を盾にとって、久間発言を擁護するものの方が多く見られた。

＊13　「戦後三十年目の天皇の発言」（『核・天皇・被爆者』三一書房　一九七八年七月、初出『現代の眼』一九七六年八月）。

＊14　『読売新聞』「思い複雑、原爆患者」（一九七五年一一月一日朝刊）。

＊15　TOKYOFM・JFN系「PEOPLE〜高野猛のラジオ万華鏡〜」で二〇〇七年八月二六日にオンエアされた、高野と田原との対談。さ・こもんず主催の「インサイド・ウオッチ」にて、活字化されたものが公開されている。

＊16　岩下彪『少年の日の敗戦日記　朝鮮半島からの帰還』（法政大学出版局　二〇〇〇年八月）。ほかにも、「玉音放送」のこの一節が「「どうかみなさん辛抱してください」というふうに聞こえた」（「リザード分校（用務員日誌）」二〇〇七年八月一六日　http://liza.nyanta.jp/bunko/sfs6_diary.cgi）などとする聞き書きは、ウェブ上にも散見される。

＊17　歌田勝弘「敵前上陸に命をかけて」（『文藝春秋』二〇〇五年九月号別冊『東京帝大が敗れた日』）。

＊18　小山政行「アメリカの誤算、イラク国民の不幸」（『正論』二〇〇四年二月「読者の指定席」）。

＊19　『朝日新聞』「勅を畏み真勇発揮　首相宮謹話　国民に御訓戒」（一九四五年九月三日朝刊）。

＊20　「衆議院議員西村眞悟による「眞悟の時事通信バックナンバー」」二〇〇五年八月二九日「九月十一日をめざして」http://www.n-shingo.com/jijiback/p/207.html

＊21　浅野晃「座観雑感」二〇〇一年七月二六日「原爆投下」http://zakkan.racco.mikeneko.jp/010726genbaku.html

＊22　五月書房　二〇〇三年八月刊。（朝日文庫版も、二〇〇八年八月刊）

＊23　角書きに、「終戦記念特別ドラマ　真実の手記　BC級戦犯加藤哲太郎」とある。

＊24　原爆投下をポツダム宣言受諾のほとんど唯一の理由として語るこのような（映像による）言説は、今日に始まったことではない。例えば映画「激動の昭和史　軍閥」（堀川弘通監督、一九七〇年）のラストシーンは、天皇に徹底抗戦を奏上する東条の言葉の直後に原子雲の映像が提示され、玉音放送は再現されないものの、原爆によって戦争に終止符が打たれたことが示唆されている。また、ドキュメンタリーとして高い評価を受けている「映像の世紀」（NHK・アメリカABC共同製作、一九九五〜九六年初映）にも、広島の原子雲と玉音放送が重ねたシーンとともに、「第二次世界大戦は終わりました」というナレーションが流れる箇所がある。動画以外でも、例えば『朝日新聞』「ののちゃんの自由研究」二〇〇七年八月一日では、「八月は、6日に広島に、9日に長崎に原子爆弾が落とされ、米国や英国などとの戦争で日本の負けが決まった月」と説明され、原子雲のCG画像が大きく掲げられている。

＊25　四方田犬彦『日本映画と戦後の神話』（岩波書店　二〇〇七年一二月）は、「なぜ誰ひとりとして、玉音放送を録音する天皇の姿をせめて写真になりと撮っておこうとしなかったのか（中略）やむなく、決定的な意味をもたない断片のつぎあわせのうえを、あの音が流れてフィルムは終る」という大島渚（『体験的戦後映像論』朝日新聞社　一九七五年五月）の言葉を引きつつ、「日本人は、玉音放送における映像の不在ゆえに、自国の敗戦を超越的にしか受け止めることができず、天皇という制度をいたずらに再度神話化してしまった」と述べている。

＊26　五十嵐惠邦『敗戦の記憶——身体・文化・物語　1945〜1970』（中央公論社　二〇〇七年一二月）は、「昭和天皇に無条件降伏を認めさせた点で、原爆は特別なのであり、天皇は原爆が特別なものであることを認めたからこそ、平和を受け入れた」という言説の「循環構造」を鋭く指摘している。

＊27　井口時男『物語論／破局論』（論創社　一九八七年七月）には、「「人間宣言」は父なる「天皇」が自ら死と破壊の男根を切除した去勢宣言であった。その結果、破壊神シヴァの巨大なる男根のごとく聳立する核兵器を尻目にかけて、「天皇」は経済復興のシンボルとして豊饒の女神のごとくに蘇ったのである。」とある。

＊28　『高木惣吉少将覚書』（毎日新聞社　一九七九年一二月）中の、米内海軍大臣の言葉。H・ビックス『昭和天皇』もこれを引き、米内以外にも、近衛、木戸らも同じような見解を示していたとしている。一方、栗原貞子が問題視した中にも含まれる、「頻ニ

無辜ヲ殺傷シ」の箇所は、映画『日本の一番長い日』（岡本喜八監督、一九六七年）によれば、天皇自身の発案で加筆したことになっている。
＊29 亀井文夫監督「日本の悲劇」（一九四六年）。
＊30 柄谷行人『日本近代文学の起源』（講談社 一九八〇年八月）。
＊31 拙論「王の「人間宣言」は許されるか――芥川龍之介「鼻」を契機に――」（『日本文学』二〇〇五年一月）。
＊32 渡部直己『不敬文学論序説』（太田出版 一九九九年七月）。
＊33 初出、『展望』一九四七年一月。
＊34 新人会は一九一八年から一九二九年に存在、本文の記述に従い、語り手を一九四六年現在で「五十ちかく」と仮定すれば、たしかに彼は二〇代前半で新人会と接触を持つことができる。
＊35 注＊32におなじ。
＊36 注＊32におなじ。
＊37 鶴見俊輔『鶴見俊輔集2 先行者たち』（筑摩書房 一九九一年一〇月）。
＊38 「ネットで百科 for broadband」の「百年映像アーカイブス」に「人間天皇巡幸」の名で動画が収録されている。
＊39 また、一九三五年の溥儀来日時の映像（「映像の世紀」（注＊24参照）第六巻に、東京駅で溥儀を迎える昭和天皇の像、馬車に並んで乗る二人の動画が収録されている）もまた、溥儀と昭和天皇がの揃いの軍服、帽子、眼鏡のまるで双子のような姿を映し出しており、小説と合わせ見る時、溥儀をスケープゴートにしていく「天皇と国民」の「恥辱」は印象づけられるだろう。
＊40 江藤淳『昭和の文人』（新潮社 一九八九年七月）。
＊41 注＊32に同じ。
＊42 大江健三郎『「話して考える」と「書いて考える」』（集英社 二〇〇七年六月）。
＊43 山岡頼弘「季刊・文芸時評《二〇〇五年・夏》資本と文学」（『三田文学』二〇〇五年八月）。山岡は、山城むつみ「連続するコラム第6回 憲法以前のところ」（『新潮』二〇〇五年四月）を受け、反論する形でこれを発表している。
＊44 山城むつみ「連続するコラム第8回 『五勺の酒』の現在」（『新潮』二〇〇五年一〇月）。
＊45 例えば綾目広治は、「五勺の酒」から中野自身の裕仁への共感を読む江藤のような方法を批判する一方で、この小説に「裕仁という一個人の「善良」さの影にかくれて、陸海軍の統帥者であった昭和天皇としての政治責任、戦争責任の問題が不問に付さ

れそうな傾き」があるとの懸念を示し、「中野重治は、江藤淳説のような曲解を誘発するような叙述のままで筆を擱いてはならなかった」と説いている。(綾目広治『倫理的で政治的な批評へ——日本近代文学の批判的研究——』皓星社 二〇〇四年一月)

＊46 中村光夫『風俗小説論』や伊藤整『小説の方法』に代表される。

＊47 拙稿「「芥川研究」の文法」(『日本文学』二〇〇〇年一一月)。

＊48 島田雅彦『おことば——戦後皇室語録——』新潮社 二〇〇五年六月。

＊49 ベネディクト・アンダーソン『増補 想像の共同体——ナショナリズムの起源と流行——』(NTT出版 一九九七年五月)。

＊50 林淑美『昭和イデオロギー——思想としての文学——』(平凡社 二〇〇五年八月)。

＊51 アレクサンドル・ソクーロフ監督「太陽」(二〇〇四年、日本公開は二〇〇六年夏以降)。

＊52 「鼎談1『太陽』をどう観るか 島田雅彦×渡部直己×上野昴志」(アレクサンドル・スクーロフ他著『映画「太陽」オフィシャルブック』大田出版 二〇〇六年八月)の渡部の発言。

＊53 加納実紀代『天皇制とジェンダー』(インパクト出版 二〇〇二年四月)。加納はまた、「身はいかになるともいくさとどめけりただたふれゆく民をおもひて」という敗戦時の御製(ただし発表されたのは一九七〇年代)に芥川「杜子春」の母の言葉との類似を示し、「天皇が与えられた役割をみごとに演じている」と指摘している。また、先に挙げた井口時男の論(注＊27参照)も、戦時下の天皇像に父性と母性の両方を見る所から立論している。さらに五十嵐惠邦(注＊26参照)は、有名なマッカーサーと天皇のツーショット写真を「結婚記念写真」に例え、天皇及び「日本」が負わされた「女性」的記号性を指摘している。

＊54 注＊53に同じ。加納は「戦後三〇余年」たったころ国民すべての母」から「天皇御一家のおやさしいおじいさま」へと天皇の役割が変化していったことを述べている。

＊55 注＊25に同じ。

＊56 注＊48に同じ。島田以外にも、香山リカ(一九六〇年生)『〈雅子さま〉はあなたと一緒に泣いている』(筑摩書房 二〇〇五年七月)、小熊英次(一九六二年生)『日本という国』(理論社 二〇〇六年三月)など、一九七〇年代に子供時代を送った著者、しかも体制側の立場ではないと見なされている著者による書物に、皇室の人に感情移入しその「内面」を代理/表象するものが目立っている。

＊57 島田雅彦・中沢新一「特別対談 列島文化防衛論——縄文・天皇・ナショナリズム——」(『新潮』二〇〇五年一〇月)「網野さん」とは、中沢の叔父でもある歴史学者の網野善彦。

＊58　島田雅彦『美しい魂』（新潮社　二〇〇三年九月）。

経験の実験／一九九五年——荒川修作＋マドリン・ギンズ『養老天命反転地』から

永野宏志

何かをするということの大部分は、散漫でぼんやりして《いる》——同時に、この《いる》もつねに変化し続けている。[*1]（荒川修作＋マドリン・ギンズ『死なないために』）

荒川修作＋マドリン・ギンズの「養老天命反転地」が岐阜県養老町に完成したのは、阪神淡路大震災、オウム事件と続いた一九九五年一〇月である。この年これまで現実と思われていた空間がもろともに崩れ落ちる経験は、誰もが様々なメディアを通して体験し、何かが大きく変わった。被災者でなくてもその感覚が依然としてわだかまっている人も多いだろう。自ら被災者であり、この体験から外傷治療研究を始めた中井久夫は、この研究が「なまなましく」て発表できないと言い、もしするなら「おそらく、複数の経験例を「アネクドート」（小話）に分解し、それを使って一つの「建築」とする他はない」と述べている。[*2]「建築」という言葉を括弧つきで用いたとき、震災後の廃墟からの「建築」という思いがこめられていたのだろうか。

大地の揺れを経験した記憶が生々しい時期に、自らを揺るがす場所が岐阜に建設中だった。養老天命反転地が出現したとき、いち早く体験した芦田みゆきは「養老天命反転地は記述可能か？」と問うた。[*3]震災を体験したなら、このうえ、わざわざ自らを揺るがす必要があるのか。一瞬にして崩れた記憶にさらに追い討ちをかけるような体験をさせるのはなぜか。そう問うこともできただろう。だが、日常の生きた世界では座ってパソコンのキーボードを

［養老天命反転地・全体図］

叩いている時も肩はかすかに揺れている。歩けばさらに揺れ、坂や階段を上り下りすればなおさらその度合いは増すはずだ。にもかかわらず、イメージに縮減されるとその揺れが消え、時間さえも希薄になって、見ている最中に目が瞬いていることとさえ忘れている。

過去の対象ではなく経験を含めた生きた今を記述する場合、「何かについて」という言い方からはみ出るものはたくさんある。そんな時は問いに対する答えを探しても茫洋としている。例えば、すでに環境となった光や重力を対象とするには、記述の仕方を変える必要がある。ニュートンは絶対空間を想定して数学的記述に変換したが、それはこの生きた世界で感じられる光と重力が眩しさや重さ等知覚する身体を消去して可能だった。生きた世界で、光と呼び、重力と呼ぶのは言葉の比喩的能力のおかげであり、対象として扱えるからではない。生きた世界は知覚においてそのつど感じられ気づかれるが、継続する行為は分節できず、類比的に言語で抽出できる程度に留まる。

記念碑でないかぎり、建築は、住む人がいて建築となる。住む人からすればそこはすでに環境である。そこに生きれば見取り図のような無人空間ではなく、行為が含まれる。まして曲面の壁、凸凹した床、上下が逆に感じられるアラカワ＋ギンズの建築作品の場合、視界は歩くたびに変容する。落ち着いて観察できないのは、この体の動きが光と重力をはじめとして行為と環境の変化を時おり気づかせ、視野にのみに注意を向けさせないからである。経験と言語の間には深い溝があり、それらを新たに結びつける方法が問われる

一九九五年は、大地の揺れがこの生きる身体と環境のそのつどの関係として「建築」することが主題化された。それゆえ「建築」の意味も変わった。経験において、それはただの入れ物でなく、生きて行為する関係の継続である。表現においては、中井久夫が述べたように「アネクドート」（小話）のように断片化していくのは必然となる。対象を正確に捉えるには静止し距離を測れる観察が必要だが、対象と観察者両者が揺さぶられる場合、行為を含めた記述が求められるからである。

以下、表現と現代性というこの論集のテーマに沿って、荒川修作＋マドリン・ギンズ（以下「アラカワ＋ギンズ」と表記）の歩みと並列しつつ、揺れる環境と身体、その表現との関係について考察を試みたい。

1　コミュニケーション——意味形成とエクササイズ

一九五〇年代末、ネオ・ダダ・オルガナイザーズでデビューした荒川修作は、六〇年代初めにマルセル・デュシャンに会いに渡米し、パートナーであるマドリン・ギンズと出会って共同制作を始める。初期の意味と記号を揺るがすテーマの作品は、七一年にアラカワ＋ギンズの名で『意味のメカニズム』（第一版）にまとめられた。[*4] 作品とそ

れを見る者、その環境を含めたコミュニケーションをテーマに製作したデュシャンの問いを、この時期のアラカワ＋ギンズは、意味の形成というテーマに集約させている。フリード・L・ラッシュが指摘するように、この書物は読む者に「エクササイズ」を求めている。[*5]眺めるのでも考えるのでもなく、どう意味が作られるのかを体験させようと促すのである。

大判のページを開くと、実際のカンバス作品やオブジェが、一ページあるいは二ページ見開きで縮小印刷されて、シンプルだが様々な文字と記号がきちんと描かれていたり、単語が羅列されていたり、注釈のように絵の上や横に書き込まれている箇所もある。それらの記号の意味はいわゆる美術図録での説明ではない。「エクササイズ」を促す命令である。邦訳で例を挙げると、デュシャンの「階段を降りる花嫁」が描かれてある上に「はい　いいえ　この絵は好きですか」とあり、カンバスの上に走り書きのように「これは何か、少なくとも十回は推量して徐々に結論にたどりつけ」と見る者を足止めさせ、「これを用いよ」（p四九）と「これ」が作品自体を指すのか、書かれた文字自体なのか戸惑わし、一見無関係な二つの部分を並列させ、「AをBとして知覚せよ」という指示がある。いたるところに「エクササイズ」への促しがある。

椅子に固定されて机上に書物を広げる読者は、正解のないパズルを解くような無為が、正解があるという信念から生じていたことを思い至る。「エクササイズ」の繰り返しは、書物という対象を越え、それを手に取り、読むという一連の行為に注目させるのである。理解するまでの環境と身体のコミュニケーションが、作品のフレームの外に広がっている。だが、アラカワ＋ギンズは、コミュニケーションを作品と鑑賞者に限定しているわけではない。

ここからコミュニケーションというテーマを、いったん記号の側から迂回的に辿ってみたい。美術作品あるいは書物という対象と見る者との関係をコミュニケーションとして見直すと、コミュニケーションの相互的関係が主題となるのは情報通信研究が本格化する二〇世紀中頃である。それまでのマスメディア的コミュニケーションは、大衆へ一方的に情報伝達するタイプである。この場合、相互的なコミュニケーションの形成や多様な方向性はまだ見えていない。双方向的なコミュニケーション研究は、第二次大戦を挟んだ「通信理論」(communication theory) の総合研究において、アメリカ、ヨーロッパ、ソ連などの国々が、様々な分野の専門家を集めて、「情報」という概念を基点として始まる。

イギリスのコミュニケーション・リサーチ・センターでの講演を集めた『コミュニケーション』(一九五五) 冒頭、主催者のB・アイフォア・エバンスは「人が互いに他に影響をおよぼしあうための符号 (サイン Sign) および記号 (シンボル Symbol) の使用法」についての領域横断的な研究の必要性を説いている。*6 第二次大戦中の電気通信情報技術の飛躍的な発達や遺伝子工学など生命情報の研究の深まりは、言語だけに留まらず身振り、環境や生体内、生体間の様々な「インフォメーション (情報)」が行きかうコミュニケーション空間として世界を把握可能にした。

情報を単位としたコミュニケーションからメディアの成り立ちを考える場合、変わり行く環境での双方向性の設定が重要である。それは人間の「言語」に留まらないコミュニケーションも多く含む。例えば、情報発信する側のコミュニケーションの場合、ヒト以外の哺乳動物なども発信者となる。彼らは鳴き方を変えて仲間や敵にメッセージを伝え、ほとんどの場合自分の置かれた状況と切り離してメッセージを相手に発しないのを主な特徴とする。サイバネティクス研究を目的としたアメリカのメイシー会議*7の主要メンバーだった生態学者グレゴリー・ベイトソンは猫とヒトのコミュニケーションの違いをデジタル/アナログという二つの概念によって説明している。

たとえば家の飼いネコがお腹がすいた。空腹を訴えたい。しかし「空腹」も「ミルク」も指して言うことはできない。どうするか。そのときネコは母ネコに対するときの子ネコに特徴的なしぐさや鳴き声を、飼い主に対して示すのだ。そのメッセージを言葉に翻訳するとしたら、「ミルク!」は正しくないだろう。むしろ「ママ！」に近い。もっと正確に言えば、「依存」だろうか。空腹のネコは「依存！　依存！」と鳴く。関係がそのように動いてきたことを、そうやって相手に伝えるわけだ。そして、この一般的・抽象的に示されたことをもとにして、具体的なレベルへと演繹的なプロセスをたどり、「ミルク」を特定するということが受け手に課せられてくる。この、演繹的ステップが要求されるという点が、哺乳動物の前言語的コミュニケーションの、人間の言語ともハチのコミュニケーションともはっきりと異なった特徴なのである。[*8]

（「クジラ目と他の哺乳動物のコミュニケーションの問題点」）

子猫が母猫に鳴く場合、例えば「ミルク」という単語を発するのではなく、母猫との「依存」関係を示し、状況に密接な情報を伝える。コンテクスト依存度が高いこのような一回性のコミュニケーションを、ベイトソンは「アナログ・コミュニケーション」と呼ぶ。それに比べて人間の言語はコンテクスト依存度が低く、「デジタル・コミュニケーション」の度合が高い。「人間において語句による言語 verbal language が獲得されたことのほんとうに新しい、素晴らしい点は、それによって抽象化や一般化が可能になったということではない。むしろ、関係以外の事柄を具体的に特定することが可能になったということだ」（ベイトソン「遊びと空想の理論」[*9]）。ヒトが上記の子猫と同様の状況なら、「ミルク」なる言葉を発し、対象の特定もできるだろう。デジタル・コミュニケーションの特徴は対象の限定と他との区別にある。状況を前景と背景に区別し、対象を言葉として切り離すことで状況の制約から自由である。

この種のメッセージが明確に提示可能なのは声や鳴き声の場合である（典型例を挙げる際も状況からの区別が行われている）。ベイトソンの例に従うなら、身の丈の世界の拡大は声の範囲の拡大である。声が大きくなるというのではない。アナログからデジタルへの転換が起こるのである。デジタル化にはテクノロジーが関与する余地がある。一方で、コミュニケーション研究では、メッセージのやりとりが身体を基点として複雑なステップを踏む点がマスメディアの一方向的伝達とは異なっている。エバンスと同じ書物の中でA・J・エイヤーは、コミュニケーションを「声」のデジタル的拡張としてのテクノロジーと結びつける。

この伝達（メッセージ）という問題は、人間の声を延長したと見なしうるもの、すなわちペンやインクと紙、印刷機械、電話、電信、ラジオ、等々のものを導き入れてくる。さらにメッセージの受容に伴う生理学的諸過程や、受けとる側によるメッセージの記号解釈（ディコーディング）、またその解釈を表現しているシンボルの意味や指示作用、といったものも介在している。
（「コミュニケーションとは何か」）

だが、デジタル化の方向に進むコミュニケーションの一方、「受容」する側を考えると、デジタルな世界の拡張とは別に「生理学的諸過程」を行う生きた身体が依然として基点となっている。エイヤーは「伝達の過程は絶対に過ちを犯さないものではない故に、受けとる側が最後的に受容するメッセージは、発信者が実際に送ったものとは異なりうるし、またさらに発信者が送ろうと意図したメッセージとは異なるかも知れないのである」という（同）。人間の歴史は生存のために距離を知覚する感覚器官（眼・耳）を特化するが、コミュニケーションは人の世界以外にもあり、また人同士においても多様である。身体における知覚は一様ではなく、五感を考えても距離感や質感の形成にそれぞれ差がある。個々の生命体もその優先順位のつけ方で世界の形成も違うだろう。例えば、陸上生活する哺乳動物の中で、ヒトは視聴覚優先の世界を形成するが、犬はヒトに比べて識別できない色があり、その代わり鋭敏な聴覚嗅覚から世界を形成している。

言語分析の分野からも人間の言語に留まらない動物や生命を扱う記号論が登場したが、この分野に多大な影響を与えた生物学者ヤーコプ・フォン・ユクスキュルは、すでに個々の知覚が形成する世界を「環世界」(Umwelt) と呼び、客観的に与えられた環境 (Umgebung、geben は「与える」の意) と区別し、自ら形成する知覚世界の集まりから世界の形成を記述している。

この目のない動物は、表皮全体に分布する光覚を使ってその見張りやぐらへの道を見つける。この盲目で耳の聞こえない追いはぎは、嗅覚によって獲物の接近を知る。哺乳類の皮膚腺から漂い出る酪酸の匂いが、このダニにとっては見張り場から離れてそちらへ身を投げろという信号 (Signal) として働く。そこでダニは、鋭敏な温度感覚が教えてくれるなにか温かいものの上に落ちる。するとそこは獲物である温血動物の上で、あとは触覚によってなるべく毛のない場所を見つけ、獲物の皮膚組織に頭から食い込めばいい。こうしてダニは温かな血液をゆっくりと自分の体内に送り込む。人口膜と血液以外の液体をもちいた実験で、マダニには味覚が一切ないことがわかった。膜に孔をあけたあとは、温度さえ適切ならばどんな液体でも受入れるからである。

(『生物から見た世界』序章)

触覚と嗅覚でできたノミの世界では「生きた主体なしには空間も時間もありえない」(同右)。生きた主体ならどんな生物でも、客体として与えられた世界 (Umgebung) の前に、自ら作り出す世界 (Umwelt) が存在するという。ここから彼は、ヒトという生命体では「視空間」と「触空間」が「対立」していると捉え返している。[*10] ヒトの「環世界」は他の生命とコミュニケートする「触空間」を「視空間」が圧倒しているというのである。第二次大戦後、この「対立」がさらに拡大する中で、コミュニケーション研究は、情報伝達の概念を人間以外の生命に広げて行った。

双方向性が身近になったWeb時代の今も、なお身体の動きや重さの感覚を最小限に抑えるフラットな道や立方体の空間に囲まれた「視空間」がほとんどであり、一方向的なマスコミュニケーションが支配的である。アラカワ+ギンズが注目するのは、ユクスキュルの分類に従うなら「触空間」と「視空間」の関係である。彼らの作品は現代のこの環境において、「視空間」から「触空間」へシフトを促し、視聴覚優先の環境でどう意味が形成されているのかを「エクササイズ」させる。この「エクササイズ」は、いったん生命としてのレベルから出発させ、現在の世界とは別の構築からなる世界の可能性も、「エクササイズ」する者に予感させるものとなっている。

2 メディア──ブランクとサイレンス

『意味のメカニズム』では、言葉の配置や記号の意味を強いて読ませ、意味からなる世界を形成の場面からやり直す「エクササイズ」を促す。が、その傍らでアラカワ+ギンズはベクトル空間を思わせる矢印や様々に交差する線を描き始めていた。この部分が前景化するのは七十年代から八十年代にかけて製作された大画面絵画である、(「精神の/ヴォリューム/動詞しつつ/を/無関心 No. 1, 2」1974-77、「声/そして/または/ヴォリューム/動詞しつつ/を/無関心」1976-77、「ブランク・ステイションII」1981-82等)。記号が減少したのではない。サイズが巨大化することで記号より先に線形空間が見る者を圧倒するのである。

例えば、展示室の壁面全体を占める十五メートル近い絵画作品に近寄り、カンバスに沿って歩くとする。細部に書かれた文字や記号を見えるが、絵画全体をパノラマ的に把握するのは難しい。離れれば文字が見えなくなり、近づけば文字として捉えられ意味が形成される過程を体験する。カンバスを何枚も繋げたこの類の絵画では、見る者の身体の動きに視野が相即している。壁に掛けられた絵にロープを手繰って傾斜を登って見せる作品群でも、同様の経験が可能だろう。体験するのは絵画と自己の関係の外なのだが、それは絵画の枠の外側ではない。アラカワ＋ギンズが語る「ブランク」とは特定の場所＝余白のように示せるものではない。動きによって変わり、しかも至るところにある。力動的なベクトルのように多方向に交差するおびただしい線は、フラットな平面の描かれていない余白ではない。遠ざかっても近づいても見え、作品を離れた後もしばらく記憶に刻まれるほど印象的である。それは一方向 sense を示さないという点でまさに無意味 non-sense である。逆に言えば、いたるところに偏在しているのである。

この点で、情報通信理論でのノイズの役割とは異なる。ノイズは機械を通して読み取れる意味から想定され、それへと確率的に方向付けられうる可能性である。これはベイトソンの示したデジタル・コミュニケーションに属している。例えば、クロード・シャノンが真・偽、「かつ」「または」の論理式を機械のスイッチに対応させて情報量を定義できたのは、電子的メディアがそれ以前のメディアに比べて格段とデジタル化可能なメディアだからである。齋藤嘉博は「顔が見えない、声の届かない遠隔地とのコミュニケーションが必要になったころから、メディアはメッセージとその流通（運搬）に次第に分化してきた」という。[*11]

多くの労力を使って「もの」を運ぶということなしに情報を伝達しようとする試みは早くからなされていた。山の上であげるのろしはその一つの方法であるし、シャッペの腕木式信号機は五五六カ所を結んで全長四千キロを超えるネットワークにまで発展した高度な技術であった。近年まで特に艦船の間の情報交換に用いられていた手旗信号もそのうちの一つだろう。しかしこうした方法には見通しの位置と距離の選定、気象状況などの制約があった。ベルの電話の発明、そしてその前に行われていたモールス（Samuel F. Morse）の電信は、二点間の間に電線を張りさえすれば、ものの移動によらないで情報だけを伝送できる。直接見たり贈物を送ったりはできないが、とにかく遠くの声をリアルタイムで聞くことができる、これはまさに情報の流通革命であった。この時から、それまでのコミュニケーションの様相は全く変わって、電気通信はめまぐるしい発達を遂げ現代の情報化社会へと繋がっていく。

（『メディアの技術史』）

技術史から捉えると、メッセージの流通の歴史は場からモノへ、そしてモノからの離脱というデジタル化の段階を経る。二十世紀に技術革新が次々起こった電気のメディアでは、通信機械の媒介によって情報は印刷物というマテリアルから離れ、伝達もリアルタイムで可能になった。モノから離脱した電子的情報にアクセス可能になったのが「フラット化」と呼ばれる現代である。モノと情報がまだ分離しない印刷メディアまでは、読む行為を制限する紙としてマテリアルの上で、その場で面と向かう話し手と聞き手というコミュニケーションの比喩もまた使えたが、電気のメディアでは送り手と受け手という機械を介した関係が前提となる。だが、変わっていないことがある。身体は固定され、行為とともに知覚する場面が縮減される。身体に密接した感覚より、身体から離れて制御可能な視聴覚へ特化し、デジタル・コミュニケーションを優先する方向性である。

仮に五感に分割してみると、聴覚のほうでは、グラハム・ベルの固定電話から見れば、確かに現代は携帯電話に形を変え、格段のモビリティを獲得している。一方、視覚のほうは、フィルムからビデオテープ、そしてＤＶＤへとソフトは変わっても、身体を固定して見る空間の設定に構造的な変化はない。文字文化の尻尾を引きずるオフィスのパソコンでは、椅子に座った姿勢で情報がやりとりされている。だが、モビリティを獲得しても、発信と受信のやりとりは固定されたままなのである。一方が話し他方が聞くコミュニケーションでは、意味の理解が優先であるほど双方向性は同時的ではない。同時に話せばノイズとなる。

音楽の聴取空間に限ってもコンサートホールからレコード再生するステレオへ、そしてテープ、ＣＤとモノに付随していた情報が、それ自体でダウンロード可能なMP3へと向かうことは、外のノイズを締め出すイヤホンによって可能である。ノイズ処理を施された音楽は座る姿勢を強いたコンサートホール空間よりも徹底し、空間の制限を解いたぶん時間を占有する。聴取者はそのような時間の中で、送られてくる情報を選んだり中断する権利だけが与えられている。

情報がモノから離脱したメディアの中で問われるのは、演奏家から聴き手への一方的な関係である。すでにピアニストとして著名だったグレン・グールドは、六十年代に自らの演奏をレコードという録音媒体へ転換している。マーシャル・マクルーハンとの対話の冒頭で、彼は録音に、ただ受身の立場の聴衆から「参加する聴衆」[*12]へと転換する契機を見出している。

録音の影響で生じた最も重要なことがらが関係するのは、録音に携わる作曲家でも演奏家でもなく、録音を活用する聴き手です。録音を活用しているという意味では、私たちはみな聴き手だと思いますが、このことがらとは、聴き手の参加度の途方もない変化を指します。私たちが扱うべきなのはこれです。そして録音は、異なる種類の機会を連結する経路として機能します。この連結の役割との関係が特に深いのは、背景としての録音です。背景としての録音は、それが補強したり付随したりする機会の場と、私たちが聴取し観察をする場とを仲介するのです。聴き手は、録音された響きが強調するイメージを伴う場に実際に参加することが奨励されます。そうした音楽的貢献はほかの活動領域と連携する構造になっているのです。

（「メディアとメッセージ――マーシャル・マクルーハンとの対話」）

グールドはこのパーソナルに編集可能な技術によって聴き手の「参加」の自由度が増すという。彼の主張の背景には録音機材の小型化への展望がある。レコードをターンテーブルにセットして針を落とす聴取の仕方が、ポータブルなテープレコーダーの登場でリスニングルームの外に持ち出せるだけでなく、自ら録音編集して作る側になることも可能性になった（彼自身も録音機材を外に持ち出して録音編集し、多声的構成のラジオ番組「北の理念」を手がけている）。それによって、家庭で他の仕事と同時進行的に「電子的イメージの強襲を受け、自分自身の活動のうちのある部分を放棄」する聴取者のほうは、他の感覚へスイッチしながら行動する身体行為を含んだコミュニケーションも可能になるという。

近年、コンピュータも身体を椅子や個室空間から解放されはじめたが、携帯電話ほどのモビリティを獲得して身体の動きと密接になれば、送り手と受け手に限ったコミュニケーションの前提は揺らぐだろう。しかし、現状の携帯電話にはゲーム、ウェブ、音楽コンテンツ、カメラ等豊富にあり、立ち止まったり座ったりして操作するために時間を割くよう強く要求してくる。フラット化を推し進める次世代Ｗｅｂ２・０と呼ばれる世界ではもはや移動すら不要になる、という主張は、モビリティを密室空間の拡張として捉えるなら、ハードウェアが変わっただけである。

聴取空間は急激に小型化が進み、歩く行為に馴染むようになるが、機材のハード面と同時にソフト面での変革がなければ、たとえ「参加する聴き手」であっても作り手から音楽を一方向に与えられる情況は変わらない。コンサートホールから聴取者を解放するには、音楽自体を外へ解き放つ可能性も含まれる。音楽自体の変革は、楽器からの音の離陸というかたちで現われる。「四分三十三秒」（一九五二）という無音「作品」で、ジョン・ケージはメロディーを強制されるコンサートホール空間の聴覚中心の知覚から「サイレンス」に包まれる行為する知覚への転換を試みた。この発想について、彼は「無響室」体験を取り上げる。

私がこういうことを言うのは、人間が置かれている状況があきらかに客観的（音―沈黙）ではなく、むしろ主観的（音のみ）であり、意図されたものとその他の意図されないもの（いわゆる沈黙）とがあるからなのだ。このことが分かるのは、一九五一年のテクノロジーで可能なかぎり静かな無響室に入り、自分自身が意図せずに出している二つの音（神経系統の作用、血液の循環）を発見するときである。そのためには、音が沈黙を明確に定義された対立物として含んでおり、また、沈黙について制定できる唯一の音の特性が持続であるため、音と沈黙を含むどのような正当な構造も、西洋で伝統的に行われてきたように、振動数ではなくまさしく持続にもとづくべきだということを、あらかじめ納得しておかなくてはならない。

（「実験音楽―教義」）

音は何かを表現するものではなく単なる「持続」である。「電気楽器」について語るように、「音は何も成し遂げない。音なくしては、生は一瞬たりとも続かないだろう」[*13]というケージの「音」とは、電子的存在である。もちろん、シンセサイザー音のような特定できる音ではない。ケージは何であれ、楽器というモノから音を分離したのである。「音」は「その周波数、音量、長さ、倍音構造、さらにこうした特性や音そのものの正確な形態を、まったく厳密なものにしておかなくてはならない」持続である。

五十年代、ケージはこの持続に様々な接近を試みている。シンプルなピアノ作品では、俳句を題材とした音の持続そのものを誰かに宛てて贈るメッセージとし、音楽をコミュニケーション・ツールとして捉え直すもの（「Seven Haiku」、「Haiku」）や、街を歩くと音が飛び込んでくる作品（「Music Walk」一九五八）がある。例えば「Music Walk」をＭＰ３にダウンロードして屋外の雑踏を歩きながら聴くと、音楽作品の始まりと終わりという区切り自体が曖昧になる。屋外の様々な情報に混ざり合い、ともすると作品が終わったのも気づかない。またはクレジットされた九分〇三秒のデジタル表示を見ながらでも、それがヘッドホンからの音なのか、外から聞こえる周囲の音なのか区別できないことさえある。他からダウンロードすることなしに、小鳥のさえずりや自分の足音が音楽となる。自分の体や環境が楽器であり、そのコミュニケーションが音楽となる。このとき聴取者と作曲者どちらでもない。この音楽ジャンルにおけるノイズからサイレンスへの転換は、電気のメディアの現代において生きた日常の場面に届くための試みである。

アラカワ＋ギンズの大画面絵画でのおびただしいランダムな線の交差する線形空間が、行為に接続される契機となるのは、カンバスというモノから線が離陸し行為のごとに記憶にまとわりつくように滞留する場合である。このとき、余白という束縛から解放され、行為の持続の場を視覚化した「ダイアグラム」として感得可能となる。大画面絵画を経てアラカワ＋ギンズは『死なないために』（一九八七）という小さな書物を出版している。[*14]『意味のメカニズム』の大部分を占めた絵画、図、記号はなく、白いページごとに一つ短い文が断章のように置かれ、文の内容も「ブランク」を主要なテーマでとしている。邦訳は左側に英文が、右側に日本語訳があり、三浦雅士訳ではblankは「空虚」という語があてられている。

《私》という領域、そしてそのほかすべての出来事の領域は、空虚を通して互いに浸透し合い、空虚のなかで互いに影響し合う。そしてまた、この中間的な領域は、《外部》をかえるのとはまさに同時に《私》を変えながら、《私》のなかへと、あるいはうえへと踏み込んでくるだろう。空虚が《私》を鋳直すように、私も空虚を手さぐりする。

（『死なないために』）

大画面絵画を見る「《私》」（I）も、展示室の壁「《外部》」（outside Given）も、同時に変える「空虚」（blank）は、視覚野に広がる巨大な絵画を超えている。動けば今見ている視野以外の未来や過去へ向かう経験へと「手探り」する度合いが格段と増すからである。ユクスキュルのいう「触空間」がそこに広がっているともいえるだろう。ただし、それはニュートンが設定した絶対空間なのではなく、力と力がせめぎ合うベクトル空間である。それは外側の与件である《外部》(outside Given) でも変わる場であり、行為のごとにそのつど《私》との関わり方も変っていく。そこは命を持たないモノたちが配置される空間ではない。生きて行為する生命が住まう場所なのである。

『死なないために』と題された小さな本には、読む者を含めた生きた世界を「手探り」させる「エクササイズ」がある。机や床の上に置かなくては開けない『意味のメカニズム』から見れば、モビリティの上がったこの小さな書物を読みながら歩いていけば、視野は制限され「手探り」で生きた世界に出会うのはもちろんだろう。文庫や新書との違いは、文字の向こうの別の世界に誘うのではなく、今歩いて読んでいる個々の生きた世界そのものに触れさせるという点にある。

移動する場合、室内で座っているよりもノイズやアクシデントの侵入頻度は高いが、そのぶん、歩きながら他の多様なコミュニケーションにも開く環境にいるともいえる。不確定で偶然をはらんだ環境とのコミュニケーションからこの世界を捉えれば、ノイズやアクシデントとしてネガティヴな価値を与えられたものが、逆の価値に変わることもある。機械との関係も以前とは違っている。モビリティを獲得したＩＴツールを持って屋外に出て、サイトを開いて情報を見たり、通話やメールをしながら生活することは、視覚野を限定しながら、他のコミュニケーションを締め出しはしない。この価値転換を通れば、椅子に縛られ麻痺させられていた知覚する身体の側では、生きた世界が構成され続けていることに気づかされる可能性は高まるのである。

ジョン・ケージがモノから「音」を分離したとき、新たな問いが提起されていた。生きているとはどういうことか。モノを配置したり流通させたりする空間にもそれを意識する主観にも、生命を感覚する余地はない。皮肉にも電子的レベルにシフトすることで行為の持続の次元が注目されたのである。

ケージの「音」は「周波数、音量、長さ、倍音構造、さらにこうした特性や音そのものの正確な形態」で定義されていた。例えば周波数には人間に知覚し得ない広い領野があって、他の生物とは聴取可能な幅が違う。また体内でも空腹時におなかのなる音のような内感や、脈動や心臓の鼓動や息を吸う無自覚な音もある。神経が過敏であれば、耳が鳴り、まぶたの開閉すら粘着的な質感で捉えられる場合もある。世界がモノを置く空間でないのと同様、身体も情報をただ受容する容器ではない。目の前は依然としてフラットな空間が広がり、認識はリニアな時間に沿って動くことに慣れ親しんでいるにもかかわらず、生命は自ら宇宙を作り、その多種多様な集まりとして世界が捉えられるのである。

ここにはメディアという考え方の根本的な変更が含まれる。この変更は、入力／出力の関係自体を変える可能性を含んでいる。作品というメディウムを視覚中心の知覚で捉え、作者の表現とする場合、作品が作者の考えが入力され、他者に出力される関係を保つためには、鑑賞する側の身体を固定する美術館やコンサートホールが必要である。そこを出ることは誰でもできる。だが、そこに根付いた感覚の体制そのものが変わらなくなっているとすればどうか。もしそうなら、現実に自ら世界を作る身体と環境の関係を構築するよう促すことである。それを、フラットな空間と身体を背景化し、視聴覚を特化させたリニアな時間に従い続ける感覚の習慣の只中に具現化してみるとどうなるか。

アラカワ＋ギンズは、視覚に供されるように絵画を垂直な壁にかける美術館に挑戦するだけでなく、直立二足歩行する人間の身体が作り出す空間概念に異議申し立てをしている。美術館では絵の前に坂を作ってロープを摑ませて上らせ、全体を横長の絵を描いて、見る者を歩かせ、布をくぐって中に入る体験型の作品からさらに建築へと向かう。彼らは美術館のような水平垂直の立方体ではなく、曲面と斜面、凹凸のからできた建築物を製作する。そこでは、二足歩行自体に逆らうそれは「宿命反転」と呼ばれ、この日常を視聴覚的イメージとして見がちな人間の習慣に行為を導入し、自ら別の世界を形成し続けていることを体験させる。

デュシャンと出会ってから四十年後、彼らはデュシャンが便器を美術館空間に闖入させた革命的作品「泉」へのオマージュのように、トイレットペーパーの製作と量産を手がけた。ロールに巻かれた紙に何かが書かれている。トイレ自体が美術館になるならトイレットペーパーは狭い美術館の壁にかけられた作品だろう。見るには手に取り、ロールを引っ張って紙の面を引っ張る必要がある。見ることもまた排泄物を拭くときと同じ身体行為である。

目は肛門同様身体に空いた穴だが、環境に触れる行為は外側から受動的に接するのではない。内側から排泄するように接していく。さらに言えば、排泄という行為は能動／受動のような意志を起点とした区分の外にある。単に美術館からトイレに展示空間が移行したのでも、見る者と対象の境界が曖昧になるのでもない。視覚が設定する時空間のパースペクティヴ自体が「反転」し、行為が時空を作っていく。

一九九五年に完成した養老天命反転地は視覚的なパースペクティヴを不可能なものとして要求する。航空写真でその全体を鳥瞰すれば、大小さまざまの日本列島の形が見て取れる。だが、この形を敷地内で思い浮かべながら歩くことは難しい。巨大な凹レンズの中に、様々な凹凸や傾斜があり、そこにはオブジェが置かれ、様々に着色されている。体のバランスを保ちながら、凸凹の接地面に足をとられたり、時には手を突いて四つん這いにもなる。歩

［養老天命反転地・鳥瞰図・大小の日本地図が見える］

くたびに視覚の距離感が変動するだけではない。遠くからの声が近くに聞こえたり回り込んでくるので、聴覚による距離計測も難しい。

この敷地に入ると、まず「極限で似るものの家」(The Critical Resemblance House) に出くわす。この「家」は様々な曲面の壁で囲まれ、ソファやキッチンや椅子が天井にくっついたり斜面に設置されたりしている。屋根の部分は航空写真では岐阜県の形をしている。案内図を手にこの「家」に入るなら、屋根の見える部分から鳥瞰図のイメージが頭を占めていることだろう。たが、この奇妙な「家」の中にいったん入れば、パースペクティヴは変質している。天井のキッチンを見上げて壁を支えにして狭い隙間を移動すると椅子やソファに躓くこともある。鳥瞰図は今歩いている現実と繋がりにくくなる。「養老天命反転地使用法」[*15]では、この「家」でなすべきことの指示がある。

△何度か家を出たり入ったりし、その都度違った入口を通ること。

△中に入ってバランスを失うような気がしたら、自分の名前を叫んでみること。他の人の名前でもよい。

△自分の家とはっきりした類似を見つけようとすること。もしできなければ、この家が自分の双子だと思って歩くこと。

△今この家に住んでいるつもりで、または隣に住んでいるようなつもりで動きまわること。

△思わぬことが起こったら、そこで立ち止まり、二十秒ほどかけて（もっと考えつくすために）よりよい姿勢をとること。

［極限で似るものの家］

知覚の降り立つ場：あらゆる出来事を識別すること

イメージの降り立つ場：知覚の降り立つ場と場のすき間を充たすところ

建築の降り立つ場：ディメンションや位置を確かにすること

△どんな角度から眺めるときも、複数の地平線を使って見るようにすること

△一組の家具は、他の家具との比較の対象として使うこと

△遠く離れている家同士に、同じ要素を見つけること。最初は明らかな相似を見つけ出し、だんだん異なる相似も見つけ出すようにすること

（荒川修作＋マドリン・ギンズ「養老天命反転地使用法」）

この指示をあらかじめ読んで頭に入れる必要はさほどない。そこにいるとそうしている場合が多いからだ。何度も別の入口から出入りを繰り返し、声の乱反射する曲がりくねった壁の間をすり抜け、凸凹の床を歩くうちに、岐阜県の形をした鳥瞰図がどんな性質のものだったのか思い至る。自分の家の空間把握に似ている。自宅は平面で囲まれ視覚に供される環境だった。身体を静止し眺めることができるからである。この空間イメージがここでは危機に瀕する。その極限でこの「家」自体が自分の行為とともに作られていく感覚が生じれば、アラカワ＋ギンズが「家」を「双子」と呼ぶように指示した位相空間に入ったことを告げている。先ほどの指示に三つの「降り立つ場」(Landing Site) が示されるが、河本英夫はこう解説する。

赤ん坊がハイハイしながら前進しているとき、前方に大きな穴があれば、はっとそれを見てる。このときまなざしは、赤ん坊の位置もしくは前方の穴にランディングしている。ランディングすることは一つの行為であり、そのさいサイト（場所）を占めることは、ランディングが一時的にしろ確定することである。たとえば知覚の場合は、形態化が知覚内容となる。ランディング・サイトそのものは、世界内での出来事であり、同時に出来事を作り出す動きでもある。*16

（『建築する身体』基本用語解説）

ハイハイする際のまなざしは身体の動きと密接である。二足歩行以前に鳥瞰的なパースペクティヴがないなら、このようなまなざしを向けることが「降り立つ場」をそのつど形成するからである。トイレットペーパーへのまなざしも直立した姿勢ではなかった。屈んだ姿勢が、排泄物とまなざし両者を「出来事を作り出す動き」に関わらせる行為の次元に降り立たせる。これを人間の側から記述すれば、他の生物の「盲目」に対する人間の「視覚」中心の「環世界」から構成することになる。ヒト特有の「環世界」を、ピエール・レヴィは「集合的知性」と呼んでいる。

集合的知性の概念は、不可避的に昆虫の社会の働き方を思い起こさせる。蜜蜂、蟻、白蟻。そうはいっても、人間のコミュニティは白蟻の巣とは根底的に異なっている。

あらゆる違いがここに由来する第一の相違は、集合的知性が私たちにおいて思考しているということである。それに対して蟻は、ほとんど不透明でホログラフィックとは到底言えないような一部分であり、知性的蟻塚の無意識的な歯車である。私たちは、私たち自身の知性を向上させ変容させる集合的知性から、個人的に何事かを享受することができる。私たちは、各々が自分たちの仕方で、グループの知性を部分的に含み反映している。反対に、蟻は、社会的知性から非常にわずかなものしか享受しないし、取るに足らない見方しか得ることはない。蟻はそこから心的増大を受け取らないのだ。蟻は従順な受益者であるので、盲目的にしかそこに参加しないのである。[17]

（「知性のヴァーチャル化と主体の構築」）

「集合的知性」は、ヒト特有の知覚からなる「環世界」が集合した世界であり、意識や言語はその一部である。ユクスキュルの息子トゥーレの表現では、世界は「環世界」というモナドが「泡状」にひしめき合う状態だが、[18] 視聴覚を優先した「環世界」ではこの身の丈を包む「泡」に気づくのは稀である。一方、この希薄さが「泡」の制限を超えて「集合的知性から、個人的に何事かを享受することができる」能力にもなっている。ベイトソンがコミュニケーションを分析した際に他の動物とは違うデジタル・コミュニケーションの特性はレヴィによれば人間的な知の形成とかかわる。

思い起こしたいのは、ユクスキュルが「視空間」と「触空間」の「対立」と呼んだ人間世界の構成である。二つの「空間」がヒトの「環世界」の場合、相互に「対立」し合うことを、レヴィの「集合的知性」が示唆している。彼も蟻の「無意識的歯車」との「対立」として描いている。だが、持続的な行為の中では、けっして「対立」としては

［「切り閉じの間」入口］

取り出せない。レヴィの蟻の「盲目」の比喩にそれが表れている。

蟻の社会のような「盲目」は、ヒトの場合危機で出現する。だが、それはどこか茫洋とし、不快なものに留まっている。「どうしてそうしたのか」と問う場合、行為は無意識のように制御できず、それ自体で活動しているように感じられる。意識を保ち、今見えているものが何かを把握しながら、同時に歩く身体を意識することは難しい。この関係を「対立」ではなく相互隠蔽としたのはヴィクトール・フォン・ヴァイツゼッガーである。彼は蝶の飛ぶ姿を目で追うとき自分の姿勢を思い描くことの困難という例で、知覚と行為の関係を「回転扉の原理」と名づけた。[*19]

養老天命反転地の曲面や凹凸は「回転扉」の加速装置である。それによってアラカワ＋ギンズは、行為する生命においては両者の密接な体験を促す。この中で、「切り閉じの間」（Cleaving Hall）という真っ暗な地下空間での体験は、それを明確に感じとれる。Cleave は肉を切る行為をイメージさせ、切り裂くという意味が一般的である。しかし、「切り閉じ」という訳からも、前景と背景を分割する「視空間」は行為の持続においては「触空間」と密接であることが理解できる。視覚が使えず声を出しても方向の定まらない狭い凹凸の通路を不安になりながら、手を伸ばしてソロリソロリと歩いた後に Cleave の感覚が起こる。明るさが戻って視覚が利く場所に出たとき、元の空間に戻ったと思う一方、その明るさを見ている自分の姿勢を内側から思い描ける時間がしばし続く。ハイハイする赤ん坊のまなざしのように、今自分の身体が世界に降り立っていると感じられるのである。

テクノロジーは危機において発展し普及拡大する。一九九五年という危機の年は、携帯電話が普及し、後に日本でのインターネット元年と呼ばれるメディア・コミュニケーションが新たな段階に入った年だとされる。生きた現実世界は崩壊しているのに、Ｗｅｂの情報速度が新たな世界を作っていく。アラカワ＋ギンズはこの両者を無理に一致させようとするフレーム自体に挑んできた。その溝がバックリと口を開けた年に、偶然にも体験型の巨大作品として出現させたといえる。「視空間」と「触空間」は別々のシステムであり、それらの接触の仕方を変えるのは、個々に体験する者たちである。身体にも知があり、別の世界の作り方があると感得するのは日々生きる我々である。

4　生態――フラット化とフラットランド

危機においては、世界を「フラット化」するというＩＴ社会であっても、[20]「環世界」は情報整備された「環境」の裂け目に、個々の生命の知覚を取り込んだ特異な世界として存在している。視聴覚に特化した「環境」もまた、人間特有の「環世界」でありそれらが集合して生態を成している。この生態がいったん崩れ、変調をきたせば、視聴覚を優先した世界は、他の哺乳動物に近い世界へとシフトする。この両者をヒトは生きているのである。

もし視聴覚が三次元空間に関わる知覚だとすれば、それが利かない世界を二次元世界として表現した小説がある。Ｅ・Ａ・アボット『多次元★平面国』[21]の二次元世界はユクスキュルのいう「触空間」を視覚イメージに変換した話である。主人公スクエア氏はフラットランドに住む二次元人であり、彼の前にふいに現れ、迫ってきたり遠ざかったりする円形の登場人物と対話をしながら、三次元という別次元について学んでいく。相手が消えたり迫ってくる動きを、スクエア氏は円の拡大縮小の動きとして捉える。しかし、三次元からすれば拡大縮小を繰り返す円は、球という立体の次元を一つ減じた姿に過ぎない。このフォルムを想像することが二次元人クスエア氏には難しい。小説では、読む側が二つの次元を行き来できるよう、語り手が二次元と三次元を見下ろす位置にいる。身体の物性を排除された天使のような語り手が鳥瞰する第三の世界である。とすれば、語り手を取り除き、その世界に視点を移して、このフラットランドの住人と三次元人の接触のしかたを考えることができる。

視覚が三次元の二次元への射影なら、二次元人は「見る」という行為はできない。三次元人の侵入を二次元人自らの知覚で捉えれば、球体を切った円は見えないだろう。盲目に近い知覚として想定すると、圧迫感などの度合いとして「感じる」、「そんな気がする」というレベルである。鳥瞰もできず、時空間の設定も強弱が基準とすれば、強度でできた世界である。

この世界を「視空間」に対する「対立」として見れば、「盲目」への激しい恐怖で満たされる。視聴覚に特化した空間が天災によって一時的に払拭された関西の震災後の中井久夫の報告は、精神医療の側からの視聴覚空間と建築の関係の重要な指摘と思われる。巨大地震の直後は、体の揺れがふと意識する程度でも、さらなる余震の予兆として感じられおびえる状態がしばらく続くという。[*22] ライフラインが寸断された生活がしばらく続くという状況もあるだろう。だが、さらに時間が経過すると、「記念日現象」とも呼ばれる症状が出てくるという。

ただ、来年の一月には、一時的に、震災の日、震災直後の日々の記憶が異常に蘇ってきて辛い思いをされるかもしれない。そうであっても不思議ではない。これは「記念日現象」といっても必ずいっときである。震災の生々しい写真は、見ないか、軽くみて過ごすのがよい。震災後ストレス症候群は視覚映像によってもう一度強まることが多い。通り過ぎた過去の悲惨がまた鮮明な映像になって眼の前に現れることは過去になかった。

（「半年がすぎて―七月―」）

テレビ普及以後の新しいことなのである。[*23]

一九二三年の関東大震災時にはなかったTV等の視聴覚メディアの過剰な報道が、この現象を引き起こす可能性があり、直接の経験以外でもPTSDが起こるという。さらに、ひと月後の報告では、「映像をみた人」だけでなく、「その物語を聞いた人にも起こる」と書き加えられている。

PTSDは、直接の被災者ばかりではない。被災地にはいった救援者にも起こる。被災者の直接目撃者だけではなく、その映像をみた人、その物語を聞いた人にも起こる。いみじくも麻生課長は「全国民が被災者ですよ」と私に語った。実際、救援にきた精神科医で、以来三ヶ月、昼は緊張がとれず、夜は睡眠が浅く悪夢に悩まされるといって、被災地を再訪してくる人がある。神戸に長く住んだ人で震災直前に転勤して、見覚えのある懐かしい街並みが燃えるテレビ映像をみて、目がかすみ耳が聞こえなくなった人もあった。[*24]

（「阪神・淡路大震災後八ヶ月目に入る」）

経験が知覚世界を超えるのは、自我の形成自体が想像的なものだからかもしれない。しかし注目したいのはもっと些細な点である。過酷な現場に踏み込んだ精神分析医療からみれば的外れだろうが、テレビを見る部屋や物語を聞く街角は視聴覚自体に負荷をかけすぎる環境なのではないかという点である。震災の五ヵ月半後に神戸に着いた医療人類学者ジョシュア・プレスラウは、PTSDとは違う「外傷性ストレス反応」（PTSR）という考えを示し、「PTSRは「異常な状況における正常な反応」であって」「PTSDと「語り」的構造は共通であるけれども、外傷を体験した全人口を包含し、病ではない」と述べ、それ以外の人々の存在を強調している。[*25]

その際、プレスラウは、両者の違いを「強調してはいけないと自戒しつつも」「お祭りの人類学的特性」との類似と比較を通して、PTSDとPTSRの違いの説明に関連付けている。お祭りの時間構造は、終わりを予め設定できていて、そのアカウンタビリティ（説明責任）も因果関係がはっきりしているのに対し、地震体験の場合、両者の終結という区切りがないという仮説を立てて、二つの外傷の違いの説明を試みている。

私と話した多くの人たちにとっては、あの時期が各自の現在の体験をも支配しつづけており、彼らには済んだこととは思えないのである。そうでない人たちはあの時期との決着は付けたと思っており、彼らの過去の歴史の一部に化してしまっている。この意味で、PTSD概念とPTSR概念とは体験の終結行為に関係がある。もしこの方式で体験を了解できるならば、断絶した時間感覚を定着させたことになるのである。

（「一人類学者から見た阪神大震災への精神医学的応答」同右）

ここから、直接被害を受けた場合にも二つの可能性があり、「震災外傷に由来する障害の本性が病的なものにあらず」、その後「「正常」な反応を分離してそれに応答することになってしまうと、「異常な」反応がいっそうひどいスティグマを帯びるという可能性もある」と結論づけている。プレスラウからすれば、「記念日現象」と呼ばれる間接的な精神的外傷も、反復的に流れる映像で「いっそうひどい」ものになったケースのように思われる。テレビモニターを見ることが、どんな空間なら可能かという些細な問いは、機械のコンパクト化や音の明確化など、ハード面を作り変えながらソフト面の本性を変えず過剰に特化してきた環境について考える余地を与える。ソフトの面を変えるためにハードを作る場合、その問いは「建築」への問いとなる。この「視空間」優先のフラット化する世界に接続されたヒトの「環世界」自体を、身体行為の「触空間」において変えるアラカワ・ギンズのプロジェクトは、もっと生に本質的な場面で、それを特化させるヒトの「環世界」の本性を変えることに傾注している。「たえず環境を慣れ親しんでいるものに変えることによって、誰もが前に進んでいる」というアラカワ・ギンズは、それを「くつがえす方法」を二つ提示している。[*26]

一つは、環境をきわめて凝縮して発展させることで、慣れ親しんでいるものに負荷をかけ、それを見知らぬものにしてしまうことである。もう一つは、肉体をひどく執拗にアンバランスな状態に投げ出し、肉体の努力の大半がバランスを取り戻すために使われ、慣れ親しんでいるものの社会＝歴史的な母体の日常的なとりまとめのための、つまり「ひとらしく」あるための余力が残っていないようにしてしまうことである。

（「A＋Gの未刊のノートより」）

ユクスキュルのヒトの「環世界」における「視空間」と「触空間」の「対立」を無理に対応させようと躍起になる世界とは別の世界へむけてのプランである。IT社会がマスメディアによって拡張しすぎた「視空間」を「見知らぬもの」まで「凝縮」することはジョン・ケージがその方向性を示した。一方、建築は身体行為を「慣れ親しんだ」日常からどこまで引き離していけるかに賭けられる。もちろん日常の観点からすれば荒唐無稽に違いない。だが、その拠って立つ基盤が大きく揺れ動いたとき、生きること自体を脅かすとしたらどうか。この日常がデジタル・コミュニケーションの側から見たレヴィの「集合的知性」ならば、その再検討は大きな課題となる。

この二つのシステムが個々に作動することで現れるのは、知覚自体が紡ぎ出す生態である。生物と環境との相互作用をエルンスト・ヘッケルがこう呼んで以来、生態学は個体、群集、個体群、行動等など何度も練り直されて現在に至っている。一方、両者を結ぶ知覚は環境刺激の単なる受容器か、環境情報を縮減して意識に伝える濾過器か

［養老天命反天地・フラットな面のない〝フラットランド〟］

等どっちつかずの役割に終始してきた。生態心理学者エドワード・リードはジェームズ・ギブソンの理論を紹介しながら「知覚の目的は主体が物の世界を意味のある環境に変換することではなく、観察者がその周囲と接触を保つためにある」という生態心理学の主張を要約している。

知覚に主観は寄与していない、観察者がしていることは十分に知覚できるかできないかということだけである。そして知覚には客観も寄与していない、知覚を支える情報に満ちた組織化された環境があるだけである。[*27]

（『伝記　ジェームズ・ギブソン』）

生態はひとつの生命体で作られるものでも、ひとつの時間に集約されるものでもない。リードのいう「観察者」はヒト特有の視覚的観察を行なう冷徹な観察者ではない。むしろヒトにおいてもフラットランドのスクエア氏のような「知覚する観察者」が生きている。ヒトの世界は三次元ばかりではない。フラットという言葉は、真上から冷徹に観察する場合のみ平面である。そこに住まうなら、まったく別の世界なのだ。だが、前者が光と音の速度で体系化できるのに対して、後者は長い時間をかけて形成される。

養老天命反転地の建設と同時進行で、アラカワ＋ギンズは実際に人の住まう建築プランに取りかかっている。住むという経験からどのように習慣が作られ、どう生活を変えていくことができるかという長い時間をかけた過程は、一時的な体験では身につかない。たとえ、「天命反転」の体験ができたとしても、そこから出れば以前と変わらぬ空間が依然として広がっているからである。

この住宅プランは『建築―宿命反転の場』で一九九五年に出版された。副題は「アウシュヴィッツ―広島以降の建築的実験」である。この点についてアンドリュー・ベンジャミンは「この副題は近代を決定した二つの絶滅ことをいっているのだろう。遺されたものが、それを現代人に伝え、彼らを、忍耐強く、繰り返し、破壊に導かないようにと組織している。しかしなお、破壊の形而上学が与えるのとは別の可能性がそこに残っている」と述べ、「宿命反転」の建築は「まださきのばしにされ」、「あくまで試作的ということになるだろう」と指摘した。[*28] これは、物性を持つ建物という表現体では、建築という壮大なプランが縮減されるというプラトン的なイデア主義の主張ではない。そこに住まう人がいて、ゆっくりとした時間の中で相互に変容していく長い時間の「建築」からすれば、建物の形をとる作品はつねに「試作」に留まるものでなくてはならないのである。その後アラカワ＋ギンスの建築の実験は日本では二〇〇四年の名古屋博の折に志段味の住宅の一部で着手され、二〇〇五年には東京三鷹の国立天文台近くに全九棟からなる三階建ての三鷹天命反転住宅が完成している。[*29]

高速の視聴覚空間がポケットにまで入るようになった現代では、習慣が形成される時間は気の遠くなるほどゆっくりであり、場所を移動する身体はしっかりとした量と重さをもっていて、瞬間移動して追いつくことなど不可能である。だがこの量と重さを持つ身体を支え、習慣を作り出している場所そのもののあり方を変えることは、三次元のあり方を別様に捉え、未知なる未来へ向かうスクエア氏の生きた存在を自らに見出すことでもあるだろう。それは心理的な想像物ではなく、生きた身体と環境の織り成す世界であり、今このキーボードを打つ指先の動きにも、それは宿っているはずである。

注

＊1　荒川修作＋マドリン・ギンズ『死なないために／TO NOT TO DIE』（三浦雅士訳　リブロポート　一九八八年三月）

＊2　中井久夫『関与と観察』「あとがき」（みすず書房　二〇〇五年十一月）。なお続けて中井はアネクドートを小話と訳した後、ギリシャ語起源でこの語 anecdote は「活字になっていない unpublished」という語源であると注記している。

＊3　芦田みゆき「ゆれる領土―「養老天命反転地」を記述することは可能か？―」（『現代思想　総特集　荒川修作＋マドリン・ギンズ』　青土社　一九九六年八月）

＊4　『意味のメカニズム』は一九七一年に第一版が、七九年に第二版、さらに八九年には改訂版が出ている。

＊5　フリード・L・ラッシュ「『意味のメカニズム』、その哲学的布置」（塚本明子訳　同右所収）。

＊6　A・J・エイヤーほか『コミュニケーション』「まえがき」（市井三郎ほか訳　みすず書房　一九五七年一月）。この論集にはエバンス、エイヤーのほかに八人の生物学、言語学、通信理論などの専門家の公演が収められている。

＊7　メイシー会議の経緯についてはスティーヴ・J・ハイムズ『サイバネティック学者たち』（忠平美幸訳　朝日出版社　二〇〇一年一月）を参照。

＊8　ベイトソン『精神の生態学　改訂第2版』（佐藤良明訳　新思索社　二〇〇〇年二月）参照。

＊9　同右参照。

＊10　ユクスキュル＋クリサート『生物から見た世界』（日高敏隆・羽田節子訳　岩波文庫　二〇〇五年六月）参照。「環世界」という訳はこの岩波文庫版に従っている。思索社版では「環境世界」だが、改訳の事情については岩波文庫版の日高敏隆「あとがき」を参照。

＊11　齋藤嘉博『メディアの技術史―洞窟画からインターネットへ―』（東京電機大学出版局　一九九九年六月）参照。

＊12　グールドと同じカナダ人マクルーハンとのこの対話は一九六五年に実現した（『グレン・グールド発言集』所収　宮澤淳一訳　みすず書房　二〇〇五年九月　参照）。

＊13　ケージ『サイレンス』（柿沼敏江訳　水声社　一九九六年六月）参照。

＊14　注＊1参照。

＊15　『養老天命反転地　荒川修作＋マドリン・ギンズ：建築的実験』（毎日新聞社 一九九五年十一月）参照。

＊16　荒川修作＋マドリン・ギンズ『建築する身体　人間を超えていくために』（河本英夫訳　春秋社　二〇〇四年九月）参照。

＊17　ピエール・レヴィ『ヴァーチャルとは何か？　デジタル時代におけるリアリティ』（米山優監訳　昭和堂　二〇〇六年三月）参照。
＊18　トゥーレ・フォン・ユクスキュル「環境世界の研究」（思索社版『生物から見た世界』所収　日高敏隆・野田保之訳　一九七三年六月）。表題にある「環境世界」はUmweltを指し、岩波文庫版の「環世界」と同じである。注＊8参照。
＊19　ヴァイツゼッガー「緒論」（『ゲシュタルトクライス　知覚と運動の人間学』木村敏・浜中淑彦訳　みすず書房　一九七五年二月）
＊20　IT社会と市場経済のグローバル化を「フラット化」と呼ぶことについては、トーマス・フリードマン『フラット化する世界　経済の大転換と人間の未来』（上・下　伏見威蕃訳　日本経済新聞社　二〇〇六年五月）参照。
＊21　アボット『多次元★平面国』（石崎阿砂子・江頭満寿子訳　東京書籍　一九九二年九月）参照。
＊22　中井久夫「外傷性治療とその治療―ひとつの方針」（『徴候・記憶・外傷』　みすず書房　二〇〇四年四月）に視覚映像と聴覚の場合ともうひとつ「一九九五年一月払暁震災のように振動感覚の場合」とある。
＊23　中井久夫ほか『昨日のごとく―災厄の年の記録―』（みすず書房　一九九六年四月）参照。
＊24　同右参照。初出は『朝日新聞』八月一日付とある。
＊25　同右参照。前の中井による二つの文章の間に、プレスラウの批判的な論が挟まれていることで、外傷に苦しむ人々以外の人たちが被災地復興に尽力している様を念頭に置くことができた。プレスラウの翻訳は中井久夫による。なお、同論でプレスラウはaccountabilityという問題は「人類学者は、これこそ、あらゆる儀礼、いやすべての社会的行為の中核的問題であると考えている。これは、事態をコスモロジカルな原理、特に因果律と誰が責任かという責任性とに和解させるという問題である」としている。
＊26　荒川修作＋マドリン・ギンズ「A＋G未刊のノート」（『建築―宿命反転の場　アウシュヴィッツ―広島以降の建築的実験』工藤順一＋塚本明子訳　水声社　一九九五年四月）所収。
＊27　リード「視覚への生態学的アプローチ」（『伝記　ジェームズ・ギブソン―知覚理論の革命』　佐々木正人［監訳］＋柴田崇＋高橋綾［訳］　勁草書房　二〇〇六年十一月）所収。
＊28　ベンシャミン「降り立つ場」（注26参照。）
＊29　三鷹天命反転住宅については『三鷹天命反転住宅、ヘレン・ケラーのために』（荒川修作他　水声社　二〇〇八年四月）を参照。

荒川修作＋マドリン・ギンズ略歴 ―日本での活動を中心に―

一九三六年
荒川修作（以下［A］と表記）名古屋市に生まれる。
一九四一年
マドリン・ギンズ（以下［G］と表記）ニューヨークに生まれる。
一九五一年
［A］愛知県立旭ヶ丘高校（旧制愛知一中、名古屋市）美術課程に入学
一九五六年
［A］高校卒業後上京し、武蔵野美術学校（現武蔵野美術大学）に入学（後に中退）
一九五七年
〈国内での展示〉
・「第9回読売アンデパンダン展」（東京都美術館）・［A］初出品（以後、第十三回（一九六一年）まで毎回出品）。同展を通じ、瀧口修造や東野芳明らと知り合う。
一九六〇年
〈国内での展示〉
・「第1回ネオ・ダダ展」銀座画廊（東京）・［A］篠原有司男、吉村益信らと「ネオ・ダダイズム・オルガナイザーズ」結成
・「第2回ネオ・ダダ展」吉村益信のアトリエ（新宿区百人町）・［A］箱にセメントをつめた作品を初めて発表。
・「第1回集団現代彫刻展」池袋西武美術館
・「第3回ネオ・ダダ展」日比谷画廊（東京）
・「もうひとつの墓場」村松画廊（東京）・［A］最初の個展。この個展が原因でネオ・ダダ展から除名される。

一九六一年
・夢土画廊（東京）
・「現代美術の実験展」東京国立近代美術館
・「現代のビジョン展　第1回〈狂気と美〉」（東野芳明企画）サイトウ画廊（東京）
この頃、マルセル・デュシャンやジョン・ケージと出会う。
一九六二年
［A］一二月渡米、以後ニューヨークに在住。
［G］バーナード・カレッジ卒業、ブルックリン美術館アート・スクールより絵画研究奨学金を受ける。
荒川修作、マドリン・ギンズ、出会う
一九六三年
《海外での展示》（注…開催地名のみ略記。また同年同地で別会場開催の場合、（計二か所）等と付記）
・デュッセルドルフ、ニューヨーク、ロサンゼルスで個展
［A＋G］研究プロジェクト《意味のメカニズム》に着手。
一九六四年
〈国内での展示〉
・「ヤング・セブン展」南画廊（東京）
・「現代美術の動向展」京都国立近代美術館
《海外での展示》
・デュッセルドルフ、ロサンゼルス、ブリュッセル、ニューヨークで個展・グループ展
一九六五年
〈国内での展示〉
・南画廊（東京）
・「在外日本作家展」東京国立近代美術館
・「現代美術の動向展」京都国立近代美術館

《海外での展示》
・デュッセルドルフ、ミラノ、シュトゥットガルト、ニューメキシコ（他巡回）、サンフランシスコ（他巡回）で個展・グループ展

一九六六年

〈国内での展示〉
・南画廊（東京）
・「第7回現代日本芸術展」東京都美術館（他巡回・）［A］《作品――窓辺で》を出品、大原美術館賞受賞
・「第3回長岡現代美術館賞展」

《海外での展示》
・ニューヨーク、デュッセルドルフ、アントワープ、アイントホーフェン（オランダ）で個展・グループ展

一九六七年

〈国内での展示〉
・「第9回日本国際美術展」東京都美術館（他巡回）・［A］《Alphabet Skin No. 3》を出品、東京国立近代美術館賞受賞

《海外での展示》
・ヴッパーダール（ドイツ）、ミラノ、ニューヨーク、ロサンゼルス、ミュンヘン、ミラノ（他巡回）、シカゴ、ピッツバーグ、ニューヨークで個展・グループ展

［A］ジョルジュ・デ・キリコに出会う

一九六八年

〈国内での展示〉
・「第8回現代日本美術展」東京都美術館（他巡回）・《作品》を出品、最優秀賞受賞、以後第十回まで毎年出品

《海外での展示》
・ニューヨーク、マンハイム、アイントホーフェン（他巡回）、ベネチア、カッセル（日本人唯一の作家としてDocumentaに参加）で個展・グループ展

一九六九年

〈国内での展示〉
・南画廊（東京）
・「現代世界美術展――東と西の会話」東京国立近代美術館

《海外での展示》
・パリ、ニューヨーク、ヘルシンキ（他巡回）、ロンドン、ミラノで個展・グループ展

◎映画《Why not》制作、Whitney Museum（ニューヨーク）及び草月会館（東京）で上映

※［G］Word Rain (or A Discursive Introduction to the Intimate Philosophical Investigations of G, R, E, T, A, G, A, R, B, O, It Says) 刊行

一九七〇年

〈国内での展示〉
・「日本万国博美術展」（大阪）

《海外での展示》
・パリ、ヴェネチア（《意味のメカニズム》シリーズを初めて発表）、ハノーヴァ、カールスルーエ、ベルリンで個展・グループ展

一九七一年

〈国内での展示〉
・「今日の一〇〇人展」兵庫県立近代美術館

《海外での展示》
・ニューヨーク、パリ、ワシントンD・C、ミラノ、ロンドン、ケルン、ブエノスアイレス、ボストン、ストックホルム、「意味のメカニズム」ヨーロッパ巡回展（フランクフルト、ハンブルグ、

ベルン、ベルリン、ミュンヘンを巡回）

◎映画《For Example（A Critique of Never）》を制作

[A] DAAD (Deutscher Akademischer Austauschdienst＝ドイツ・アカデミー交流機関）の奨学金を受け、西ベルリンに約8ヶ月滞在、後、約4ヶ月をフランス、イタリア、スイスで過ごす（〜一九七二）

※『意味のメカニズム（Mechanismus der Bedeutung）』（ドイツ語版）を刊行

一九七二年

《海外での展示》

・ミュンヘン、チューリッヒ、ニューヨーク（計二ヶ所）、ジェノバ、ベルリン、シュトゥットガルト（他巡回）、ベルリン（フィルム・フェスティバル）で個展・グループ展

ニューヨーク郊外クロトン・ハドソンにて建築的実験モデルの制作開始

一九七三年

《海外での展示》

・ジェノバ、ミネアポリス（計二か所）、ワシントンD・C、ロサンゼルス、ハノーヴァ、ボンで個展・グループ展

※ [G]『Intend』刊行

一九七四年

《海外での展示》

・ニューヨーク（計三か所）、ロサンゼルス、ミュンヘン、ミラノ、ベルガモ、フムレベーク（デンマーク）、ミネソタ、ニューヨーク、ミネソタ（他巡回）、デュッセルドルフ、インディアナ（他巡回）、ブラットフォード、ニューヨーク（他巡回）で個展・グループ展

※一九七一年制作の映画《For Example（A Critique of Never）》のマニュスクリプト刊行

一九七五年

〈国内での展示〉

・「日本現代芸術の展望」西武美術館（東京）

《海外での展示》

・ナポリ、ブリュッセル、パリ、デュッセルドルフ、ストックホルム、オスロ、シンシナティ、ピッツバーグ、ミラノ、ブレーメン、カーニュ・シュル・メール（フランス）、シンシナティで個展・グループ展

一九七六年

〈国内での展示〉

・南画廊（東京）

《海外での展示》

・バルセロナ、トロント、ロス・アントス（カリフォルニア）、シカゴ、ロサンゼルス、ニューヨーク（計三か所）、アントワープ、ダラス、ワシントンD・C（他巡回）、ニューヨークで個展・グループ展

一九七七年

〈国内での展示〉

・ヴァルール画廊（名古屋）

《海外での展示》

・コロンビア、パリ、デュッセルドルフ（計二か所、一つは七八年にかけてヨーロッパを巡回）、ミルウォーキー、ニューヨーク、シカゴ（計二か所）、カッセルで個展・グループ展

一九七八年

〈国内での展示〉

・ギャラリー・たかぎ（名古屋）（他巡回）

《海外での展示》

・アムステルダム、ロサンゼルス、パリ、グラーツ、ニューヨーク（計二ヶ所）、ヴェネチアで個展・グループ展

一九七九年

〈国内での展示〉
・ギャラリー・たかぎ（名古屋）
・フジテレビギャラリー（東京）
・西武美術館（東京）「絵画についての言葉とイメージ」（一九七七-七八年のヨーロッパ巡回展に準ずる）
・西武美術館（東京）「現代芸術の最先端　荒川修作展」
・兵庫県立近代美術館「荒川修作全版画展」（他巡回）
・国立国際美術館（大阪）「意味のメカニズム」展

《海外での展示》
・マサチューセッツ、ニューヨーク（計二か所）、ミネソタ、グラーツ、シカゴ、ルドヴィグシャフェン、ボッフム（他巡回）で個展・グループ展

[A] 十八年ぶりに帰国、瀧口修造の臨終に立ち会う
『意味のメカニズム』第2版英語版刊行

一九八〇年

〈国内での展示〉
・ギャラリー・たかぎ（名古屋）
・「1980 Japanese Prints」栃木県立美術館

《海外での展示》
・ミネアポリス、フロリダ、チューリッヒ、ピッツバーグ、ニューヨーク、ミネアポリス（他巡回）

「ブランク」についての関心が高まる。この頃「精神の容器（Containers of Mind）」をつくる構想が芽生え、ヴェネチアやエピナールのプロジェクトへ発展

一九八一年

〈国内での展示〉
・ギャラリー・たかぎ（名古屋）
・「一九六〇年代—現代美術の転換期」東京国立近代美術館（他巡回）

《海外での展示》
・ミュンヘン、シカゴ（計二か所）、ハノーヴァ、ニューヨーク（計二ヶ所）、リッジフィールド（コネチカット）で個展・グループ展

一九八二年

〈国内での展示〉
・兵庫県立近代美術館「全版画展」
・ギャラリー・たかぎ（名古屋）
・徳島県郷土文化会館
・「瀧口修造と戦後美術」富山県立近代美術館

《海外での展示》
・パリ（計二か所）、ロサンゼルス、ハートフォード、ニューヨーク（他巡回）、イギリス（翌年にかけて六会場を巡回）で個展・グループ展

[A] 紺綬褒章受賞

一九八三年

〈国内での展示〉
・北九州市立美術館「Space as Intention」（他巡回）
・「現代美術の動向II・一九六〇年代」東京都美術館

《海外での展示》
・ニューヨーク（計四ヶ所、一つが京都国立近代美術館他巡回）、ミラノ（計二か所）、アルバカーキで個展・グループ展
イタリア、ヴェネチア市の小島マドンナ・デラ・モンテに作品を

設置するプロジェクトに着手したが、実現せず

一九八四年

〈国内での展示〉
・ギャラリー・たかぎ（名古屋）
・イノウエ　ギャラリー（東京）
・かねこ・あーとギャラリー（東京）

《海外での展示》
・ミラノ、サリー（ブリティッシュコロンビア、カナダ）、リッジフィールド（コネチカット）で個展・グループ展
Reynolds House Museum of American Art にて、荒川修作、マドリン・ギンズ講演「意味のメカニズム」
※［G］『What the President Will Say and Do!!』刊行

一九八五年

〈国内での展示〉
・「現代美術の四〇年」東京都美術館

《海外での展示》
・ミラノ、ニューヨーク（計二か所）、オックスフォード（他巡回）
［A］コロンビア大学にて講演〝Blank and Space〟

一九八六年

〈国内での展示〉
・The Contemporary Art Gallery（東京）
・佐谷画廊（東京）「オマージュ瀧口修造」

《海外での展示》
・オハイオ、パリ、ミュンヘンで個展・グループ展
［A］フランス政府より文芸シュヴァリエ勲章（Chevalier des Arts et des Letters）受賞

【講演・シンポジウム等】

《海外》［A＋G］アクロン大学にて講演

一九八七年

《海外での展示》
・パリ、ニューヨーク、シカゴで個展・グループ展
※『死なないために（Pour ne pas mouri/To Not to Die）』を刊行
［A］ジョン・サイモン・グッゲンハイム特別研究奨学金（John Simon Guggenheim Fellowship）を受ける
フランス、エピナール市のモーゼル川に橋を架ける《エピナール・プロジェクト》に着手し、茨城笠間の出雲大社分社に構造物を設置するプロジェクトを考案するが、両者とも実現せず

一九八八年

〈国内での展示〉
・西武美術館（東京）「荒川修作展―意味のメカニズム」（高輪美術館（軽井沢）へ巡回）
・ギャラリー・たかぎ（名古屋）
・佐谷画廊（東京）
・兵庫県近代美術館
・「Tama Vivant '88 現代美術の六不思議〝世界の模型〟」渋谷西武シードホール

《海外での展示》
・ニューヨーク（計二ヶ所）、ブリュッセル、ケルン、ベルリン（他巡回）で個展・グループ展
［A］ベルギー批評家賞（Belgian Critics' Prize）受賞
※『意味のメカニズム』改訂日本語版刊行（エピナール・プロジェクト素描を含む）

一九八九年

《海外での展示》

・マサチューセッツ、ニューヨーク、ブリュッセル、パリで個展・グループ展
《天命反転の橋（Bridge of Reversible Destiny）》模型完成

一九九〇年

〈国内での展示〉
・東高現代美術館（東京）「荒川修作展—宮川淳へ」
・北九州市立美術館
・「芸術が都市をひらく—フランスの芸術と都市計画」茨城県つくば美術館（大阪、仙台、福岡、札幌、山梨、横浜へ巡回）
《海外での展示》
・「Art and Vision: From Japanese Modern Art」宮城県美術館
・ハートフォード、ベルリン、ニューヨーク、ケルン、シンシナティ、コネチカットで個展・グループ展
●《天命反転地》の構想はじまる

一九九一年

〈国内での展示〉
・佐谷画廊（東京）
・東京国立近代美術館「荒川修作の実験展—見る者がつくられる場」（京都国立近代美術館、松坂屋美術館（名古屋）へ巡回）
・「芸術と日常　反芸術／汎芸術」国立国際美術館（大阪）
《海外での展示》
・フロリダ、シカゴ、フロリダ（他巡回）、ワシントンD・C、パリで個展・グループ展

一九九二年

〈国内での展示〉
・ギャラリー・たかぎ（名古屋）
・アート遊（大阪）
《海外での展示》
・ケルンで個展
●三月、《天命反転地》構想について岐阜県と打ち合わせ開始

一九九三年

〈国内での展示〉
・「現代美術入門II—物体と観念」国立国際美術館（大阪）
・「流動する美術III「ネオ・ダダの写真」」福岡市美術館
《海外での展示》
・ベルリン、デイトナ・ビーチ、パディントン、ミラノで個展・グループ展
●一〇月頃、養老町が《天命反転地》候補地となる

一九九四年

〈国内での展示〉
・原美術館（東京）
・「矩形の森—思考するグリッド」埼玉県立近代美術館
・「戦後日本の前衛美術」横浜美術館
・「死にいたる美術—メメント・モリ」町田市国際版画美術館（栃木県立美術館へ巡回）
・「Karada が Art になるとき［物質になった器官と身体］」板橋区美術館
《海外での展示》
・デュッセルドルフ、ニューヨーク、ニューヨーク（他巡回）で個展・グループ展
●三月、《養老天命反転地》プランについて岐阜県記者発表
●四月、株式会社　コンテナーズ・オブ・マインド・ファンデーション設立
●十二月《養老天命反転地》地鎮祭
※［G］『Helen Keller or Arakawa』刊行
［A］デュッセルドルフのノルトライン＝ヴェストファーレン州

立美術館に常設展示室を開設
四月、奈義町現代美術館に《遍在の場・奈義の龍安寺・心》設置（後に《遍在の場・奈義の龍安寺・建築的身体》と改題）、更に二〇〇三年《遍在の場・奈義の龍安寺・建築する身体》と改題
※『建築—宿命反転の場／アウシュヴィッツ—広島以降の建築的実験』を刊行（ロンドン、アカデミー・エディション）
【講演・シンポジウム等】
〈国内〉一月・養老町中央公民館

一九九五年
〈国内での展示〉
・ギャラリーたなか（香川）
・「戦後文化の軌跡　1945-1995」目黒区美術館（広島市現代美術館、兵庫県立近代美術館、福岡県立美術館へ巡回）
《海外での展示》
・デュッセルドルフ、ベルリン、フムレベーク（デンマーク）、ロサンゼルスで個展・グループ展
●一〇月、岐阜県養老公園内に《養老天命反転地》オープン
【講演・シンポジウム等】
〈国内〉一〇月・養老町中央公民館

一九九六年
〈国内での展示〉
・「Takako が遺した荒川作品展」日之出印刷（岐阜）
・「よみがえる一九六四年」東京都現代美術館
《海外での展示》
・ニューオリンズ、タンパで個展・グループ展
第二八回日本芸術大賞受賞（新潮文芸振興会主催）

一九九七年
〈国内での展示〉
・奈義町現代美術館（岡山）
・セゾン現代美術館（軽井沢）
《海外での展示》
・ニューヨークで〝Reversible Destiny - Arakawa/Gins〞の個展
●四月、岐阜県養老公園内《養老天命反転地》隣接地に《養老天命反転地記念館—養老天命反転地オフィス》オープン
カレッジ・アート・アソシエイション賞（College Art Association Award）受賞

一九九八年
〈国内での展示〉
・NTTインターコミュニケーション・センター（東京）「新しい日本の風景を建築し、常識を変え、日常の生活空間を創りだすために　荒川修作／マドリン・ギンズ展」
・「ネオ・ダダ　Japan　1958-1998」アートプラザ（大分）
「レインボータウンまちづくり都民提案　専門家の部」に《鎮守の森のような街（聖地としての生活空間）》を提出、特別賞を受賞

一九九九年
〈国内での展示〉
・岐阜県美術館「荒川修作　マドリン・ギンズ展　死なないために　養老天命反転地」

二〇〇〇年
【講演・シンポジウム等】
〈国内〉五月・早稲田大学、
《海外》〝「宿命反転都市」コンファレンス〞・イエール大学

二〇〇一年
ニューヨーク州イースト・ハンプトンにて《Bioscleave House》

建設に着工

【講演・シンポジウム等】

〈国内〉一月・東京ヒルサイドプラザ、一月・青山ウィメンズプラザホール、一一月・愛知芸術文化センター、一一月・東京学芸大学

二〇〇二年

〈国内での展示〉

・東京都現代美術館「傾く小屋　美術家たちの証言 since 9.11」

※『Architectural Body』The University of Alabama Press 刊行

名古屋市の資源循環型モデル住宅計画に着手

二〇〇三年

【講演・シンポジウム等】

〈国内〉一〇月・メルパルク名古屋、一二月・早稲田大学

三月、日本文化芸術財団より「第一〇回日本現代藝術振興賞」を受賞

［A］「紫綬褒章」を受賞

二〇〇四年

〈国内での展示〉

・名古屋芸術大学アート&デザインセンター「荒川修作＋マドリン・ギンズ ~ARCHITECTURE AGAINST DEATH~『宿命反転都市』考」

【講演・シンポジウム等】

〈国内〉三月・津田ホール、六月・芝浦工業大学、六月・東京芸術大学、六月・岡本太郎記念館、一〇月・電通ホール、一〇月・立命館大学、一〇月・東京大学、一〇月・東洋大学、一〇月・名古屋芸術大学

※『建築する身体―人間を超えていくために―』（春秋社）を刊行

二〇〇五年

〈国内での展示〉

・名古屋市美術館「荒川修作を解読する」展

《海外での展示》

・ミラノで個展

三月、《志段味循環型モデル住宅》（名古屋市志段味）竣工

九月、エコビルド二〇〇五企画展示「天命反転プロジェクト ―新しい住宅環境の提言―」に出展

一〇月、《三鷹天命反転住宅　In Memory of Helen Keller》竣工

【講演・シンポジウム等】

〈国内〉三月・名古屋市美術館、三月・紀伊国屋書店、三月・八重洲ブックセンター、五月・武蔵野美術大学、五月・東京大学、五月・青山ブックセンター、七月・東京造形大学、七月・養老天命反転地、一〇月・青山ウィメンズプラザホール、一〇月・朝日カルチャーセンター、一〇月・Nadiff、一〇月・東京ビックサイト、一〇月・三省堂書店

《海外》九月・パリ第一〇大学で「荒川修作＋マドリン・ギンズをめぐる国際カンファレンス」

※『LE CORP ARCHITECTURAL［WE HAVE DECIDED NOT TO DIE］』LE MARTEAU SANS MAITRE より刊行

二〇〇六年

〈国内での展示〉

・国立国際美術館（大阪）「コレクション2」

・東京都写真美術館「PARALLEL NIPPON 現代日本建築展 1996-2006」

・千葉市美術館「所蔵作品展第一部特集展示　草間彌生・荒川修

作・篠原有司男」
・Gallery TOM（東京）東野芳明を偲ぶオマージュ展「水はつねに複数で流れる」
・世田谷美術館（東京）「空間に生きる―日本のパブリックアート」

【講演・シンポジウム等】
〈国内〉五月・東京芸術大学、八月・花巻市文化会館、九月・大宮ソニックシティ国際会議室
《海外》一一月・St. Marks Church（ニューヨーク大学主催）
※『Making Dying Illegal』Roof Booksより刊行
三鷹天命反転住宅完成後、荒川をはじめ、現地での体験型のトークセッション、イベントが催されている。

二〇〇七年

〈国内での展示〉
・目黒区美術館・ワークショップ「三鷹天命反転住宅で見つける私の〝からだ〟」
・ギャラリー・アートアンリミテッド「『三鷹天命反転住宅』を巡るドキュメント展」

【講演・シンポジウム等】
〈国内〉八月・霞が関ビル東海大学学友会館、八月・ジュンク堂書店
※『死ぬのは法律違反です』春秋社より刊行

二〇〇八年

〈国内での展示〉
・ギャラリー・アートアンリミテッド「荒川修作 六〇年代立体作品展」
・目黒区美術館「画材と素材の引き出し博物館＋ワークショップ二〇年のドキュメント展」
・名古屋市美術館特別展「版」の誘惑展
・セゾン現代美術館「多様性の起源―一九八〇年代コレクションから」
・東京国立近代美術館「壁と大地の際で」展
・岐阜県美術館「所蔵品による特別展示 なんでこうなるの？？」

【講演・シンポジウム等】
〈国内〉一月・電通ホール、二月・東京国立近代美術館、五月・東洋大学、五月・早稲田大学、五月・東京大学、五月・東京堂書店、六月・岐阜県美術館
《海外》四月・国際カンファレンス（ペンシルバニア大学）
《バイオスクリーブ・ハウス》竣工
※『新版 建築する身体―人間を超えていくために―』春秋社より刊行
※『Niemals Sterben Architektur gegen den Tod』jovisより刊行
※『三鷹天命反転住宅 ヘレン・ケラーのために 荒川修作＋マドリン・ギンズの死に抗する建築』水声社より刊行

（注記）
・荒川修作とマドリン・ギンズ各自の事柄については［A］、［G］と記し、特に表記のないものは共同のものとする。なお、講演等は特別な表記のない限り、荒川修作が行っている。
・◎印は映画製作を指す。
・※印は著作刊行物を指す。
・●印は養老天命反転地に関わる事柄を指す。

（追記）

詳細な年譜は株式会社Ａ・Ｂ・Ｒ・ＦのＨＰにすでにある。この年譜も表記・内容ともにほぼこれに準じている。今回省略した海外での活動に関しては、そちらのＨＰを参照していただきたい。また、年表作成と掲載写真に関して指示を下さったＡ・Ｂ・Ｒ・Ｆの松田剛佳氏に心から感謝いたします。

株式会社ＡＢＲＦ　のＨＰ

Architectural-body　http://www.architectural-body.com/ja/

写真提供

SITE OF REVERSIBLE DESTINY YORO PARK http://www.architectural-body.com/yoro/

語ることと沈黙すること――昭和史論争と歴史のポイエーシス

山﨑正純

序――語り得ぬもの

『昭和史』（旧版　一九五五年一一月）[*1]に対する批判に端を発した昭和史論争については、大門正克編著『昭和史論争を問う――歴史を叙述することの可能性』（二〇〇六年六月）[*2]にまとめられた包括的研究をはじめとして、近年に至るまで様々な分野から言及がなされてきた。それらは同時代史、現代史の叙述のあり方をめぐる歴史学的課題であったり、戦争体験の受けとめ方についての精神史的課題であったり、あるいは歴史とは何かという根源的な問いを内包する歴史哲学的課題の形となって、常に新しい問いを提供してきたといってよい。

昭和史論争が提起する多様な問いに一貫するのは、〈戦争と抵抗〉、〈戦争と追従〉という相反する二つの側面を併せ持つ昭和史への接近のルートをどこにとればよいかという問題構成である。複眼的な歴史叙述が不可欠であるという場合の、その複眼が、何をどれほどの深度でとらえ、統一的な叙述にまとめていくのがよいのか。昭和史論争が現在にまで引き継がれる「未完の歴史論争」（大門正克）[*3]だといわれる所以は、昭和史を生きた人々の行動と心理を照らし出す光源のポジショニングが、昭和史の外部ではなく、依然としてその内部において行われるしかないという事情によっている。だがそれは、昭和史が現代史であるということに単に起因するのではない。すなわち対象と叙述主体の距離の問題に還元されない原理的な課題が、そこに介在しているのではないだろうか。

昭和史論争が提起する問題群から、〈抵抗と追従〉という分裂を内包する視角を抽出し、この相反する行動と心理がもっとも明瞭な形で交差する〈転向〉の問題を中継地点として、革命と反革命の両極が昭和という同じ一つの社会構造の示す二つの立ち現れでしかなく、そのために権力とそれへの抵抗と挫折という実体論的視座によっては、昭和史を語ることができないということがまず明らかにされなければならない。

昭和史を民衆史にリンクさせるルートを取らない限り、それは昭和という日本近代史に固有な社会構造の総体に直面する知識人の歴史とならざるを得ない。彼ら昭和の知識人の時代認識とその行為遂行的発話の全体は、すでにそれ自体が昭和という時代の社会構造の表象として産出された理論負荷的（theory-ladenness）なひとつの像であり、歴史負荷的（history-ladenness）ないわば時代の痕跡でしかない。なぜなら近代と反近代とが一つの時代の社会構造の二つの異なる表象であるような時代状況においては、知識人の時代認識や行為遂行的発話もまた、革命と反革命という異なる表象を産出する同じ一つの時代の自己言及的な表出でしかないからだ。昭和の知識人の言動に、状況への抵抗や屈服、追従を読み取ることは、彼らの主体的契機の深浅を測りとることではなく、単に時代の要求した言説の布置の痕跡をなぞることでしかないのである。

近代と前近代とが癒着した社会総体の構造は、知識人の時代認識やそれを踏まえた発言を、近代を志向するものと反近代を志向するものとの二類型に封じ込めることで、社会の構造的な安定を維持することができる。昭和前半期のこうした状況に直面せざるを得ない知識人にとって、社会全体の構造を相対化し把握することは、著しく困難なものになるであろう。知識人のあらゆる行為遂行的発話が、昭和という時代の内部に封じ込められたものでしかないのであれば、近代と反近代、革命と反革命、体制と反体制という対立の裏側にある二項癒着の構図は、知識人の視界から完全に隠蔽され、それについて語ることは不可能になる。

木村敏は自我構造と時間との精神病理学的分析から、主体の座を簒奪する他者によって自己存立の可能性を脅かされる危機を、ante festum（祭の前）と表現しうる時間性の構造によって説明する。こうした危機のただなかに置かれた自我は、「自己が自己自身でありうるかどうか、自己自身になりうるかどうか」、「逆にいえば、自己が非自己へと他有化されうるという危機」（「分裂病の時間論」[*4]）を生きるのだといえる。こうした危機的状況を招来するのは「自己の述語作用がそのつど自己自身を認知するという、元来いかなる根拠によっても保証されていない」（『時間と自己』[*5]）自我の自己了解構造に他ならない。

木村がこうした議論を通じて明らかにしたのは、他者が徹底して自己否定的な未知性そのもの、反自己性そのものとしてあり、自我はその述語的構造において、そうした危険な他者性を自己内部的に抱えこまざるを得ないということであった。自我はその構造基盤の内部に刻まれた内的差異によって、つねに崩壊の危機に曝されている。木村は、自我の同一性とその崩壊の危機とを産出するこの内的差異について以下のように述べている。

単なる二つのものの関係では、差異もまた二つのもののあいだの差異にすぎない。それは固定した、静止的な差異である。しかし、関係が関係それ自身と関係するような関係においては、差異も差異それ自身とのあいだの差異として示されるのでなくてはならない。ここでは差異は動的な差異、自己自身との差異として現れてくる。自己が真の意味で自己であるための根拠は、それが差異を、それもそれ自身としての差異であるような差異を含むということにある。自己とは、それ自身と同一ならざるものとしてのみ、自己でありうる。体験のレヴェルにおける同一性は、体験以前の構造レヴェルにおける差異に深く根ざしている。

（「時間と自己・差異と同一性」[*6]）

「体験のレヴェルにおける同一性」が「体験以前の構造レヴェル」にまで還元され、自己が自己との差異によって同一性と分裂の両極性のあいだに構成される、極めて動的で不安定な自我構造がここに明らかにされている。こうした自我の「体験以前の構造レヴェル」においては、世界は未知の他者としてのみ自我に対して現象しているが、このとき自我は世界との二項的対置の一方の項として自己同一的にあるのではなく、「存在の内奥における定かならぬ裂けめ」(同前)として自己と自己とのずれに耐える存在としてある。自己が自己に向けて到来するという不確定性の中で、自己は存在論的差異(ontologische Differenz)としてしかありえないとする木村敏のこうした分析は、世界と自己あるいは歴史と人間を論じ叙述する歴史学の課題として理解することが可能である。

吉本隆明は「丸山眞男論」において丸山の方法の限界について次のように論じている。

内心での戦争反対と、外からの戦争強制とを、ほとんど完璧な二重操作として使いわけねばならなかったすべてのリベラルな、そして、ある意味では特殊な、戦争期の知識人の典型であった丸山眞男にとって、日本の大衆は、この二重操作をぎりぎりまでじぶんに迫った「下手人」としてうつった。そして、これをあやつったのは国家権力であったが、手先となった直接の当体は、大衆そのものであるという認識が深く戦争期に刻印された。この潜在的なモチーフは、戦後の丸山のすべての業績に、ふかく浸透しているとおもえる。これは、戦争権力の直接の担い手としてあらわれた大衆の意識構造の負性が、優性に転じうる契機をさぐる可能性を、丸山の方法から奪いとったということができる。(「丸山眞男論」[*7])

「大衆の意識構造の負性」を「体験のレヴェルにおける同一性」として認識する丸山のこうした方法は、「日本のリベラルな知識人のたれもが逃れることはできなかった」「悲劇的な時代の刻印」であり、「大衆のアモルフから無限に遠ざかろうとする衝迫」に発する「マスとしてみた大衆嫌悪」であると吉本は論じている。丸山がマスとして大衆の心理を括り上げることに終始し、大衆の行動様式の根源的要因として、自我意識の内部に流動する「負性」と「優性」との差異の継起を見出し得なかったところに、吉本による丸山批判の核心がある。丸山眞男にとって、大衆の自我構造の中に自己意識の分裂と分裂による主体の簒奪といった事態を読み取ることは、日本的近代のあいまいさの追認でしかない。吉本にとって丸山のこうした近代主義的なスタンスは、日本近代の社会総体の理解としてはいかにも不徹底なものなのである。

吉本隆明は江藤淳との対談（『文藝』一九六六年一月）[*8]のなかで、「丸山眞男氏の『日本政治思想史研究』ですか、あれは非常な労作だと思うのですけれども、僕なんか何となく没入できないという感じをもつ」と述べ、「社会というものとぶっつかる」こと、言い換えれば「他者にぶつかる」ことの丸山眞男の理解が、世界との二項的対置の一方の項にあって自己肯定することの域をでないことを、その理由として挙げている。

僕なんかの発想ではほんとうの反秩序というのは、秩序があるが故に存在しうるというようなものではなくて、秩序と、絶対的に、つまり精神的にも存在的にも衝突してしまうものです。言いかえれば、自分が自分自身の生に対して衝突してしまうということですね。僕らが考えている反秩序的な思想というものは、そういうふうになるわけです。（「文学と思想」[*9]）

「反秩序」であることによって「自分が自分自身の生に対して衝突してしまう」ということは、自我の内部に秩序への一体化幻想があり、同時にそれへの差異化が生じるという、それじたい自我破壊的な状態である。秩序を客観的に実体視するのではなく、共同的な幻想的領域とみるとき、「反秩序」はすなわち自我の自我自身との関係性の問題となり、自我は主体と客体の境界を差異化する場そのものと化すであろう。

いま言った幻想的な共同性にぶっつかるという場合にね、やはり自己自身にぶっつかるということになると思うのです。自己自身にいつでもぶっつかっている。自己自身にぶっつかっているということをもっとつきめると、自己の生自体にぶっつかっている。これを否定するかどうか、どっちかだ。つまりなにがためにおれは生きているのかという、最後のそれはつぶやきになって、外には出てこないが、そういうことに結局はなると思うのですね。（同前）

「共同幻想論」の連載が開始されるのが、一九六六年一一月。[*10] 単行本（一九六八年）[*11] の序において吉本は「表現された言語のこちらがわで表現した主体はいったいどんな心的な構造をもっているのか」という問いが、文学への体系的な言語的考察から空洞のように欠落していると述べている。共同幻想とは表現の背後にあるこの主体と、社会的共同性の世界との関係を規定する観念の在り方を意味している。すでに木村敏の考察に触れつつ言及したとおり、自我内部の構造的裂け目が未知の他者として、自我の主体の座を簒奪する。自我とは非自我、反自我的なものによってつねにすでに内部から侵食されている。個的表現としての文学は、自我の内的差異としての他者性によって拘束されているのであって、そのような差異を指差し、表現し、相対化することはできないであろう。記述することができない自我内部的領域を、吉本は共同幻想と称し、同じ領域を木村敏は存在論的差異と呼ぶのである。

語り得ない自我内部の破断領域は、たしかに〈説明〉することはできない。〈説明〉は外在的な参照系によって与えられる自己同一性へのもたれかかりであり、動的差異の非自我的な危険性をそのような同一性として語ることは、大きな錯誤である。しかしこの自我内部的領域を、言語の意味の限界に浮き上がる図柄として、その表れを

〈示す〉ことは可能であろう。

〈転向〉という行為が極めて昭和的であり、昭和という時代の構造の痕跡として解読しうる対象になりうるのは、いかなる形の〈転向〉であれ、昭和という時代の表象の限界を打ち抜き、その外部に超越する行為とはなり得ないという、その限界性の露呈、表れにおいてである。〈非転向〉を貫くことで昭和の牢獄に長く留まることもまた、昭和という時代の内部に封じ込められるという意味では〈転向〉と異なるものではない。〈転向〉は時代表象の外部に超越しうる行為では無論ないが、自己言及的な時代表象を転向者の意識において容認する瞬間の痛覚の痕跡であり、自我内部の破断した領域の表れであることは間違いない。

すなわち〈転向〉について語ることは、その瞬間的な痛覚の痕跡を〈示す〉ことを通じて、昭和前半期の社会構造の前景と後景とを、その舞台裏における癒着の構造を含め全体として把握するための視点の確保を可能にするであろう。〈転向〉というとりわけ被歴史拘束的な行為の表れに、〈語ることと沈黙すること〉の二つの位相を同時に読み取ることが求められているのである。

1　知識人論

『昭和史』（以下特に付言しない限り旧版を指す）の歴史叙述にたいして、「この歴史には人間がいない」と批判したのは亀井勝一郎であった。昭和史論争は亀井のこの批判[*12]に端を発した。論争前後の亀井の動きについては、和田悠が「一九五六年三月に日中文化交流協会の創立に参加し、理事になったこと」に注目し、この時期の亀井が中国、アジア諸国への戦争責任の問題にコミットした事実の背景として「竹内好の存在を指摘できる」と述べている。[*13]和田も指摘する通り亀井は竹内好の『現代中国論』（一九四九年）を読んでおり、そのことを昭和史論争の中で明言もしている。「『昭和史』批判のなかに戦争責任についての言及があったからこそ、亀井の議論はたんなる反動と処理されることなく、同時代の進歩的論壇において一つの問題提起として受けとめられることにもなった」という和田の指摘は当たっているといえるだろう。

ただ亀井が竹内好から学んだものが「中国に対する戦争責任の視点」(和田前掲論文)であったとしても、その問題視角は近代化論あるいは知識人論のそれであったと考えられる。すなわち亀井は論争の端緒となった「現代歴史家への疑問」(『文藝春秋』一九五六年三月)のなかで「中国への無知無関心という根ぶかい心理的地盤」を指して「日本の近代化の悲劇」と呼び、『昭和史』の著者たちに「日本『近代化』の悲劇への不感症が根本にあるのではなかろうか」とまでいうのである。亀井文のタイトルでもある「現代歴史家への疑問」とは、日本の近代化とともに生まれた知識階級への根源的な懐疑であり、その最大の疑問として亀井は戦争抑止勢力として知識人は闘いえたのかと問うのである。

共産主義者の戦いぶりも出てくるが、それはすべて正しかったのか。国民の広い層と密着しなかったのは、ただ弾圧のためだけか。それとも戦略や戦術の大きな誤りがあった故か。あるいは人間としての欠陥をも伴ったのか。現代史のこういう大きな問題にふれようとしない。欠陥を指摘しているときでも、それを日本人固有の性格上の欠陥とむすびつけないために、全く宙に浮いた別のものになってしまう。つまり軍部という一つの極限も、共産党という一つの極限も、それぞれ国民性や時代の性格に集約的にむすびついている筈で、そのむすびつきの深浅や変化等々、この種の歴史にとって必至のテーマを何故無視してしまったのか。私はふしぎに思ったのである。

(「現代歴史家への疑問」)

亀井の問いは、軍部、共産党という極限の形が日本の近代化とどのように切り結ぶところから現れるのかということに尽きるだろう。中国、アジア諸国への戦争責任の自覚は、日本近代化論としての知識人論の視角において現れるのである。「共産主義者の戦いぶりも出てくるが、それはすべて正しかったのか」という問いが、「国民性や時代の性格」と接続する地点で問われるというこの問いの形が、そのことを示している。亀井のような問題提起の仕方は、あきらかに竹内好の問いの形と重なっている。竹内の『日本イデオロギイ』（一九五二年八月）の「インテリ論」[*14]と名付けられた章から引用してみよう。

戦後さかんなインテリ論をふりかえつてみると、その出発点は、戦争責任の反省にあつた。なぜ日本ではファシズムへの抵抗が組織されなかつたか、という点で、インテリの無力さが自覚された。フランスにしろ、中国にしろ、インテリが統一戦線の中心になつて、あるいは中心にならないまでも民衆と一体になって、抵抗運動をおこしている。なぜ日本でそれが実現しなかつたか。そこになにか日本のインテリの欠陥があるのではないか。あるいは特殊事情があるのではないか。問題をすべて人間を含まぬ機構だけで割り切つてしまう唯物論者は別として、主体的に責任を考える人々は、立場の左右を問わず、こういう疑問を出した。（中略）そして、これには結論が出た。インテリが孤立していたのがいけなかつたのである。

（「インテリ論」）

この竹内の文章から、「この歴史には人間がいない」という表現や、「（共産主義者が）国民の広い層と密着しなかつたのは、ただ弾圧のためだけか」という問いが導き出されたと仮定してもさして大きな過誤にはなるまい。竹内好が「問題をすべて人間を含まぬ機構だけで割り切つてしまう唯物論者」と断定し、歴史叙述と唯物史観との関係について問題を提起し、「インテリが孤立していたのがいけなかつたのである」と結論をまとめたことが、亀井の論争文となって昭和史論争を導き出したと考えることができるのである。そしてこの竹内―亀井のラインから昭和史論争を眺め返したとき、最大の論点が知識人論にあったことがみえてくる。
竹内好は「インテリ論」の最終章を安藤昌益の紹介に充てて、農民の生産活動をなによりも尊ぶ農本主義者であった昌益が、農民の搾取の上に文筆を弄する学者、僧侶、武士を徹底的に否定し憎みながら、なおみずから学者でもあったことをいかにして正当化しえたのかという問題を投げかける。日本近代のインテリが民衆から「孤立していた」とする竹内にとっては、彼自身の存在も含め、この問いに答えることが知識人の活路を示すうえで避けては通れない課題であったはずだ。昌益の弟子であった仙覚が「師の一生の直耕は一代の直道なり。直耕に代えて真営道を書に綴り、後世に残すは、永永無限の真道直耕なり。之を以て真営道の書を綴ること数十歳なり。」と記したことを述べたあと、昌益に詳しいハーバート・ノーマンの解釈を引用し、それへの簡潔なコメントをもって竹内自らの論を閉じている。ノーマンの解釈は次のようなものである。

すなわち仙覚によれば、昌益は自然至性の直道を表す大著の執筆を、自然直営の道にかなつた社会にとつて必要不可欠な一部と考えたのである。昌益の社会改革案を見れば、人民が真道を見出すのを援けるところの学者や著作家は、『社会の医者』というべきものであつて全般の福祉に寄与している者であるから、直耕に従事する人民大衆のなかに含まれるべきであるとも考えられよう。（同前）

竹内はこの解釈を「まったく正しいと思う」と言い、「直接の生産に役立たないインテリが自己を正当化しうるのは、彼が『社会の医者』である場合に限られる」とまとめている。独創的な社会改革案を提示した『自然真営道』の完成に「数十歳」を費やした安藤昌益の生き方を知識人の活路として竹内は示しつつ、歴史叙述の正しさが何によって確保されるかという問題に、解答を与えたのだといえるのではないか。

すなわち歴史叙述の客観性や科学性の確保に必要な権威の根拠が知識人（歴史を書く主体）の選良性そのものにあるのに対し、歴史叙述の正しさは、それを読む読者民衆の感覚の中にしかないのであり、そうした感覚としての正しさを歴史書が読者とのあいだに共有するためには、知識人の全能力が民衆のより良い生活のために費やされていること、「社会の医者」として知識人が民衆とともにあることが、社会的信念として共有されていなければならないのである。

『昭和史』の著者の一人であり論争に積極的に参加した遠山茂樹は、亀井勝一郎の批判に答える文章（「現代史研究の問題点――『昭和史』の批判に関連して」『中央公論』一九五六年六月[*15]）のなかで、「歴史的可能性」を逸脱する非合理的歴史認識への不断の警戒によって、「歴史の科学的認識」が確保されるということを繰り返し述べ、「歴史的条件」を満たしたうえで「歴史的に可能な、そしてその可能性のぎりぎりのもの」という表現で、歴史叙述の客観性が保持される範囲（歴史の真理条件）を説明しようとしている。

遠山にとって歴史叙述の客観性とは、実現可能性として容認しうるライン「ぎりぎりのもの」においてもっとも十全に認められるのであり、その意味で最も高い客観性をあらかじめ保証されている立場が「前衛」の立場だと述べる。

民衆といっても、その要求は複雑である。労働者と農民との要求は異なるし、同じ農民の中、労働者の中にも、階層によって、入りまじるし、支配者の強制と宣伝がその主観につよい影響をおよぼしてもいる。（中略）その錯雑した要求を、階級本来の要求に高め統一し、歴史的に可能な変革のコースを設定するのが、労働者階級の前衛党の任務である。そうだとすれば、現代史研究が客観性を保証される立場は、この前衛の立場であるということになる。

（「現代史研究の問題点」）

ここで遠山が主張する「前衛の立場」が唯物史観を前提とする歴史叙述において、確固不動の参照系であるということは、いまさら言うまでもないことなのであろう。この無謬の立場を参照系にすることで、歴史は叙述可能なものとなるのであり、「前衛の立場」からの現実の落差の距離を測りとり、そこに次の課題を見出すことが歴史を叙述しなければならない動機であり理由にほかならない。

六全協の決議が示しているように、現実の共産党は、戦前も戦後も前衛としての任務を充分には果しえない欠陥を、みずからの中にもっていた。共産党は、やはりあるべき前衛の立場から批判されなければならない。

（同前）

このように語った後、遠山は「現実の共産党」の「欠陥」をひとつひとつ数え上げ、「何故それが発生したのか、具体的な理論と行動のどこにそれがあらわれたか、その欠陥が戦略と戦術にどうかかわるかを明かにしなくては、共産党が全面的に、批判的客観的にとらえられたとはならないであろう」と述べて、『昭和史』の歴史叙述が十分に「客観的」ではなかったことを自己批判するのである。

この自己批判はしかし亀井による次の批判を呼ぶことになる。すなわち「歴史の主体性について」（『中央公論』一九五六年七月）[*16]において亀井は先の遠山の文章を読んだ上で、次のように再批判を行う。

日本における共産主義、具体的には日本共産党とは何であったか。コミンテルンの日本問題に関するテーゼは果して正当であったかどうか。政治勢力としては国内で微弱であったにしても、現代史を動かす一方の巨大な思想であることはたしかだ。肯定否定のための対決は、現代にとって必至であろう。あわせて昭和年代の転向という現象も問題になろう。私は転向とは本質的には、類型化された思想からの脱出と思っているので、別の思想へ転向して別の形で類型化するのを転向とは思っていないのだが、これは正当であるか。

（「歴史の主体性について」）

「私は、基本的には一九二七年テーゼ、一九三二年テーゼの上に、歴史批判の立場を求めたい」と遠山は先の文章の中で明言していたのであった。このテーゼの科学としての客観性が、すなわち遠山が描く「前衛の立場」なのである。遠山は「現実の共産党」の「欠陥」として「公式主義・セクト主義・冒険主義」を挙げていた。この三つについては『昭和史』においても「一応は指摘した」と述べている。つまり遠山にとって転向問題は「現実の共産党」の「欠陥」につながるものとして認識されていなかったということになる。亀井勝一郎が自身の転向体験の意味を問うという形で、遠山に「転向という現象」について持論をぶつけたのは当然のことであった。

『昭和史』Ⅲ章「日本文化の特徴」と題された短い節の中に、転向問題への言及が見られる。「日本の文化が、国民に共通する基盤を欠いているという点は、この時期に『講談社文化』と『岩波文化』の対立という形で問題にされていた」と書き出されたこの節のなかで、「転向時代」の到来は、「岩波文化」と「講談社文化」の分裂という社会現象を反映するひとつのエピソードとしての位置づけしかなされていない。転向は「ファシズムの勢力を勝利」させ、「知識人の後退に拍車をかけ」るために「当局」によって「最大限に宣伝の具」として利用された、タイムリーなアクシデントにすぎなかったということである。

遠山の自己批判は転向問題の重要性には及んでいない。亀井にしてみれば、「転向とは本質的には、類型化された思想からの脱出」なのであるから、「転向時代」の到来は出版ジャーナリズムの分裂といった問題とリンクするようなレヴェルの問題ではもとよりなかった。亀井が竹内好の影響を受けたのは、中国・アジア諸国への戦争責任という問題を単独で受け取ったということではなく、なによりも亀井自身の転向体験の意味を竹内の知識人論によって与えられたということが絶対的に重要な要因なのである。亀井が「日本共産党とはなんであったか」とあえて問いを立てたのは、「現代史を動かす一方の巨大な思想である」にもかかわらず、なぜそこから知識人が離反していかなければならなかったかという問いに亀井自身がとりつかれていたからである。

この問いが転向者にとって抜きがたいオブセッションになるのは、竹内好が提起した安藤昌益の問題が、知識人の死活にかかわるアポリアとなるのと同じ論理によるのである。すなわち前衛の思想によって知識人であり得たものが、その思想を捨てることによって、はじめて真の知識人になるとはどういうことか。竹内がノーマンの解釈を借りながら、安藤昌益を「社会の医者」と呼んだとき、転向問題ははっきりと知識人の問題として立て直されたのである。

2　転向論

『昭和史』II章「プロレタリヤ文化運動」の節に、「文壇はマルクス主義の波にあらわれたといわれ、モダニズムの流れの中からも、片岡鉄兵・高田保・藤沢恒夫・武田麟太郎・高見順たちが〈左傾〉した。」という記述がある。松田道雄はこの一節を次のように批判した。[*17]

ここに名をあげられた人たちがマルクス主義に同情者として、あるいは共同者として活動したことは事実であるが、何故それを「左傾」といわねばならないのか。左傾という言葉はマルクス主義に近づく人間を反マルクス主義者が侮蔑する時に用いる言葉である。ここに名をあげられた人たちがあとになってマルクス主義から離れたことも事実であるが、彼らがマルクス主義に近づいたことを侮蔑の言葉をもって、たとい括弧つきでも、表現することは、そういう人たちがあいついで同情者になった時期の感じとはあわない。彼らは、侮蔑者たちが言うように単なる流行としてマルクス主義に近づいたのではない。マルクス主義運動自身に、彼らをひきつける魅力があったし、彼らは彼らとして努力と勇気とをもってそうしたのだ。そういう彼らが何故はなれていったかということそれが重要な問題だ。その問題をさけるから彼らのはなれていったことを、彼らの浮薄な「左傾」のせいにしなければならないのだ。

（「昭和をつらぬく疼痛を――『昭和史』をめぐって　歴史家への注文」）

松田によるこの『昭和史』批判は、知識人のマルクス主義への転向を語る『昭和史』の語り口に「侮蔑」的な響きが混じること自体が歴史の理解として正しさを欠いており、そこに救いがたい「歴史家の痛覚脱失（アナルゲジー）」の存在を指摘するという独自の観点からなされている。ここでの松田の議論において注目しておくべきことは、「痛覚脱失」に陥った歴史家が知識人の転向の本質の究明を避けているという指摘である。転向問題の究明を避ける限り、マルクス主義からの転向は、マルクス主義への転向の「浮薄」さから当然の末路としてひき出されるほかない。だがこうした歴史叙述の無責任なつじつま合わせは、結果として、知識人を強烈に牽引し、やがて彼らの支持を失っていった日本共産党の実態を隠蔽し、前衛党としての正確な評価を放棄することにつながるであろう。

松田がこの文章で提起した「痛覚」という観点は、人間の行動を促す最も根源的な要因として見出されたものであり、いわば人間と社会との接点を説明する原理である。歴史家がこの「痛覚」を失ったまま対象と向き合うとき、解読の極めて困難な人間の社会的行動への理解力が失われ、いわばつじつま合わせとして心理的な補助線がひかれ、非社会的な行動として叙述されてしまうことになる。「痛覚」とは人間の深部に存在する、抜きがたい社会化への衝動の表れなのだ。

知識人のマルクス主義への転向を語るとき、「痛覚」を媒介させることで社会的不正義への痛みの感覚に繋縛された知識人の姿をそこに見出すことはむしろ容易であろう。だがマルクス主義からの転向が行われるとき、社会的不正義への「痛覚」を殺すことなくそれが行われうるかどうかが厳しく問われることになる。このとき歴史家は知識人のマルクス主義への転向を侮蔑的に「左傾」と呼び、社会的不正義への痛みの感覚を浮薄な擬装として否定するであろう。

すなわちマルクス主義からの転向（以下この意味での転向を〈転向〉と表記する。序章において用いた〈転向〉の表記もこの意味である。）は、客観的説明として事実を正しく位置づけることの難しい社会的行動である。〈転向〉が党からの離反である以上、〈転向〉を個人の倫理に還元しその是非を論ずることは、歴史叙述としては無意味だ。党からの離反を、党の側から説明すること、すなわち党の活動のありかたとして、知識人との関係がどのようなものであったかを検証しなければ、昭和の知識人の思想体験は著しく内面的心理的な面に偏ったものとして、その思想化の契機を永遠に失うであろう。党の活動が天皇制との闘いであるかぎり、〈転向〉は党と天皇制の二つの体制によって形成される磁場との対応関係において分析的に説明される必要があるはずである。

松田が歴史家に求める歴史叙述のありかたは次の一節に端的に表現されている。

天皇の立場からする歴史も、共産党の立場からする歴史もすでに既成のものがある。昭和に生きた人間をその何れか一方の側からだけ光をあてて評価するという見方には、もう私たちは飽きている。むしろ人間の価値というものを主にして、その形成のなかで天皇と共産党とがどう作用したかということのほうが興味がある。

人間の価値のとり扱い方の正しさにおいて天皇と共産党とは、それぞれどうであったかを反省することが、これからの問題のように思う。（同前）

ここで松田が「形成」という語を用いていることに留意したい。同じ文章の別の個所でも「歴史のもっている人間形成への積極的な役割」と松田は述べており、〈転向〉を含め昭和史の巨大な磁場のダイナミズム（その最大の二つの磁極が天皇と共産党であった）の渦中にあって、知識人は「人間の価値」を「形成」させていったと松田はいうのである。言いかえれば「天皇と共産党」との二つの強烈な磁極の相関関係の中に置かれた知識人にとって、主体的契機の確保が「天皇と共産党」のいずれの磁場にひきつけられることによっても不可能であると確信した瞬間を〈転向〉と呼ぶのだということである。松田はこのように論じることによって、〈転向〉を固定した行動型として物象化し倫理的に否定あるいは肯定する議論を退ける。〈転向〉は、少なくとも二つの互いに排斥的な磁極の相互関係によって生成的可変的に広がる地平への、知識人の主体的契機の多様な射映（Abschattung）であり、その無数の像の志向的統一として構成される。

松田の『昭和史』批判はこうした独自の〈転向〉観によって支えられているといってよい。このような〈転向〉観が松田自身の時代体験からくるものであることはいうまでもないし、松田自身もそれについては「無産者医療運動に殉じた」京大医学部の若い仲間たちを回想することから、『昭和史』の「やりきれない」侮蔑的叙述を批判しているのである。

〈転向〉が松田の記憶の想起とともに構成される想起的過去にほかならず、それがすぐれて歴史叙述のレヴェルにかかわる問題であることがここで留意されるべきであろう。松田が「左傾」という一語にこだわるのは、理論的構成体としてではなく実体論的対象として〈転向〉をとらえる『昭和史』の態度、すなわち歴史的出来事（Geschichte）としての〈転向〉と歴史叙述（Historie）との二元的分離を前提とする叙述態度がそこに露呈しているからなのである。

『昭和史』の記述が〈転向〉を十分に掘り下げることなく、孤立する「岩波文化」の「講談社文化」へ向けての崩落現象と同列の理解しか示せなかったことが、〈転向〉を思想課題として歴史家が受け止められないことの証左であった。松田が「そういう彼らが何故はなれていったかということそれが重要な問題だ。」と問うた時、松田自身にとって〈転向〉は過去の体験的事実の次元から切り離された思想課題としてあったのである。すなわち〈転向〉という歴史的出来事は、歴史叙述において、その叙述を通じてのみ、はじめて思想的意味を獲得することができるのである。

松田の批判に内在するのは、歴史叙述が歴史的出来事を説明する過程で生ずる、意味の捏造や隠蔽、抑圧といった事態への警戒に他ならない。〈転向〉はとりわけ倫理的裁断の対象であり、裏切り行為への憎悪を喚起し、あるいは贖罪意識を生みだすものとして説明されていたのである。そうした類型的説明が〈転向〉という歴史的出来事に対する抑圧であることはいうまでもなく、その抑圧から〈転向〉概念を解放し、その思想的意味を探索し、構成し、叙述することこそが歴史学の課題でなければならないはずなのである。

鹿島徹は歴史学のこうした課題に関連して次のように述べている。[*18]

物語り論的歴史理解は、歴史言説の遂行論的（プラグマティクス）分析にとどまるものではない。それは歴史性という基礎構造をも「物語り」という観点から照射することによって、現に物語られている歴史の抑圧・隠蔽作用を明るみにだす。とともに、「歴史の物語り」において不断に生起している異他的なものとの出会いという深層次元を開示して、新たな語りへと向かいうる歴史探究・歴史叙述の「制作的（ポエティック）」な本質性格、その不断の自己生成構造を解明し、活性化するものになりうるであろう。

（『可能性としての歴史——越境する物語り理論』）

松田道雄による批判を、「歴史探究・歴史叙述の『制作的（ポエティック）』な本質性格」の提言の観点から理解しなければ、松田がその後継続的に取り組むことになる知識人論の探究を、松田の精神の軌跡として正しく位置づけることはできないであろう。松田は『昭和史』への批判文を発表してまもない一九五六年七月二七日、立命館大学の第七回夏期日本史公開講座で講演し、〈転向〉概念の更新に至る新たな「歴史探究・歴史叙述」を試みている。「戦争とインテリゲンチア」と題され『思想』（一九五六年一一月）[*19]に掲載されたその講演で松田は、共産党が「天皇制こそ日本人民の不幸の根源であるという真実を示すことで道義的責任を果たした」といえるその一方で、「だがそれによって孤立し、弾圧の前にくずれ去り、党以外の自主的な動員組織をつくる時期を失わしめ、広い反軍運動を展開する政治的責任を果たし得ませんでした」と論じたうえで、次のように講演全体の論旨をまとめている。

以上いったことから結論めいたことをひき出すとすれば、昭和のはじめの戦争反対の運動が成功しなかった理由は、プロレタリアへのヘゲモニーの思想に執着して、日本共産党が、人民の自主的な運動の指導を独占しようとしたことが一つ。

いま一つは、日本のインテリゲンチアが、プロレタリアにたいして不必要な劣等感を抱いて、自主的な反戦運動を、適当な時期に組織しなかったこと。

以上であります。

（「戦争とインテリゲンチア」）

松田は〈転向〉を、個人的な体験の記憶＝私秘的記憶（private memory）の次元から切断し、関主観的記憶（intersubjective memory）として歴史化するにあたって、「単なる流行としてマルクス主義に近づいたのではない」「彼らが何故はなれていったか」というアンチノミーを解かなければならなかった。アンチノミーを解くことが、歴史家による倫理的裁断批評から〈転向〉を救い出す唯一のルートだと松田は確信していたはずだ。「同義的責任」と「政治的責任」という、共産党が果たすべき二つの責任を提起したうえで、この二つの責任が同時に追求されようとすると、不可避的にアンチノミーの関係に入ってしまうことを松田はこの講演で明らかにした。それが日本共産党の崩壊の原因であり、同時にまた「流行としてマルクス主義に近づいたのではない」「彼らが何故はなれていったか」という問いへの答えでもあった。

「日本のインテリゲンチアが、プロレタリアにたいして不必要な劣等感を抱いて、自主的な反戦運動を、適当な時期に組織しなかったこと」は、「日本共産党が、人民の自主的な運動の指導を独占しようとした」からであり、それは日本共産党が「同義的責任を果たし」たことによる、大衆からの孤立（政治的責任を果たす場の喪失）の故であった。〈転向〉現象に明確な見通しを与えたこの松田の実践こそ、「新たな語りへと向かいうる歴史探究・歴史叙述の『制作的（ポエティック）』な本質性格、その不断の自己生成」（前掲鹿島）としての歴史のポイエーシスの一典型であったといえよう。

松田の批判に対する遠山の応答は以下のようなものであった。

歴史の審判ではなく、歴史家が歴史を裁いているかの態度、当の歴史家自身が同時代人として、歴史に裁かれねばならぬことを忘れて。良心的な知識人の苦悩にもっと共感をもて、とのべた松田道雄氏の批判（読書新聞三月二十六日）は、この点にかかるものと思う。たしかに私の歴史観には、そうした弱味がある。その点は私の明治維新史研究についても批判されていることである。（中略）それは亀井氏のいう「共感の苦悩に生きる」

ことに通じるのかもしれないが、「愛情の深浅」と表現されるような、主観的評価をいきなり導き入れることは、拒まなければならない。そうでなければ、歴史は科学の分析の外にはみ出し、感動すべきもの、非科学になってしまうからである。

（前掲「現代史研究の問題点」）

松田の「戦争とインテリゲンチア」は遠山の応答の後に発表されたものだが、松田の『読書新聞』紙上での批判（前掲「昭和をつらぬく疼痛を」）の核心が、既成の〈転向〉概念による抑圧の除去にあったことは見てきたとおりである。そこには対象への「愛情」が確かにあり、「愛情」によって可能となった「歴史探究・歴史叙述」（前掲鹿島）がある。遠山のこの発言自体が誤りであるというのではないが、松田への応答として読むとき、そこにはなお越え難い溝があることが感じられる。

『昭和史』は一九五九年八月に全面改訂され、新版として刊行されることになる。[*20] 一連の批判、論争を踏まえての改訂新版の刊行であったことはいうまでもない。『昭和史〔新版〕』Ⅲ章三節「国防国家への道」の最終項に「転向と知識人」と題された記述がみられる。見出しに転向という文字が使用されたのはこの新版がはじめてである。その一節を次に引用しよう。

なだれのような転向現象は、革命思想がまだ十分に血肉化されず、自己の生活原理とギャップをもち、いわんや国民大衆の生活感覚から遊離していたという弱点を如実に暴露したものであった。権力にたいし、もっともはげしく批判と抵抗をおこない、いわば「良心のともしび」となってきた力が、かくもむざんに崩れ去ったことは、とくに知識階級の先進部分に大きな衝撃をあたえた。

（『昭和史〔新版〕』）

旧版『昭和史』において〈転向〉は「意識的な裏切り」「心ならずもの実践からの逃避」などとされ、また「マルクス主義思想は、国民の中に入っていたとはいえない」と判断され、その理由として、マルクス主義思想が「教養としての思想という欠陥から無縁ではなかった」ことが挙げられていた。これは社会思想・革命思想が大正教養主義の延長上に受容されたということを意味するのであり、文化史的領域の問題にまで矮小化された記述となっている。まさに旧版において前衛とは、「岩波文化」に埋没した文化人にほかならなかったのである。

新版においてはここに引用した部分にも明らかなように、それが「良心のともしび」であったとされ、その無残な崩壊の理由として、革命思想が「国民大衆の生活感覚から遊離していたという弱点」が挙げられて、革命思想の大衆化を阻む状況の厳しさが、知識人の孤立から転向への流れを作ったことが明示的に述べられている。だが注目しておきたいのは、新版の前掲引用箇所に付された次の注記である。

司法省行刑局の報告（三四年）によれば、転向の動機は、「家族関係によるもの」が圧倒的に多く、「国民的自覚によるもの」がこれについでいる（『近代日本思想史講座』Ⅰ）。これは「家族」とか「民族」の問題が、わが国のマルクス主義思想において深くとりあげられていなかったことを物語っている。（同前）

松田の〈転向〉論は前衛党の理念と実際の戦術との齟齬に着目し、齟齬の発生の要因として前衛の原理主義的硬直性を指摘したものであった。そこには一般の民衆との共同戦線のタイミングを摑めなかった知識人の判断ミスが含意されているが、問題はタイミングを逸したこと以上に、知識人をも含めた日本的思想風土そのもの（「『家族』とか『民族』の問題」）への無理解にこそあるのではないかというのが、この注記の意味するところであろう。マルクス主義思想が避けてきた近代日本に固有の問題が、知識人のいわば躓きの石となり、大量転向となって表れたという論理構成をとる〈転向〉論である。

この注記が示唆する〈転向〉論の論理構成は、一九三三年六月に発表された佐野学・鍋山貞親の「転向声明」[*21]においても、委細を尽くして展開された〈転向〉の論理を逆照射する光源として有効である。だがその一方で、そもそも〈転向〉を導き肯定する高度に行為遂行的な言説であった〈転向〉論から、その論理構成だけが抽出され歴史叙述の内部に包摂されてしまった〈転向〉論の形骸として、それを眺め返す視線を阻むこともまたできないのではないだろうか。

一九三三年六月の「転向声明」には「民族的範疇を以て階級に忠実なる条件と空想するのは小ブルジョワ的思考である。日本民族の強固な統一性が日本における社会主義を優秀づける最大条件の一つであるのを把握できないものは革命家ではない。」（「共同被告同志に告ぐる書」）といった文章が並んでいた。『昭和史［新版］』に包摂された〈転向〉論は、この「転向声明」の弱点が「民族的範疇」という概念にあることを教える一方で、転向者がこの「転向声明」にあえて書かなかったことについては何も語ることができない。すなわち佐野学・鍋山貞親の二人にとって、この「転向声明」の弱点が「民族的範疇」という概念にあることは当然理解されており、それが論理的な飛躍を含むことはいわば自明の理であった。〈転向〉が飛躍である以上、その行為をあくまで論理的に説明することはできないからである。

松田道雄の提起した、政治的責任と道義的責任のアンチノミーを組織論的に克服できなかったことが要因だとする〈転向〉論が、日本の伝統的思想風土を理論的に超克できなかった前衛・知識人の思想的弱点によって説明する〈転向〉論より優れているといえるのは、〈転向〉者の意識の内部で否認されていた非合理性の痕跡を、論理的な言葉で内在的に語ることを可能にするものであるからだ。

昭和史論争は、その本質において〈転向〉論争であった。〈転向〉とは、ある内的な部分について沈黙することであり、〈転向〉論はその沈黙を、転向者に代わって語ることにほかならなかった。そのことに気づいていたのは論争当事者としては松田道雄であり亀井勝一郎であった。亀井が「私は転向とは本質的には、類型化された思想からの脱出と思っているので、別の思想へ転向して別の形で類型化するのを転向とは思っていないのだが、これは正当であるか」（前掲「歴史家の主体性について」）と書いたのは、類型から類型への移動によっては、沈黙に沈黙が累積するのみであり、そこに語りの契機が生み出されないことを亀井が知っていたことの証左である。竹内好は早い段階から日本型インテリの思想的虚弱体質を、国家的社会的な制度の面から指摘していた。

遠山茂樹ら『昭和史』の著者にはついに見えなかったかもしれないが、問題の核心にあったのは歴史家も民衆も前衛もともに日本的思想風土の桎梏から逃れられない日本近代の現実を、目的論的＝事後的な時間軸上に展開させる外部観察＝超越的眼差しによって語ることにこそあったのである。それは沈黙に沈黙を強いる二重の抑圧となるからである。沈黙が存在すること。まずそこから語られなければならない。歴史が叙述されなければならない理由は、そこにしかない。それはいわば歴史のポイエーシスを可能にする要件の探究である。

3　語ることと沈黙すること

歴史家はすべてを記述することはできない。生起したことを瞬時にして写し取る超人的な歴史家が詳細にして膨大な記録を書いたとしてもそれは歴史叙述ではない。「理想的年代記（Ideal Chronicle）」（A. Danto/1985）[*22]という仮説がわれわれに教えるのは、事実は歴史家に直接与えられていないということである。エルンスト・カッシーラーは最晩年の著作『人間――シンボルを操るもの』[*23]のなかで次のように述べている。

歴史的知識の第一歩は、観念的な再構成であって、経験的な観察ではない。我々が科学的事実とよぶものは、つねに我々があらかじめ、組織化しておいた科学的な問に対する答である。しかし、歴史家は何に対してこの問をむけ得るであろうか。彼は、事件そのものに当面することはできない。彼は、以前の生活の形式に入り込むことはできない。

（『人間――シンボルを操るもの』）

ここでカッシーラーは、歴史家があたかも物理学者のように厳格な規則に拘束されるべきであるとともに、問いそのもの、あるいは問うべき対象そのものがどこにあるかを、その規則内部から導き出すことはできないことを認識すべきだといっているのだ。問うべき課題として与えられている所与のものに拘束されることは、歴史叙述の空白への想像力を枯渇させてしまうという警告にほかならない。

同書においてカッシーラーは「生産的想像の行為」として歴史叙述を位置付けている。すなわち「最後的で決定的な行為は、つねに生産的想像の行為である。エッカーマンとの対話のなかで、ゲーテは『実在的なものの真理に対する想像力』(eine Phantasie für die Wahrheit des Realen) をもっているものが少ない、という不満をもらした。」とゲーテの言葉をかりて、歴史叙述における「実在的なもの」が「想像力」によって構成されることをカッシーラーは強調しようとしているのである。

カッシーラーが「実在的なもの」というとき、それは素朴実在論的な意味での物体や出来事ではない。「実在的なものの真理に対する想像力」という表現が示唆するのは、この「実在的なもの」が歴史的事実としての真理条件を備え、間主観的に歴史事実として共有されるためには、既成事実（所与の歴史叙述）を根底から読み換え編成しなおす力が不可欠であるということである。「想像力」とは所与の文脈から新たな文脈を創出する力にほかならない。

歴史叙述における解釈学的循環、あるいは問いの理論負荷性 (theory-ladenness) の問題からカッシーラーは、「生産的想像の行為」としての歴史学を描いてみせる。それは所与の文脈を編み変え（脱文脈化）、新たな文脈を創始する（文脈化）行為である。「想像力」とはそのような力のことなのである。ゲーテがあえて「実在的なものの真理」といったのは、「想像力」による脱分脈化によって新たに登場する歴史的事実が、間主観的により普遍的な真理条件を満たしており、それがこれまで叙述されてこなかったことへの反省を促すような真理性を獲得することの歴史的意義が含意されているのであろう。

〈転向〉に関し、新たな文脈を創始し、所与の文脈から〈転向〉を奪い取ることが、昭和の歴史叙述には必要である。〈転向〉現象とされる歴史的事実の外延すら、いまだ確定されていない。吉本隆明は小林多喜二、宮本顕治、宮本百合子の名を挙げて、彼らの『非転向』をも、思想的節守の問題よりも、むしろ日本的モデルニスムスの典型に重みをかけて、理解する必要があることを指摘したいと思う。このような『非転向』は、本質的な非転向であるよりも、むしろ、佐野、鍋山と対照的な意味の転向の一形態であって、転向論のカテゴリーにはいってくるものであることはあきらかである。」と述べ、〈転向〉を日本的モダニズムの問題ととらえることで、「自分の論理を保つに都合のよい生活条件」があるものと、それがないものとを、「いわば、それは、同じ株が二つにわかれたものにすぎなかった」として、〈転向〉概念の外延を大きく拡大したのであった。

吉本の「転向論[*24]」は一九五八年に発表されており、時期的には一連の昭和史論争に触発された可能性もある。吉本は中野重治の小説「村の家」を検討し、主人公勉次の父孫蔵の言葉を、日本的モダニズムに対する最も根底的な日本封建制の総体からの批判だとする。勉次は「転向によって、はじめて具体的ヴィジョンを目の前にすえることができたその錯綜した封建的土壌と対峙することを、ふたたびこころにきめたのである」と書き、〈転向〉が「対決すべきその実体をつかみとる契機に転化している」ケースとして、〈転向〉概念の内包を深化させた。

吉本の「転向論」によって従来の〈転向〉概念に揺さぶりがかけられ、脱文脈的な想像力による新たな文脈形成がそこに働いていることは明らかであろう。歴史叙述にみられるこうした視座の転換を定式化することは可能だろうか。

ウィトゲンシュタインが『哲学探究』第二部等で集中的に考察した「アスペクト（Aspekt）」の問題をつかって、ゲーテ、カッシーラーのいう「生産的想像の行為」の形式的定位を試みたい。その際、野家啓一の一連の論考[*25]を手掛かりとし、アスペクト知覚の問題から、「生産的想像の行為」への思考展開を試みることになる。アスペクトとは立方体の各辺を描いたネッカー図形や、ウサギとアヒルが反転するジャストロー図形等を観察する時に生じる相貌転換の知覚のことである。ウィトゲンシュタインは「意味盲」や「アスペクト盲」に欠落しているものを、「想像力（Phantasie）」ないしは「表象力（Vorstellungskraft）」と呼んでいる。野家啓一によるこの点についての論述を引用しよう。

> その場合に働いている「想像力」とは、先にも述べたように、「文脈」を創設し、補完し、転換する能力のことにほかならない。あるいはそれを、「文脈化（contextualization）」および「脱文脈化（de-contextualization）」の能力と名づけることもできる。アスペクト知覚が「なかば視覚体験、なかば思考」であるとすれば、想像力はまさに「視覚体験」と「思考」とを橋渡しする媒介環の役割を果たしているのである。
>
> （「『理論負荷性』とアスペクト知覚」）

ジャストロー図形がウサギに見えるかアヒルに見えるかは「想像力」ないし「表象力」によって構成される「文脈」によって決定される。それは同一の図形の様々な現れとして見えるのではない。それぞれは全く異なった知覚として事物を解釈しているのである。いい換えれば、事物が何かとして見えているとき、事物は一定の構造として把握されており、その構造が構成的に把握された瞬間、その事物は何かとして知覚されることになる。「文脈」とは事物が何かとして知覚されているときの事物の構造であり、それは何かについての知覚経験を可能にする不可欠の条件である。

アスペクト知覚の転換の問題が、歴史叙述の脱分脈化と新たな文脈の創出といった問題と問題構成上パラレルであることはすでに明らかであろう。野家は知覚的理解と言語的理解との連関について、次のように述べている。

「文脈（context）」という概念は、もちろん言語論上の用語である。文の意味を理解する場合、われわれは文を構成する個々の語の意味をまず理解し、後からそれらを寄せ集めて文の意味を構成するわけではない。逆に語の意味は、それが文の中に占める位置や配列によって、すなわち「文脈」によって確定されるのである。それゆえ、フレーゲの言う通り、語の意味を孤立化させて問うことは意味をなさない。彼の言葉を借りれば、「文の文脈の中でのみ、語は何かを意味する」のである。このことは、アスペクト知覚が個々の感覚与件の集合体には還元できないこととある種の平行関係をもっている。だとすれば、アスペクト知覚と言葉の意味理解との間に密接な連関があることは、当然予想されてよいことであろう。（『アスペクト盲』と隠喩的想像力）

「文脈（context）」の中でのみ「語は何かを意味する」のであれば、一定の具体的文脈から別の文脈へと飛躍する能力によって、語の意味は選択的に変化することになる。ヤーコブソンは言語の連合関係にかかわる「選択能力」の障害（失語症の二つのタイプのうちの一つ）をメタ言語的操作の障害と理解しているが、具体的な一定の文脈から身を引き離し、抽象的文脈にむけて選択的に飛躍するメタ言語的操作能力を、「想像力」ないしは「表象力」と呼んで差し支えないだろう。

ゲーテ、カッシーラーの言う「生産的想像の行為」の能力は、アスペクトの恒常的な知覚から、抽象的文脈に向けて選択的に飛躍し（アスペクト転換）、全く異なる具体的文脈の内部へと降り立つ能力のことなのだといえるだろう。所与の意味に拘泥することは「見えるもの」の構成的布置を知覚することである。だが「見えるもの」から「見えないもの」へと想像上の可能性を新たに構成する能力を、ヤーコブソンは「選択能力」と呼び、ウィトゲンシュタインは「想像力」ないしは「表象力」と呼んだのである。

「見えるもの（構成的意味）」から「見えないもの（潜在的意味）」へと飛躍する「表象力」によって、歴史叙述は書き換えられていく。「沈黙」はこうして、「語りうるもの」へと転換していくのである。

現代の歴史学に、この意味での「表象力」が機能しているかどうか。今日の我々が抱える様々な思想課題は、すべてその一点にかかわっているのではないだろうか。

注

＊1　遠山茂樹・今井清一・藤原彰『昭和史』（一九五五年一一月　岩波書店）岩波新書（青版223）引用は全て本書テクストによる。

＊2　大門正克編著『昭和史論争を問う――歴史を叙述することの可能性』（二〇〇六年六月　日本経済評論社）

＊3　大門正克「総論　昭和史論争とはなんだったのか」（大門正克編著『昭和史論争を問う――歴史を叙述することの可能性』〈注2参照〉所収）

＊4　木村敏「分裂病の時間論」（笠原嘉編『分裂病の精神病理5』一九七六年　東京大学出版会）引用は『自己・あいだ・時間――現象学的精神病理学』（二〇〇六年五月　ちくま学芸文庫）による。

＊5　木村敏『時間と自己』（中公新書674　一九八二年一一月）

＊6　木村敏「時間と自己・差異と同一性」（中井久夫編『分裂病の精神病理8』一九七九年　東京大学出版会）引用は注4『自己・あいだ・時間――現象学的精神病理学』による。

＊7　吉本隆明「丸山眞男論」（『一橋新聞』一九六二年一月一五日～一九六三年二月一五日　一〇回連載→『丸山眞男論（増補改稿

版)』一九六三年四月　一橋新聞部)　引用は『吉本隆明全著作集12』一九六九年一〇月　勁草書房)による。

＊8　吉本隆明・江藤淳「文学と思想」(『文藝』一九六六年一月)引用は『吉本隆明対談選』二〇〇五年二月　講談社文芸文庫)による。

＊9　注＊8に同じ。

＊10　吉本隆明「共同幻想論」(『文藝』一九六六年一一月〜一九六七年四月連載)

＊11　吉本隆明『共同幻想論』一九六八年一二月　河出書房新社)引用は『吉本隆明全著作集11』(一九七二年九月　勁草書房)による。

＊12　亀井勝一郎「現代歴史家への疑問」(『文藝春秋』一九五六年三月)引用は『現代史の課題』(二〇〇五年五月　岩波現代文庫)による。

＊13　和田悠「昭和史論争の中の知識人――亀井勝一郎、松田道雄、遠山茂樹」(大門正克編著『昭和史論争を問う――歴史を叙述することの可能性』〈注2参照〉所収)

＊14　竹内好『日本イデオロギイ』(一九五二年八月　筑摩書房)所収「インテリ論」末尾に(一九五一年一月)の付記がある。引用は本書テクストによる。

＊15　遠山茂樹「現代史研究の問題点――『昭和史』の批判に関連して」(『中央公論』一九五六年六月)引用は、大門正克編著『昭和史論争を問う――歴史を記述することの可能性』「第二部　同時代の論争を読む」による。

＊16　亀井勝一郎「歴史家の主体性について」(『中央公論』一九五六年七月)引用は『現代史の課題』(二〇〇五年五月　岩波現代文庫)による。

＊17　松田道雄「昭和をつらぬく疼痛を――「昭和史」をめぐって　歴史家への注文」(『日本読書新聞』一九五六年三月二六日)引用は、大門正克編著『昭和史論争を問う――歴史を記述することの可能性』「第二部　同時代の論争を読む」による。

＊18　鹿島徹『可能性としての歴史　越境する物語り理論』(二〇〇六年六月　岩波書店)所収「第一章　物語り論的歴史理解の可能性のために」第一章の初出は『思想』(二〇〇三年一〇月　岩波書店)

＊19　松田道雄「戦争とインテリゲンチア」(『思想』一九五六年一一月　岩波書店)　引用は、松田道雄『日本知識人の思想』(一九六五年七月　筑摩書房)による。

＊20　遠山茂樹・今井清一・藤原彰『昭和史［新版］』(一九五九年八月　岩波書店)岩波新書(青版355)引用は全て本書テクストに

よる。

＊21　佐野学・鍋山貞親の「転向」声明は一九三三年六月一〇日の新聞に発表された。「共同被告同志に告ぐる書」は同年七月の『改造』に掲載された。引用は、近代日本思想体系35『昭和思想集Ⅰ』（松田道雄編　一九七四年一〇月　筑摩書房）による。

＊22　河本英夫訳『物語としての歴史』（一九八九年三月　国文社）、Narration and Knowledge, 1985,

＊23　宮城音弥訳『人間――シンボルを操るもの』（一九九七年六月　岩波文庫）、AN ESSAY ON MAN, 1944,

＊24　吉本隆明「転向論」（『現代批評』一九五八年一二月）引用は『吉本隆明全著作集13』政治思想評論集（一九六九年七月　勁草書房）による。

＊25　次の三つの論考を参考にした。「ウィトゲンシュタインの衝撃」（岩波講座現代思想第四巻『言語論的転回』一九九三年六月　岩波書店）、「『理論負荷性』とアスペクト知覚」（藤田晋吾・丹治信春編『言語・科学・人間』一九九〇年二月　朝倉書店）、「『アスペクト盲』と隠喩的想像力」（飯田隆・土屋俊編『ウィトゲンシュタイン以後』一九九一年三月　東京大学出版会）引用は、野家啓一『増補　科学の解釈学』（二〇〇七年一月　ちくま学芸文庫）による。

映像篇

物語る身体——田中絹代と戦前・戦後の映像空間

関　礼子

はじめに

いわゆる「美形」ではない。「美声」の持主でもない。にもかかわらず、一九二四年に十四歳で松竹キネマ下加茂撮影所大部屋女優として出発していらい、一九七九年に六十七歳で亡くなるまで出演作二百四十数本のうち、その多くを主演で通した女優田中絹代。[*1] おそらく彼女を語ることは、ひとりの女優の生涯を語るというよりも、「美形」でも「美声」の持主でもない「女優」がなぜ戦前・戦後の日本映画の第一線を走り続けることができたのか、その理由を語ることになるだろう。

最初の出演作品「元禄女」の監督野村芳亭を皮切りに、清水宏・島津保次郎・五所平之助・牛原虚彦・衣笠貞之助・小津安二郎など、一九二〇年代から三〇年代に至る草創期の松竹に所属した映画監督たちの熱い視線のなか、本名田中絹代がしだいに「女優田中絹代」となってゆくプロセスは新藤兼人の『小説田中絹代』（読売新聞社、一九八三年二月）や新藤の影響下にある古川薫『花も嵐も　女優田中絹代の生涯』（文藝春秋、二〇〇二年二月）などにくわしい。「私は小説家ではないから、シナリオを書くつもりでこの仕事にとりかかった」と述べる前者は、確かにそのテクスト空間に「田中絹代」という活力ある表象を生動させているし、後者は資料を駆使して田中絹代の下関の幼少期や大阪天王寺での琵琶少女歌劇時代を印象深く記述している。

しかしここで語ろうとするのは、このような彼女自身への興味を共有する者のひとりとしての視線ではない。むろん、その対局に位置するもっぱら「純粋鑑賞」をめざす「キノ・グラース」[*2]たちの視線から再構成された「田中絹代」でもない。ここでの目標は、ひとえに「田中絹代」という表象が戦前と戦後における日本映画のなかで、その映像を通して実現してしまったもの、物語ってしまったものを言語の力で記述することにある。無節操なまでに、日本映画を代表する多くの監督の要請に応えることができたその身体とは、「白い絹地の身体」と呼ぶべきものであるが、ここではそのような布地に織り出された種々の痕跡を語ろうと思う。

たとえば、封切当時において考えられるかぎりの豪華な女優陣を配したことで知られる幸田文原作、映画「流れる」（一九五六年、監督成瀬巳喜男、脚本田中澄江・井手俊郎）のなかで柳橋の芸者置屋の女中梨花に扮した田中絹代の次のようなワンショット。

「そんなら私押へますが、あとでひどいなんておつしやられると困るんです。」主人も米子もわれ知らず押され気味だつた。会話のうちにちよつとびつくりするくらゐ、しやつきりした響が流れ出てゐたし、下手にすわつたそのからだつきも急に一トきは幅を拡げたといつたふうなものが感じられた。[*3]

引用は原作からのものだが、このあと彼女は医師の注射を嫌がる病気の少女に手を焼く家の女主人たちの前で、子どものからだを自分の腕と身体で巻きつけるようにして押さえつけ、注射を受けさせる。幸田文の本格的な文学的出発に際し、大川端の芸者置屋の女中という職業を選んだ実体験を基にしたこの小説は、彼女の出世作であり、文体的にも定評がある。その「流れる」のなかでも、玄人女性にはとうてい太刀打ちできない病児に対する素人女性の強みをみせたこの場面を田中絹代は初の女中役で、さり気なく、同時に他を圧倒するような身体演技で映像化してみせたのである。

芸者置屋の女主人役は山田五十鈴。一九五〇年代の初頭、田中絹代と山田五十鈴は「女優の双璧」と言われてその技量と人気を二分していた。[*4]「陰の絹代」・「陽の五十鈴」と呼ばれた二人はこの映画のなかで、花柳界の女主人と素人女中というほとんどライバル関係に等しい役柄で対峙したが、少なくともこの場面での田中絹代の演技は秀逸である。このとき田中絹代、四十六歳、幸田文五十一歳。原作者を彷彿させる視点人物梨花を演じた田中絹代は、杉村春子をはじめ高峰秀子・岡田茉莉子・中北千枝子ら多彩な女優陣を束ねる役どころを、中年女中という不利な役柄を逆手に取ることで巧みに務めることができたのである。

本論では田中絹代の出演作のうち、初期の一九三〇年代からは「非常線の女」・「春琴抄　お琴と佐助」（以下「お琴と佐助」と表記）を、つづく四〇〜五〇年代からは「風の中の牝鶏」・「お遊さま」・「おかあさん」・「噂の女」の計六作を取上げることにする。このなかで戦前・戦後にわたる二作を取上げるのは小津安二郎、そのほかは戦前の島津保次郎、戦後では溝口健二、成瀬巳喜男というラインナップを予定している。これらの映画テクストの選択は論者による多分に恣意的なものにちがいないが、同時にそれぞれの時期における問題系に接近できるテクストであることはやがてあきらかになるはずである。

1　サイレント的身体の生成――「非常線の女」

「非常線の女」は一九三三年四月一五日の大阪朝日座での初公開に遅れること一二日、同年四月二七日に東京の帝国館で封切られた小津安二郎監督二七本目のサイレント映画である。小津映画といえば、「東京物語」に代表されるように、第二次世界大戦の傷跡がしだいに影をひそめてゆく戦後の市民生活を描いた作品が評価の対象となることが多いが、本作は戦前期のモダニズム的色彩の濃い、しかもトーキーではなくサイレント作品である。戦前期の小津映画が一般に陽の目をあびたのは一九七〇年代以降といわれる。それから二〇年後の一九九〇年代においても、本作の評価は必ずしも高いとはいえなかった。

この映画も『東京の女』と同様、小津のサイレント技法の到達点を示している。こちらの方が規模が大きいだけに、華麗な印象を与えるだろう。但し、キャスティングによるいささかの難は感じられるかもしれない。『伊豆の踊子』（一九三三）が封切られたばかりの田中絹代のズベ公は、柄ではないし、『嵐の中の処女』（一九三二）のアイドル水久保澄子も三井秀男の妹にしか見えない。しかし、彼らのスター・ヴァリューが、この映画には必要だったのだろう。「小津のシャシンには客が来ない」という定説は、撮影所の一員として、全く無視はできなかったからである。[*5]

引用にあるように、この時点での田中絹代に「スター・ヴァリュー」があったことは事実である。年譜によれば一九三二年に彼女は、野村芳亭監督「金色夜叉」、五所平之助監督「兄さんの馬鹿」・「恋の東京」、衣笠貞之助「忠臣蔵」など計十本の映画に主・助演していただけでなく、翌年は五所の「花嫁の寝言」や引用にある同じく五所のサイレント映画「伊豆の踊子」で可憐なヒロインを演じた直後だった。したがって、「非常線の女」で、昼は商事会社のタイピスト、夜はチンピラの情婦という時子の役は、誰が見ても「いささかの難」や「ズベ公は、柄ではない」という不評が生じるのは、それまでの女優イメージという点でやむをえなかったかもしれない。

しかし、田中絹代はほんとうにミス・キャストだったのだろうか。映画の冒頭に、絹代の演じる時子がタイピスト役で登場するシーンがある。小津映画では定評のある職場の描写は本作でも周到に為されているが、ここでの彼女は横縞のセーターの襟元から白いブラウスの襟を見せて、いかにも女学生の普段着という扮装である。いっぽう、時子の恋人襄治を慕い弟分になる三井秀男扮する浩の姉和子役の水久保澄子は、レコード屋の店員役である。田中眞澄は本作の「支配的なモダニズム要素」は「断然ボクシング」にあるとしたが、[*6] 女性の側に注目すると事態は異なった様相をみせてくる。

和子の職場であるレコード店には、あるレコード会社のシンボルである蓄音機に耳を傾けるキャラクター犬が置かれているうえ、店内には広い電話ボックスのような試聴室があり、このような設定は襄治がしだいに和子に惹かれてゆく重要な背景となっている。さらに付け加えるなら、映画のカタストロフィを形成するのは、宏が姉のレコード店内のレジスターから金を盗んだ出来事による。レコード店は戦後でこそどこにでもあるありふれた都市風景だが、当時において試聴室やレジスターを兼備したそれは最新の「モダニズム風景」だったのである。

ならば、本作の特長とはなにか。それは先の引用にある「サイレント技法の到達点」にあると思う。それは一言で言えば、説得力のある映像とそれを支える印象的な科白、ただしこれはトーキーではないから正確には文字幕の力である。以下内容の面からこの問題を考えてみたい。

「非常線の女」は原案がゼームス・槙（小津のペンネーム）、脚本は池田忠雄。物語が田中眞澄のいうような「ボクシング映画」でないのはあきらかだ。なぜなら元ボクサー役の岡譲二とボクシングとの関係がその身体演技において必ずしも密接につながっていないのである（むしろ三井秀男の身体にそれが見られる）。すでにこの時点で、日本封切こそ一九三四年一月だったものの、チャップリンの「街の灯」（一九三二年）という、ある意味で秀逸な「ボクシング映画」が製作されており、それと比較するとここでのボクシングの扱いはいかにも中途半端で、とうてい「ボクシング映画」とは言い難い。ならば、この映画の生命線とはなんであろうか。

ここで田中絹代という女優の存在が浮上してくる。確かに彼女の卵形でしかも一重まぶたという顔立ちは、顔から下の洋装と調和していない。昼の健気な職業婦人から夜の情婦へと変身する田中絹代が身にまとうのは、イブニングドレスや派手なブラウスとスカートの組み合わせ、それに外出時に身にまとうフロックコートや帽子等々である。特に映画の前半、あらわな肩や胸を支えるドレスの細い紐が何度もずり落ち、それを直そうとする仕草が表われるが、それについて蓮實重彥は次のように指摘する。

『非常線の女』の美しさは、目が大きく彫りの深い顔立ちの水久保澄子に和服を着させ、寡黙な表情の演技を要求し、目が細くて可憐な日本娘といった感じの田中絹代に、勝気な情婦の役を演じさせ、ついには拳銃まで握らせるという演技設計上のアンバランスから来ているものだ。だがそれにしても、昼間は商事会社の秘書である女が、夜になるとイブニング・ドレスをまとって暗黒街にくり出してゆくという役柄ゆえに、ここでの田中絹代が、着替えることという小津的な主題を如実に体現する女性を演じているというだけのことが、どうしてこれほど感動的なのであろうか。[*7]

蓮實は「感動」の理由を「着替えること」に見出しているが、ここではその理由をサイレント映画に求めたい。つまりここで「情婦」らしさを構成する具体的要素とは、身体演技と科白なのであるが、字幕によって担われている科白は過剰なまでに「ズベ公」ぶりを発揮しているし、蓮實の指摘するように「ピストル」やそれを用いて恋人の逃亡を阻止する行為は充分「情婦」的である。だが、私たち観客はそのような「情婦のコード」とは裏腹な田中絹代の身体に出会うことになる。

場面は物語の終局、時子と襄二は和子と宏姉弟のために一肌脱いだにあと部屋にもどり、逃亡の準備をする。時子も裏二ももはや堅気の生活に復帰しようとしている点では共通しているが、そこには微妙な差異が横たわっている。一刻も早く逃亡したい彼に比べ、「捕まっちまはうよ」という科白に象徴されるように、時子は「晴れて」堅気になりたいのだ。堅気の女の典型である和子に出会った時子は、あろうことか「和子になること」を欲望してしまったのである。その時子の欲望が如実に表れているのが、彼女の「身にまとうもの」の意味の変容である。

この直前までそれらは「衣類」ではなく、「衣装」であった。しかしいまや「衣装」は彼女の「着替え」を演出する重要なアイテムではなく、ただの「衣類」なのだ。非日常を取り繕うのに必要だった記号的な「衣装」は彼女にはもう必要ではない。「和子への欲望」以降、彼女は最後まで上はストライブのブラウス仕立て、下は白いフレヤースカートというワンピース姿で通す。

ここで私たちはタイトルの「非常線」に思い至る。「非常線」とは警察権力の包囲網としてのそれを意味するだけでなく、時子という女が抱えていた日常と非日常を分かつ警戒線、つまり境界線そのものであったことを。さきほど指摘した「衣装」から「衣類」への変化はこの境界を含意していたのである。しかし、これだけではなぜ彼女のこの身体演技が「感動的」なのかの説明としては不十分であろう。ここでこの映画がサイレントであったことを改めて思い起こそう。

サイレント映画において、基本的に科白は「映画のもの」であって、演じる役者のものではない。この点はトーキー以降と大きく異なる。トーキーにおいて科白は、それが脚本によるものであることなど忘れられたかのように発話される。しかしサイレント映画では、科白と身体演技はそれぞれ別のコードに属していることはあきらかだ。科白は無音の文字表象によって担われ、身体演技は映像表象による。観客はこの二つのコードを頭のなかで統一させなければならない。いわば脚本を読みながら無音の映像を鑑賞しているようなものである。これは観客にかなりの集中力を要する作業だが、逆に言うと観客は脚本を読み、映像を観るという二つの行為を同時に味わうこともできるのである。

ここにサイレント映画ならではの醍醐味があるといえよう。「田中絹代」という表象は、この観客の「二つの行為」を統合させる、いわば蝶番のような役割を果たすのである。蓮實のいう「演技設計上のアンバランス」とは、実はサイレント映画におけるこのような蝶番による効果をも意味したはずである。田中絹代は身体性を必然的な条件とするサイレント映画「非常線の女」において、この役割を十分に果たしたといえよう。

2 文芸トーキーという枠組み──「お琴と佐助」

一九三〇年六月一五日に劇場公開されたこの映画は、この時点までにサイレント一〇四本、サウンド二本、トーキー十一本を数える島津保次郎監督による初めての純文芸トーキーとして話題になった。このときまでに田中絹代と島津とのコンビは「愛よ人類と共にあれ　前後編」(一九三一年)「生活線ABC　前後編」(同年)「その夜の女」(一九三三年)「わたしの兄さん」(同年)など計四作。

古川薫はその著で、ヒロイン春琴に扮した田中絹代が、春爛漫の有馬の桜の下を母と散策しながら見えない目で空を見上げ、雲雀のさえずりに陶然とする場面を「「美人ではないが」などと言われる絹代の美貌を、これほど優雅に豊満に、婉然と表現した映像は、それ以前、そして以後もないといってよい」(前掲書)と評した。確かに、いわゆる「城戸イズム」傘下の作品に出演していた頃の田中絹代と比べると本作での彼女は傑出しているが、この作品での彼女を語る前に以下の点を確認しておきたい。

ひとつはサイレントからトーキーへという映画史上のトピックともなる技術的な問題。もうひとつは文芸、とりわけ純文芸作品を原作とする映画の問題である。すでに文芸作品の映画化は一九二〇年代から試みられていたが、それらはすべてサイレントであり、一九三〇年代はサイレントにくわえトーキーという新興の映像技術が映画界を席捲し、「文芸トーキー」が改めて問題として浮上したときであった。

すでに触れたように田中絹代は「伊豆の踊子」に出演していたが、このときはサイレントだった。共演は「出来ごころ」（同年、小津安二郎監督）で助演ながら主演の坂本武以上に存在感と躍動感を発揮していた大日向伝。同時代においてサイレントはある種の「詩情」をもつと信じられていたが、「出来ごころ」に関するかぎりそれはあたっているといえる。この場合の「詩情」が何を意味するかは以下の新藤兼人の次の言葉が参考になる。

五所は「映画詩」を考えた。トーキーはコトバにたよるために、映像の武器であるところの、無言の表現というものがとらえにくい。シナリオからしてそのように書かれない、トーキーらしくコトバを意識して、その効果にたよりすぎるから表現はしぜん対話劇に陥り易い。映画の魅力は、クローズアップで、クローズアップといえば人間の顔だけと思われがちだが、雲にも、樹にも、川の流れにも、クローズアップはある。クローズアップは殆どといっていいほど沈黙の表情で、これぞ、映画のもっとも有力な表現手段で、「詩」はここにある。*8

新藤によれば「詩情」とは「沈黙の表情」、つまり表象の力が観客に喚起する「想像力」を指す。言い換えれば、写真あるいは絵などを思わせるほとんど動きの少ない静止画像がもたらす映像効果を意味するといえよう。小津映画「出来ごころ」は喜劇仕立てであるため風景場面はそれほど多くないが、恋の鞘当を演じる坂本武の喜八や大日向伝扮する次郎など彼らの「沈黙の表情」はなかなか説得力がある。同じ工場に勤めるふたりが語り合う何気ない会話の場面や、映画のラストに喜八が北海道行きの船から飛び降り、東京をめざして抜き手を切る場面にはサイレントゆえの想像的なメッセージ性が込められているのである。とすれば、正真正銘のサイレント文芸映画であり、峠越えを背景とする「伊豆の踊子」が風景による「詩情」を効果的に用いたことは十分に納得がゆく。

田中絹代はこのサイレントの「詩情」=「沈黙の表情」を演技のなかに取り込んだといえる。さきほど引用した新藤兼人によれば、「カメラというものはバカ正直で、何から何まで、空気までも写す。自然が自然なままに写される中で、役者という作りものの人間が自然に演じることはむつかしいことだ。自然に囲まれながらいかに自然に負けないか、それが映画演技の第一歩である」(前掲書)という。すでに小津の城戸イズム傘下のサイレント映画で、小市民的な「自然に演じること」を学んだ田中絹代が、文芸映画において自らの身体を「風景化」することは意外にむつかしくなかったのかもしれない。

しかし、サイレントではなくトーキーでこのような「身体の風景化」は可能なのだろうか。また新藤の懸念した「対話劇」への傾斜は「身体の風景化」と矛盾しはしないのだろうか。さらに同時代においてもうひとつ別の難関があった。それは原作と映画の交渉をめぐる問題である[*9]。

吉村公三郎によれば、撮影の合間、撮影所を訪れた谷崎潤一郎は田中絹代が主演であることに少なくない不満をもらしたという[*10]。この時点で谷崎が五所監督の「伊豆の踊子」を見ていたのかどうか不明であるが、原作「春琴抄」(初出『中央公論』一九三三年六月、初刊、一九三四年)からわずかしか経っていない時期での映画化であるだけに、世評に流通している「田中絹代」と原作のイメージとの落差にかなりの懸念があったことは十分予想される。はたして谷崎は「春琴抄」の映画化に際して懸念というよりも投げやりな態度を堂々と表明しており[*11]、そのようなのうすさが主演である田中絹代への不満につながったと想像される。

しかし、田中絹代という女優にとってこれは受入れがたいことだった。文学の世界ならともかく、いったん映像化を認めた以上、原作者は原作者にしか過ぎず、作品の生殺与奪は監督である島津保次郎の手に委ねられていることは当然だ。真相は想像するしかないが、島津は谷崎の不満を払拭するかのように田中絹代を琴の山田流師匠今井慶松のもとに数ヶ月稽古に通わせ、盲目の琴の師匠春琴の役の参考になるよう計らったという。[*12]
　映画の画面から立ち昇る気配を感受するかぎり、この試みは成功したといえる。盲目の春琴にも実に明瞭な感情の動きが、つまり文字通りの「沈黙の表情」が刻まれているのである。さらに仕草の面でいうと、映画の冒頭初めて画面に登場するときの草履を履くときの身のこなし、佐助に手引きをされて門を潜りぬけるときの頭を心持ち斜めに下げる仕草など、ゆったりとした動きのある場面での田中絹代の身体演技は美しくとても優雅だ。とくに着物の着こなしに至っては以後春琴を演じた他の女優の追随を許さないほどといってよい。明治初期の小柄であまり個性的な顔立ちではないが、気が強く誇り高い大阪道修町の薬種商の娘をみごとに演じているのである。
　それではトーキー映画にとって重要な発声の面はどうか。この点で田中絹代はやや不満がないとはいえない。ただし、それは「歌う映画スター第一号」である佐助役の高田浩吉の澄んだ若々しい声に比較してである。二十三歳の高田は身体年齢においても二十六歳の田中より有利であることは間違いない。問題は声質ではなく、新藤の懸念した「対話劇」を構成するところの最重要パーツとしての科白が、田中絹代という表象とうまく連繋しているかであろう。この点は他の共演者、たとえば美濃屋利太郎役の斎藤達雄やその手代政吉役の坂本武などと比較すると、やや難があることは否定できない。ちなみに両人とも小津のサイレント映画の主役たちであり、そこで培った演技力そのものはトーキーになってもほとんど変っていない。
　しかしここで逆転現象が生じている。それはこのサイレント映画のヒーローたちが、トーキーで難なく科白をこなしたことはよいのだが、それによって彼らがサイレント時代にもっていた確かなアウラ、言い換えるなら「沈黙の表情」が消えてしまったことである。すでに指摘したように、サイレントでは科白はいったん俳優から切り離されていた。言い換えれば、科白は映画ないし観客のものであった。しかしトーキーにおいて正確には脚本の暗記によるといえ、科白は俳優に帰属するかのように錯覚される。すると映画のヒロイン・ヒーローはもとより、悪役や敵役も科白と身体演技の両面において、それらは彼らのものであるかのように観客によって錯視＝想像される可能性がおおきくなる。

これは単なる杞憂だろうか？　この作品に登場していた坂本武や斎藤達雄、さらには検校役の上村草人らがこれ以降、徐々にではあるがゆるやかに凋落するという事態はトーキー映画の出現と決して無縁ではない。[13]

しかしヒロイン役の田中絹代はサイレントで培った身体演技にくわえ、抑揚が少なくかすれてはいるものの、いかにも老舗の娘らしい威厳のある声音が重なると不思議なリアリティが加わり、文芸トーキーとしての難関をどうにかクリアしている。しかも「お琴と佐助」は興行的にも成功を収めた。盲目の琴の師匠への入門とその特訓が幸いしたのか、この映画を見た谷崎も不満ではなかったらしい。新藤のことばを借りれば「島津演出は華やかに力強く、絹代は春琴となって紙面からぬけ出た」、つまり原作とは別個の「春琴抄」を創造したのである。

田中絹代は、小津脚本による「非常線の女」のモダン・ガール役も、谷崎小説を原作とするお琴という明治初期の老舗の娘というほとんど対照的な役柄をも演じることができた。まさに「白い絹地」の可能性をその身体によって示したのであるが、そのような「サイレント的身体」は戦後においても持ち越されたのだろうか。[14]

3　占領期の女性表象――「風の中の牝鶏」

それは衝撃的な映像である。不機嫌そうな夫が、ひたすら詫びている妻を階段から突き落とす。現在なら確実に家庭内暴力（ＤＶ）と一括されてしまうこの行為も十分衝撃的であるが、筆者にとって衝撃的、いや衝撃そのものだったのは妻を突き落とした夫ではなく突き落とされた妻が、痛さをこらえながらひたすら謝っている場面である。

修一、頭を抱えて考え込んでいる。
時子が上ってくる。
時子「すみません……あなたにこんな思いさせるなんて、みんなあたしが馬鹿だったんです」
修一「……」
時子「でもこれ以上あなたの苦しんでいらっしゃるのを見ているのはつらいんです。どうぞあなたの気のすむようにして下さい。ね、あたしは我慢します。どんなことでも我慢します。ね、ぶって下さい。憎んで下さい。存分にあなたの気のすむようにして下さい[*15]」

脚本は監督と同じく小津安二郎。佐藤忠男によれば、小津はこのショットを「フィルムを輪にして映写機にかけて、およそ十五回も繰り返して見つめていた[*16]」という。さらに佐藤によればこの場面は田中絹代ではなく、「アクロバットの吹き替えの女を使って撮影した[*17]」という。迫真の演技に定評のあるさすがの田中絹代も「吹き替え」を用いるぐらい、それは危険でなまなましい場面であったのだろう。仮に文学テクストであるならば、読者の想像力のなかで何通りにも復元されるこの場面を、小津は映像によってひとつの神話的な場面に集約してみせたのである。

ところで吉村公三郎はその著のなかで、小津映画に登場する人間は極端に言うと「植物のように[*18]」描かれるとしたが、そのような小津映画の本流からはずれるこの作品は、それではタイトルに象徴されるように「牝鶏」という「動物のように」生きるヒロインが描かれているのだろうか。確かに戦後の田中絹代を概括的に語る文脈では「動物のように」たくましく生きる下層娼婦たちの一瞬の「抵抗」の姿態として動物表象に注目する論もある[*19]。

しかし誤解のないように断っておくが、この「風の中の牝鶏」の家は近現代の核家族ではない。戦後まもない家族、というよりも未帰還兵の夫がようやくもどってほんらいの核家族になったところの「家族の風景」の一コマなのである。その意味で、これは正しくは「戦後」ではなく、「占領期」の映画といえよう。

時子は妻が夫の出征中に身体を売って子供の治療費を捻出したことを、帰還した夫に告げてしまう。夫婦のあいだで隠し事があることに彼女は耐えられなくなるのである。妻の告白後、頭では理解しても気持ちの決着が付かない夫は、妻が一夜だけ身を売った店に自ら赴き、娼婦を買おうとする。だが結局娼婦とは関係しないまま、友人の事務所で夜を明かした翌朝が先の引用場面である。感情のおもむくままに妻をなじった夫は、それでも足りず、妻を無意識の悪意（いや殺意かもしれない）で階段から突き落とすのである。

仮に妻がこの事故で死んでしまうなら、それはあるいは「悲劇」になったかもしれない。だが、小津は簡単に妻を死なせはしなかった。引用のように、ひたすら妻に詫びさせる。小津自身はこの映画を「失敗作」とみなしたようだが、佐藤忠男は「この映画は、当時の荒廃した風俗を、つくりものの廃墟のセットなどでモノモノしく再現したどんな作品よりも深く、敗戦ということの問題点を掘り下げた作品であったと思う[*20]」と指摘する。

佐藤のいう「敗戦ということの問題点」のひとつに「戦争未亡人」という表象が挙げられるかもしれない。たとえば川本三郎は戦後の小津映画に登場する戦争未亡人という表象について「「戦争」を批判しながら、なおかつ、そこで死んでいった「死者」を慰めることが出来るのは、女性しかいないのではないか、とりわけ、戦争未亡人しかいないのではないか[*21]」としただけでなく、「戦後の田中絹代といえば戦争未亡人[*22]」とも断言する。

だが、本作の時子という女性は「戦争未亡人」ではない。戦死せずに帰還した夫を、一夜だけ売春をした身体で受け入れる妻なのだ。彼女は誰かを批判することも、誰かを慰めることもできない。これ以降の小津は繰り返し「戦争未亡人」を映画に登場させる。名作として定評のある「麦秋」（一九五一年）や「東京物語」（一九五四年）で原節子が演じる紀子という表象がそれだ。

「風の中の牝鶏」の田中絹代はむしろ「戦争未亡人」という特権的なシニフィアンをまとってはいない。しかしだからこそ、本作は「敗戦ということの問題点」を観る者につきつけるのである。このとき田中絹代、三八歳。率直に言ってこの時子を演じた田中絹代は少しも美しくない。戦争を経験したはずの時子も、そして演者の絹代もかなり肥え、その身体からは新藤の先の本で指摘されていた「老醜」とまでは行かないものの、それに近いものさえ滲み出ている。

しかし、映画の後半、子供の治療費を稼ぐために自分の身体を売ることを決めてからの田中絹代の動きには、何者かが彼女の身体に降りてきたかのようにその存在感を深めてゆく。鏡を見て売春を決意するときの時子はもはや主婦ではない。女でもない。強いて表現すれば、衣服や家具と同じように、いやそれ以上の値で交換される身体（モノ）そのものなのだ。このモノとしての身体に目覚めた鏡を覗く戦慄的なワンショットは、実にさり気なく表出されている。溝口健二の「夜の女たち」（一九四八年）でいわゆる「汚れ役」を演じた田中絹代は、同年の小津映画では貞淑な妻ゆえに売春をし、貞淑な妻であるがゆえにその事実を帰還した夫に語るというジレンマを抱える女性を演じている。その背理が日常の延長上にホンの一瞬だが、まざまざと露出しているのがこのワンショットといえよう。

そういえば私たちは映画の冒頭、衣服を売って家計の足しにしようとしている場面に出くわしていた。時子はミシンの下請けの内職に従事しているが、不意の出費には対応できる額を稼いではいないのだ。思えば、出征とは家族から働き手を奪うことにほかならない。端的に言えば、貧しくなることなのである。この映画で「帰還」が少しもドラマティックではなく、比較的長期の出張かなにかのよう実にアッサリと描かれているのは、「帰還」が働き手の「帰宅」にほかならないことを雄弁に語っているからだ。

兵士とは戦争という国家業務を遂行する、いわば「公務」を担う者の謂いならば、留守宅に当然支払われるべき手当てが支払われないのはなぜなのだろうかと、そんな素朴な疑問さえ湧き起こってくる映画といえよう。先に佐藤が指摘した「敗戦ということの問題点」の文脈でいえば、「敗戦」は同時に「占領」のはじまりでもあった以上、それは彼自身がいうような「貞操」や「純潔」という精神面の問題というよりも、「敗れる」と「占領される」という二重化された息苦しい空気のなかで貞淑な妻が自らの身体の交換価値を認識してしまうという、その日常のなかでの「気づき」への戦慄にこそ求められなければならないと思う。本章の冒頭に引用した被虐的な科白と呼応するこの身体演技は、トーキーではなくサイレント映画のものといえるだろう。

最後に私たちはこの夫婦の深刻な劇が階下の大家夫妻に気づかれないよう、すべて通奏低音のように密やかに演じられていたことを思い起こそう。この映画の時空において、二階と一階はそれぞれ別個の他者の営みが行われる空間であり、二階の劇は断じて階下の住人に知られてはならなかったのである。このような「生きられる空間」の閉塞性こそ、占領期の表象といえるのではないだろうか。小津のようなスタイリッシュな監督が、息を殺すような手触りでその隘路を探った痕跡を、私たちは「田中絹代」の表象から読みとることができるのである。

4　虚構の身体——「お遊さま」

戦後の溝口健二監督作品といえば、ヴェネツィア国際映画祭で三年連続受賞したことで知られる「西鶴一代女」(一九五二年)、「雨月物語」(一九五三年)、「山椒大夫」(一九五四年)が著名である。だが田中絹代という表象を問題にする本稿にとって、溝口監督の「お遊さま」(一九五一年)を外すことは賢明でないだろう。永年溝口と組んで美術監督を担当した水谷浩は「この時は溝口さんと二人で造形的な面で新しい形の明治物を作ろうと、コスチウム、メークアップ、頭、セッティングなどを受持ましたが、現代的なニュアンスがどうにか出せたと、自分では思っています*23」と肯定的に証言しているからである。

もっとも、「お琴と佐助」(一九三五年)いらい二回目の谷崎作品に出演することになった田中絹代は、このとき四十五歳。すでに中年期を過ぎつつあった田中絹代に対する同時代の評価は、酷評に近いものがあった。

これは一種の夢物語であり、夢幻的な雰囲気が生命となるべきものであろう。お遊様はこの世ならぬ美しさを持つた女性であり、世俗を超えた献身の対象となる一種の崇高さをそなえたひとであろう。それでなければこの物語は成立しないし、谷崎潤一郎の小説も、そういうふうに書かれている。が、具体的なイメイジ持つ映画の哀しさは、この夢幻性を破壊してしまう。（中略）田中絹代は精一杯の努力はしているが、一向に幽玄でなく、祀りあげたいような美しさもない。[*24]

果たして彼女の起用はここで言われているように原作の「幽玄」の世界を破壊するものだったのだろうか。確かにこの映画の原作「蘆刈」（一九三二年）は、谷崎が「春琴抄」とともにその最も円熟した時期の作品であり、完成度もたかい。[*25]舞台は「南に淀川、東に水無瀬川」を望む後鳥羽院旧居があったといわれる岡本周辺であり、ある晩、ある男が遊興に川を渡って中洲に至り、そこで偶然出会った男から夢とも現ともつかない昔話を問わず語りに聞くという設定である。古跡の由来や後鳥羽院および香川景樹の和歌の引用を散りばめた谷崎得意の語りの構成による小説世界は、いっけん優美で茫洋としており、双葉の言うような「幽玄」的な世界のように見えるもする。

しかし、実はこの世界は堅牢に構築された人工的な世界であることを見落としてはならないと思う。谷崎は彫琢された語りによって、いわば「近代的な雅（みやび）」とでも呼ぶべき世界を構築しているのである。したがって「蘆刈」の女性主人公お遊も、きわめて非現実的な存在であることは論をまたない。だから問題はこのような構築的な「近代的な雅」を溝口という映画作家がいったいどのように映像化したかに求められなければならない。

映画は原作冒頭箇所の語りを省き、一挙に中盤の男の問わず語りの世界、つまり劇中劇から始められる。これは文学テクストに特徴的な手法である語りの現在から過去にさかのぼり、また現在に帰着するという安定した円環的な語りとは異なる、近代の直線的な時間を映像に導入する。直線的な時間処理とは絶えざる「現在」を必要とし、その現前性のために溝口は視覚的効果に全力をそそぐ。いわば溝口は「語り」をその本質とする原作を、映像による「描写」によって行おうとしたのだ。それはサイレント時代を生きた映画監督溝口健二なら当然試みるに値する映像テクストの生成だったにちがいない。

映画の冒頭は初夏、若葉の照り映える糺の森を優美な女性の一行がやってくる場面からはじまる。観客はやがてそれがお静と誠之助の見合いであることを知るのだが、その一行のなかでもとりわけ目立つのは、お遊さまといわれるこの物語の主役であることがしだいにはっきりする。水平に広く拡がる初夏の森のたたずまいのなか、画面には光が溢れ、観客はこのモノクロの陰翳によって織りなされる光の交錯にまずもって魅了される。やがて映画はおもむろに「悲劇的展開」をみせはじめるのだが、観客は最初にこの冒頭の光の交錯の映像に直面させられるので、以後の物語展開においても最初の光シャワーの「洗礼」は跡を曳きつづけるのである。

この映画で溝口はおもに二点、すでに述べた島津保次郎の「お琴と佐助」からの引用を試みている。ひとつは語りを省き、映像だけで描写したこの冒頭の場面であり、他は映画の末尾に伏見の富豪の酒造家に再縁したお遊さまが、水無瀬川べりの別邸の庭の池に突き出た一角で琴を弾く場面である。どちらも科白を抑え、後者ではしばし箏曲の音だけが映像空間を横溢する。このふたつの場面で私たちは、田中絹代の身体が他の自然や風物と一体化し、彼女自らが「風景」と化していることに気づく。

溝口監督大映入社第一回目の作品として京都の撮影所で製作されたこの映画は、原作である谷崎の「蘆刈」の世界を京都の糺の森や格式ある町屋の室内や街のたたずまいを背景に、女性主人公ひとりに焦点化することで彼独自の映像世界へと転位させた。それは田中絹代という女優の身体をいったん「風景化」することで可能になったといえよう。それが証拠に、光のシャワーを浴び、以後ことごとくの場面において浅い影を宿して登場するこの映画の田中絹代は大変美しい。長所にも短所にもなる彼女の特徴である「女性身体」の生々しさは、溢れる光と微かな影の力によって削ぎ落とされ、あとには「お遊さま」という虚構の存在だけが遺されるのである。

彼女と反対に「女性身体」の生々しさを担わされているのは乙羽信子演じるお静であろう。ラストに近く、「微禄」つまり家産が傾いたのちのお静と慎之助の東京の侘び住いの描写は、はるか遠景に汽車が通過する一ショットで一瞬にして暗示されて秀逸だが、ここでの身重のお静は、それから二年後に田中絹代が演じることになる「雨月物語」（一九五三年）に登場する宮木の亡霊のように生々しくも哀切だ。ここで溝口の「亡霊」は亡霊以上の存在であることを思い起こさなければならない。「雨月物語」の亡霊たち、たとえば京マチ子演じる若狭は彼女が生きている間は縛られていた同時代規範のなかでは型にはまった優雅さしか表象しえない。しかし、生を絶たれ、亡霊となるや彼女はそのセクシュアリティを遺憾なく発揮する。いっぽう宮木はいささか事情が異なり、貞淑さや健気さをまとったまま亡霊となるが、その優しさのなかに無限の「痛恨」が込められていることを観客は宮木を演じる田中絹代の表情や仕草や愛惜のこもったその声音から理解する。

これらの活き活きとした「亡霊」たちと比べると、「お遊さま」の生きているはずの女性たちは、いかにも作り物めいていることは確かである。これは、おそらく溝口がサイレント映画で構築された手法をそのままトーキーに応用したゆえの誤算といえよう。文芸トーキー第一作「お琴と佐助」となった原作「春琴抄」も語りを本質とするテクストではあるのだが、それは「蘆刈」とは異なり、春琴の発話を中心とした「声のミメーシス」が充溢している。したがって原作発表後ただちに新劇の舞台に採用されるような回路が、テクストそのものに内在されていたのである。いっぽう「蘆刈」は徹頭徹尾、語りで構築された小説であった。戦後の模索期にあったこの時点での溝口の手法では、原作の世界を十分映画的に昇華できなかったかもしれない。

むろん、溝口が島津監督のような自在さを発揮できなかったのは、あながち彼の罪ではない。島津のほうが優れていたというよりも、一九三五年の島津はありとあらゆる面で同時代的支援を受けたというべきであろう。いっぽう一九五一年の溝口は田中絹代という女優身体を、原作と同様その人工的な構築された世界の一パーツとして、つまり風景的女性表象として映像空間に生かすことを試みた。それは田中絹代という表象と、試行する監督溝口の映画的現在が交錯した稀有な映像といえよう。

5　伏在する欲望――「おかぁさん」

溝口の「お遊さま」の田中絹代は確かに美しいが、それは端的に言って、戦前期の映画に登場した「田中絹代」の記憶を再構成することで生み出された「田中絹代」という表象であった。だが、成瀬巳喜男の描く田中絹代はそのような記憶のなかの表象とは無縁である。

森永製菓主宰の母を主題とした全国綴方集『私のお母さん』を基に水木洋子が脚色した台本を読んだとき、成瀬はずいぶん「女臭い脚本」であるなと感じたという。[*26] 彼によれば女性脚本家による作品はサイレント時代の水島あやめ以来で、トーキー作品では初めてだったらしい。その後成瀬は水木の脚本で室生犀星原作「あにいもうと」（一九五三年）、川端康成原作「山の音」（一九五四年）、林芙美子原作「浮雲」（一九五五年）などの作品を輩出しているので、このコンビネーションは重要な第一歩だったことが窺える。本作での水木の脚本が際立っているのは、先の文章のなかで成瀬も言っているように細部の描写にある。その意味では、これは女性脚本家によるごくありふれた市井の人情劇ともとれる。

しかし成瀬巳喜男監督による映画「おかあさん」（一九五二年）が他の「人情劇」ともっとも異なるのは、その日本的情愛を構成する焦点ともいうべき「おかあさん」を演じる田中絹代の身体が、脚本によるきめ細かい「女性的観察」に裏打ちされながらも、母性が女性という性を当然ながら内包していることを明確に示している点にある。

周知のようにこの時期の成瀬と女優田中絹代の連携作品としては「銀座化粧」（一九五一年）、時代はすこし下るものの すでに本稿の冒頭で触れた「流れる」（一九五六年）が挙げられる。前者は主役ながらも戦後間もない銀座の侘しいホステス役を演じる地味な作品であり、後者で田中絹代は脇役ながら作品全体を束ねる重要な役を演じていた。この二つの作品のちょうど中間に位置する「おかあさん」を観る観客は、「風の中の牝鶏」の時子や「お遊さま」のお遊とは異質の、きわめて庶民的な中年女性のひとりである田中絹代に出会うことになる。

映画は、視点人物である香川京子が扮する娘の福原年子が綴り方風にたどたどしく読み上げる母についての作文朗読からはじまる。観客は私鉄沿線と思しき場末の小さな商店街の一隅のある家で、短い柄の箒を好むという小柄な母親正子が貧しい日本家屋の一室をそそくさと掃きだすという、いかにもリアリスティックな風景にまず愕然とさせられるかもしれない。それは、ＤＶＤなどで初めて本作に接する現代の多くの観客にとってはきわめて「異質な」風景であるはずだからだ。

しかし、むろん映画はそこにとどまっているわけではない。つづくショットでは、戦前は腕利きで羽振りもよかったクリーニング屋店主でもあった父親が、いまでは零落して工場の門衛をやっていることが告げられる。父の楽しみは夕餉の膳にのぼる煎り豆で焼酎を呑むことである（このエピソードは過労による彼の死後、クリーニング職人で家を手伝うことになる木村への労いの「一杯の焼酎」として反復される）。

物語は戦禍で破壊された一家の再建が主題なのだが、映画はあからさまに「戦争」を語ることはしない。かつては工場勤めでいまは肺を病む長男、路上の仮設小屋で冬場は大判焼き、夏場はアイスキャンディを売る十八歳の年子、十三歳とはいえお洒落でしっかり者の次女の久子、いまは美容院に住み込みの身で息子哲夫を福原家に預けている満州引揚者の正子の妹則子、年子の知合いで長兄を戦争で亡くしたパン家の次男の信二郎、シベリアで捕虜として抑留されていた木村等々、この家をめぐる人々はどこかしら戦争の影を引きずっている。

だが彼らは戦争の記憶に打ちひしがれている存在ではなく、その視線はおおむね前を向いている。彼らがなぜ過去ではなく、前を向くことができるのかといえば、それは人々を労り、励まし、ときには叱咤する家の結び目、いわゆる「家刀自」としての母がこの家の中心にいるからである。

しかし田中絹代が演じるこの母は、けっして保守的な母親ではない。彼女は抑制された演技でさまざまな違和や欲望を表現している。それが監督や脚本の力によるものか、あるいは田中自身の演技によるかはこの際、問題ではないだろう。成瀬の確かな日常描写力とともに、監督や台本のパーツでありながらそれを超えてしまった女優の身体がこのような表象を可能にしたのかもしれない。

たとえば次女を他家に養女にやる直前のお別れ饗宴である遊園地にでかける行楽場面で、正子は園の乗り物にはめまいを起こし、子どもたちが喜びながら頰張る中華食堂のチャーハンには吐き気を起こす。それは母としての役割とは別の次元で、身体が必ずしも子どもたちの快楽に同調していないことを露わにしている。映画ではこの正子の違和は、乗り物の酔い止めのために用意した梅干を甥の哲夫が誤って食べてしまうというエピソードによって笑話的に説明されているが、成瀬の視線は遊園地での行楽というありふれた戦後的な風景が、着物姿の母にとっては身体的受苦の場面でしかないことを映像的に語ってしまっているのである。

ところで、この映画は香川京子・岡田英次らの演じる年子・信二郎および正子の妹規子らの向日的なグループと、病死により舞台から順次撤退する長男進・夫良作など敗北的な二つのグループに分かれている。年子の妹久子はちょうどこの二つの間に置かれ、それゆえマージナルな苦を強いられている。この分割線は残酷なまでに強固であるが、その分割線はすでに記したように「おかあさん」正子の差配によってかろうじて統合されているのだ。次女の久子は十三歳にして良作の兄の家にもらわれて行くことが義務づけられており、正子が久子にだけ厳しく対するのはこのマージナル性においてである。寡婦の正子と他家に養女に出される久子は「家を継ぐもの」というよりも「家を荷うもの」という点で相同的である。他方、婿を取ることも信二郎の嫁として他家に嫁ぐことも可能な年子は、この系列から外れているため、終始あっけらかんとしていることが許されている。

だがこのマージナルな場所こそ、二つの領域の矛盾や不可視の暴力が露呈する場所なのだ。だからこの場所の住人の密かな欲望とは、この場所から一時なりとも解放されることなのである。正子が母の不在の哲夫にのみ終始優しくするのに耐えていた久子が、耐え切れずに泣き出す場面はこの矛盾の噴出にほかならない。いっぽう映画のなかでもっとも端的に正子の隠された欲望が表現されているのは、亡夫の弟子の木村からアイロン掛けを教わる場面だろう。ここは仕事内容を伝授するという意味では健気な未亡人の奮闘場面とも読める。手ぬぐいを姉(あね)さん被りにした正子、いっぽうの木村も鉢巻姿だ。

しかし成瀬の演出はこの表面はきわめて日常的なコードの下に、的確に欲望のコードをはめ込んでいる。決してアイロンには手を触れさせなかったという亡夫とは異なり、木村は丁寧にアイロン掛けの指導を行う。観客はこのとき、ふたりの身体が触れ合うほどに近づいていることを知っている。アイロン台とアイロンの間に置かれた客から預かったスカート、それを覗き込むように見詰める正子のまなざし。ここでスカートは、ちょうどまな板のうえの獲物のように二人の視線によって凝視される。

観客は次の瞬間にこれら一連のごく日常的な小物たちが、燦然と輝きを放っていることを知らされることになる。二人の接触は回避され観客の期待はみごとに裏切られるのだが、私たち自身に伝播された欲望は宙を浮いたまま残像として脳裡に刻まれ、しばらくのあいだ消えることはない。水木の脚本では二人の関係は近所の噂にのぼるほどはっきりと明示されていたが、成瀬の演出ではただ信二郎と年子の間で交わされた言葉のみであったがゆえに、二人の関係の「未遂性」はいつまでも観客の想像力のなかで発酵されつづけるのである。

淀川長治はその同時代評で、センチメンタリズムとは異質の水木脚本の「スケッチ」の力を評価したが、いっぽうでその丁寧さが映画を「弱めている」とみなした。*27 その意味で成瀬による脚本の「省略」は功を奏したといえるかもしれない。後に彼の形容句ともなる「メロドラマ」はみごとに回避されたわけだが、だからこそ私たちは抑制された母性のなかに伏在する女性の欲望のドラマを、田中絹代という表象を通じて確かに見届けるのである。

6 鋏のゆくえ――「噂の女」

「噂の女」（一九五四年）は田中絹代と溝口健二の連携最後を飾る作品である。戦争末期や敗戦直後の作品を除けば、すでに「女優須磨子の恋」（一九四七年）、「夜の女たち」（前掲作）などいわゆる占領期を過ぎて、「西鶴一代女」「雨月物語」「山椒大夫」などの作品で頂点を迎えていた田中絹代が出演したこの作品は、興行的にも批評的にもあまり高い評価を受けてはいない。たとえば次のような批評。

最近の溝口作品には二つの流れがある。一つは「雨月物語」「山椒大夫」などによって代表される歴史物であり、一つは「祇園囃子」やこの映画をもって代表される京都物である。（中略）京都物はそういう歴史物をつくる間の手すさびにすぎないものと言っていいかも知れない。少くとも筆者はそういう風に見ておきたい。でなければ、戦前「祇園の姉妹」で不合理と矛盾に満ちた色街に対してあれほど激しい怒りをぶつけた溝口が、いまさら「噂の女」をつくったことについて、あまりにも肯けないものが多すぎるからである。*28

このような批評を生んだ背景には製作会社京都大映の「男の獣欲を憎悪の眼で見つめて呼吸する女、その女たちの世界に、自殺を決意した近代娘が帰ってきた！　一つ屋根の下にいきづく二つの世界の女たち！」[*29]という広告文に見られるかなりセンセーショナルな売出し方への反発があったにちがいない。「獣欲」の巷としての遊廓を舞台として、一人の男をめぐる母娘の「愛欲絵巻」（同広告文）という会社側の枠取りは、同時代的にも「旧い」ものとして見なされるに十分だった。

確かに映画は「獣欲」の舞台を描いているのだが、なんといっても主役は遊廓の女主人であるうえ、女郎たちをはじめ遣り手を演じる浪花千栄子や客たちもどことなくペーソスを湛えており、本作から二年後の溝口最後の作品である「赤線地帯」（一九五六年）のようなリアルな描写にはなっていない。おそらく同時代の観客や批評家たちは、一九五六年の売春防止法が成立する前夜、戦後の性をめぐる法改正の集大成ともいうべき同法が俎上にのぼっていた現実を映画がほとんど反映していないことに苛立ったものと想像される。

しかしながら二一世紀の現在からこの映画を見ると、京都島原遊廓を背景に遊廓の母娘それぞれのセクシュアリティの葛藤を溝口特有の骨太なセットで描き切った作品として、これは十分評価に価する。美術担当は「お遊さま」とおなじ水谷宏。彼の仕事は溝口も「島原遊廓の美術は水谷の作品の中で屈指」[*30]と評価しているほどである。

物語はこのような確固たる存在感をしめすセットのなかで、田中絹代扮する遊廓「井筒屋」の女将初子が、東京に遊学中の雪子（久我美子）が恋に破れて自殺未遂したのを家に連れて帰る場面からはじまる。母は娘を案じつつも、どこかで高を括っている風情なのだ。実は彼女は診療所の若き医師的場と恋愛中なのだが、この男は少しも誠実ではなく、やがて傷心の娘の心をつかみ彼女を手に入れようと画策する。母のほうは彼を独立の開業医にすべく家業の「井筒屋」を抵当にして金策に走るほど彼に夢中なのだが、娘が彼と恋仲になったのを知って嫉妬に狂うのである。

この前半はやはり弱いといわざるをえない。観客は広々として重厚な店構えをみせる遊廓の室内描写に圧倒されはするものの、その女将を演じる田中絹代に感情移入することは困難なのである。しかしやがて観客は気づくことになる。このような前半は後半以降の転回を導くための導入であったことを。観客だけが知っていた医師との関係が娘に発覚する後半は、遊廓という「偽の恋愛空間」がその主人の親子が女同士であることで、特別の意味を帯びることになるのである。

ここには女二人に男一人というお決まりの「恋愛の三角関係」ではなく、一人の男を媒介とする「母と娘のセクシュアリティ」が表象されている。女二人が他者同士ではなく「母と娘」だったところがミソなのだが、この点は非常にわかりにくいかもしれない。たとえば吉井勇は同時代評のなかで「あれほど母及その周囲の世界を憎悪した娘が、母の的場という若い医師に対する愛情を、自分が、経験したものと同じように感じ、母がその男に棄てられると、たちまち母に同情するあたり、即ち心機一転して、それまで憎悪の目で見ていた封建的なその社会に同情してゆくあたり如何にもその動機が安易すぎる」[*31]と指摘した。

確かに吉井の見方にも一理あるが、彼は彼女たちの欲望が廓からの脱出の方向で的場という医師に結実しており、その点でふたりは共通していることを見落としている。したがって廓からの遠心力を荷うその男がそれに値しないことが判明すれば、二人はたちどころに共闘できるのである。

興味深いことにこの共闘関係は、女将を媒介として遊廓の女たちへと波及してゆく。もちろんこのような関係が幻想であることは論をまたないわけで、溝口自身もそれに気づいたかのように、映画の終わりには亡き姉女郎に代わり女郎志願した妹を見つめる他の女郎に「わてらみたいなもん、いつになったらないようになるんや」といわせてはいるものの、これはとってつけたような科白で余韻はうすい。むしろ見所は、遊廓という空間で母娘の双方に目指された遠心力としての「自由恋愛」が完全に破綻し、娘が一転、医師に向けて鋏を握り、彼を刺そうと身構える場面にある。

実はこの鋏は娘が自立をめざして洋裁の稽古用に使用していたものなのである。鋏は、女性自身が所有するセクシュアリティを「守る武器」であり、どうじに自分を冒そうとする他者と「闘う武器」なのだ。むろん、それが執行されればタダでは済まされず、それは容易に自己懲罰へと転化するはずである。だが、鋏に込められた娘の意思は確実に母へと手渡される。溝口はこの映画を「これは悲劇ではなく喜劇」[32]と述べたという。つまり、娘が鋏を握る行為をどうとらえるかで作品は「悲劇」とも「喜劇」ともなるという二重性をもつ。

大かたの観客の期待に反して、映画の現在において遊廓の母娘は男によって破産することも破滅することもなく和解のときを迎える。「井筒屋のお母はんやらお母はんの井筒屋かわからんようになっているんや」と呟く母の意思を引き受けて、娘は性を売買する家にとどまることを決めるのである。果たしてそれはまったく観客たちの感興をそぐ安易な結末、いわば「喜劇」的展開なのであろうか？

ここで母娘役を演じた両女優に改めて着目したい。すでに検証したように、戦前期の日本映画において数々の女性を演じた田中絹代という表象は「女性身体」をめぐる私たちの記憶の豊かな参照軸である。それはいっぽうで「山椒大夫」の母のような観客の感涙をしぼる「嗜虐的女性表象」といわれながら、たほうで「愛嬌があって気丈」[33]という相反する二つの要素を体現する両義的イメージの源泉でもあった。

その田中絹代の前に娘役のニューフェイスとして登場したのは今井正監督「また逢う日まで」（一九四九年）によって戦争映画ながら戦後的表象に溢れた女性像を演じた久我美子である。清楚でシンプル、しかも一途な気性の雪子役の彼女に私たちは「売春」が「買春」にほかならないことを問う、今日的な視線を想像的に付与することが可能である。観客（とりわけ女性観客）が感受する「意外感」と「期待感」はこの想像的な印象に由来するものであろう。

「噂の女」の脚本を担当したのは依田義賢と成澤昌茂。すでに触れたように、溝口は一九五六年の遺作「赤線地帯」では同年五月に公布された売春防止法に後押しされるかのように「売春」の実態をリアルに描きだした。いっぽうその二年前にあたる「噂の女」では、「売春」に取って代わるものとして「恋愛」を召喚するのではなく、「売春」が「職業」とならざるをえない女性の問題を提起したのである。そういえば吉井勇も「こういう渋い底光りのする映画は幾度も見ているうちに、だんだん本当の価値が判つて来るものだ」[*34]と評していた。製作から半世紀、ようやく映画は新しい種類の観客を獲得したというべきだろう。

おわりに

映画の暗がりでその悲劇的結末にさめざめと涙を流し「浄化」される観客だけが映画の観客ではない。ときには映画の女性身体と観客の女性身体が感応しあうこともありえないことではないだろう。たとえば、斉藤綾子はこのような身体のありようを次のように語る。

「身体」が提起するのは、ただ単に「身体」そのものではない。それは、イデオロギーや記号化の道具となりうる表象としての身体を脱構築し、性を限定する男女モデルの再考を促し、あるいは日本映画というローカルな文脈を超えて、スクリーンを挟んで向き合う、欲望し、感応する二つの身体に視線を傾け、その息吹に耳を傾けることである。[*35]

本稿は映像テクストを通じて、その構成要素のひとつである女優の身体を女性観客のひとりの視線から論じてきた。映像テクストは文学などの文字テクストとは異なり、単一の創り手には還元されないコラボレーションの産物である。それに向きあうことは光と影の交錯が織り成す布地を感受する体験でもある。長年、文学テクストのみを対象とする営為を行ってきた者としては勝手の違う困難な作業であったが、同時にいままで味わったこともない感覚と緊張を味わうことになった。その感覚とは、ひとことで言えばこの国の戦前・戦後期に、私たちを誕生させた世代がスクリーンに注いだであろう眼差しを、「田中絹代」という表象が導くままに想像的に体験できた感覚であり、緊張感とは映像という瞬時に過ぎさる対象を、恣意的にならずに言語でとらえる困難といえるかもしれない。

映像をリアルタイムで享受した時代と私たちとではさまざまの歴史的差異や社会的・文化的な断層が横たわるとしても、それらの差異や断層を俎上に乗せる第一歩として、本に向き合うように映像テクストと向き合うことができたことは、まさに失われた半身に出会うような出来事だったといえよう（出来事を語る言葉が、白い絹地の力にくらべて見劣りするのは致し方ないとしても）。

最後に田中絹代が一九五六年に日本で公開されたルネ・クレマン監督「居酒屋」のラストシーンでマリア・シェルがおこなった無言の演技について述べた言葉を引用したい。

—画面はうすぎたないパリの居酒屋の一隅。奥のテーブルに向って、痴呆のように眼を見ひらいている一人の女。テーブルの上には酒の入ったコップがひとつ、まるで宝物のように置かれてある。子供が入って来て母親の前に立つが、女はみじろぎもせず、放心状態のままながい時間が流れる。（ほんとうはそれほど長い時間ではないのだけれど、見ている私には何と長く感ぜられたことであろう。）—これが、「居酒屋」のラストに近い一シーンなのであるが、一人の女、ジェルヴェーズの、それまで辿って来た苦難と忍従の結果が、このわずかなカットの中にさらけ出されている感じで、異常なまでの強いショックを与えるのである。[*36]

引用につづく箇所で田中絹代はマリア・シェルの無言の演技に感動し、同じ女優の身として自らこの場面を試してみるが、どうにも間が持たなかったと告白している。まさにスクリーンを挟んでひとりの女優ともうひとりの女優の身体が感応した瞬間である。

私たちはこのような「物語る身体」への強い関心が、サイレントを経てトーキー以降も戦後においても持続しつづけたことを忘れないでおこう。

注

＊1　巻末「田中絹代出演作品リスト（含監督作品）」を参照されたい。なおこの表の作成にあたっては「田中絹代・出演作品目録」（『フィルムセンター』第3号「田中絹代特集—女優に歩みにみる日本映画史—」一九七一年七月一日）二〇〜二九頁、『田中絹代の世界』（田中絹代メモリアル協会発行、二〇〇七年一一月一日第二版）三三〜三九頁を参照した。

＊2　ここでの「純粋鑑賞」とは渡辺裕「聴衆の「ポストモダン」?」（櫻井哲男編『二〇世紀の音』ドメス出版、一九九五年七月）による。また「キノ・グラース」とは北田暁大（「〈キノ・グラース〉の政治学　日本—戦前映画における身体・知・権力」（『〈意味〉への抗い　メディエーションの文化政治学』せりか書房、二〇〇四年六月所収）で用いた、暗闇で光と闇の明滅をひたすら凝視する観客を意味する。

＊3　原作「流れる」（『幸田文全集』第五巻、岩波書店）八四頁。なお「流れる」については拙稿「映画と文学をめぐる交渉—幸田文原作・成瀬巳喜男監督「流れる」の世界—」（『亜細亜大学学術文化紀要』12・13合併号、二〇〇八年七月）を参照されたい。

＊4　「第1線スタア論」（『キネマ旬報』18号、一九五一年七月一日）。

＊5　田中眞澄「非常線の女」解説（『小津安二郎映画読本』一九九三年九月、フィルムアート社）。但し引用は一九九八年一二月第五刷、五八頁。

＊6　同上。

＊7　蓮實重彦『監督小津安二郎』（増補決定版、筑摩書房、二〇〇三年一〇月）。但し引用は二〇〇〇年六月第三刷、六〇頁。

＊8　新藤兼人『小説田中絹代』（読売新聞社、一九八三年二月）一二三頁。

＊9　「春琴抄」の映画化については拙稿『春琴抄』におけるジェンダーと階層—島津保次郎「お琴と佐助」を補助線として」（『国文学解釈と鑑賞』二〇〇一年六月）、「谷崎潤一郎と映画（シネマ）—一九三〇年前後—」（『亜細亜大学学術文化紀要』10号、二〇〇七年二月）を参照されたい。
＊10　吉村公三郎「田中絹代に不満だった谷崎潤一郎」（『キネマの時代』共同通信社、一九八五年六月）二〇一～二〇二頁。
＊11　谷崎潤一郎「映画への感想—「春琴抄」映画化に際して」（『サンデー毎日』一九三五年四月）。なお谷崎は同時代においては岡田嘉子を、戦後においては京マチ子を春琴に適役と考えていたようだ（千葉伸夫『映画と谷崎』青蛙房、一九八九年一二月、二一〇頁、谷崎「女優さんと私」、『朝日新聞』一九六一年一〇月五日参照）。
＊12　新藤兼人注＊8前掲書、吉村公三郎注＊10前掲書による。なお「撮影の間じゅう、役の心をつかむため、家での毎日を、ほとんど目をつぶったままで過ごしておりました」（田中絹代他『私の履歴書　女優の運命』日経ビジネス人文庫、二〇〇六年一二月、三三七頁）という彼女自身の証言もある。
＊13　たとえばハリウッドスター上村草人はこのあと「赤西蠣太」（伊丹万作監督、一九三六年）などで手堅い脇役を演じるが、しだいに周縁化されてゆく。この点に関しては注＊9の二つ目の拙稿を参照されたい。
＊14　ここでたとえば「陸軍」（一九四四年）などに代表表象される「戦中期」の映画にも言及すべきであろうが、紙幅の都合で他の機会に譲ることにする。
＊15　『小津安二郎作品集Ⅲ』（立風書房、一九八四年一月）一九八頁。
＊16　佐藤忠男『小津安二郎の芸術　下』（朝日選書、一九七九年一月）一一三頁。
＊17　同上。なお蒲田映画で「階段落ち」が重要な意味をもつことは、つかこうへい「蒲田行進曲」（初刊一九八一年一一月、映画は深作欣二監督、角川映画、一九八二年）でよく知られている。但し、「風の中の牝鶏」は女性が夫によって突き落とされ、しかも映画ではスタントウーマンが田中絹代の代役を行ったこと記憶すべきであろう。
＊18　吉村公三郎『映像の演出』（岩波新書、一九七九年九月）八四頁。
＊19　志村三代子「転換期の田中絹代と入江たか子—化猫と女優の言説をめぐって」（『映画と身体／性』日本映画史叢書⑥、二〇〇六年一〇月、森話社）七九～一一〇頁。
＊20　佐藤忠男注＊16前掲書、一一〇頁。
＊21　川本三郎「もっともピュアで美しい戦争未亡人」（『今ひとたびの戦後日本映画』岩波現代文庫）一〇頁。

＊22　同上「田中絹代と戦争未亡人」注＊21前掲書一九〜三五頁。
＊23　水谷浩「「お遊さま」のセット」（『キネマ旬報』157号、一九五六年一〇月一日）。
＊24　双葉十三郎「日本映画批評　お遊さま」（『キネマ旬報』19号、一九五一年七月一五日）。
＊25　谷崎潤一郎「蘆刈」（『改造』一九三二年一一月〜一二月。なお本稿は『谷崎潤一郎全集』第一三巻（中央公論社、一九八二年五月）による。
＊26　成瀬巳喜男「序」（『ひめゆりの塔・おかあさん・また逢う日まで』水木洋子シナリオ集、宝文館、一九五二年一二月）四頁。なお、『森永五十年史』（森永製菓株式会社編、一九五四年一二月二〇日）の巻末年表、一九五二年七月一三日の「販売・宣伝」の項目に「二七年度「私のお母さん」図画・作文入選者杉山和子、大谷晴彦、教官西田秀雄三名をヘルシンキオリンピックに豆記者として派遣」と記されている。
＊27　淀川長治「おかあさん」（『映画の友』一九五二年九月）。
＊28　上野一郎「噂の女」（『キネマ旬報』96号、一九五四年七月一五日）。
＊29　「溝口健二」（『溝口健二大映作品集 vol 1　一九五一〜一九五四年』角川ヘラルド株式会社、二〇〇六年一〇月）三二頁。
＊30　成澤昌茂「溝口健二自作を語る」注＊29三二頁。
＊31　吉井勇「「噂の女」を観た後の対話」（『京都新聞』一九五四年六月二二日夕刊）。
＊32　同上。
＊33　佐藤忠男「田中絹代論」（『フィルムセンター』第2号、東京国立近代美術館フィルムセンター、一九七一年五月二四日）五頁。
＊34　吉井注＊31に同じ。
＊35　斉藤綾子「欲望し、感応する身体　横断的思考への誘い」注＊19前掲書三二〜三三頁。
＊36　田中絹代「マリア・シェルの演技その他」（『キネマ旬報』159号、一九五六年一一月一日）。

付記　なお、引用は基本的に初出によるが、表記を改めた箇所がある。

田中絹代出演作品リスト（含監督作品）

	作品名	公開年月日		原作	監督	脚本	製作会社
1	元禄女	1924	10・1	村上浪六	野村芳亭		松竹下加茂
2	村の牧場		12・31	野村芳亭	清水宏	野村芳亭	〃
3	小さき旅芸人	1925	3・11	〃	〃	〃	〃
4	激流の叫び		6・22	青木優	〃	南條綾子	〃
5	勇敢なる恋		8・28	島津保次郎	島津保次郎	島津保次郎	〃
6	自然は裁く		9・25	〃	〃	〃	〃
7	一心寺の百人斬		9・25	清水宏	清水宏	清水宏	松竹蒲田
8	恋の捕縄		12・1	〃	〃	〃	〃
9	落武者		12・1	水田良二	〃	水田良二	〃
10	御意見御無用		12・31		池田義信	水口羊人	〃
11	悩ましき頃	1926	1・30	清水宏	清水宏	清水宏	〃
12	街の人々		2・20	北村小松	五所平之助	北村小松	〃
13	お坊ちゃん		5・1	水島あやめ	島津保次郎他	吉田百助・島津	〃
14	あら呑気だネ		4・22		原田呑気之助	水口羊人	〃
15	奔流		6・23	三宅やす子	五所平之助	吉田武三	〃
16	裏切られ者		6・25	清水宏	清水宏	清水宏	〃
17	恋の意気地		8・1	佃血秋	蔦見丈夫	佃血秋	〃
18	妖刀		8・22	観音寺綾子	清水宏	観音寺綾子	〃
19	カラボタン		8・30	柴田瑞子他	野村芳亭	野村芳亭他	〃
20	清水の次郎長全伝・後編		11・20		吉野二郎	吉田武三	〃
21	彼女＝春のめざめ		12・31	五所平之助	五所平之助	五所平之助	〃
22	閃く刃		12・31	多喜沢吉五	大久保忠素	多喜沢吉五	〃
23	暗闘	1927	1・5	小林美都子	斎藤寅次郎	小林美都子	〃
24	地下室		1・10	中村吉蔵	蔦見丈夫	野田高梧	松竹蒲田
25	奴の小万		1・10	鎌倉八郎	重宗務	鎌倉八郎	〃

	作品名	公開年月日		原作	監督	脚本	製作会社
26	天王寺の腹切り		1・15	市村俗仏	中村紫郎	佃血秋	〃
27	高田の馬場		2・17	竹柴鶴松	斎藤寅次郎	村岡義雄他	〃
28	恥しい夢		4・8	桃園狂太	五所平之助	伏見晁	〃
29	魔道		4・23	吉田武三	斎藤寅次郎	吉田武三	〃
30	国境の唄		5・22	篠山吟葉	蔦見丈夫	篠山吟葉	〃
31	真珠夫人		5・26	菊池寛	池田義信	村上徳三郎	〃
32	白虎隊		6・26	岡本綺堂	野村芳亭	野田高梧	〃
33	悲願千人斬		7・8	下村悦夫	吉野二郎	竹柴鶴松	〃
34	むささびの三吉		8・12	村岡義雄	重宗務	村岡義雄	〃
35	夜の強者		8・26	伏見晁	蔦見丈夫	伏見晁	〃
36	木曽心中		8・26	水島あやめ	吉野二郎	水島あやめ	〃
37	近代武者修業	1928	1・5	村岡義雄	牛原虚彦	村岡義雄	〃
38	若しも彼女が		1・20	島津保次郎	島津保次郎	島津保次郎	〃
39	母よ君の名を汚す勿れ			五所平之助	五所平之助	北村小松	〃 ?
40	海国記		1・15	大森痴雪	衣笠貞之助	三村伸太郎	松竹京都・衣笠映画連盟
41	村の花嫁		1・27	桃園狂太	五所平之助	伏見晁	松竹蒲田
42	感激時代		3・1	畑耕一	牛原虚彦	吉田百助	〃
43	不滅の愛		4・15	村上徳三郎	重宗務	村上徳三郎	〃
44	永遠の心		4・27	本城学	佐々木恒次郎	野田高梧	〃
45	鉄の処女		5・25	水島あやめ	大久保忠素	水島あやめ	〃
46	天晴れ美男子		6・22	桃園狂太	斎藤寅次郎	桃園狂太	〃
47	人の世の姿		6・26	田村平三郎	五所平之助	野田高梧	〃
48	彼と田園		8・24	北村小松	牛原虚彦	北村小松	〃
49	御苦労様	1928	10・27		大久保忠素	伏見晁	松竹蒲田
50	陸の王者		11・10	畑耕一	牛原虚彦	野田高梧	〃

	作品名	公開年月日		原作	監督	脚本	製作会社
51	輝く昭和		11・17	村上徳三郎	島津保次郎	村上徳三郎	〃
52	青春交響楽		12・31	荒牧芳郎	野村芳亭	松崎博臣	〃
53	森の鍛冶屋	1929	1・5	村上徳三郎	清水宏	村上徳三郎	〃
54	越後獅子		1・10	島津保次郎	島津保次郎	島津保次郎	〃
55	彼と人生		1・27	北村小松	牛原虚彦	北村小松	〃
56	雲雀なく里		4・20	野村芳亭	野村芳亭	野田高梧	〃
57	大都会・労働篇		5・18	小田喬	牛原虚彦	小田喬	〃
58	新女性鑑		6・14	菊池寛	五所平之助	野田高梧	〃
59	陽気な唄		8・1	清水宏	清水宏	〃	〃
60	大学は出たけれど		9・6	〃	小津安二郎	荒牧芳郎	〃
61	山の凱歌		9・13	菊池緑子	牛原虚彦	小田喬	〃
62	鉄拳制裁	1930	1・15	畑耕一	野村員彦	野田高梧	〃
63	進軍		3・7	ジェームズ・ボイド	牛原虚彦	（翻案）	〃
64	青春譜		3・21	柳原白蓮	池田義信	柳井隆雄	〃
65	落第はしたけれど		4・11	小津安二郎	小津安二郎	伏見晃	〃
66	微笑む人生		5・24	小田喬	五所平之助	小田喬	〃
67	女は何処へ行く		5・24	瀬田広吉	池田義信	野田高梧	〃
68	大森林				五所平之助		〃
69	大都会・爆発篇		7・13	野田高梧	牛原虚彦	野田高梧	〃
70	巨船		8・1	島津保次郎	島津保次郎	島津保次郎	〃
71	絹代物語		10・10	巽来三郎	五所平之助	野田高梧	〃
72	愛欲の記（夜）		11・10	伏見晁	〃	伏見晁	〃
73	若者よなぜ泣くか		11・15	佐藤紅緑	牛原虚彦	村上徳三郎	〃
74	お嬢さん		12・12	北村小松	小津安二郎	北村小松	〃
75	愛よ人類と共にあれ・前後篇	1931	4・17	村上徳三郎	島津保次郎	村上徳三郎	〃
76	朗かに泣け	1931	5・22	吉田百助	佐々木恒次郎	吉田百助	松竹蒲田
77	姉妹・前後篇		7・4	菊池寛	池田義信	小田喬	〃

	作品名	公開年月日		原作	監督	脚本	製作会社
78	マダムと女房		8・1	北村小松	五所平之助	北村小松	〃
79	島の裸体事件		9・11	五所平之助	五所平之助	伏見晁	〃
80	生活線ABC・前篇		10・16	細田民樹	島津保次郎	村上徳三郎	〃
81	〃　後編		12・11	〃	〃	〃	〃
82	ルンペンとその娘				城戸四郎		〃
83	金色夜叉	1932	1・14	尾崎紅葉	野村芳亭	川村花菱他	松竹蒲田
84	勝敗		3・18	菊池寛	島津保次郎	北村小松	松竹蒲田
85	兄さんの馬鹿		4・1	北村小松	五所平之助	北村小松	〃
86	銀座の柳		4・22	西条八十	〃	伏見晁	〃
87	太陽は東より		6・30	長田秀雄	早川雪洲	池田忠雄	〃
88	撮影所ロマンス・恋愛案内		7・15	北村小松	五所平之助	北村小松	〃
89	輝け日本の女性		8・12	水島あやめ	野村浩将	水島あやめ	〃
90	恋の東京		9・30		五所平之助	伏見晁	〃
91	青春の夢今いづこ		10・13	野田高梧	小津安二郎	野田高梧	〃
92	忠臣蔵・前後篇		12・1		衣笠貞之助	衣笠貞之助	松竹下加茂
93	花嫁の寝言	1933	1・14	湯山東作	五所平之助	伏見晁	松竹蒲田
94	伊豆の踊子		2・2	川端康成	五所平之助	伏見晁	〃
95	東京の女		2・9	シュワルツ	小津安二郎	野田高梧他	〃
96	応援団長の恋		3・1	野田高梧	野村浩将	野田高梧	〃
97	**非常線の女**		4・27	**ジェームズ・槙**	**小津安二郎**	**池田忠雄**	〃
98	晴曇		5・4	久米正雄	野村芳亭	柳井隆雄	〃
99	結婚街道		6・22	菊池寛	重宗務	池田実三	〃
100	嫁入り前		7・13	伏見晁	野村浩将	伏見晁	〃
101	沈丁花		11・16	久米正雄	野村芳亭	伏見晁	〃
102	双眸	1933	12・7	久米正雄	成瀬巳喜男	柳井隆雄	松竹蒲田
103	東洋の母	1934	2・1		清水宏	蒲田脚本部	〃

	作品名	公開年月日		原作	監督	脚本	製作会社
104	婦系図		2・22	泉鏡花	野村芳亭	陶山密	〃
105	さくら音頭		4・15	伏見晁	五所平之助	伏見晁	〃
106	地上の星座・前後篇		5・31	牧逸馬	〃	柳井隆雄	〃
107	新婚旅行		7・14	野田高梧	〃	野田高梧	〃
108	街の暴風		8・15	三上於菟吉他	野村芳亭		〃
109	お小夜恋姿		9・15	島津保次郎	島津保次郎	島津保次郎	〃
110	その夜の女		10・17	〃	〃	〃	〃
111	私の兄さん		12・13	〃	〃	〃	〃
112	箱入り娘	1935	1・20	式亭三右	小津安二郎	野田高梧他	〃
113	母の愛・愛児篇／苦闘篇				池田義信		
114	**春琴抄・お琴と佐助**		**6・15**	**谷崎潤一郎**	**島津保次郎**	**島津保次郎**	〃
115	夢うつゝ		7・14	北村小松	野村浩将	北村小松	〃
116	永久の愛・前後篇		10・15	城戸四郎	池田義信	斎藤良輔	〃
117	せめて今宵を		11・14	北村小松	島津保次郎	北村小松	〃
118	人生のお荷物		12・12	伏見晁	五所平之助	伏見晁	〃
119	花嫁くらべ		12・30	島津保次郎	島津保次郎	島津保次郎	〃
120	お夏清十郎	1936	4・15	井原西鶴	犬塚稔	犬塚稔	松竹下加茂
121	男性対女性		8・29	池田志雄他	島津保次郎	池田志雄他	松竹大船
122	新道・朱実の巻		11・13	菊池寛	五所平之助	野田高梧	〃
122	新道・良太の巻		12・2	〃	〃	〃　他	〃
123	わが母の書		12・19	斎藤良輔他	五所平之助	斎藤良輔他	〃
124	花籠の歌	1937	1・14	岩崎文隆	〃	野田高梧	〃
125	女医絹代先生		4・29	野村浩将	野村浩将	池田忠男	〃
126	男の償ひ・前篇	1937	8・13	吉屋信子	野村浩将	野田高梧	松竹大船
127	男の償ひ・後篇		8・21	〃	〃	〃	〃

	作品名	公開年月日		原作	監督	脚本	製作会社
128	番町皿屋敷		11・1	岡本綺堂	冬島泰三	藤井滋司	松竹京都
129	暁は遠けれど		11・18	竹田敏彦	佐々木康	野田高梧他	松竹大船
130	鼻唄お嬢さん	1938	1・7	伏見晁	渋谷実	伏見晁	〃
131	出発		4・1	清水宏	清水宏	清水宏	〃
132	母と子		7・1	矢田津世子他	渋谷実	柳井隆雄	〃
133	愛染かつら・前後編		9・15	川口松太郎	野村浩将	野田高梧	〃
134	母の歌・前後篇		12・15		佐々木康	斎藤良輔	〃
135	新釈・唐人お吉・焚身篇		12・23		犬塚稔	犬塚稔	〃
136	お加代の覚悟	1939	1・5		島津保次郎	島津保次郎	〃
137	南風		2・15	林芙美子	渋谷実	伏見晁	〃
138	春雷・前後篇		4・13	加藤武雄	佐々木啓祐	柳井隆雄	〃
139	続・愛染かつら		5・5	川口松太郎	野村浩将	野田高梧	〃
140	花ある雑草		6・15	泉本三樹	清水宏	清水宏	〃
142	愛染かつら・完結篇		11・16	川口松太郎	野村浩将	野田高梧	〃
143	愛染椿	1940	1・6	〃	佐々木康	柳井隆雄	〃
144	私には夫がある		2・1	源尊彦	清水宏	源尊彦	〃
145	絹代の初恋		3・31	池田忠雄	野村浩将	池田忠雄	〃
146	暁に祈る		4・17	斎藤良輔	佐々木康	斎藤良輔他	〃
147	女性の覚悟（第一部・第二部）		5・30	〃	渋谷実	〃	〃
148	浪花女		9・19	溝口健二	溝口健二	依田義賢	松竹太秦特作プロ
149	舞台姿		11・16	池田忠雄他	野村浩将	池田忠雄	松竹大船
150	お絹と番頭		12・31		〃	〃	〃
151	十日間の人生	1941	4・1	八木隆一郎	渋谷実	斎藤良輔	松竹大船
152	元気で行かうよ		5・1	野田高梧	野村浩将	野田高梧	〃

	作品名	公開年月日		原作	監督	脚本	製作会社
153	花（前後篇）		7・15	吉屋信子	吉村公三郎	池田忠雄	〃
154	簪		8・26	井伏鱒二	清水宏	長瀬喜判	〃
155	女医の記録		11・23		〃	津路嘉郎	〃
156	家族	1942	1・31		渋谷実	斎藤良輔他	〃
157	日本の母		6・18		原研吉	野田高梧他	〃
158	或る女		10・29	渋谷実	池田忠雄	〃	〃
159	開戦の前夜	1943			吉村公三郎	津路嘉郎他	〃
160	敵機空襲		4・1		野村浩将他	斎藤良輔他	〃
161	坊ちゃん土俵入り		12・29		マキノ正博他	津路嘉郎	〃
162	団十郎三代	1944	6・22	加賀山直三	溝口健二	川口松太郎	松竹
163	還って来た男		7・20	織田作之助	川島雄三	織田作之助	〃
164	陸軍		12・7	火野葦平	木下惠介	池田忠雄	〃
165	宮本武蔵		12・28	菊池寛	溝口健二	川口松太郎	〃
166	必勝歌	1945	2・22	田坂具隆	清水宏他	清水宏他	松竹京都
167	三十三間堂通し矢物語		6・28		成瀬巳喜男	小国英雄	東宝
168	ニコニコ大会・歌の花籠第一篇	1946	1・24		大庭秀雄	池田忠雄	松竹
169	彼女の発言		2・7		野村浩将	〃	〃
170	女性の勝利		4・18		溝口健二	野田高梧	〃
171	歌麿をめぐる五人の女	1946	12・17	邦枝完二	〃	依田義賢	〃
172	結婚	1947	3・18	木下惠介	木下惠介	新藤兼人	〃
173	女優須磨子の恋		8・16	長田秀雄	溝口健二	依田義賢	〃
174	不死鳥		12・13	川頭義郎	木下惠介	木下惠介	〃
175	夜の女たち	1948	5・28	久板栄二郎	溝口健二	依田義賢	〃
176	**風の中の牝鶏**	**1948**	**9・20**		**小津安二郎**	**斎藤良輔他**	〃
177	我が恋は燃えぬ	1949	2・13	野田高梧	溝口健二	依田義賢	〃
178	新釈・四谷怪談（前後篇）		7・11 10・8	鶴屋南北 〃	木下惠介 〃	久板栄二郎 〃	〃

	作品名	公開年月日		原作	監督	脚本	製作会社
179	真昼の円舞曲		7・2		吉村公三郎	新藤兼人	〃
180	婚約指環	1950	7・2	木下恵介他	木下恵介	木下恵介	〃
181	宗方姉妹		8・8	大仏次郎	小津安二郎	野田高梧他	新東宝
182	奥様に御用心		12・22	瑞穂晴海	中村登	清島長利	松竹=田中プロ
183	おぼろ駕籠	1951	1・15	大仏次郎	伊藤大輔	依田義賢	松竹
184	銀座化粧		4・14	井上友一郎	成瀬巳喜男	岸松雄	新東宝
185	**お遊さま**		**6・22**	**谷崎潤一郎**	**溝口健二**	**依田義賢**	**大映**
186	夜の未亡人		7・27	船橋聖一	島耕二	山本嘉次郎他	新東宝
187	武蔵野夫人		9・14	大岡昇平	溝口健二	依田義賢	東宝
188	愛染橋		10・12	川口松太郎	野淵昶	依田義賢他	大映
189	稲妻草紙		12・30		稲垣浩	鈴木兵吾他	松竹京都
190	西陣の姉妹	1952	4・17		吉村公三郎	新藤兼人	大映
191	西鶴一代女		4・17	伊原西鶴	溝口健二	依田義賢	新東宝
192	安宅家の人々		5・15	吉屋信子	久松静児	水木洋子	大映
193	**おかあさん**		**6・12**	**全国児童綴方集**	**成瀬巳喜男**	**〃**	**新東宝**
194	秘密		11・27	中村八郎	久松静児	井手俊郎	大映
195	まごころ	1953	1・29		小林正樹	木下恵介	松竹
196	煙突の見える場所		3・5	椎名麟三	五所平之助	小国英雄	新東宝＝ 8月プロ 3・5
197	雨月物語		3・26	上田秋成	溝口健二	川口松太郎他	大映
198	新書太閤記・ 流転日吉丸		5・13	吉川英治	萩原遼	棚田吾郎	東映
199	獅子の座		6・3	松本たかし	伊藤大輔	伊藤大輔他	大映
200	恋文		12・13	丹羽文雄	田中絹代	木下恵介	新東宝
201	三椒大夫	1954	3・31	森鷗外	溝口健二	八尋不二他	大映
202	女の暦		6・8	壺井栄	久松静児	井手俊郎他	新東宝
203	**噂の女**		**6・20**		**溝口健二**	**依田義賢他**	**大映**
204	月は上りぬ	1955	1・8	日本映画監督協会	田中絹代	斎藤良輔他	日活

	作品名	公開年月日		原作	監督	脚本	製作会社
205	渡り鳥いつ帰る		6・21	永井荷風	久松静児	八住利雄	東京映画
206	少年死刑囚		7・3	中山義秀	吉村廉	片岡薫他	日活
207	月夜の傘		8・21	壺井栄	久松静児	井手俊郎	〃
208	王将一代		10・2	北条秀司	伊藤大輔	伊藤大輔他	新東宝
209	乳房よ永遠なれ		11・23	中城ふみ子他	田中絹代	田中澄江	日活
210	色ざんげ	1956	3・21	宇野千代	久松静児	田岡敬一	東映
211	雑居家族		5・3	壺井栄	〃	田中澄江	日活
212	病妻物語・あやに愛しき		9・7	上林暁	宇野重吉	新藤兼人	〃
213	女囚と共に		9・11		久松静児	田中澄江	東京映画
214	嵐		10・24	島崎藤村	稲垣浩	菊島隆三	東宝
215	流れる		11・20	幸田文	成瀬巳喜男	田中澄江他	〃
216	黄色いカラス	1957	2・27		五所平之助	館岡謙之助他	歌舞伎＝松竹
217	異母兄弟		6・25	田宮虎彦	家城巳代治	依田義賢	独立映画
218	太夫さんより・女体は哀しく		10・1	北条秀司	稲垣浩	八住利雄	宝塚映画
219	地上		11・22	島田清次郎	吉村公三郎	新藤兼人	大映
220	悲しみは女だけに	1958	2・26	新藤兼人	新藤兼人	新藤兼人	〃
221	楢山節考		6・1	深沢七郎	木下惠介	木下惠介	松竹
222	彼岸花		9・7	里見弴	小津安二郎	野田高梧他	〃
223	この天の虹		10・28		木下惠介	木下惠介	〃
224	母子草	1959	4・22	小糸のぶ	山村聡	楠田芳子	東映
225	太陽に背く者		6・21	樫原一郎	酒井辰雄	浅野辰雄他	松竹
226	素晴らしき娘たち				家城巳代治		東映
227	浪花の恋の物語		9・13	近松門左衛門	内田吐夢	成沢昌茂	東映京都
228	日本誕生		10・25		稲垣浩	八住利雄他	東宝
229	流転の王妃	1960	1・27	愛親覚羅浩	田中絹代	和田夏十	大映東京

	作品名	公開年月日		原作	監督	脚本	製作会社
230	おとうと		11・1	幸田文	市川崑	水木洋子	大映
231	別れて生きるときも	1961		田宮虎彦	堀川弘通	松山善三他	東宝
232	女ばかりの夜		9・6	梁雅子	田中絹代	田中澄江	東京映画
233	放浪記	1962		林芙美子	成瀬巳喜男	井手俊郎他	東宝・宝塚映画
234	お吟さま		6・3	今東光	田中絹代	成沢昌茂	にんじんくらぶ
235	結婚式・結婚式		7・13		中村登	松山善三	松竹
236	死闘の伝説		8・11		木下惠介	木下惠介	〃
237	殺陣師段平		9・30	長谷川幸延	瑞穂春海	黒澤明	大映京都
238	かあさん長生きしてね		10・13	加藤日出男	川頭義郎	楠田芳子	松竹
239	太平洋ひとりぼっち	1963	10・27	堀江謙一	市川崑	和田夏十	石原プロ＝日活
240	光る海			石坂洋次郎	中平康	池田一郎	日活
241	香華（前後篇）	1964	5・24	有吉佐和子	木下惠介	木下惠介	松竹
242	この空のあるかぎり				桜井秀雄		松竹大船
243	母の歳月	1965			水川淳三		〃
244	赤ひげ		4・3	山本周五郎	黒澤明	井出雅人	東宝＝黒沢プロ
245	男はつらいよ ・寅次郎夢枕	1972		山田洋次	山田洋次	山田洋次他	松竹
246	三婆	1974	6・1	有吉佐和子	中村登	井手俊郎	東京映画
247	サンダカン八番娼館 ・望郷			山崎朋子	熊井啓	広沢学	俳優座映画 放送・東宝
248	ある映画監督の生涯	1975	5・24		新藤兼人	新藤兼人	日本映画協会
249	おれの行く道				山根成之	山根成之他	松竹
250	北の岬	1976		辻邦生	熊井啓	熊井啓他	俳優座映画 放送・東宝
251	大地の子守唄			素九鬼子	増村保造	白坂依志夫他	行動社木村プロ

☆太字は本稿で採りあげた作品。原作の無いものや不明のものは空欄にしてあるので、ご批正を戴ければ幸いである。

喪の失敗――新藤兼人『原爆の子』と「戦後」／ヒロシマ

深津謙一郎

はじめに

「戦後六〇年」を眼前にして、原爆に取材した二つの対照的な作品が構想される。このうちのいっぽうは二五万部を超えるベストセラーとなり、もういっぽうは現在も製作の目途すら立たない。

二五万部を超えるベストセラーというのは、こうの史代の漫画『夕凪の街　桜の国』である。[*1] この作品は第八回文化庁メディア芸術祭マンガ部門大賞、第九回手塚治虫文化賞新生賞を受賞し、二〇〇七年には映画化される。[*2] こうの史代は、一九六八年・広島生まれ。「あとがき」によれば、被爆者でも被爆二世でもなく、原爆も「遠い過去の記憶で、同時に『よその家の事情』」でしかなかったという。しかし、「被爆国と言われて平和を享受する後ろめたさ」に躓き、「原爆も戦争も経験しなくとも、それぞれの土地のそれぞれの時代の言葉で、平和について考え、伝えてゆかねばなら」ぬと決心する。[*3]『夕凪の街　桜の国』はその最初の取り組みである。

作品は三部構成で、第一部「夕凪の街」は被爆から一〇年後の広島が舞台である。原爆で生き残ってしまったうしろめたさに傷つき、現在の自分を肯定できないでいた女性（平野皆実）が、ようやくそのきっかけを摑みかけた途端、原爆症で亡くなる。第二部と第三部「桜の国（一）・（二）」は、それから約二〇年後と三〇年後の世界を、東京に舞台を移して描き出したもので、原爆症で母を亡くした女性（皆実の姪・石川七波）が広島を訪れ、記憶の底に沈めていた自分のルーツに改めて向かい合うという話である。

これに対して、製作の目途すら立たない作品というのは、新藤兼人の映画『ヒロシマ』である。新藤兼人は一九一二年・広島生まれ。彼自身は被爆者ではないが、復員の途中、少年時代の思い出深い広島の廃墟を目の前にして、「わたし自身が原爆にやられた気がした」という。[*4] 以来、『原爆の子』（北星映画社　一九五二年）、『第五福竜丸』（大映、一九五九年）、TVドキュメンタリー『8・6』（中国放送、一九七七）、同『原爆小頭児―ヒロシマのお母さん』（テレビ朝日、一九七八年）、『さくら隊散る』（独立映画センター、一九八八年）と、原爆・反核に取材した作品を撮り続ける。

その集大成が、これまでの作品で「撮り残し」た、「原爆が落ちた瞬間」を再現した記録映画『ヒロシマ』である。すでにシナリオも完成しているが、[*5]「原爆が爆裂した瞬間、熱線がひらめき、ヒロシマの人間は虫けらのように焼かれ（略）、熱線と同時に爆風がおこり、焼かれた人びとは投げ飛ばされ、家々は木っ端微塵となって舞い上がり、たちまち全市は紙屑のようにぱっと燃えあが」る、「この一秒、二秒、三秒の間に何がおこったか」を描くのに必要な二〇億円（通常映画の四〜五倍の製作費）が集まらず、製作に入れない。[*6]

ところで、『ヒロシマ』で新藤が描こうとする被爆直後の惨劇のリアルな再現こそ、『夕凪の街　桜の国』でこうのが描写を回避したものであり、二つの作品の対照性はここでも際立つ。むろんこうのも、日常に伏在して主人公の〝いま〟を脅かす「被爆という起源」を、物語の必要上、描き出してはいる。しかし、それは新藤のようにリアルな再現を志向するものではなく、たとえば「川底に横たわる無数の死者や罹災してうずくまる人々の様子は輪郭に目と口だけをかたどったお人形さんといった態」なのである。[*7]

川口隆行の調査によると、『夕凪の街　桜の国』は、中沢啓治の漫画『はだしのゲン』を引き合いに出すかたちで賞賛されることが多いという。残酷な描写で恐怖を煽る『はだしのゲン』の押しつけがましさ（反戦・反核の声高な主張）に対して、静かな筆致で淡々と日常を綴る『夕凪の街　桜の国』の繊細さが評価される背景には、平和教育への食傷といった側面もあるだろう。そうした厭戦気分のなかで、こうのが開いた表現の可能性（不可能性）は検証されてよい。たとえば、こうのの読者がネット上に築く排他的な読者共同体が、表現（描写）の問題と不可分であることを川口隆行の分析は明らかにしている。排他的な共同体を繋ぐのは、口当たりの良いこうのの描写が喚起するノスタルジーなのだが、ノスタルジーを共有する「我々」の同一性を脅かすような「他者」（たとえば「原爆スラム」の朝鮮人社会）は、静謐で淡々と綴られたその作品空間から周到に排除されているのである。[*8]

　とはいえ、そうした共感を断ち切るために、新藤が企てるような惨劇のリアルな再現が望ましいかといえば、それはまた別の話である。『ヒロシマ』のシナリオには、目を覆うような惨劇がいくつも描かれている。原爆の爆裂から数秒後の商品陳列館（原爆ドーム）付近のある場面では、「大木が裂け、電柱が倒れ、首が千裂れて空中を飛び、手が足が、胴体が飛び、川の水が竜巻となる。河原が雨あられの如く、トタン屋根が飛行する」。[*9]しかし、これは本当にその出来事のリアルな再現なのだろうか。その瞬間、その現場に立ち会いその真偽について証言できる者が誰も生存していない以上、そこにはつねに表象不可能性の問題がつきまとう。

　もっとも、表象不可能なものだから描くべきではない、と主張したいのではない。しかし、二〇億円あればそれを再現できるという考えには与せない。岡真里を引きながら喜谷暢史が指摘するように、『ヒロシマ』の新藤は、『プライベート・ライアン』のスティーブン・スピルバーグと同じ轍を踏んでいる。迫真のリアリズムで再現されたスピルバーグの戦場には、説明できない出来事、抑圧された記憶は登場しない。出来事の現実（リアリティ）とは、リアルに再現される「現実」からこぼれ落ちるところにあるのではないか、という疑いがないからである。[*10]あるいは、そうした疑いがあるからこそ、それを抑圧する迫真のリアリズムが希求されるのかもしれないが、いずれにせよ、この種のリアリズムの根底にあるのは、惨劇を再現することでそれを所有したい、リアルに再現される「現実」からこぼれ落ちる何ものか（表象不可能なもの）を手懐けたいという欲望だろう。

ところで、そもそも、原爆で家族や友人を失ったのではない私（たち）は、なぜ原爆について語ろうとするのだろうか。広島生まれでありながら（あるいは、広島生まれであるがゆえに）、原爆を「怖いという事だけ知っていればいい昔話で、何より踏み込んではいけない領域であるとずっと思ってきた」、とこうのは言う。[*11] それでも、彼女を原爆に向けて踏み出させたのは、「被爆国と言われて平和を享受する後ろめたさ」であり、だからこそ「平和について考え、伝えていかなければならない」という決心だった。しかし、なぜここで「平和」と言葉が繰り返し用いられるのだろうか。この強い反復から窺えるのは、逆に、〝いま〟の平和に対する不安、〝いま〟が平和ではないかもしれない不安ではないだろうか。

原爆への語りを促すこうした不安の源には、一瞬にして（広島・長崎を合せ）一〇万人もの生命を消し去り、その後も多くの人々を苦しめ、そうしたことを科学技術的にも政治的にも可能にしてしまった出来事の、その核心部分に閉じ込められた死者たちがいる。[*12] 私（たち）は、何かの機会に偶然彼らから呼びかけられた気がし、その声に応じてしまった結果、不安に駆られ、原爆について語らずにはいられなくなる。それは死者たちと対話するためである、と言えばどこか嘘になる。原爆を語ることで不安を手懐け、除去し、癒され、そして正しい自己（主体）を確立したいという根本の欲望があることを否定できないからだ。こうした語りは、むしろ死者たちの声をかき消してしまうのかもしれない。

しかし、これを政治的な正しさの観点から切り捨てる必要はない。主体の確立を批判する言説が、欲望充足（主体化）の物語を過大評価して、逆にそうした主体を実体化してしまう危険があるからだ。ところが実際には、主体化の物語（表現）はつねに統御しきれない残余（過剰）を生み出すのであり、その意図が裏切られる事故の可能性に晒されている。私（たち）を原爆の語りに駆り立てたそもそもの不安に向き合わせ、その不安を危機＝批評として覚醒させる契機は、こうした表現の事故のうちにある。不安を除去したい、正しい自己を確立したいという根本の欲望が、死者たちの声をかき消してしまうから、私（たち）は原爆について語るべきではない、という意見には与せない。むしろ、そうした語りが引き起こす表現の事故を見逃すことが、死者たちとの対話の機会を閉ざすのである。

以下、この稿で行うのはそうした立場からのテキスト分析である。具体的には、新藤が撮った最初の原爆映画『原爆の子』を取り上げる。反核という新藤の〝いま〟の問題意識から遡及的に振り返ると、この映画は『ヒロシマ』の起点であり、被爆直後の惨劇をリアルに描けなかった点で悔いの残る作品ということになる。しかし、一九五〇年代初頭という本来の文脈のなかに置いたとき、この映画を根底で規定する不安は、新藤の〝いま〟のそれとは違うように思える。では、『原爆の子』はどのような種類の不安に駆られて物語を紡ぎだし、紡ぎだす過程でどのような表現の事故に出会うのだろうか。ここには、「戦前」と対比的にプロット化された時間区分としての「戦後」がなぜ要請され、どのように構成されたかを知るうえで重要な手がかりがいくつも残されている。「戦後」と長らく手を携えてきたヒロシマの語りが変容を迫られる〝いま〟、それを整理しておくのも無意味なことではないはずである。

1

『原爆の子』は、一九五二年八月六日に広島で封切られた。松竹を退社した新藤が、前々年に設立した独立プロダクション・近代映画協会の自主制作第一号である。最初大映に企画を持ち込んだが断られ、自力で準備できた製作費・三〇〇万円は通常の映画の十分の一程度だったという。しかも、このうち半分は、劇団民藝の宇野重吉に折半してもらうことになる。そこへ、大映専属の乙羽信子が会社の反対を押し切って合流。配給会社も決まらないまま、広島を「いま撮らねば――」という執念だけで撮り始めた映画だったが、完成すると配給収入五〇〇〇万円を記録する。[13]『原爆の子』は、商業的な成功を収めたのである。

原作は、教育学者・長田新が編んだ同名の作文集である。[14]「原爆の悲劇を身をもって体験」した「広島の少年少女達が、当時どのような酸苦を嘗めたのか、また現在どのような感想を懐いているかを綴った」もので、毎日出版文化賞（一九五二年度）を受賞するなど、大きな反響を得ていた。新藤はこれにインスピレーションを得て、新たに映画用の脚本を書き下ろしたのである。[15]

映画でも、「広島の少年少女のうったえ」という原作の趣向は引き継がれ、原爆で生き残った子どもたち（原爆の子）の〝いま〟が、オムニバス風に綴られる。そこに映画としてのまとまりを与えるのが、瀬戸内海の島で小学校の先生をする石川孝子である。[16]彼女の溌剌とした姿からは想像できないが、孝子も七年前、原爆に遭い家族を亡くしている。[17]その孝子が、夏休みを利用して久しぶりに広島を訪れ、原爆で生き残ったゆかりの子どもたち（広島で幼稚園の先生をしていた被爆当時の教え子）に再会する。映画の殆どの場面で孝子と視線を共有するか、彼女をまなざす観客は、孝子を介して原爆の子の〝いま〟に触れるという仕掛けである。

この点から言えば、映画の中で孝子は、観客を先導する案内人役と言えるが、たんなる黒子役ではない。彼女自身も、原爆の子との再会を通して大きく変化するからである。映画全体のストーリーを、孝子が広島へ「行って帰ってくる」というシンプルな物語の構造に還元すると、この点がはっきりする。広島行きの船では、〈家へいんで、たんまりおっぱいを飲んで戻りんさい〉[18]とその娘らしさをからかわれた孝子が、帰りの船には、男の子の手を引く母親の姿（イメージ）で現れるのである。こうした孝子の変化（成長）が、物語としてのカタルシスを観客に与えている。後述するように、観客にとって孝子は望ましい自己像であり、それゆえ、彼女の成長に自らの姿をうまく重ねることができたのである。『原爆の子』が商業的に成功した理由の一端は恐らくここにある。

しかし、この映画に対する評論家たちの評価は芳しいものではなかった。福間良明の調査によれば、『原爆の子』は、平和を希求する主題の普遍性こそ受け容れられたが、原爆被害の惨状を抒情の糖衣でくるんだその感傷性を強く批判されたという。[*19] ここには、『原爆の子』公開時の歴史的背景も関わってくる。第一に、GHQによる占領がこの年（一九五二年）終結する。それと同時に、占領下で抑えられていた原爆のリアルな惨状が国民に広く知らされた。これ以前にも、たとえば永井隆の『長崎の鐘』がベストセラーになり、映画化されていた。[*20] しかし、プレスコード解除後明らかにされた原爆のリアルな惨状と、原爆を「燔祭」（人類に平和をもたらすための供犠）と捉える『長崎の鐘』の抒情との間には大きなギャップがあった。これと同じギャップが、『原爆の子』の抒情の中に意識されたとしても不思議ではない。[*21]

第二に、占領の終結は、日本が朝鮮戦争の当事国・アメリカの同盟国として「独立」することを意味していた。[*22] これにより、日本が〝次の戦争〟に巻き込まれるのではないか、日本に再び原爆が投下されるのではないか、という現実的な不安が醸成される。『原爆の子』は、こうした不安に十分応えていないと感じられた可能性もある。朝鮮戦争下に、しかも原爆という主題を扱う以上、『原爆の子』に〝次の戦争〟への危機感を読み取ろうとするのは自然だろう。また、それに呼応する場面が映画にも皆無なわけではない。[*23] しかし、『原爆の子』に底流する不安は〝次の戦争〟への不安とは別のところにある。評論家たちと違い、この映画を支持した多くの人々も、恐らくこれと同じ不安を共有していたのである。以下、この点をストーリーに即して説明していこう。

2

映画はまず、広島入りする孝子の視点を通して、〈あの日と同じように、美しく流れ〉、〈美しくひろがっている〉広島の川と空を映し出す。[24] そこへ、〈みなさん、此処は広島です。（略）あの日の広島の子どもたちはすくすく育ってこんなに大きくなりました。あの日の焼けただれた土の上には、いま街が復興しつつあります〉という孝子のナレーションが重ねられ、川で元気に遊ぶ子どもたちや、生活を取り戻した市街地の映像が挿まれる。しかし、ここで紹介される広島は、あくまでも旅行者の目に映る広島にすぎず、原爆の子と再会した孝子は、それとは対照的な、復興する広島の裏面に立ち会わされる。

たとえば、孝子が最初に再会した幼稚園時代の教え子・三平の家族は、原爆は生き延びたものの、生活の基盤を破壊されたため、「不法バラック」に住み、日雇い労働に従事するよりほか生きる術がない。この当時、広島は平和記念都市・ヒロシマとして新生を遂げるべく、復興事業を進めていた。とくに、一〇〇メートル道路建設や平和公園の造営[25]などの大規模土木工事には、それを下支えする労働力が必要だった。そこへ、三平の家族のような、被爆から七年を経て未だ生活を立て直せないでいる人々が吸収されていく。そのなかには、被爆した女性や朝鮮半島出身者も含まれていた。

しかし、広島の復興事業が、復興から取り残されたこうした人々の救済を目的に行われたとは言い難い。広島の新生は、乱立する被爆者の「不法バラック」を解体し、ヒロシマの都市空間に整地し直すことを意味したが、立ち退きを強いられた人々に、代替の住居が補償されたわけではなかったからである。立ち退かされる側からみれば、生活を支えるための労働（ヒロシマの建設）が、結果として生活基盤の〝二度目〟の喪失に帰結する（むろん、〝一度目〟は原爆である)。そうした彼らの存在自体が、ヒロシマの建設のため包摂されながら、ヒロシマから排除される矛盾の焦点であった。実際、復興の公的な記憶のなかにも、彼らの場所は用意されていない。

その端的な例が、平和資料館東館一階の大きなスペースに並ぶ二つの復元模型から見てとれる。このうちの一つは、現在の平和公園や平和資料館がある旧中島地区の被爆直前の様子を再現したもので、一部建物疎開の痕跡が見られるもの、広島随一の繁華街と呼ばれた当時の雰囲気を伝えている。もう一つは、その同じ場所の被爆直後の様子を再現したもので、所々に点在する鉄筋建築物の残骸のほかは何もなく、月面を思わせるような廃墟が広がっている。訪問者は、この二つの復元模型を対照することで原爆の破壊力を目の当たりにすると同時に、資料館の外に広がる美しく整地された平和公園の〝いま〟も重ね合わせて、「広島随一の繁華街は、一発の原爆で廃墟と化したが、現在は祈りの場として美しく整備されている」といったヒロシマの歴史を受け容れるだろう。

しかし、平和公園や平和資料館は、被爆直後の廃墟の上に直接築かれたわけではない。中島地区は、廃墟から平和公園に至るまでの間、林立する「不法バラック」のなかで、ヒロシマの建設を下支えした被爆者たちの生活が営まれた、生活の場だったからである。平和資料館の復元模型がプロット化するヒロシマの歴史からは、その痕跡が抹消されている。松元寛は、「優美な曲線を描いた公園（平和公園のこと—深津注）の遊歩道が、かつて人々が体を寄せあって住んでいた家の居間を、台所を、店の土間を、情け容赦もなく貫いて」いることに注意を促し、生者による平和の訴えが、「死者たちの思いを踏みにじ」る「思い上がり」を戒めている。[*26] この論理に従えば、「不法バラック」の痕跡抹消は、松元が指摘したのと同じかそれ以上の「思い上がり」が、復興から排除された被爆者に向けられた結果と言えるのではないか。ヒロシマの記憶の殿堂（平和資料館）では、展示された復元模型により、中島地区で被爆し即死した人々の存在を思い描くことができるのだが、復興から排除された被爆者の存在は、復元模型の不在により、想起の手がかりすら失われてしまっているのである。

この点から言えば、造成中の平和公園内で、取り壊し直前の「不法バラック」をセットに使いロケを行った『原爆の子』は、ヒロシマの公的な記憶から抹消された復興の矛盾をフィルムに刻み付けている。[*27] とはいえ、それも手放しで評価できるものとは言い難い。平和記念都市の建設が、復興から取り残された被爆者を包摂しつつ排除したように、『原爆の子』も、復興の矛盾として公的な記憶から抹消される彼らの存在を作品内に包摂しつつ排除するからである。その根本には、受け入れ難い過去といかに和解し、現在を肯定的なものとして捉えるかというモチーフが窺える。

たとえば、孝子が三平を訪れたちょうどそのとき、三平の父が原爆症で悶死する。そこへ、日雇い（平和資料館の建設現場）に出ていた母・千代が駆け付け、同じバラックの人達も集まってくる。この場面で際立つのは、こうした人達と、小綺麗な孝子との断層である。被爆後の七年間が同じ被爆者のあいだに築いてしまったこの越え難い断層は、〈……お悔やみ申し上げます〉という孝子の言葉をきっかけに先鋭化する。〈悔みをいうてもろうたけェちゅうて、うちの人が生き返りますかい……（略）死んだものはどうにもなりゃせんけェ！〉という千代の叫びが、孝子を頑なに拒絶するからである。[*28]

こうした千代の恨みは、孝子に対して好意的な人物で固められた共感ベースの作品世界に亀裂を入れている。それは共感（同一化）を拒む他者であると同時に、受け容れ難い過去を想起させる不安の源でもあった。というのも、復興から取り残された被爆者の恨みの原因を遡れば、どうしてもその起源にある〝前の戦争（第二次世界大戦）〟に行き着いてしまうからである。その戦争に加担してしまった過去を、復興が進められる現在にどう折り合わせればよいのか。〝敗戦〟により戦争の大義を否定されたぶん、より受け容れ難いものになった〝誤った戦争〟の記憶は、抑圧されればされるほど、過去から現在への不連続を強く意識させたはずである。

こうした現在の無根拠性（不安）を解消するためには、受け容れ難い過去をいったん想起したうえで、それを受け容れ可能なかたちに無害化する必要があった。これを精神分析の用語にならって「喪の作業」と呼ぶなら、『原爆の子』が行っているのは、〝前の戦争〟から現在までの歴史を受け容れるための「喪の作業」なのである。千代の恨みは、こうした必要上呼び出されているように見える。では、受け容れ難い過去はどのようにして無害化されるのだろうか。そこで行われるのが、記憶の女性化という問題である。[*29]

3

『原爆の子』は、題名が喚起するとおり子どもたちの受苦の物語であるが、それと同時に、若い女性たちの受苦の物語でもある。原爆の惨禍は、何よりもまず、若い女性の身体に刻まれた傷として表象されるからである。[*30]その代表的なイコンが、映画に協力出演した「原爆乙女」（原爆により顔や身体にケロイドを負った未婚の若い女性）である。ただし、「原爆乙女」に原爆の惨禍を表象させる想像力は、新藤自身の独創ではない。中野和典の調査によれば、プレスコード解除後、原爆の惨禍を伝えるイコンとしてもっとも早く流通したのが彼女たちの像だった。[*31]原爆はまず、若い女性の身体に刻まれた犠牲として、広く世に知られたのである。べつの言い方をすれば、一九五〇年代初頭の日本国民の想像力は、女性として被爆を経験し（直し）た。なぜだろうか。

ことは被爆（原爆）に限らない。この時期、〝前の戦争〟を女性の経験として再話した映画が立ち続けにヒットしている。『ひめゆりの塔』（今井正監督、東映、一九五三年）と『二十四の瞳』（木下恵介監督　松竹、一九五四年）がそうである。[*32]この二つの映画と、『原爆の子』の原爆表象との間には共通点がある。〝前の戦争〟を、運命を思わせる圧倒的な力により蹂躙された日本人女性の経験としてプロット化する点である。非戦闘員が経験した戦争であるから、敵味方双方の主体的な判断や駆け引きがクローズアップされるような戦闘場面は描かれない。その代わり戦争は、一方的に降り注ぐ砲弾の雨として（『ひめゆりの塔』）、あるいは、深い喪失感をもたらす海の向こうの出来事として（『二十四の瞳』）描かれ、登場人物たちはただそれに翻弄されるほかない。そうした受苦的な人物に同一化し、〝前の戦争〟を経験し直すこと――記憶を女性化することが、〝誤った戦争〟に加担した受け容れ難い過去と和解するうえでまず必要だったのである。[*33]

とはいえ、自らを犠牲者に擬えるだけでは、過去との和解は、完全には果たせない。過去との和解は、現在を過去との関係において肯定的に捉えられた（プロット化できた）とき、はじめて達成されるからである。記憶の女性化は、こうした歴史のプロット化という部分で重要な役割を果たしている。たとえば、新生日本の根拠とされた「平和憲法（平和主義）」は、旧体制から百八十度転換のシンボルとして受け容れられた。したがってそれは旧体制とは無縁の存在が担う必要があった。その点、〝敗戦〟により諸権利を獲得した、つまり、旧体制の桎梏から解き放たれた日本人女性ほど、「平和主義」の担い手としてふさわしい存在はなかった（と、当時は考えられた）。[*34]そして、これに対比するかたちで、旧体制のシンボルが男性ジェンダー化され、こうして、「戦前・戦中」から「戦後」にいたる直線的な道筋が、ジェンダーの枠組みに拠ってプロット化される。[*35]その結果として、「戦後」である現在が肯定されるのである。

前途したように、『原爆の子』は孝子の成長物語であり、観客はそこに自分の姿を重ね合わせたのだが、孝子が母になる（岩吉の孫・太郎を引き取って島へ帰る）という結末は、そうした「戦後」の成り立ちを神話的に再演している。岩吉というのは、以前孝子の家に仕えていた老人である。孝子と岩吉の再会は偶然だった。岩吉が物乞いをしているところへ、偶然孝子が通りかかる。襤褸を纏った岩吉の顔は左半分がケロイドで覆われ、視力もほとんど失われている。事情を聴くと、岩吉は原爆に遭い、働けない身体になってしまった。頼みの息子は南方で戦死し、嫁も原爆で即死。今年七歳になる太郎がひとり残ったが、今の境遇では一緒に暮らせないので、特別に頼んで孤児収容所に置いてもらっているという。

翌日、その孤児収容所を訪れた孝子は、太郎の将来を考え、太郎を自分の島に引き取ろうと提案する。しかし、岩吉はこれを頑なに拒絶する。自分は太郎といつか一緒に暮らすことだけを頼りに生きている。その唯一の身寄りと別れては生きていけないと言うのである。それならば、岩吉も太郎と一緒に島へ来るよう勧められるが、かつての主従関係を気にして、〈めっそうもない（略）。そがいなことが出来ますかい〉と取り合わない。[*36] その後も説得を試みる孝子だが、岩吉の心を変えられない。

岩吉の強い思いに折れ、孝子がひとりで島へ帰ることにした前日、事態は急転回する。屑拾いの婆さん・おとよに諭された岩吉が土壇場で翻意し（ただし、その因果関係は曖昧にしか示されない）、孝子に太郎を託す決意をする。太郎が岩吉と離れるのを嫌がると、岩吉は焼身自殺をして、太郎を孝子の許に追いやるのである。あれほど頑なに孝子の申し出を拒否した岩吉は、なぜここで急に翻意し、今度は自分の生命を犠牲にしてまで、太郎を孝子に託そうとするのだろうか。これ以前の物語の中で、情緒的な血縁関係や主従関係に拘泥し、理性的判断を拒み続ける岩吉の頑迷さが強調され過ぎたぶん、彼が孝子やおとよの説得を受け容れ、太郎の未来のため太郎を手放した、という解釈には還元できない過剰が生じてしまう。しかし、岩吉の心理とは別の次元で、太郎が彼の許から孝子の許へ移動する根拠なら、すでに物語のなかに構造化されていた。それがプロット化された「戦後」である。

この物語のなかでは、血縁や主従関係といった旧習に拘泥する岩吉の頑迷さが、戦争の犠牲者である彼の女性化を許さず、「戦前・戦中」の男性ジェンダーに配分し、いっぽうで、旧習から自由で開明的な孝子を、「戦後」の女性ジェンダーに配分するのである。[*37] したがって、岩吉から孝子に託される太郎の移動は、「戦前・戦中」から「戦後」への直線的な時間の自然な（不可逆的な）推移を表すことになる。これを孝子の側から表現すれば、娘から母への成長という、これもまた直線的な時間の〝自然な〟推移として表わされるだろう。米山リサが指摘するように、とくに「戦後」において、母は特権的なイコンであった。なぜなら、母は生来的に生命を創造し、守り育むことを強く望み、いつでもどこでも戦争や核兵器の使用に反対すると考えられたからである。[*38]

孝子の成長が「戦後」を再演するのは、こうした文脈のなかである。(祖)父(＝旧時代)の子ども(＝未来)を引き取り、母(＝平和の守護者)として未来を育てる孝子(＝日本人女性＝女性化した日本国民)の新生は、日本(国)の新生の比喩でもあるのだ。そして、その舞台として、ヒロシマほどふさわしい場所はなかった。なぜなら、廣島に落とされた原爆の破壊力は、軍都の記憶を一瞬にして抹消し、被爆者も非被爆者も一様に女性化したからである。つまりヒロシマは、あるいは原爆は「戦後」と親和的な存在なのである。しかし同時に、原爆は母になることの失敗を想起させる危険な記号でもあった。[*39] 原爆をつうじて〝前の戦争〟から現在までを受け入れやすい形でプロット化する表現の実践は、その意図を裏切る事故の契機を引きこまざるを得ない。そのひとつの契機がケロイドである。

4

前述したように、『原爆の子』には「原爆乙女」が協力出演している。台詞があるわけではなく、モンタージュと言い得るほど短い時間だが、孝子が千代に拒絶された直後の場面がそうである。三平との不幸な再会に落胆した孝子は、重い足取りで焼け残った教会へ向かう。そこに二人目の教え子・敏子が収容されているからである。この敏子との再会場面を挟みこむかたちで、賛美歌をうたい、祈りを捧げる「原爆乙女」の姿が映し出されるのである。そこで彼女たちは何を祈っていたのだろうか。

物語の意図をくみ取るなら、その内容を充填するのが敏子である。原爆で孤児となり、原爆症に侵され〈もう、いつ死ぬかわからない〉敏子は、しかし(千代とは対照的に)恨み事のひとつも言わず、〈いつまでも世界が平和で、戦争がなくなりますように……祈って〉いる。〈戦争がいけないことは、わたしがいちばんよう知っているような気がする〉から、というのがその理由である。[40] 戦争による犠牲者の、その最弱者と言い得る立場からこの言葉が発せられるとき、その論理は、過度に抽象化された戦争（という悪）の前に人々をみな犠牲者として平準化するだろう。孝子が千代に拒絶された直前の場面に引きつけて言えば、敏子の言葉は、いったん顕在化した彼女達の差異を再び同一性に還元し、千代（たち）を復興から置き去りにした（かもしれないという）うしろめたさを赦すのである。

ところで、「原爆乙女」をめぐる言説は、彼女たちを、誰も恨まず、自らの悲劇的な運命に耐え、他者を赦す者として物語化したという。[41] だとすれば、ここで敏子は、「原爆乙女」と同じ役割を果たしている。敏子が孝子を赦す場面でも、部屋の外から聞こえる「原爆乙女」の賛美歌が敏子の言葉に重なり、不可分な両者の関係を表しているのである。それならば、はじめから敏子を「原爆乙女」という設定にしてもよかった（「原爆乙女」が敏子役を演じてもよかった）はずだった。しかし実際には、孝子（と観客）の眼前で祈りを捧げる〈清らかな美しい〉敏子の顔に〈「悪魔の爪痕」のケロイド〉は刻まれず、[42] 逆にそれが刻まれた「原爆乙女」は、孝子たちのいる場所から壁ひとつ外に隔てられている。

こうした構図は、孝子が母になる神話的物語に呼び出され、それに貢献しながらも、自らは母になる道を閉ざされた、「原爆乙女」の立ち位置を象徴しているのではないだろうか。彼女たちの身体に刻まれたケロイドは、そう考えることが不謹慎であっても、見る者の不安を喚起せずにはおかない。ケロイドの視覚的イメージは、けっして同一化しつくせない過剰（残余）として、女性化された記憶が無害化しようとする、受け容れ難い起源の出来事をリアルに暗示してしまうからである。つまり、喪の作業を失敗させてしまう他者でもある。それゆえ、それは隠されなければならないのである。

この意味で、祈りを捧げる「原爆乙女」の姿が、孝子たちの部屋から壁一枚外に隔てられたのは象徴的である。

しかし彼女たちが、物語に都合のよいように、敏子と同じ祈りを捧げているとは限らないのではないだろうか。たとえば、太郎と一緒に暮らすと言っても、あんたはもうじき七十歳になる、この先どれだけ生きるつもりか、とおとよに問われ、岩吉は、このケロイドの顔を世間の人に見てもらうためいつまでも生き続けるのだと応じている。[*43] 太郎に対する盲執として語られるこの岩吉の言葉には、盲執に還元できない世間への悪意（恨み）が籠っている。そしてそれは、モノクロームの不気味な陰影を伴った彼のケロイドの映像とあいまって、観る者に強烈な印象を与えてしまう。岩吉の盲執は、本来は孝子の開明性を際立たせるために呼び込まれたものなのだが、太郎を孝子に託すという「戦後」のジェンダー化された物語の枠組みから大きく逸脱し、着地点を持たない過剰（残余）として物語内を漂い出すのである。

こうした過剰が、今度は「原爆乙女」の祈りに転移して、敏子の祈りには還元されない恨みを語ってもおかしくない。それは物語にとって意図せざる事故と言うべきだが、しかし、その事故が起きるかもしれない現場に想像を巡らせる必要が私（たち）にはある。「戦後」というナショナルな枠組みのなかで、それとある種の共犯関係を結んでいたヒロシマを再考する契機も、ここにあるのではないだろうか。そして、冒頭に提起した問題にもういちど引きつけるなら、静謐で淡々と綴られた『夕凪の街　桜の国』の原爆表象から読み取るべきも、迫真の再現を試みる『ヒロシマ』の原爆表象から読み取るべきも、静謐さ（あるいは迫真の再現）を強調するがゆえに引き込まざるを得ないそうした事故なのである。「戦後」というナショナルな枠組みが失効しつつ〝いま〟、原爆が私たちに呼びかける不安を危機＝批評として覚醒させる契機はそこにある。

注

＊1　初出は「夕凪の街」『WEEKLY 漫画アクション』（二〇〇三年九月三〇日号）、「桜の国（一）」『漫画アクション』（二〇〇四

年八月六日号）。これに書き下ろしの「桜の国（二）」を加えた単行本は、二〇〇四年一〇月・双葉社刊。海外では、フランス、韓国、台湾、アメリカなどで翻訳・出版された。

＊2　『夕凪の街　桜の国』（佐々部清監督　アートポート　二〇〇七年）。

＊3　「あとがき」注＊1前掲書、一〇二頁〜一〇三頁。

＊4　新藤兼人『新藤兼人・原爆を撮る』（新日本出版社　二〇〇五年）一一頁。

＊5　このシナリオ（第一稿）は、『注＊4前掲書』に収録されている。

＊6　新藤兼人「ヒロシマ―未発表原稿のこと―」『注＊4前掲書』、二〇一頁〜二〇六頁。

＊7　川口隆行「メディアとしての漫画、甦る原爆の記憶――こうの史代『夕凪の街　桜の国』試論――」『原爆文学研究』第四号（原爆文学研究会　二〇〇五年）。

＊8　川口隆行「注＊7前掲論文」。

＊9　新藤兼人「シナリオ　ヒロシマ」『注4前掲書』、二三三頁。

＊10　喜谷暢史「六〇年目の「戦争表現」とサブカルチャーの定位」『体験なき「戦争文学」と戦争の記憶』（千年紀文学の会編　皓星社　二〇〇七年）、七四頁〜七八頁。

＊11　注＊3に同じ。

＊12　一九六四年・広島生まれの音楽家・東琢磨の言葉を参照している。東は、ヒロシマをナショナルな枠組みから解放し、世界ひとりひとりが担う重さのシンボルとして再生するために、平和公園を舞台に、分断された死者と生者の関係再構築を図ろうとする。「死者　広島平和公園を歩く」『ヒロシマ独立論』（青土社　二〇〇七年）。

＊13　新藤兼人「我が独立プロ20年」『新藤兼人の映画　著作集2　私の足跡』（ポーリエ企画　一九七一年）、二八頁〜三三頁。

＊14　岩波書店、一九五一年刊。本文の引用は改版（岩波書店、一九七〇年）による。五頁。

＊15　この辺の事情については、新藤兼人「出会い―極私的乙羽信子論」『新藤兼人の足跡――1青春』（岩波書店、一九九三年）に詳しい。一二四頁。

＊16　新藤の監督デビュー作『愛妻物語』（大映　一九五一年）のヒロインと同姓同名であり、モデルは戦争中に病没した新藤の最初の妻・孝子（旧姓久慈）である。「郷里盛岡の雫石で小学校の女教師をやっていた」（久慈）孝子の服装はいつも「紺のスカートに女学生が着るような白いブラウス」だったという（『注＊15前掲書』、一〇八頁）。これは『原爆の子』の孝子の衣装でもある。

＊17　新藤「我が独立プロ20年」『注＊13前掲書』によると、『原爆の子』は一九五二年五月末から撮影に入り、八月六日には公開されている。孝子が夏休みを利用して広島を訪れるという設定は、ちょうど映画の公開時期に重なるようになっている。

＊18　「シナリオ　原爆の子（加筆決定稿）」『注＊15前掲書』、二八〇頁。以下、〈　〉内の引用はすべてこのシナリオによる。

＊19　福間良明「国民のアイデンティティと「被爆」――『長崎の鐘』『原爆の子』『黒い雨』――」『「反戦」のメディア史　戦後日本における世論と輿論の拮抗』（岩波書店　二〇〇六年）、二四〇頁〜二四五頁。

＊20　日比谷出版社、一九四九年刊。同年のベストセラー八位を記録し、翌年大庭秀雄監督により映画化（松竹）。脚本を担当したのは、松竹時代の新藤兼人であった。

＊21　八万人のエキストラを動員して被爆直後の惨状を再現した『ひろしま』（関川秀雄監督　日教組プロ　一九五三年）のほうが、『原爆の子』よりも評論家の評価は高かった（『注＊19前掲書』、二四九頁〜二五四頁）。『原爆の子』が言及されても、『ひろしま』が言及されることは殆んどない現在から見て、この温度差は興味深い。

＊22　朝鮮戦争は、日本が占領下にあった一九五〇年六月に勃発し、「独立」後の一九五三年七月に休戦した。トルーマン米大統領は当初、朝鮮戦争での原爆投下を示唆していた（一九五〇年一一月）。翌年四月には、原爆投下を強硬主張したマッカーサー国連軍司令官が解任されるという騒動も起きる。いっぽう、兵站基地化した日本では、すでに事実上の再軍備がスタートし（一九五〇年八月、自衛隊の前身・警察予備隊創設）、再軍備を禁じた憲法の改正も公然と議論されるようになっていた。

＊23　たとえば、孝子が原爆の子のひとり（太郎）を引き取って再出発するラスト・シーンには、その明るい基調を切り裂くような飛行機の爆音が突然挿入される。それが爆撃機のものであるどうか分らない。ただ、漠然とした不安（戦争の予感）が残る仕掛けになっている。なお、のちに新藤はこの爆音の正体として「B29」を名指ししている。『注＊4前掲書』、三九頁。

＊24　「シナリオ　原爆の子（加筆決定稿）」『注＊15前掲書』、二八一頁。ここで〈あの日〉というのは、むろん「八月六日」のことである。また、ここで強調される被爆以前の広島の美しさは、母に連れられてよくこの街を訪れた新藤の少年時代の記憶に結びつく（この点については、『注＊4前掲書』、一〇頁〜一一頁に詳しい記述がある）。しかしそれ以上に重要なのは、軍都・廣島の記憶を抑圧するこうしたレトリックが、後述する「記憶の女性化」と深く関わる点である。第五師団司令部・第二総軍司令部が置かれた廣島は、原爆が投下されるまで、西日本で最も重要な軍都の一つだった。

＊25　正式名称は広島平和記念公園。設計は建築家の丹下健三による。平和大通りに直交する南北の軸線上に平和資料館と慰霊碑、原爆ドームを配した設計の基本コンセプトは、一九四二年のコンペで一等をとった「大東亜建設記念営造」のそれに類似すると

いう。井上章一「広島に大東亜共栄圏の影を見る」『夢と魅惑の全体主義』（文春新書　二〇〇六年）を参照。
＊26　松元寛『新版　広島長崎修学旅行案内』（岩波ジュニア新書　一九九八年）五三〜五五頁。
＊27　新藤の回想によれば、「ちょうどこのころ平和公園は造成中で、立ち並んでいた不法家屋をとり壊していた。それをわたしたちは待ってもらって、一軒の家をセットに使った。立ち退きしたあとなので生活臭が生まなましく残っていた。（略）わたしたちが撮影した家は、いま見れば、原爆慰霊碑のうしろの池のあたりだった」。『注＊4前掲書』、二一一頁。
＊28　「シナリオ　原爆の子（加筆決定稿）」『注＊15前掲書』、三〇〇頁。
＊29　広島（ヒロシマ）の記憶を多面的に分析した米山リサの言葉を参照している。米山によれば、「記憶の女性化（女性化された記憶）」とは、「想起する者が男性であれ女性であれ、過去の諸経験を大文字の「日本人女性」のそれとしてのみ区分し有徴化する、ナショナルな、そしてグローバルな表象」を指す。米山リサ「戦後の平和と記憶の女性化」『広島　記憶のポリティクス』（岩波書店　二〇〇五年）、二五五頁。
＊30　たとえば、原爆が落ちた瞬間の破壊を描くモンタージュの中に、「若い女性の上半身のヌード」が挿まれている。断片的なイメージの積み重ねであるから、その映像でなければならないというストーリー上の必然はない。にもかかわらず、新藤は、「原爆が落ちたあとのモンタージュの中へ、若い女性の上半身のヌードを挿入したかった。このことを係りの人に話すと、ある女子高校から申し出があったので、元安川のほとりの廃墟となった屋上で（そのシーンを—深津注）撮影した」という（『注＊4前掲書』、二一〇頁）。原爆の惨禍と「若い女性の上半身のヌード」の結びつきは偶然ではなく、あえて選ばれているのである。
＊31　中野和典「「原爆乙女」の物語」『原爆文学研究』創刊号（原爆文学研究会、二〇〇二年）。
＊32　『ひめゆりの塔』は、沖縄戦で看護要員として動員され、「悲劇的最期」をとげた女子学徒隊の姿を描く。配給収入一億八〇〇〇万円を記録し、空前の大ヒット映画になった。いっぽう、『二十四の瞳』では、戦争に翻弄されながらも持続する、女教師と教え子たちとの心の交流が描かれる。配給収入は二億三〇〇〇万円を超え、同年のキネマ旬報ベストテン第一位を受賞した。
＊33　ここでの議論は、福間良明「「前線」と「銃後」における自己像—『ビルマの竪琴』『二十四の瞳』—」および「「沖縄戦」を語る欲望の交錯—『ひめゆりの塔』—」（『注＊19前掲書』所収）から示唆を得ている。
＊34　米山リサは、日本人女性に婦人参政権は与えられたが、同時に、旧植民地の男女が排除された点に注意を促している（『注＊29前掲書』、二五八頁〜二五九頁）。ここでいう「平和主義」が、きわめてナショナルな観念であることを示している。
＊35　このとき、旧体制のシンボルとして加害責任を負うべき男性主体もおしなべて女性化されている。国際政治の妥協の結果選ば

れ、責任の一切を押し付けられた少数の「生贄の山羊（A級戦犯）」ですら、男性ジェンダーを剝ぎ取られ、責任を負う主体として屹立しない。責任の所在は、「一億総懺悔」という受苦的なフレーズの中に拡散してしまうのである。

こうした「戦後」の戦略（?）は、逆説的だが、圧倒的な敗北が可能にしている。第二次世界大戦というと、アメリカとの戦闘ばかりが強調され、中国戦線が忘却されるのもこの理由による。アメリカの軍事力に蹂躙され、「無条件降伏」（＝女性化）させられたがゆえに、戦闘に参加した日本人男性も、「戦後」、旧体制から解放された平和の担い手であるところの「日本人女性」に自らを擬えることが可能になったのである。その典型が、新生日本の「国民統合の象徴」として女性化された「昭和天皇」であった。なお、「昭和天皇」と女性化については、五十嵐惠邦「原爆、天皇、そして歴史―戦後日米関係の〈起源の物語〉」『敗戦の記憶―身体・文化・物語　1945〜1970』を参照。

＊36　「シナリオ　原爆の子（加筆決定稿）」『注＊15前掲書』、二九一頁。

＊37　孝子が主従関係にとらわれないのは、彼女が主人だからであり、逆の立場で同じ行動をとれば、観客の支持を得られなかったかもしれない。この場合、ジェンダー化された二項対立の構造は、主従関係の非対称性を不問に付す。

＊38　こうした一般化は、「軍国の母」の記憶を都合よく忘却するばかりでなく、そもそも、女性（と区分された人）は母であることによってはじめて価値がある（母であること以外に選択肢がない）という想定を補強しかねない。米山リサ「注＊29前掲論文」、二六四頁〜二六五頁を参照。

＊39　ヒロシマで母になることの失敗を表す例に、被爆による不妊がある。孝子の幼稚園時代の同僚・夏江も原爆で子どもが産めなくなった一人である。しかし彼女は、助産婦として他人の出産を助け、養子を貰う計画を立てている。この過剰な「母性」の強調に、逆に母になることから疎外された不安が窺えるのではないだろうか。

＊40　「シナリオ　原爆の子（加筆決定稿）」『注＊15前掲書』、三〇二頁。

＊41　「注＊31前掲論文」を参照。中野も指摘するように、結婚も就職もできない差別に晒された彼女たち自身にとって、こうした物語が半ば本人たちを救う形で機能した点はむろん否定できない。しかしそうであるにせよ、それが彼女たちの別の可能性を抑圧したことは事実であり、それにより、彼女たち以外の者が利益を得たこともまた事実だろう。

＊42　「シナリオ　原爆の子（加筆決定稿）」『注＊15前掲書』、三〇〇頁、三〇三頁。

＊43　「シナリオ　原爆の子（加筆決定稿）」『注＊15前掲書』、三一四頁〜三一五頁。ただし、加筆決定稿のシナリオからは、この岩吉の台詞が削除されている。

司馬遼太郎と映画——一九六〇年代におけるプログラムピクチャーの変容

紅野謙介

はじめに

司馬遼太郎が亡くなって十二年がたとうとしている。その晩年、司馬遼太郎はつねにマスメディアにおいて話題の中心ではあったが、没後、それ以上ににぎやかな議論の的となった。いわゆる「司馬史観」をめぐって毀誉褒貶がさまざまな人々から発せられたのだが、必ずしも本人が名付けたわけでもない歴史観をめぐって議論が巻き起こるについては、いわば司馬遼太郎をダシにして歴史を語ろうとしたさまざまな読者の欲望もあったのだろう。経済的なグローバリゼーションとナショナリズムの交錯するちょうど世紀末の沸騰点のなかで各陣営から都合良く引用されつづけたのが司馬遼太郎であった。

しかし、作家のオリジナルな本質がどこかに必ず存在すると主張することもひとつの強弁であることはまちがいない。果たして正しい引用と間違った引用があると決めつけることができるだろうか。正しいかどうかをいったいだれが弁別するのか。表現は著作者の手を離れ、さまざまな受容をへることによって成立するとすれば、誤読や悪用もまた受容のひとつのかたちと言わなければならない。とすれば、考えるべき問題はむしろ、その受容のプロセスでどのようにずらしや読み替えがなされているかではないだろうか。

とりわけ司馬の歴史小説・時代小説は、これまでにも数多く映画・テレビドラマなどでとりあげられてきた。こうした映画・テレビドラマなどの作品を、原作のテクストに対して二次的なテクストと呼ぶことができるが、それらの翻案・変換をへたテクストがどのような内容を持ち、どのような受けとめ方をされたかは冷静に分析する必要がある。総体として、わたしたちは歴史的なへだたりのある遠い過去に対しては客観性を担保しようとするが、むしろ近い過去に対しては経験に裏付けられた認識に依拠しがちである。経験的な認識は、その人固有の記憶に基づき、実証の虚構をときに暴きもするが、また逆に、あとから構成された記憶の偏向をも経験と錯覚し、歴史の遠近法を欠いてしまうこともある。司馬遼太郎が作家として活躍しはじめてからほぼ半世紀が経つが、そのなかで司馬原作の映像がどのような広がりと奥行きをもっていたかは、必ずしも正確に計測されていない。

さらに、二次的なテクストは一方でその媒体に応じた個々の文脈と歴史を背景にもっている。映画であれば映画の歴史が、テレビドラマであればテレビドラマの歴史があり、もし、それがひとつの事件としての質量と意義を有しているのであれば、司馬遼太郎の原作と交錯し、接続されることによって変化をとげたはずである。実際には司馬テクストの映像化の件数が圧倒的に多いのはテレビドラマの世界であって、映画ではない。しかし、にもかかわらず「原作　司馬遼太郎」が映画の歴史にもたらしたものは大きい。司馬遼太郎のテクストと映画というジャンルがどのように出会ったのか。そこにはまさに歴史の一こまにたとえられるような複数の人々の遭遇があった。なかでも時代劇映画というジャンルが、司馬遼太郎との遭遇をへてどのような変化をたどったかを追いかけることによって、のちに「司馬遼太郎」というアイコンが編成されるなかで隠されてしまったものに迫りたい。

1　司馬遼太郎と六〇年代映画

司馬遼太郎のデビューは一九五六年の「ペルシャの幻術師」である。それまで産経新聞記者であった福田定一が司馬遼太郎の名前で応募し、第八回講談倶楽部賞を受賞したのが同作である。直木賞受賞がそれから四年後の一九六〇年二月、「梟の城」（原題「梟のいる都城」、初出『中外日報』一九五八年四月～五九年二月、初版は同年、講談社刊）による。司馬遼太郎を原作に掲げた映画が製作されるのも、直木賞作家という肩書きが生まれて以後のことである。

最初の映画化は、日活の春原政久の監督で、当時、喜劇俳優として注目されてきていた小沢昭一を主演にした「恋をするより得をしろ」（一九六一年七月）である。原作は「下司安の恋」で、大阪庶民のしたたかさと金銭欲を描いた現代ものであった。春原は「大当たり百発百中」（一九六〇年）などの喜劇を得意とする監督で、小沢昭一を主演にした映画をこの時期まとめて撮っている。

注目されるのは、やはり直木賞受賞作を原作にした一九六三年三月公開の「忍者秘帖　梟の城」（東映、監督・工藤栄一、主演・大友柳太朗）である。同じ六三年には、五月に「新選組血風録　近藤勇」（東映、監督・小沢茂弘、主演・市川右太衛門）も公開されている。さらに翌年には東映で「風の武士」（監督・加藤泰、主演・大川橋蔵）が、松竹で「暗殺」（監督・篠田正浩、主演・丹波哲郎）が公開。一九六三、六四年という時期に、司馬遼太郎は時代小説の原作者として利用されはじめたのである。六五年には石原裕次郎がつくった石原プロダクションが「城取り」（監督・舛田利雄）を製作。六六年には大映で「泥棒番付」（監督・池広一夫、脚本・伊藤大輔、主演・勝新太郎）、松竹で「土方歳三　燃えよ剣」（監督・市村泰一、主演・栗塚旭）が公開されている。この傾向は、六九年にもひきつがれ、フジテレビ＝勝プロダクションによる「人斬り」（監督・五社英雄、主演・勝新太郎）、大映による「尻啖え孫市」（監督・三隅研次、主演・中村錦之助、勝新太郎）、七〇年には中村錦之助プロダクションが時代劇映画の戦前からの代表・伊藤大輔の監督・脚本で「幕末」を、大映は市川雷蔵没後の模索で、松方弘樹主演の「忍びの衆」（監督・森一生）を製作している。

ところが、司馬原作の映画が製作されたのは、以上のほぼ六〇年代に限定され、七〇年の「幕末」「忍びの衆」以後、司馬原作の映画化は途絶えた。この突然の断絶がたいへん印象的である。それから三〇年近くたった九九年に、篠田正浩[*1]と大島渚[*2]が前後して司馬原作で映画を撮った。一九九九年十月公開の「梟の城」（「梟の城」製作委員会、監督・篠田正浩、主演・中井貴一）、十二月公開の「御法度」（松竹・角川書店ほか、監督・脚本・大島渚、主演・ビートたけし）である。六〇年代には日本のヌーベルバーグと賞賛されたこの二人の映画監督が実質上の「最後の映画」を司馬遼太郎の原作で撮ったことにも注目されるが、二作とも二人の「最後の映画」としては必ずしもすぐれた映画とはならなかった。六〇年代の東映や大映の撮影所、中村錦之助・石原裕次郎・勝新太郎らのスタープロダクションが映画界の衰退を前にしながら、最後のスタジオ映画を作っていた時期の映画とは比べるべくもなかったのである。しかし、映画界の環境の激変にもかかわらず、なおかつ篠田や大島が死力をふりしぼって司馬遼太郎を映画化しようとした。そこには何があったのだろうか。

ふりかえってみれば六〇年代は、日本映画界にとって凋落の十年であった。社団法人日本映画製作者連盟のデータによると、一九六〇年に製作された日本映画の本数は五四七本、観客入場者数は十億一千四百三十六万四千人いた。これに対して、一九七〇年には製作本数は四二三本に、入場者数は二億五千四百七十九万九千人に激減する。入場者数でいえば、およそ四分の一以下にまで落ちたのである。産業として継続しうるかどうか危ぶむほどの大激減である。

映画界は当然、料金値上げに踏み切らざるをえなくなった。入場料は十年で平均料金七十二円から三二四円へと四倍以上の高騰を示し、これによってとりあえず興行収入の総額は維持された。しかし、プログラムピクチャーの製作本数を減らし、入場料の高さに見合う予算上の大作路線をとるものの、大作が興行的に失敗すればより傷を深くする悪循環に陥り、ますます観客を映画館から遠ざける結果となった。この恐ろしいほどの凋落の十年を懸命に支え、かつ、困難な状況のなかですぐれたプログラムピクチャーを作りつづけた貴重な映画作家たちが先ほどの司馬原作の映画化にたずさわった工藤栄一[*3]、加藤泰[*4]、三隅研次[*5]、池広一夫[*6]たちであった。

たとえば工藤栄一は、一九五九年の「富嶽秘帖」が監督デビューである。折りから東映が頽勢を自覚せぬまま、逆に市場独占をねらって量産体制を敷くべく第二東映（一年後にニュー東映と改称）を設立したため、監督の機会がふえた。六〇年に黒川弥太郎主演の「次郎長血笑記」をはじめ六本、六一年にも美空ひばり・東千代之助主演の「花かご道中」など六本の監督作品がある。驚異的なハイスピードで映画をつくりつづけ、二〇本目にあたるのが六三年の「忍者秘帖　梟の城」であった。この年の暮れ、工藤は生涯の傑作「十三人の刺客」を監督する。この一年に、工藤は「変幻紫頭巾」「忍者秘帖　梟の城」「若様やくざ　江戸っ子天狗」「十三人の刺客」と四本を監督しているが、「変幻紫頭巾」は寿々喜多呂九平の戦前版時代劇のリメークであり、「若様やくざ　江戸っ子天狗」が大川橋蔵による五〇年代の時代劇シリーズの延長にあるのに対して、司馬の原作を得て、戦国時代の忍者たちを弾圧と抵抗、裏切りと謀略といった諸相で描いた「忍者秘帖　梟の城」は明らかに旧来の時代劇路線とは異なり、集団時代劇といわれた「十三人の刺客」にいたる助走として位置づけられる。[*7]

一方、ニュー東映ははやくも六二年には姿を消し、翌年から東映は時代劇映画のスタッフ、俳優たちのリストラを始めている。六五年からは時代劇不振にともない、ヤクザ映画路線に切り替わった。こうした転換期において工藤栄一は時代劇の全盛期に撮影所で経験をつみ、無計画な膨張と極端な収縮の大きな振れ幅のなかに身をおいた、まぎれもなく六〇年代的な作家のひとりであった。

五〇年代に新東宝から東映に移籍し、映画監督として活躍しはじめていた加藤泰にしても、興行収入に結びつかないことから製作本数は少なめではあったが、六〇年代前半のフィルモグラフィを見ると、映画作家としてみごとな充実期を迎えていた。六一年の「怪談お岩の亡霊」、六二年の「瞼の母」、「丹下左膳　乾雲坤竜の巻」、六三年の時代劇ミュージカル「真田風雲録」、六四年「風の武士」、「車夫遊侠伝　喧嘩辰」、「幕末残酷物語」、六五年「明治侠客伝　三代目襲名」、六六年「沓掛時次郎　遊侠一匹」と、時代劇からヤクザ映画にいたる傑作・佳作が並ぶ。しかも、先の司馬遼太郎映画化リストと照らせば、加藤泰は、紀州熊野の秘境を舞台に忍者と被差別者集団、紀州藩と幕府が入り乱れる「風の武士」を映画化しただけでなく、実は六三年の「新選組血風録　近藤勇」、六六年の「土方歳三　燃えよ剣」においても脚本家として参加しており、司馬遼太郎を原作にした映画に三度も取り組んでいたのである。

加藤泰とほぼ同じように五〇年代に監督デビューを飾っていた大映の三隅研次にしても、一九六〇年に市川雷蔵主演でリメークされた「大菩薩峠」「大菩薩峠　龍神の巻」あたりから独自な作家性を発揮しはじめ、「座頭市物語」「斬る」（六二年）「剣」（六四年）などの傑作を次々に作っていく。その三隅は、時代劇から撤退した東映を退社したばかりの中村錦之助が大映で勝新太郎と組んだ「尻啖え孫市」で、戦国諸大名の乱立するなか、どこにも属することなく自由と意地を貫いた紀州の鉄砲雑賀衆を描いた司馬遼太郎原作の映画化にとりくんだ。

五〇年代には五社協定によって専属俳優が縛られていたが、各映画会社が斜陽になるにつれ、中村錦之助や勝新太郎だけでなく、石原裕次郎、三船敏郎ら各映画会社のスター俳優たちはそれぞれ会社から独立し、製作プロダクションを設立。独自な映画製作に乗り出して映画界の衰退をはね返そうとしていく。先にあげられた「城取り」（六五年）「人斬り」（六九年）「幕末」（七〇年）のような、こうしたスタープロダクションによる映画製作において、司馬遼太郎の原作は有効な資源としての価値をもっていた。スタープロダクションの映画は予算をかけた大作路線に踏み出していくが、この段階において司馬遼太郎はもはやプログラムピクチャーの原作者という枠を越えた大きな名前になっていたといえるだろう。

三隅と同じ大映の専属監督であった池広一夫は、一九六〇年の「薔薇大名」が監督デビューだが、市川雷蔵主演の股旅ものの傑作「中山七里」（六二年）を撮る一方、勝新太郎の「座頭市」シリーズや「雑兵物語」「ど根性一代」（ともに六三年）など「悪名」シリーズに連続する作品、市川雷蔵の「忍びの者」「若親分」「眠狂四郎」シリーズなどプログラムピクチャーをたてつづけに撮ったのちに、取り組んだのが「泥棒番付」であった。ここでは伊藤大輔が司馬遼太郎の短篇「泥棒と間者」（一九五九年一〇月）をもとに脚本を書き、新選組に挑戦するひとりの大泥棒を描き出しているのだが、伊藤大輔好みの反逆のモチーフに勝新太郎という役者のキャラクターをみごとに組み合わせている。伊藤は中村錦之助を坂本竜馬役にして遺作となる「幕末」を監督している。やはりその晩年、この稀代の時代劇映画作家は、司馬遼太郎の名前と世界を借りてみずからの表現を探り出そうとしたのである。

しかし、それにしても司馬遼太郎の映画化のあとを探ると同じ名前が何度か登場してくるのはいささか奇妙な現象ではないだろうか。

2　テレビドラマのなかの司馬遼太郎

対照させるためにもテレビにおけるドラマ化のあとを追いかけてみよう。

司馬遼太郎「梟の城」は直木賞受賞をへて、すぐさまその年のうちにＣＸ（フジテレビジョン）の三菱ダイヤモンド劇場で直木賞シリーズの一本として三回連続のドラマとなった（主演・南原宏治）。同じ六〇年には「大坂侍」（ＹＴＶ、主演・藤山寛美）以降、「風の武士」（ＣＸ、主演・夏目俊二）「桃太郎高地」（ＫＴＶ、主演・藤田まこと）「難波村の仇討」（ＣＸ、主演・南原宏治）がドラマ化されている。瞬く間に司馬の原作はテレビドラマの原作提供者として重宝がられるようになっていった。

テレビドラマの世界はさすがにフットワークが軽い。一九五九年に単行本が刊行された「梟の城」が一年後の六〇年にはテレビドラマ化され、映画化されたのは六三年、その三年後のことだった。このサイクルを見ても生産の速度においてもはやテレビは映画のライバルではなかった。

ところがいささか例外的であるのが、幕末物といわれる新選組や倒幕運動家たちを描いた作品群である。「新選組血風録」は、六三年に東映で映画化されているが、同じ新選組に関わる清川八郎を描いた「奇妙なり八郎」（TBS、主演・田村高広）がテレビ化されたのが六三年に一本あるだけである。しかも東映の映画が市川右太衛門主演の大作であるのに比して、これは単発ドラマで終わっている。

二〇回以上の連続ドラマとなったのは、一九六五年にMBSが三二回の連続テレビ映画とした「竜馬がゆく」が初めてである。これは監督・マキノ雅弘、協力監督・松村昌治、脚本・高田宏治という映画スタッフをそろえ、中野誠也という新人俳優を、近衛十四郎、北条きく子、丘さとみ、東千代之介、島田正吾、内田良平らが支える群像ドラマだったという。間接情報になるのは、このドラマのビデオが残っていないためだが、これが幕末物の映像化の先駆けであった。

マキノ雅弘[*8]が戦前戦後を通じて、東映を中心に時代劇・ヤクザ映画といった娯楽映画の定型をつくりあげた職人的な監督であることは知られているが、その協力監督として名をつらねる松村昌治は五〇年代後半から六〇年代初めにかけて、同じく東映で美空ひばり・東千代之介主演の「ふり袖捕物帖」（五六年、五七年）や大友柳太朗主演の「怪傑黒頭巾」（五八年）、沢村訥升主演「新諸国物語　黄金孔雀城」（六一年）など、観客層を少年少女世代に広げた娯楽映画路線で頭角をあらわした監督である。

映画と同じく新選組の隊士たちを個別に描いた短編連作が「新選組血風録」としてテレビ化されたのも映画から

二年後の六五年のことである。ＮＥＴは河野寿一、佐々木康といった東映時代劇の監督たち、栗塚旭、島田順司という無名の俳優たちを起用し、これまた二六回連続の群像ドラマとして成功するにいたった。これによって栗塚旭は、土方歳三役者として記憶されるようになり、五年後の一九七〇年に、再度、ＮＥＴで「燃えよ剣」を連続ドラマ化する際にほとんど同一のキャストがそろえられた。[*9]

こうしたテレビ時代劇の隆盛には、映画界の再編がからんでいる。一九六三、六四年は東映が大リストラを実行した年で、東映京都撮影所に属していた多くの俳優、スタッフがスタジオを去った。東映の取締役であった片岡千恵蔵、市川右太衛門の二大スターも専属契約をやめ、右太衛門の映画界引退につながっていく。渡辺邦男、松田定次らヒットメーカーの大御所監督たちも高給取りだったために行き場を失なうのだが、彼らの多くを受け入れたのが東映テレビプロダクションなどのテレビ製作団体であった。この東映テレビから多くのテレビ時代劇が作り出された。テレビ版の「新選組血風録」「燃えよ剣」を監督した佐々木康や河野寿一らもそうした監督のひとりだったのである。「竜馬がゆく」の松村昌治も、のち大瀬康一主演の「鞍馬天狗」（六七年、ＭＢＳ）や加藤剛主演の「大岡越前」（七一年、ＴＢＳ）などのスタッフとして記録されることになる。

いずれにせよ新選組を描いた原作の映像化では、映画がまず先鞭をつけた。ついで六五年、六六年の「竜馬がゆく」「新選組血風録」「燃えよ剣」のテレビ化があって幕末物はテレビドラマの世界に入る。ただし、「新選組血風録」が人気が高かったとはいえ、司馬遼太郎の原作でも明治維新をもたらした志士たちのドラマが急速に人気を得たわけではない。「竜馬がゆく」が有名になったのは六五年のマキノ雅弘・松村昌治版ではない。むしろ、その三年後の一九六八年に放送されたＮＨＫ大河ドラマ版の「竜馬がゆく」であった。この大河ドラマ版では、戦後、数多くの文芸映画を手がけた水木洋子[*10]が脚本を担当し、北大路欣也と浅丘ルリ子らが出演して話題を呼んだが、しかし、この大河ドラマにしても当時の関東地区のビデオリサーチによれば平均視聴率はわずか一四・五パーセントに過ぎなかった。同じ大河ドラマで、六五年に放送された緒方拳主演の「太閤記」が平均三一・二パーセントであったことに比べれば、半分以下だったことになる。幕末物のテレビドラマはそれだけでは視聴率を獲得することはできなかった。この種のドラマが二〇パーセント以上の視聴率をあげるようになるのは、大河ドラマでも一九九〇年の「翔ぶが如く」（脚本・小山内美江子）以降のこととなる。つまり六〇年代から八〇年代にかけて、少なくとも明治日本を生み出す維新の元勲たちの物語に視聴者は劇的な「ドラマ」を見いだしてはいなかった。

3　新選組をめぐる映画

司馬遼太郎は一九六二年五月から一二月にかけて『小説中央公論』に新選組を題材にした十五編の短篇を書いた。それらがまとめられたのが『新撰組血風録』（中央公論社、一九六四年）である。わずかに遅れるように同年六月二一日から『産経新聞』夕刊に連載されたのが「竜馬がゆく」である。これは六六年五月一九日まで続いた。『新撰組血風録』の短篇を書き終えた時期の六二年一一月からは『週刊文春』に「燃えよ剣」の連載が始まっている。完結したのは六四年三月のことである。一方で、幕府側についた新選組を書き、他方、倒幕側の運動家たちを書くという綱渡りを司馬はみごとに演じて見せた。しかし、映画界がまず注目したのは坂本竜馬ではなく、新選組であった。

一九六三年の東映の「新選組血風録　近藤勇」、六四年の「暗殺」がそれである。「新選組血風録　近藤勇」は、連載終了からすぐに、単行本になる以前に映画化に取り組んでいる。さらにこの脚本を担当した加藤泰は、新選組を描いた「幕末残酷物語」を同じ六四年に映画化している。これは司馬遼太郎の原作ではなく、国弘威雄のオリジナル脚本によるものだが、その物語設定やキャスティング[*11]において司馬原作の映画化という路線上に生まれたと言っても過言ではない。

映画の歴史においても新選組を扱った数多くの作品がある。古くはサイレント映画時代から時代劇映画で幕末物を扱えば、新選組は不可欠の題材であった。沢田正二郎の新国劇定番「月形半平太」（一九一九年初演）は二五年に衣笠貞之助監督によって映画化され、以後、毎年のように主役や監督を変えながらさまざまなスタジオで映画化されるが、そこでは新選組は勤王の志士をつけねらう暗殺者集団であり、敵役以外の何者でもなかった。こうした時代劇映画の類型が次第に変化していったのが、一九二〇年代後半で、二八年に阪東妻三郎はみずからのプロダクションで「新撰組隊長近藤勇」第一篇・第二篇（監督・犬塚稔）を製作、近藤勇が主人公となる余地を開拓した。この映画の製作は子母沢寛の『新選組始末記』（万里閣書房、一九二八年）と同年であるが、阪妻版の原作は田中敏樹という名前が記録されている。しかし、このときも主演の阪東妻三郎が演じたのは近藤勇と坂本竜馬、町人の加組の虎松の三役であった。スター俳優の二役、三役の多かった時代とはいえ、新選組の近藤を主人公にする困難さが製作者側に意識されてのことだろう。

新選組自体に本格的に焦点を当てたのは、子母沢の『新選組始末記』をふまえた「興亡新選組」前史・後史（日活、一九三〇年）である。これは監督・脚本が伊藤大輔、撮影・唐澤弘光、主演・大河内伝次郎という、当時の時代劇映画の黄金トリオによる二部作であった。このトリオが組んで日活太秦撮影所で「忠次旅日記」三部作を完成したのが一九二七年。以後、「新版大岡政談」三部作（一九二八年）、伊藤の日活退社によって市川右太衛門を主演とした「一殺多生剣」（市川プロ、二九年）、月形竜之介主演の「斬人斬馬剣」（松竹、二九年）をへて、ふたたび日活に復活。大河内を加えての「続大岡政談　魔蔵篇第一」「素浪人忠弥」が一九三〇年。そのすぐあとに撮影、完成したのが「興亡新選組」二部作であった。すでにフィルムは残存していないが、伊藤によるのちの脚本[*12]によれば、当時可能なかぎりの調査と省察に基づき、清河八郎との確執、芹沢鴨暗殺をへて、近藤勇、土方歳三を中心とする新選組の成立、その崩壊過程をとらえた画期的な映画であったと推測される。

以後、一九三二年の「生き残った新選組」（松竹、監督・脚本・衣笠貞之助、主演・阪東好太郎）、三四年の「新選組前後編」（日活、監督・稲垣浩、主演・大河内伝次郎）、三五年の「エノケンの近藤勇」（ＰＣＬ、監督・山本嘉次郎、主演・榎本健一）、三七年の「新選組」（ＰＬＣ＝前進座、監督・木村荘十二、脚本・村山知義、主演・河原崎長十郎）、三八年の「新撰組」（日活、監督・マキノ正博、主演・月形龍之介）、四〇年の「近藤勇」（新興キネマ、監督・森一生、主演・市川右太衛門）と、コンスタントに新選組物はつづき、明らかに時代劇映画の題材目録に登録されたことは確かであるが、それにしても「興亡新選組」ほど、新選組について積極的な取り組みを見せることはなかった。

戦後、米軍占領期の時代劇映画の規制が解けるにつれ、旧満映生き残りによって起業された東映によって時代劇映画の隆盛がもたらされ、新選組もまた財産目録のなかからしばしば引き出されるアイテムとなっていく。山中貞雄門下で、戦前時代劇の傑作を数多く生み出した鳴滝組メンバーのひとりである萩原遼の監督ではあるが、片岡千恵蔵の主演で五二年に製作された「新選組　京洛風雲の巻」「新選組　池田屋騒動」「新選組　魔剣乱舞」の三部作は副題にも見られるように、時代劇解禁直後の典型的な剣豪チャンバラものの再開であった。五四年の「新選組鬼隊長」（監督・河野寿一）、五八年の「新選組」（監督・佐々木康）、六〇年の「壮烈新選組　幕末の争乱」（監督・佐々木康）もいずれも主演は片岡千恵蔵で、東映のプログラムピクチャーの既定路線の確立と、そこに新選組ものも組み込まれていく過程をよく示している。

東映以外では、新東宝で五三年に「近藤勇　池田屋騒動」（監督・池田菁穂、主演・嵐寛寿郎）、五七年に「桂小五郎と近藤勇　龍虎の決戦」（監督・並木鏡太郎、主演・嵐寛寿郎、大河内伝次郎）、大映で六三年に「新選組始末記」（監督・三隅研次、主演・市川雷蔵）が製作されている。

個々の事件にのみ注目すれば善悪二元論の単純な物語構成も不可能ではないだろうが、歴史的なスパンを大きくとれば、新選組の敗北は明らかであり、子母沢寛たちが一九二〇年代後半に掘り起こさなければ永遠に明治政府の成立を阻害した公認の「賊軍」に過ぎなかった。サイレントの映画史初期において、新選組は維新の志士たちに襲いかかる悪辣な殺人集団であった。しかも、勤王派とのテロの応酬や激しい内部対立、血の粛正をどのように物語に取り込むかはきわめて困難だったはずである。最初期の阪妻プロによる「新撰組隊長近藤勇」二編で阪東妻三郎が近藤勇と坂本竜馬の二役を演じたのも、どちらかに与することのできないための苦肉の策であり、五八年の大作「新選組」などでも、片岡千恵蔵の近藤勇だけでは足りず、東千代之介の鞍馬天狗、大友柳太朗の月形半平太など他の架空のヒーローたちを取り込みながら、幕末維新の転換期を勤王側、佐幕側にもいたフェアプレー精神の持ち主たちとして描かざるをえなかった。これは新東宝でも同じで、五七年の「桂小五郎と近藤勇　龍虎の決戦」では、嵐寛寿郎の桂小五郎と大河内伝次郎の近藤勇を配し、永遠のライバルマッチに見せかけることによって、公的に認定された歴史との折り合いをつけていたのである。

同じ子母沢寛の原作でも、「不知火検校」をもとにした「座頭市」シリーズに力を注いだ大映が、めずらしく新選組をとりあげたのが最後の「新選組始末記」である。しかし、東映の「新選組血風録　近藤勇」の直前、競作するかのように六三年一月に公開された「新選組始末記」は、子母沢寛の原作とは異なり、新選組のなかでも諸士調役兼監察であった山崎蒸（市川雷蔵）を主人公に、いわば密偵役の隊士から新選組を描いている。監督の三隅研次もさることながら、市川雷蔵は五〇年代の典型的な二枚目役者から、市川崑監督による「炎上」（五八年）、「ぼんち」（六〇年）、「破戒」（六二年）などをへて、その端正な表情の下に深い抑圧を秘めた演技派の俳優へと変貌をとげていた。新選組を近藤勇の立場で描くのとは明らかに異なる視点が用意され、その意味では、これも六〇年代作家の映画となっていたのである。

先にも述べたように、前年の六二年は司馬遼太郎の幕末もの、新選組ものの連載が始まった年であった。その直後の六三年、六四年は東映を初めとする映画企業にとって未曾有の転換点であった。そのまっただ中で新選組をめぐる新たな映画が生み出されていたのである。

4　東映時代劇の変容

「新選組血風録　近藤勇」は、タイトルからして原作と矛盾する。司馬遼太郎の『新撰組血風録』は「油小路の決闘」「芹沢鴨の暗殺」から始まって「菊一文字」までの十五の短篇から成り、それぞれ異なる十五人の新選組群像を描いた連作であるのに対して、映画は副題にあるように近藤ひとりを映画の主人公に設定している。市川右太衛門は戦前から「旗本退屈男」シリーズ（東映のものは五一年から六三年まで一九作に及んだ）などで知られた時代劇スターである。企業としての東映の取締役でもあった御大・右太衛門の主演であり、おそらくは当時のプログラムピクチャーの常として、まず市川右太衛門の主演があって成り立った企画であったろう。

しかし、一九〇七年生まれの時代劇スターもすでにこのとき五十六歳になっていた。「旗本退屈男」シリーズは、「旗本退屈男　謎の幽霊船」（五六年、監督・佐々木康）からカラー映画になり、カラーを意識した退屈男の衣装デザインが華やかな見せ場をつくっていたが、それから十作目、同じ六三年の「旗本退屈男　謎の龍神岬」（監督・佐々木康）が同シリーズの最終作となった。これが一月公開で、同じ佐々木康監督による右太衛門主演の「浪人街の顔役」が二月の公開。そしてこの年の三作目が「新選組血風録　近藤勇」であった。「謎の龍神岬」があらかじめ最終作として認識されてはいなかったにせよ、もはや「天下御免の向こう傷」の正義の直参旗本・早乙女主水之介が活躍する明朗快活な「旗本退屈男」シリーズでは観客動員をはかることができず、活動屋たちのエネルギーを汲みだすことはできない。それを見据えて新たな模索が行われたのである。

「新選組血風録　近藤勇」は「旗本退屈男」シリーズとは違って白黒映画になっている。「忍者秘帖　梟の城」や

「風の武士」「尻啖え孫市」がカラーであるのに対して、この「新選組血風録　近藤勇」初め、「暗殺」「幕末残酷物語」「土方歳三　燃えよ剣」など新選組物の映画はいずれも白黒作品であり、「幕末残酷物語」にいたっては、残虐シーンがあるため成人映画指定とされた。ほぼ同時期の工藤栄一の「十三人の刺客」がやはり白黒であり、他方、同じ幕末期を扱いながら、七〇年の「幕末」がカラー映画であったことを考えると、こうした選択は予算的な配慮というよりも、この時期、題材とからめて集中的に白黒画面の質感とスタイルが選び取られたと言っていいだろう。

さて、その「新選組血風録　近藤勇」で起用されたのが五〇年代からすでに監督作品を重ねていた小沢茂弘[*13]であるが、さらにここで脚本を笠原和夫[*14]と加藤泰が担当していることが注目される。

映画は近藤勇（市川右太衛門）を主人公に、すでに京の治安維持のために、新選組が池田屋などで血なまぐさい闘争をくりかえしているところから始まる。幕府の屋台骨は揺らぎ、かれらの懸命の努力も無駄になりかねないと考えた近藤は無能な幕閣を押しのけ、江戸で徳川家茂に会見して京都の情勢を伝え、有効な支援と戦略を求めようとするが、家茂の容易ならぬ病状に気づいて断念する。そこで組織強化をはかるべく、近藤は伊東甲子太郎（安部徹）らを新選組に加え、伊東を参謀格にすえる。伊東に親しい剣の達人篠原泰之進（木村功）は京の女を抱いてみたいとうそぶいてともに入隊するが、新選組を勤王派に巻き込もうとする伊東の狙いに疑問を抱く。京に入った篠原は、さっそく新選組の粗暴さや無知に距離を置きながら、傍観者の位置に立つ。一方、新選組と交流のあった父親が浪士に殺され、芸妓・駒野（長谷川裕見子）はいったんは新選組を憎むが、ふとしたきっかけで近藤勇の人柄を知り、その愛妾となる。やがて新選組は土方歳三（加藤武）らの厳格な規律主義によって、山南敬助（佐藤慶）ら内部の隊士たちを粛正し、血の結束を固めるようになり、ますます篠原の新選組に対する懐疑は深まる。

幕府の頽勢が明らかになるにつれ、伊東らは勤王浪士たちともはかり、新選組が幕臣に取り立てられたことを契機に集団で脱退し、御陵衛士という浪士隊を結成。篠原もやむなく加わるが、その立場ははっきりしない。伊東らが勤王の浪士たちと手を結び、近藤暗殺を計画したとき、逆にその謀略を察知した新選組によって伊東は暗殺される。その遺骸をおとりに、引き取りにいった伊東の配下も新選組との斬り合いで殺され、篠原のみ手傷を負って逃げる。近藤に対する不信と憎悪に燃えた篠原は、ひとり近藤と対決しようとするが、復讐をはかった浪士たちが先に襲撃する。激しい斬り合いのなかで近藤は決死の闘いをつづけ、やがて土方ら新選組が駆けつけて、浪士たちを追い払う。生き残った篠原は、暗殺と謀略に明け暮れる新選組に対しても浪士たちに対しても大きな疑問を抱くが、決然と自己をつらぬく近藤勇に驚異のまなざしを注ぐ。

言うまでもなく、これは『新選組血風録』の巻頭に置かれた「油小路の決闘」をもとにした内容で、新選組の内部分裂が題材となっている。司馬遼太郎による「油小路の決闘」は篠原泰之進に焦点をあてた短篇で、その視点から伊東甲子太郎は学識も武芸も達者な「才子肌」の男で、それゆえに自信過剰であったことが災いとなり、近藤勇や土方歳三は「根からの武家そだちではない」ために過剰なまでに「伝説的な武士道」を実現しようとする一方、「武士ならば考えられもしない奸計」を弄する矛盾した存在ととらえている。

映画は、これに対して篠原泰之進に木村功という新劇俳優を配するかたわら、近藤勇に大スターを配した。右太衛門を主役にした以上、近藤勇を権謀術数にすぐれた謀略家として描くことはできない。あくまで幕府に対するロイヤリティをつらぬき、嫌悪されても、京の禁裏と町衆たちの平和と安全を守るために、生命を惜しまずに働いた人物として描かれる。しかし、かつての「旗本退屈男」のような様式美にあふれた舞踊的な立ち回りは影を潜め、血のりが吹き出し、グロテスクなまでに刀剣による刺殺のリアリティが映画的に追求される。結果的にどれほど近藤がすぐれた人物かを描いたとしても、殺人の生々しさは過剰なほど映画に写し出される。まして、映画は新選組内部の対立と粛正のプロセスを描いていく。鉄の規律に何の意味があったのか。観客は理解できないまま市川右太衛門の近藤勇を眺めるしかない。

つまり、この映画の真の主役は原作の「油小路の決闘」と同じく篠原泰之進である。ただし、原作では伊東甲子太郎や藤堂平助らと思想上の親交を結びながら、同時に伊東が「尊王論的な立場から新選組批判などをしている」ことに潔しとせず、近藤や土方に反発を覚えながらも入隊したかぎりは「隊風に服するほうが男の道」と考える剛直な人物とされている。木村功の演じる映画の篠原は逆に政治的には定見はなく、伊東の謀略に疑問を持ちながら、新選組にもずっと懐疑的である。こうした煮え切らない人物が、伊東と近藤両派の分裂と殺戮を見て近藤との対決を決意しながら、それを果たせずに終わる。

こうした人物設定は、後年、笠原和夫が関わった数多くの東映ヤクザ映画や実録ヤクザ映画を思い出させる。たとえばヤクザ映画史上の最高傑作といわれる「博奕打ち　総長賭博」（六八年、監督・山下耕作）において鶴田浩二扮する中井信次郎は、跡目相続をめぐって兄弟分であり妹婿でもある松田（若山富三郎）と、叔父貴格の仙波組長（金子信雄）が推す同じ兄弟分の石戸（名和宏）の対立にはさまれ、石戸を支えねばならぬ立場から苦悩を深めていく。あるいはこうしたヤクザ映画を実録ものに切り替えた深作欣二監督の「仁義なき戦い」シリーズ（七三～七五年）においても、菅原文太扮する広能昌三は内部分裂と権力闘争を巧みに操作する山守組長（金子信雄）の政治術に強い不信感を抱きながら、対立をあおられ、抗争と自壊をくりかえすヤクザたちに、悲哀と徒労感に満ちたまなざしを送る。かれらはいずれも対立する集団のあいだにはさまれ、その対立がもたらした殺戮の現場に結果的にみずから関与してしまう。そして、こうした抗争そのものをもたらした人や状況、権力闘争に対して激しい感情を呼び起こされる。

それまで美空ひばり主演映画の脚本をもっぱら担当していた笠原和夫が、その可能性を開き始めた端緒がこの「新選組血風録　近藤勇」であった。この映画はそれまでの新選組映画と異なり、新選組をひとつの不安定な組織として描いた。この民間警察集団を率いながら、近藤にあるのは幕府への忠誠という大義だけである。京の治安維持という目的に説得力はない。この不安定さを抱えながら、内部では粛正や謀略が展開されている。しかし、そのような組織に属す以外に自分たちの場所はない。主演が市川右太衛門であるにもかかわらず、木村功の篠原が近藤勇を見つめるまなざしは憤怒と驚異に満ちている。スターに依拠してきた東映時代劇においてこれは異常な終わり方であり、同時に五〇年代的な時代劇の完璧な終焉を意味した。

もちろん笠原和夫のこうした変化は東映という企業のなかで必ずしも直線的ではない。ここにいたるまでの脚本作品十七本のうち十一本が美空ひばりの明るく楽しいミュージカル時代劇であり、「新選組血風録　近藤勇」の直後に脚本を提供しているのが、同じ小沢茂弘監督、美空ひばり主演の「民謡の歌　秋田おばこ」であった。しかし、翌一九六四年には、マキノ雅弘監督による「日本侠客伝」シリーズが始まり、ヤクザ映画の代表的な脚本家としての活躍が開始される。いっけん、刀をふりまわす殺陣のシーンを必ず用意しているところから東映の時代劇映画とヤクザ映画は連続するように見えるが、時代劇にないヤクザ映画の最大の特徴は、登場人物たちにとって「組」と呼ばれる組織への帰属意識がつねに大きな課題とされ、「組」と「個」のはざまに立たされてヒーローたちは去就を問われることにある。期せずして、新選組という「組」をあつかった時代劇映画の出現は、東映プログラムピクチャーの大きな変容を予告していたのである。

5　篠田正浩と加藤泰

六四年公開の篠田正浩の「暗殺」は、司馬遼太郎の短篇十二篇からなる連作集『幕末』（一九六三年）に収められた「奇妙なり八郎」を原作にしている。

『幕末』という連作集は江戸末期に出現した暗殺者たちの列伝で、暗殺は「このましくないが、暗殺者も、その兇手に斃れた死骸も、ともにわれわれの歴史的遺産である」（「あとがき」）という視点から書かれた幕末物のひとつである。ひるがえってみれば埴谷雄高の「目的は手段を浄化しうるか」を初めとするスターリニズム批判を収めた『幻視のなかの政治』（中央公論社）が刊行されたのが一九六〇年一月、高橋和巳が司馬遷の描く古代中国のテロリストに言及しながら「暗殺の哲学」（『文藝』）を発表したのが六七年九月のことである。安保闘争と社会党委員長・浅沼稲次郎刺殺事件（六〇年一〇月一二日）で幕をあけた六〇年代は、テロリズムを不可避の課題としていた。それからまもない時点で、もと新聞記者である司馬遼太郎が「暗殺」という「政治現象」について、その政治思想ではなく「人間と事件」にのみ焦点をあて、そこに「当時の『歴史』の沸騰点」を見ようとしたことは、司馬遷にちなんでペンネームをつけたこの作家らしい選択であるとともに、きわめて強い政治的関心を示している。

なかでも「奇妙なり八郎」は新選組のもととなる浪士組を結成した清河八郎の生涯を追った短篇である。清河は勤王倒幕派論者で、幕府の密偵を斬ったために幕府から手配されていたが、一転して幕府側に与する浪士組を結成する案を提起したことで恩赦を受けた。ところが、この浪士組を京に連れて行ったとたん、さらに反転して、浪士組をそのまま勤王派の集団に組み替えようとした。幕末という政治的不安定期を生きた策士であり、同時にその思想も信念もどこに正体があるのか分からないまま暗殺された人物が清河八郎である。

篠田の映画「暗殺」は清河八郎の生涯をめぐって、その暗殺者となった佐々木唯三郎の視点からとらえ、小杉正雄の撮影、武満徹の音楽によってスタイリッシュな映像をつくりあげている。しかし、映像による表現に力を入れているにもかかわらず、人物たちは過剰に自己を語る。丹波哲郎の清河は徹底して「奇妙」な存在でなければいけないはずであるのに、階級的なコンプレックスと権力への欲望をみずから言葉にして器用に演説してしまう（もちろん、そうした場面は原作にはない）。コンプレックスを満たすために娼妓のお蓮（岩下志麻）を身請けし、その彼女が清河の密偵殺しからとらえられ、拷問の果てに獄死したと聞いて以後、徹底した政治的なマキアベリストへと変身する。同じ事件をめぐる挿話は小説にもあるが、そこに心理学的な分析は用意されていない。映画はこうして第三者の目を通して清河の「奇妙」さを浮き上がらせるはずが、その心理についてむしろ分かりやすい説明に陥り、物語的にはきわめて単線的な構造になっている。

結局、映像美へのこだわりを示す一方、それらはことばに還元できる映像でもあった。初期に寺山修司の脚本を得ていた時期から、この直前の「乾いた花」（六四年、原作・石原慎太郎）、直後の「美しさと哀しみと」（六五年、原作・川端康成）をへて、「心中天網島」（六九年、原作・近松門左衛門）「沈黙 SILENCE」（七一年、原作・遠藤周作）や最近作にいたるまで、この映画作家は文学テキストの映像化を目指してきた。しかし、スポーツ選手でもあった経験などを強調するわりに、むしろきわめて文学的な映画作家であったのかもしれない。

これに対して、笠原和夫とともに新選組映画に取り組んだ加藤泰は、一貫してことばにまとめきれない、ことばで表現しえないものの表現を映像に求め続けた。「新選組血風録　近藤勇」と同じ年に加藤自身が撮った「真田風雲録」は、福田善之[*15]の戯曲が原作ではあるが、大坂城をめぐる豊臣、徳川最後の攻防を前に、たよりなげな真田幸村やどこかいかがわしい石田三成に味方しながら、それら権力者たちの興亡とは無関係な夢と苦悩を生きる佐助ら十勇士を、あろうことかミュージカル仕立てで描いている。

福田善之の戯曲は立川文庫のヒーローたちを使いながら六〇年安保後の政治的な虚脱感と政治運動そのものへの批評を込めている。織田信長の伊賀攻めによって一族を殺され、復讐のため秀吉をねらう忍者・葛籠重蔵を主人公に、忍者たちの政治的な対立と葛藤を描いた司馬の「梟の城」を読み比べてみれば、この劇作家と小説家の位置がそれほど遠くないことが分かる。加藤泰が直木賞受賞後、急速に人気を集めていた司馬遼太郎の原作に、映画作家として関心を示したとしても不思議ではない。

「梟の城」が工藤栄一によって映画化されたのにつづいて、東映京都撮影所がこの時代小説作家に注目して映画にしたのが「新選組血風録　近藤勇」で、三作目が「風の武士」であった。そこで加藤泰はふたたび司馬の原作と出会った。小説は、幕府と紀州藩の双方からその財宝をねらわれ、世間から身を隠している熊野の平家落人部落・安羅井（やすらい）、その被差別集団と、幕府に雇われながらもその姫に恋した忍者の末裔を描いている。その映画化に際して、加藤泰はそれぞれの組織や集団に属しながらも、個々の恋や執着によって葛藤する人物群を描き出す。しかも、「忍者秘帖　梟の城」の大友柳太朗がその俳優的個性からきまじめな忍者を出られなかったのに対して、加藤泰は大川橋蔵を得て、当時もっとも粋な二枚目俳優に、いまでは御家人の次男坊にすぎない、しがない忍者を演じさせ、その軽薄さのよってきたる所以を描いてみせた。そして名張信蔵というその忍者が幕府の密命を受けて秘境調査に乗り出すなかで、不可解な三つどもえの集団の抗争の渦中にはまり、やがて落人部落の姫ちの（桜町弘子）への恋情一筋に身を賭していくにいたる変化を描き出したのである。

　彼らはそれぞれが属していた集団やそこでの生活、日常に愛着をもちながらも、そこに安住することができず、そこから脱していかなければならない。信蔵にとってそのきっかけは幕府の命令より、ちのへの恋情であり、その帰属と自由をめぐる葛藤が信蔵だけでなく、ちのや、信蔵の情人のお勢以（久保菜穂子）、信蔵を見張る女忍者（中原早苗）にも分けもたれているところに、加藤泰映画の独壇場がある。映画の最後、信蔵と一夜のちぎりを結んだちのは、翌朝、姿を消す。目覚めた信蔵は、彼女が落人部落へ戻っていったことを知る。映画は愛人の名を呼び、熊野の山頂に立ちつくし、泣きくずれる大川橋蔵の周囲をカメラが旋回するシーンで終わるのだが、そのあられもない涙は彼だけでなく、ちのもふくめて画面から消えた多くの人物たちの思いとも重なっていく。加藤泰は司馬遼太郎の原作を巧みに利用しながら、みずからの映画として作り替えていったのである。

6　加藤泰における司馬遼太郎

さて、その加藤泰は「風の武士」を撮った同年に、「幕末残酷物語」を監督している。前に述べたようにこの映画自体は、司馬遼太郎の原作とは関係がない。

のちに加藤泰は新選組について「時代劇の素材としてのお馴染」とした上で、しかし、「映画作家が自分のものをこしらえたいと思って、それを実行した歴史のようなものを振返ってみると、新選組がパッと出てくる」と語り、その典型として伊藤大輔の「興亡新選組」二部作をあげている。加藤は、伊藤の「興亡新選組」が子母沢寛がそうしたように新選組についての調査と思索をへて作られているという。それまでの新選組＝殺戮集団というイメージを排して、尊皇攘夷の浪士たちをとりしまるためにつくられた「機動隊」「特殊警察部隊」であり、幕末にそれを組織した近藤勇や土方歳三の「心情」が描かれていたと語っている。[*16]

ここで加藤が新選組を「機動隊」「特殊警察部隊」に喩えていることに注意しておこう。この回想が一九七〇年七月の時点でのことをふまえると、その比喩は必ずしも単純ではない。いわば治安維持のために用意された「機動隊」。それを組織したものたちも、身分制社会の抑圧のなかで幕末の混乱を契機として自己実現をはかり、同時に社会の治安回復を願っていた。その「心情」においては尊皇攘夷の浪士たちと大差ないにもかかわらず、「何かのためという錦の御旗を掲げると何でもする。非常に非人間的な残酷なこともやっちゃう」[*17]、そのような集団ととらえている。ここでも「錦の御旗」という比喩が出てくるが、加藤泰の視線は佐幕派の新選組だけでなく、ほんとうに「錦の御旗」を掲げた尊王攘夷派＝明治官軍へも届いていると言えるだろう。

そして「国弘威雄さんという橋本忍一門のシナリオライター——今や第一線で活躍しておりますね——この人の

創作シナリオによる『幕末残酷物語』（一九六四）という映画の監督に起用されまして、新選組にぶつかる」。「国弘さんとのディスカッションの中で、なんとかできるという嬉しさにいそいそとして、ねばりにねばってあんな映画をこしらえた」[*18]のだという。

その「あんな映画」では、大川橋蔵の演じる江波三郎という新米の隊士の視点で新選組が描かれる。美少年だが、気の弱い江波は隊士の新規募集に応じて参加するが、入隊資格を問う剣術の試合で次々に応募者がすさまじい殺し合いをくりひろげるのを見て嘔吐してしまう。へっぴり腰の江波は、他の隊士たちにからかわれたあげく、切腹しそこねて失神する。その真剣さと間抜けぶりをかわいがられ、特別に入隊を許された江波は初め新選組内部の粗暴さに辟易し、隊士間の粛正にもひるむが、度胸試しに首切り役をやらされたことから、次第に血の粛正にも動ぜず、平然と仲間の首を斬るような性格に変わっていく。

ここでは、新選組に帰属することによって変容する人間たちが描かれる。粛正によって殺されるものも、以前は殺す側であり、殺す側のものも、いつ殺される側にまわるか分からないという不安を押し殺している。浪士たちとの必死の激闘もあるが、それ以上に新選組の内部に互いに密偵ではないかという疑心暗鬼や相互監視が強まっていく。にもかかわらず日常の生活はつづく。江波は新選組宿舎で働く百姓出の下女のさと（藤純子）と親しくなり、恋仲となる。さとは江波の弱さを愛したが、次第に変貌する江波に不安を感じていく。

司馬遼太郎が『新選組血風録』の一篇「前髪の惣三郎」で描いた男色の挿話がこの映画にもとりこまれている。[*19]美少年の江波は、所属した一番隊の隊士（汐路章）の同性愛の対象とされる。初めはいやがった江波が、のちに変化し、「最近は抱いてくれなくなりましたね」とその心変わりを難ずる場面もある。大川橋蔵がこの台詞を語るだけに当時としても衝撃的だったろう。やがて江波は近藤たちに殺された芹沢鴨の縁者で、その報復のために新選組に潜入した密偵であることが明らかにされるのだが、そうしたいかにもデウス・エクス・マキーナ的な物語設定にもかかわらず、幼児性と狂気、純情さとしたたかさ、どれが本心だったのか最後まで不可解となる江波の複雑な人物表象において、「幕末残酷物語」はいまなお強い喚起力をもっている。

映画では、脳梅毒を患った隊士が幽閉されている獄舎が出てくる。彼は延々と狂気の叫びをあげつづけるのだが、解放を求めるその声が新選組に閉じこめられてしまったものたちの心底を告げている。結局、正体があばかれた江波は激しい斬り合いの末、さとの目の前で沖田総司（河原崎長一郎）に斬られる。このシーンは、獄舎を見通す建物の裏手の狭い路地に設定されている。直線的な奥行きだけはあるが、左右を閉じられた空間がローアングルで映される。密閉されたなかで、多くの登場人物たちの感情が激しく交錯する。

江波の属する部隊の隊長でもある沖田は、司馬の小説に出てくる明るいニヒリズムを漂わせた沖田総司とは異なり、近藤・土方らによる芹沢暗殺以後、新選組の理念に懐疑的になりながらも抜け出すことのできない人物とされている。新選組に合わない存在だった江波が次第に人斬り役に徹し、新選組に一体化していくことにとまどい、芹沢暗殺の秘密をもらしていたのもこの沖田である。労咳を病む沖田はすでに死の影が濃い。その沖田に一刀のもとに斬られた瀕死の江波に向かい、さとは窓の格子越しに懸命に手を差し出すが、ついにその手はとどかない。窓ひとつの隔たりがこの「奇妙」な男に惚れてしまった百姓女の必死の思いを断ち切っていく。

「幕末残酷物語」は、いわば司馬遼太郎の小説を原作とした新選組ものの番外編だったと言えるかもしれない。司馬は小説で幕末を生きた血なまぐさい男たちを描いたが、同時にその男たちと出会ってしまった女たちについても書き込むことを忘れなかった。男性たちに比べて女性の描写が冴えないとさんざん批判される司馬は、しかし、色恋ふくめた人間の卑俗な部分に照明を当てることを好んだ。猥雑さが純化する一瞬を取り逃がさなかった司馬の小説の特性は必ずしも映画やテレビドラマにうまく生かされていないのだが、数少ない例外が加藤泰だった。さらにいえば「風の武士」「幕末残酷物語」の二篇によって、加藤は大川橋蔵を、恋愛映画に出演しうる時代劇俳優にみごとに変えたのである。

のちに加藤泰は、栗塚旭主演のテレビドラマ「新選組血風録」の人気によって企画された松竹の「土方歳三　燃えよ剣」にも脚本家として関与している。[20] しかし、この映画でも武州の郷士出身で、のどかな田舎侍にすぎなかった土方歳三が新選組を組織していく過程で変化していくさまが扱われている。やがて土方は故郷のくらやみ祭で出会い、情を交わした女ですら敵側に通じたと知ると拷問にかける。その変貌と殺伐とした非情さはテレビ時代劇とは大きく異なっている。

さて、加藤泰のような映画作家がなぜこれほど新選組にこだわったのか。それは職人的な監督のつねとして、会社から依頼されたという外的要請もあったであろうが、必ずしもそれだけではないだろう。加藤泰は「映画と政治について」（一九六四年）[21] という文章で「時代劇でもぼくらが人の運命をみつめ、生きる姿や意味を考へ（ママ）ようとすれば、必ず『政治』と鉢合せする。それは現代、ぼくらの暮しを見廻して、一本のタバコ、一杯の酒、一碗の飯に初（ママ）まる行住坐臥、衣食住のピンからキリにいたるまで、必ず何らかの形で『政治』に繋がっているのと同じである」と書いている。ところが映画館で上映されている映画は「不思議と『政治』から目をそむけ、そんなものが世の中にあるのでしょうかというような顔」をしている。しかし、「政治」をまともにとらえた映画が観客を集めるとは思えない。本格的な「政治映画」は「退屈なPR映画」に過ぎないし、中立的な「政治映画」ほどつまらないものもない。したがって、「政治」と映画は結びつかない。しかし、にもかかわらず勤王佐幕の争闘、伊達騒動などのお家騒動、忠臣蔵などは果たして政治と無関係か。「時代劇は政治的なものを素材にして、立派に商売をして来たのではないか」（傍点原文）。

おそらくひとつの回答はここにある。政治自体に加藤の関心はない。しかし、いやおうなく巻き込まれてしまう集団の対立と葛藤、帰属意識と自由のはざまで自分たちの夢を追い、苦悩する人間たちをとらえようとするとき、

「政治的なもの」は必然的に立ち現れてくる。新選組や幕末を生きた有名無名の人物たちを描いた司馬遼太郎の小説群をそのように受けとめていくことによって、加藤泰らの映画作家たちは「自分の映画」をつくりあげた。

もちろん、司馬遼太郎ひとりが起源なのではない。司馬遼太郎をふくめ、六〇年代前半に多くの表現者たちがそのことに気づき始めていた。互いが互いに刺激を与え、連鎖と環流の波がこのときさまざまなシーンで起こり始めていたのである。司馬遼太郎という名前はこのときその波頭のなかにあったのである。

資料1　司馬遼太郎の全映画化リスト

一九六一年七月「恋をするより得をしろ」（日活、監督・春原政久、主演・小沢昭一）
一九六三年三月「忍者秘帖　梟の城」（東映、監督・工藤栄一、脚本・池田一朗、主演・大友柳太朗）
一九六三年五月「新選組血風録　近藤勇」（東映、監督・小沢茂弘、脚本・笠原和夫・加藤泰、主演・市川右太衛門）
一九六四年一月「風の武士」（東映、監督・加藤泰、脚本・野上龍雄、主演・大川橋蔵）
一九六四年七月「暗殺」（松竹、監督・篠田正浩、脚本・山田信夫、主演・丹波哲郎）
一九六五年三月「城取り」（石原プロ、監督・舛田利雄、脚本・池田一朗・舛田利雄、主演・石原裕次郎）
一九六六年二月「泥棒番付」（大映、監督・池広一夫、脚本・伊藤大輔、主演・勝新太郎）
一九六六年十一月「土方歳三　燃えよ剣」（松竹、監督・市村泰一、脚本・加藤泰、主演・栗塚旭）
一九六九年八月「人斬り」（フジテレビ＝勝プロ、監督・五社英雄、脚本・橋本忍、主演・勝新太郎）
一九六九年九月「尻啖え孫市」（大映、監督・三隅研次、脚本・菊島隆三、主演・中村錦之助、勝新太郎）
一九七〇年二月「幕末」（中村プロ、監督・脚本・伊藤大輔、主演・中村錦之助）

一九七〇年二月「忍びの衆」（大映、監督・森一生、脚本・山田隆之、主演・松方弘樹）
一九九九年十月「梟の城」（「梟の城」製作委員会、監督・篠田正浩、脚本・篠田正浩・成瀬活雄、主演・中井貴一）
一九九九年十二月「御法度」（松竹・角川書店ほか、監督・脚本・大島渚、主演・ビートたけし）

資料2　司馬遼太郎のテレビドラマ化リスト（一九六〇〜七〇年）

一九六〇年　直木賞シリーズ　梟の城　ＣＸ（主演・南原宏治）
一九六〇年　大坂侍　ＹＴＶ（主演・藤山寛美）
一九六〇年　風の武士　ＣＸ（主演・夏目俊二）
一九六〇年　軍歌（第15回）　桃太郎高地　ＫＴＶ（主演・藤田まこと）
一九六〇年　侍（第4回）　難波村の仇討　ＣＸ（主演・南原宏治）
一九六一年　上方武士道　ＣＸ（主演・早川恭二）
一九六二年　太夫殿坂　ＴＢＳ（主演・加藤武）
一九六二年　大坂侍　ＮＨＫ（主演・垂水悟郎）
一九六三年　奇妙なり八郎　ＴＢＳ（主演・田村高広）
一九六四年　浪華城焼打　ＮＨＫ（主演・長谷川明男）
一九六四年　魔女の時間　ＮＴＶ（主演・山吹まゆみ）
一九六五年　竜馬がゆく　ＭＢＳ（監督・マキノ雅弘、協力監督・松村昌治、主演・中野誠也）
一九六五年　新選組血風録　ＮＥＴ（監督・河野寿一ほか、脚本・結束信二、主演・栗塚旭）
一九六六年　燃えよ剣　12ＣＨ（監督・脚本・工藤栄一、主演・内田良平）

一九六六年　戦国夫婦物語　功名ヶ辻　NET（脚本・早坂暁、主演・三橋達也）
一九六七年　北斗の人　NET（脚本・池上金男、主演・加藤剛）
一九六八年　竜馬がゆく　NHK大河ドラマ（脚本・水木洋子、主演・北大路欣也）
一九六八年　日本剣客伝（第1話）宮本武蔵　NET（監督・降旗康男、脚本・早坂暁）
一九六八年　十一番目の志士　NET（脚本・山田信夫、主演・加藤剛）
一九六九年　上方武士道　NTV（脚本・池上金男、主演・鶴田浩二）
一九七〇年　風の武士　NET
一九七〇年　燃えよ剣　NET（監督・松尾正武ほか、脚本・結束信二、主演・栗塚旭）
一九七〇年　俄＝浪華遊侠伝　TBS（脚本・山田太一、主演・林隆三）

資料3　新選組を扱った主な映画リスト（一九二八～六三年）

一九二八年　「新撰組隊長近藤勇　第一篇」（阪妻プロ、監督・犬塚稔、主演・阪東妻三郎）
一九二九年　「新撰組隊長近藤勇　第二篇」（阪妻プロ、監督・犬塚稔、主演・阪東妻三郎）
一九三〇年　「興亡新選組　前編」（日活、監督・脚本・伊藤大輔、主演・大河内伝次郎）
一九三〇年　「興亡新選組　後編」（日活、監督・脚本・伊藤大輔、主演・大河内伝次郎）
一九三二年　「生き残った新選組」（松竹、監督・脚本・衣笠貞之助、原作・水門王吉、主演・阪東好太郎）
一九三四年　「新選組　前後編」（日活、監督・稲垣浩、脚本・稲垣浩・三村伸太郎、主演・大河内伝次郎）
一九三五年　「エノケンの近藤勇」（PCL、監督・山本嘉次郎、主演・榎本健一）
一九三七年　「新選組」（PCL＝前進座、監督・木村荘十二、脚本・村山知義、主演・河原崎長十郎）

一九三八年「新撰組」（日活、監督・マキノ正博、主演・月形龍之介）
一九四〇年「近藤勇」（新興キネマ、監督・森一生、脚本・八尋不二、主演・市川右太衛門）
一九五二年「新選組　京洛風雲の巻」（東映、監督・萩原遼、脚本・柳川真一・若尾徳平・東野稔、原作・村上元三、主演・片岡千恵蔵）
一九五二年「新選組　池田屋騒動」（東映、監督・萩原遼、脚本・高岩肇、原作・村上元三、主演・片岡千恵蔵）
一九五二年「新選組　魔剣乱舞」（東映、監督・萩原遼、脚本・高岩肇、原作・村上元三、主演・片岡千恵蔵）
一九五三年「近藤勇　池田屋騒動」（新東宝、監督・池田菁穂、脚本・井手雅人、主演・嵐寛寿郎）
一九五四年「新選組鬼隊長」（東映、監督・河野寿一、脚本・高岩肇・結束信二、原作・子母沢寛、主演・片岡千恵蔵）
一九五七年「桂小五郎と近藤勇　龍虎の決戦」（新東宝、監督・並木鏡太郎、主演・嵐寛寿郎、大河内伝次郎）
一九五八年「新選組」（東映、監督・佐々木康、脚本・高岩肇、主演・片岡千恵蔵）
一九六〇年「壮烈新選組　幕末の争乱」（東映、監督・佐々木康、脚本・比佐芳武、原作・白井喬二、主演・片岡千恵蔵）
一九六三年「新選組始末記」（大映、監督・三隅研次、脚本・星川清司、原作・子母沢寛、主演・市川雷蔵）

注

＊1　一九三一年〜。岐阜県出身。早稲田大学在学中は駅伝選手だった。松竹入社後、「恋の片道切符」（六〇年）で監督デビュー。六七年以後は表現社という独立プロダクションを起こして映画製作を続けた。二〇〇三年「スパイゾルゲ」で事実上の監督業引退を宣言した。

＊2　一九三二年〜。岡山県出身。京都大学を卒業後、松竹に入社。「青春残酷物語」（六〇年）で注目を集め、「日本の夜と霧」（六〇年）「絞死刑」（六八年）「愛のコリーダ」（七六年）と次々に前衛的な問題作をつくる。九六年に脳出血で倒れ、再起後、「御法度」を製作したが、二〇〇一年再発。以後、リハビリ生活を続けている。

＊3　一九二九〜二〇〇〇年。北海道生まれ。慶応大学法学部を卒業して東映に入社。本文であげた以外の代表作に「大殺陣」（六四年）「日本暗黒史　血の抗争」（六七年）など。

＊4　一九一六〜一九八五年。兵庫県生まれ。母方の叔父が山中貞雄。三七年、東宝に入社後、脚本家の八木保太郎に師事し、満州映画協会などで記録映画を撮る。戦後は大映で助監督となるが、大映労組の書記長時代にパージされて退職。独立プロをへて東映に移籍。時代劇やヤクザ映画ですぐれた映画を数多くつくった。他の代表作に「みな殺しの霊歌」（六八年）「緋牡丹博徒　お竜参上」（七〇年）など。

＊5　一九二一〜一九七五年。京都市生まれ。立命館大学専門部をへて日活に入社。戦時下、召集により満州に配属され、その後、シベリア抑留をへて復員。帰国後、大映に移籍し、伊藤大輔や衣笠貞之助に師事。他の代表作に「座頭市血笑旅」（六四年）「子連れ狼　子を貸し腕貸しつかまつる」（七二年）など。

＊6　一九二九年〜。立教大学をへて大映に入社。三隅研次、田中徳三、森一生らとともに大映時代劇の黄金期を支えた。他の代表作に「沓掛時次郎」（六一年）「眠狂四郎　女妖剣」（六四年）「雁」（六六年）など。

＊7　正確に言えば、「若様やくざ」の一作目は「橋蔵の若様やくざ」（監督・河野寿一、脚本・結束信二、一九六一年）で二作だけであるが、「若さま侍捕物帖」シリーズ（五七年〜）「新吾十番勝負」シリーズ（五九年〜）などでシリーズものを撮っており、この他にも橋蔵主演で「やくざ」とつけた題名の映画があった。「橋蔵のやくざ判官」（六二年）「旗本やくざ」（六六年）など。

＊8　一九〇八〜一九九三年。京都市生まれ。父のマキノ省三の影響で映画界に入る。二〇歳のときの監督作品「浪人街　第一話」（二八年）で読者評価によるキネマ旬報ベストテン第一位に入る。以後、およそ二九〇本に及ぶ映画を監督し、早撮りにもかかわらず、すぐれた娯楽映画をつくりつづけた。

＊9　栗塚旭は土方歳三役者として注目されるが、逆に不幸にもそれ以外の役柄が来なくなってしまうほどであった。劇作家の三谷幸喜が取り組んだNHK大河ドラマ「新選組！」（二〇〇四年）では、香取慎吾や山本耕史といった若い俳優たちにまじって、栗塚旭が久しぶりに土方歳三の兄役として起用され、この役者にオマージュがささげられたことは記憶に新しい。

＊10　一九一〇〜二〇〇三年。東京生まれ。文化学院をへて演劇運動に参加。八住利雄にすすめられて脚本家となる。戦後の文芸映

画の脚本家として活躍。代表作に「女の一生」（四九年）「また逢う日まで」（五〇年）「ひめゆりの塔」（五三年）「浮雲」（五五年）など。

＊11　興味深いことに、この時期の新選組についての映画には製作会社にかかわらず、俳優の重なりがある。たとえば劇団青俳を支えていた木村功は、「新選組血風録　近藤勇」（東映）では篠原泰之進を演じたが、「暗殺」（松竹）では清河八郎の謎に魅了される暗殺者・佐々木唯三郎を、「幕末残酷物語」（東映）では新選組のなかで粛正される隊士・河品隆介を演じている。内田良平もこの時期の新選組映画には欠かせない俳優であった。

＊12　『伊藤大輔シナリオ集　Ⅰ』（淡交社、一九八五年五月）所収。ただし、これはもとの脚本が残っていないために、三八年に伊藤自身によって再構成された脚本である。

＊13　一九二二～二〇〇四年。長野県生まれ。「新諸国物語　笛吹童子」（五四年）で監督デビュー。時代劇全盛期には片岡千恵蔵主演、ヤクザ映画時代には鶴田浩二主演の娯楽映画を作り続けた。生涯におよそ一一〇本の映画を監督した。

＊14　一九二七～二〇〇二年。東京生まれ。日本大学中退。東映に入社後、宣伝部にいたが、社内のシナリオコンクールで入選。脚本家となる。他の代表作に「あゝ決戦航空隊」（七四年）「県警対組織暴力」（七五年）「二百三高地」（八〇年）など。

＊15　一九三一年～。東京生まれ。東大仏文科を卒業後、岡倉士朗に師事。劇作家、演出家、俳優として観世栄夫と組んで六〇年代前半に活躍。他の代表作に「オッペケペ」（五八年）「袴垂れはどこだ」（六四年）など。

＊16　加藤泰「〝自分の映画〟をこしらえる」（一九七〇年の講演記録、山根貞男・安井喜雄編『加藤泰、映画を語る』所収、筑摩書房、一九九四年一〇月）

＊17　注＊4に同じ。

＊18　注＊4に同じ。

＊19　男色の挿話だけでなく、「幕末残酷物語」は実は司馬の「前髪の惣三郎」にプロットでも依拠している部分が多い。小説も隊士募集から始まり、そこに現れた腕の立つ美少年剣士が惣三郎になっている。映画は気の弱い美少年に変更している。

＊20　監督の市村泰一は喜劇を得意とする職人的な監督だが、時代劇は撮ったことがなかった。やはり松竹専属の野村芳太郎、山田洋次と加藤が交流があったためにこの組み合わせが実現したと考えられる。

＊21　『シナリオ』一九六四年六月号、『加藤泰の映画世界』（北冬書房、一九八六年八月）所収。

あとがき

近代から現代にかけて、日本と西洋とを問わず「文学表現」が消費資本主義の価値観に呪縛されあるいはそれと提携し、市場経済の発展の一翼を担ってきたことは今日、疑いようがない。逆に前世紀後半からの文学の低迷は、自裁にもひとしい〈約束の道〉であったと思えば、いくぶん気も楽になるというものである。だが、「文学の死」や「歴史の死」「人間の死」というポストモダニストたちの提言は、いさぎよい自裁の行為かといえば、決してそのようには見えてこない。それは、グローバルな市場経済を無視しては何事も成り立たず、文学もしょせんその縛目を受け入れるしかないという、ある種の韜晦と開き直りの上に披露された自決のパフォーマンスでしかないからだ。近年のサブカルチャー研究の隆盛やサイバネティックス、サイバースペース、過剰な視覚映像への投企は、このことと裏腹の関係にあるわけだが、しかし実際、その罪深さを自覚して「文学表現」にたずさわっている者はいま寡少である。

したがって、「表現」から「表象」へという関礼子氏の巻頭の提言は、この意味において優れて自覚的である。そもそも過去の文学のイニシアティヴ自体が、市場経済を基盤にして成立し得たものであったからこそ改めてその枠組みを越えて、その時代ごとに「表象」されていたもの、「表象」され得たかもしれないものを探査しておきたいという、深切な動機と願いがそこには蔵されているからだ。この試みは、「文学表現」の可能性をめぐるノスタルジックな後退戦などでは決してない。

本書の刊行は、一昨年の夏ごろから企画されたが、関礼子氏も私（原）も、〝産み〟の苦しみを自著のとき以上に味わった。その内情を、逐一ここに説明することは省かせていただくが、原因の一端には、やはり「表象」という語の概念規定の難しさがあったに違いない。また、編著者二人の文学的立場の相違というものもあったであろう。世代を越え、文学的立場を越えて、一緒に本づくりに参加してくださった執筆者の方たちの柔軟な見識と冒険心とに改めて敬意を表したい。

ご寄稿をいただいた執筆者のなかには、締め切りから刊行にいたるまで一年半以上お待たせした方もいる。お詫び申し上げるとともに、心より感謝を申し上げたい。また、申すまでもなく執筆者一人ひとりの力のこもった論考が本書の内容のすべてである。

編集の実質的な作業は、翰林書房の今井静江さんが担当してくださった。ご尽力に、心よりお礼を申し上げたい。また、装丁は林佳恵氏にお願いした。林氏のデザインは、古典的な味わいを基調に「モダン」な感覚を取り入れていて、今回の論集の内容がよく反映されている気がする。貴重なお時間を割いていただいたことと併せてお礼を申し上げたい。

二〇〇八年九月一一日

原　仁司

執筆者紹介（あいうえお順）

井口時男（いぐちときお）文芸評論家。東京工業大学大学院教授。『柳田国男と近代文学』（講談社）、『批評の誕生／批評の死』（講談社）、『危機と闘争―大江健三郎と中上健次』（作品社）、『暴力的な現在』（作品社）

紅野謙介（こうのけんすけ）日本大学教授。『書物の近代――メディアの文学史』（ちくま学芸文庫）、『投機としての文学――活字、懸賞、メディア』（新曜社）

篠崎美生子（しのざきみおこ）恵泉女学園大学准教授。『日本文学コレクション芥川龍之介』（共編、翰林書房）、「王の人間宣言は許されるか―芥川龍之介「鼻」を契機に―」（『日本文学』二〇〇五・一）

関　礼子（せきれいこ）亜細亜大学教授。『一葉以後の女性表現―文体・メディア・ジェンダー―』（翰林書房）、「映画と文学をめぐる交渉―幸田文原作・成瀬巳喜男監督「流れる」の世界―」（『亜細亜大学学術文化紀要』12・13合併号）

内藤千珠子（ないとうちずこ）大妻女子大学教員。『帝国と暗殺』（新曜社）、『文化のなかのテクスト』（共編著、双文社出版）、「帝国の養女――『あらくれ』のジェンダー構造」（『大妻国文』39号）

永野宏志（ながのひろし）早稲田大学兼任講師。『探偵小説と日本近代』（共著、青弓社）、『三鷹天命反転住宅　ヘレン・ケラーのために』（共著、水声社）

原　仁司（はらひとし）、亜細亜大学教授。『表象の限界』（御茶の水書房）、「文学的表現と応答性」（『表現の《リミット》』（ナカニシヤ出版）、「『大きな物語』と文学――記憶の倫理性をめぐって」（『神奈川大学評論』57号）

深津謙一郎（ふかつけんいちろう）明治大学兼任講師。『体験なき「戦争文学」と戦争の記憶』（共著、皓星社）、「見えない戦争への想像力」（『社会文学』25号）、「介入する戦場」（『國文學』52巻15号）

山﨑正純（やまざきまさずみ）大阪府立大学教授、『論潮』発行人。『転形期の太宰治』、『戦後〈在日〉文学論』、『丸山眞男と文学の光景』（以上、洋々社）

表象の現代

文学・思想・映像の20世紀

発行日	**2008年 10月 30日** 初版第一刷
編　者	**関 礼子・原 仁司**
発行人	**今井 肇**
発行所	**翰林書房**
	〒101-0051 東京都千代田区神田神保町 1-14
	電 話 (03)3294-0588
	FAX (03)3294-0278
	http://www.kanrin.co.jp
	Eメール● Kanrin@nifty.com
印刷・製本	シ ナ ノ

落丁・乱丁本はお取替えいたします

ISBN978-4-87737-270-5